AMANHECER DA FEITICEIRA DE OSSOS

KATHRYN PURDIE

Tradução Renata Broock

astral
cultural

Copyright © 2021 Kathryn Purdie
Título original: Bone Crier's Dawn
Direitos de tradução cedidos por Sandra Bruna Agencia Literari, SL. Todos os direitos reservados.
Tradução para Língua Portuguesa © 2024 Renata Broock
Todos os direitos reservados à Astral Cultural e protegidos pela Lei 9.610, de 19.2.1998.
É proibida a reprodução total ou parcial sem a expressa anuência da editora.

> Conteúdo sensível: Este livro contém cenas explícitas de caça animal e a extração de seus ossos.

Editora Natália Ortega
Editora de arte Tâmizi Ribeiro
Produção editorial Andressa Ciniciato, Brendha Rodrigues e Thais Taldivo
Preparação de texto Alexandre Magalhães
Revisão de texto Adriano Barros
Design da capa Joel Tippie
Ilustração da capa Charlie Bowater
Adaptação da capa Tâmizi Ribeiro
Foto da autora Erin Summerill

Dados Internacionais de Catalogação na Publicação (CIP)
Angélica Ilacqua CRB-8/7057

K27a

    Kathryn, Purdie
       Amanhecer da feiticeira de ossos / Kathryn Purdie ;tradução de Renata Broock. – Bauru, SP : Astral Cultural, 2024.
       384 p.

    ISBN 978-65-5566-479-9
    Título original: Bone Crier's Dawn

    1. Ficção norte-americana 2. Literatura fantástica I. Título II. Broock, Renata

24-0159   CDD 813.6

Índice para catálogo sistemático:
1. Ficção norte-americana

BAURU
Rua Joaquim Anacleto, 1-20
Jardim Contorno
CEP 17012-151
Telefone: (14) 3879-3877

SÃO PAULO
Rua Augusta, 101
Sala 1812, 18º andar, Consolação
CEP 01305-000
Telefone: (11) 3048-2900

E-mail: contato@astralcultural.com.br

Para minha mãe, Elizabeth,
por sua pura fé em mim desde o começo.

1
Sabine

—Cuidado, Sabine! — A voz grave e rouca de Jules chama de uma mina acima. Mal tenho tempo de me afastar antes que ela caia no túnel. Uma rajada de ar atinge a vela de Bastien, e a chama se apaga. Somos jogados na escuridão absoluta.

— *Merde* – pragueja Bastien.

— Relaxe — diz Jules. — Marcel sempre tem uma pederneira na mochila.

— E outra vela — acrescenta Marcel.

— Excelente — responde Jules. — A tempestade está barulhenta o suficiente agora. É hora de explodir essa parede.

Estamos nas minas abaixo das catacumbas perto de Beau Palais, o castelo onde o príncipe Casimir vive e está mantendo Ailesse prisioneira. Mas não vai durar muito. Meu coração bate mais rápido.

Hoje, resgataremos minha irmã.

Alguns segundos depois, pederneira e aço se chocam. O brilho suave encontra um pavio de vela e se transforma em uma chama mais brilhante.

Bastien e eu nos acotovelamos para pegar a vela. A aliança que fiz com o garoto que ama Ailesse — a quem ela, de alguma forma, também ama — é, na melhor das hipóteses, tênue. Só porque ele e seus amigos estão me ajudando a libertá-la de seu sequestrador, não significa que os perdoei por também mantê-la em cativeiro.

— Eu mesmo faço isso – diz Marcel.

— Espere! — Jules arregala os olhos para o irmão mais novo.

Tarde demais. Ele abaixa a vela até a pólvora.

Vuush.

O fogo traça uma linha furiosa em direção ao barril.

Jules puxa Marcel, colocando-o em pé. Bastien gira e corre para o outro lado. Eu o empurro para ir mais rápido. Ailesse nunca me perdoaria se ele morresse.

Corremos até que a atmosfera densa consuma toda a luz e o som atrás de nós. Estou ansiosa, esperando pela explosão. Será que o fogo se extinguiu antes de chegar ao barril? Olho por cima do ombro.

Bum.

Uma enorme explosão de chamas vem em nossa direção e me joga para frente. Colido com Bastien. Caímos no chão. Um segundo depois, Marcel e Jules caem sobre nós. Uma fumaça esbranquiçada e detritos passam rapidamente. Escombros afiados arranham minhas mangas. Por fim, o caos se transforma em grossos flocos rodopiantes de cinzas.

Ninguém se move por um bom tempo. Estamos deitados em um emaranhado de pernas, braços e cabeças. Finalmente, Marcel desliza de nossos corpos empilhados e sacode o cabelo já desgrenhado.

— Talvez eu tenha calculado mal o impacto da explosão.

Jules geme.

— Vou te matar. — Ela se vira e sacode as cinzas de sua trança dourada. — É melhor torcer para que soe como um trovão, ou a qualquer momento todos os soldados em Beau Palais vão encher este túnel.

Estávamos esperando a tempestade perfeita para mascarar o barulho da explosão e, por azar, ela caiu no mesmo dia da lua nova. Noite de travessia. Se esta tentativa de resgate falhar, terei de liderar minha *famille* na ponte de terra e fazer a travessia das almas dos falecidos — o dever sagrado de cada Leurress, dado a nós pelos deuses da vida após a morte, dos quais descendemos. Mas não posso liderar minha *famille*. Ailesse é a única pessoa viva que conhece a música da flauta de osso que abre os Portões do Além. Ela deveria ser *matrone*, não eu.

Eu me afasto de Bastien e ofereço a mão para ajudá-lo. Ele hesita, depois expira e a pega. Apesar de nossas brigas, quero a ajuda dele. Encontraremos Ailesse mais rápido se trabalharmos juntos.

Ficamos lado a lado e olhamos para a luz cinzenta e nebulosa que cintila no buraco deixado pela explosão. Respiro fundo. Depois de quinze longos dias, finalmente temos acesso a Beau Palais.

— Todo mundo pronto? — Bastien esfrega cautelosamente as costas onde minha mãe o esfaqueou. A ferida ainda está cicatrizando. Apenas na última semana ele conseguiu andar sem fazer caretas.

Jules assente com a cabeça e ajusta sua capa. Cerro os punhos. Marcel se acomoda em uma posição confortável. Ele vai servir de vigia. Se o túnel for comprometido, Marcel acenderá um pequeno explosivo cheio de enxofre e sementes de pimenta. O fedor nos alertará para não voltarmos por aqui. Enquanto isso, Jules vai proteger nosso ponto de entrada no castelo, acima.

Bastien acena para que Jules e eu passemos na frente. Nós três avançamos até o fim do túnel. Chego primeiro à parede, e subo nos escombros. Por meio do buraco de mais de um metro de diâmetro, olho para dentro de um poço seco revestido de seixos. Ainda está em fase de construção. O rei Durand, pai de Casimir, encomendou-o para substituir um poço mais vulnerável fora da fortaleza.

Enquanto Bastien e Jules estiveram espionando em Dovré e reunindo esses fatos sobre Beau Palais, fui forçada a passar a maior parte do tempo no Château Creux com minha *famille*.

As Leurress estão abaladas com a notícia da morte de Odiva. Tudo o que eu disse a elas é que nossa *matrone* morreu fazendo a travessia ao lado de Ailesse em uma ponte antiga, em uma caverna subterrânea. Se elas souberem que Odiva atravessou os Portões do Submundo para se juntar ao seu verdadeiro amor — meu pai, um homem que não era seu verdadeiro *amouré* –, pode instaurar o caos. Assim que Ailesse voltar e me substituir por direito como *matrone*, deixarei que ela decida o que revelar a respeito de nossa mãe, e me refugiarei no conforto de sua sombra, mais uma vez.

Salto para o lado oposto do poço, agarro-me a um degrau de ferro e subo em uma escada construída para os escavadores. Eles não estão no castelo hoje. Ninguém trabalha durante *La Liaison*, exceto os artistas e aqueles que preparam a comida para o festival de três dias.

Esperávamos nos esgueirar pela entrada principal, mas o rei Durand não está realizando uma celebração pública. Segundo rumores, está muito doente. Mas ele estava doente antes de Ailesse ser capturada, e os portões do castelo só foram trancados depois que o príncipe Casimir a trouxe para cá.

Jules sobe na escada atrás de mim. Invejo a calça de couro que ela usa. Meus sapatos ficam enroscando na bainha do meu simples vestido azul.

Bastien vem por último, e nós três subimos dezoito metros até o topo do poço. Está coberto por uma grade de ferro, que range ruidosamente quando a deslizamos para fora. Um trovão abafa o som. Por enquanto, a chuva não chega até nós. Estamos em um aposento estreito da torre invertida do castelo.

Rastejo até a porta e espio por uma pequena janela. Não consigo ver muito do pátio do castelo além da chuva torrencial, mesmo com minha visão de longo alcance — advinda do meu osso da graça do falcão noturno —, mas vejo os toldos listrados de azul e dourado que revestem o perímetro. Eles fornecem abrigo para alguns criados que correm pelas pedras molhadas para chegar ao outro lado. Um toldo cobre uma passagem em arco que leva para dentro do castelo — a entrada que usaremos.

Bastien tira sua capa empoeirada e a joga para Jules. Por baixo, ele está vestido com o traje simples de um guarda das masmorras do castelo. Também tiro minha capa e coloco alguns cachos pretos de volta para dentro da minha touca de criada. Deslizo o colar de ossos da graça para dentro do decote do uniforme que Bastien roubou para mim, e escondo a faca de osso e a bainha sob meu avental.

Bastien se vira para Jules.

— Vejo você em breve.

Ela está sentada na beira do poço, ainda um pouco sem fôlego por causa da escalada.

— Prometa manter a calma, tudo bem? Se não conseguir hoje, não seja imprudente. Podemos bolar outro plano. Ainda temos dez meses e meio até...

— Vai dar certo. — Ele flexiona o músculo da mandíbula. — Vamos, Sabine. — Ele sai pela porta antes que Jules possa dizer mais alguma coisa.

Vou logo atrás dele. Também não desejo discutir o vínculo de alma entre Ailesse e Casimir, o vínculo que Bastien pensava compartilhar com ela até que descobri a verdade. Agora Ailesse tem de matar Casimir dentro de um ano a partir do momento em que os deuses selaram suas vidas, ou morrerá com ele. Vou garantir que isso aconteça antes de sairmos do castelo hoje. Entregarei a ela a faca de osso e a convencerei a se salvar.

Bastien e eu atravessamos na chuva até a passagem em arco. Memorizamos o mapa de Beau Palais que ele havia montado depois de conversar com um servo aposentado do castelo.

— Depois de três copos de cerveja, o homem era um livro aberto — Bastien me disse.

Uma vez dentro do castelo, sacudimos o corpo para tirar a água da chuva. Estamos em uma entrada de pedra que intercepta um longo corredor que vai para a esquerda e para a direita. Bem à frente, está o grande salão.

Os criados circulam, colocando pratos e taças de ouro em algumas mesas reunidas. Guirlandas de flores vibrantes do final do verão se enroscam em torno de colunas imponentes, que sustentam um teto abobadado. Estandartes azuis bordados com o símbolo de Dovré — um sol dourado, homenagem ao deus do sol, Belin — estão pendurados ao lado de estandartes verdes com uma árvore, símbolo da deusa da terra, Gaëlle. Disseram-me que *La Liaison* invoca a bênção conjunta deles para a próxima colheita.

Bastien e eu trocamos um rápido olhar e acenamos com a cabeça antes de nos separarmos. Ele vai para a esquerda, e eu vou para a direita. Ele vai em direção à entrada da masmorra, e eu para o acesso à escada para o terceiro nível. Ailesse também pode estar trancada em um dos aposentos reais lá em cima.

Dei apenas alguns passos quando um garoto bonito com cabelos louro-avermelhados sai de trás de uma coluna na grande sala, a cinco metros de distância. Meu corpo fica rígido, e meu sangue fica frio e depois escaldante.

Príncipe Casimir.

Está vestindo um gibão bordô sobre uma camisa larga de linho e calças justas. Uma coroa simples, uma fina faixa de ouro, repousa em sua testa.

Ele ainda não colocou os olhos em mim, mas não consigo me forçar a me mover. Imagens da última lua cheia passam pela minha cabeça: Casimir pegando os ossos da graça de Ailesse, carregando-a nos braços; Ailesse lutando contra ele enquanto sua perna machucada pingava sangue; eu os vendo a distância enquanto lutava contra os soldados; Bastien, também indefeso, deitado na ponte e sangrando por causa da facada.

— Você pode colocar mais flores silvestres? — pergunta Casimir a uma criada enquanto examina a guirlanda pendurada ao redor da coluna. — Ailesse gosta delas.

— Sim, Alteza.

— Quero tudo perfeito para quando ela se encontrar com meu pai esta noite.

Minha mente fica presa em suas palavras. *Flores para Ailesse? Encontro com o rei?* Olho para Bastien. Ele se escondeu atrás de um vaso de árvore, em uma curva entre o grande salão e um corredor adjacente. A julgar pela testa profundamente franzida, ele está tão confuso quanto eu. Como Ailesse pode comparecer a um jantar com o pai de Casimir? Ela não está em cativeiro?

— Entendo, Alteza. — A criada faz uma reverência, e Casimir começa a se virar em minha direção. Eu me viro, vou até a mesa mais próxima e mexo como se estivesse arrumando algo. Estou ansiosa para segurar a faca de osso. Se pudesse esfaqueá-lo agora, eu o faria.

Mas isso mataria Ailesse. Suas vidas estão entrelaçadas. Deve ser ela a empunhar a lâmina ritual e matar seu *amouré*.

Os passos do príncipe lentamente se aproximam de mim. Meu pulso acelera. Abaixo minha cabeça e rezo para a deusa dos Céus Noturnos. *Elara, não deixe que ele me reconheça.*

— Perdoe-me, mas você é nova aqui?

Enrijeço o corpo, mantendo minhas costas para ele.

— Sim. — Minha voz sai aguda como um chiado.

— Qual é o seu nome?

Eu poderia fugir. Com minha velocidade de falcão noturno, poderia chegar ao terceiro nível antes que Casimir tivesse a chance de me pegar. Se ao menos eu soubesse em que quarto Ailesse está. Quando a encontrar, ele já terá alertado o castelo inteiro.

— Ginette — murmuro, fingindo ser tímida.

— Ginette, eu sou seu príncipe e futuro rei. — A voz de Casimir é calorosa e carrega o encanto que me deixou tonta quando nos conhecemos. Eu havia realizado um ritual por procuração para invocar e matar o *amouré* de Ailesse, esperando que Bastien aparecesse, mas apareceu Casimir e, por vários momentos maravilhosos e terríveis, pensei que ele fosse meu *amouré*, e não o dela. — Você não precisa ter medo de mim — ele diz. — Neste castelo, trato meus criados com respeito.

Um ruído de escárnio sai da minha garganta.

— E como você trata seus prisioneiros? — Meu disfarce é inútil. Ele vai me descobrir. — Você não pode ganhar Ailesse com flores, ouro e falsa honra. Ela sempre o verá como sequestrador.

Minha audição de chacal capta sua respiração suave.

— Sabine? — pergunta ele.

Levanto o queixo e me viro para encará-lo. Casimir olha para mim com seus olhos azuis como pedra arregalados. Luto para manter o calor em meu olhar ardente. Seu comportamento contido carrega sabedoria, profundidade e força. Fica difícil lembrar que ele é a pessoa que se sentiu no direito de sequestrar minha irmã.

— Onde você está escondendo Ailesse? — exijo saber. Puxo meu colar e deixo os ossos da graça pendurados, expostos, sobre o corpete do vestido. Os três ossos estão lado a lado: um crânio de salamandra-de-fogo; um pingente de lua crescente, esculpido do fêmur de um raro chacal-dourado; e a perna e a garra de um falcão noturno.

Dois guardas na extremidade da sala dão um passo à frente, mas Casimir levanta a mão para detê-los. Ele pode não entender o que sou — o que Ailesse é —, mas sabe que meus ossos têm poder.

— Ailesse não é minha prisioneira. Convidei-a para ficar aqui comigo, e ela concordou.

Mentira. Ailesse nunca consentiria.

— Então diga a ela que eu gostaria de fazer uma visita.

— Sabe que não posso. — Seu tom exala um nível enlouquecedor de calma. — Você tentou me matar, Sabine. Não é bem-vinda neste castelo.

O chacal-dourado em mim acorda. Empunho a faca de osso que está debaixo do avental. Casimir rapidamente saca uma adaga adornada com joias. Nossas lâminas encontram a garganta um do outro, ao mesmo tempo. A ponta afiada de sua adaga pressiona o tendão do meu pescoço.

— O que Ailesse pensaria de você se matasse a irmã dela?

— Não menos do que ela pensaria de você se...

Um guincho animalesco ressoa em meus ouvidos e abafa o resto das palavras. Um pequeno reflexo aparece em suas pupilas. Uma ave com rosto branco em formato de coração.

De alguma forma, enquanto olho para Casimir, a ave fica maior. Arquejo. É uma visão. Tem de ser. Estou vendo a coruja-das-torres — a ave da deusa Elara. Ela não aparece para mim em sua forma física ou transparente desde a noite em que Casimir sequestrou Ailesse. Visões como esta são inéditas entre as Leurress, mas a coruja-das-torres já apareceu duas vezes para mim antes, e ambas as visões estavam relacionadas com o salvamento da minha irmã.

A coruja atinge seu tamanho máximo e paira na frente de Casimir com as asas abertas. Ele não pode vê-la, está olhando através dela para mim. É como se ela o estivesse protegendo.

Não entendo. A coruja-das-torres já quis Casimir morto. Ela me levou a matar o chacal-dourado, esculpir uma flauta com um osso dele e usá-la para atrair o príncipe durante meu rito de passagem por procuração. Eu poderia tê-lo matado sem condenar Ailesse a morrer em troca. O ritual a teria protegido.

A coruja bate as asas uma vez, e o ambiente ao meu redor muda. Sinto o chão do castelo abaixo de mim, mas vejo as falésias com vista para o mar Nivous acima. É a noite da última lua nova. Ailesse está tocando o canto da sereia na flauta de osso, tentando abrir os Portões do Além.

Ela continua tocando. A melodia angustiante flutua até meus ouvidos e fica gravada em minha mente. Já me lembrei de trechos antes, mas não de toda a melodia. Agora todas as notas pulsam vividamente dentro de mim e plantam raízes profundas. Duvido que eu algum dia as esqueça.

O que está acontecendo? Vim aqui para resgatar Ailesse, não para ver uma lembrança, não para aprender uma música. Vim aqui para ajudá-la a matar Casimir. Por que a coruja-das-torres não está me ajudando?

Ela bate as asas novamente. Agora Ailesse está na caverna subterrânea, na frágil Ponte das Almas. Ela se move em direção aos Portões do Submundo com uma determinação obstinada. Eu me ouço gritando para ela voltar, mas ela não escuta.

Pisco e vejo Casimir novamente através do corpo da coruja. Minha faca de osso balança em seu pescoço. Talvez a coruja não o esteja protegendo de mim. Talvez ela esteja protegendo *Ailesse* de mim.

Eu poderia ameaçar Casimir, lutar contra seus soldados, encontrar Ailesse, libertá-la... mas e se não for para minha irmã liderar a travessia esta noite? Ela mal resistiu ao impulso de passar pelos

Portões do Submundo da última vez. A única coisa que a distraiu foi Odiva esfaqueando Bastien.

Talvez... talvez minha irmã esteja mais segura em Beau Palais. Por enquanto.

Meus olhos ficam turvos com lágrimas de fúria. Casimir franze as sobrancelhas. Ele não sabe o que pensar da minha reação. Durante muito tempo, tudo o que venho tentando fazer é salvar Ailesse. Por que sou impedida a cada tentativa?

Abaixo a faca de osso. A coruja-das-torres desaparece. Amaldiçoo a mensageira da deusa, mas aprendi a confiar nela. Ela me avisou sobre Odiva antes de eu saber dos crimes de minha mãe. Ela me levou até Casimir, que me ajudou a finalmente encontrar Ailesse. Ela ajudará de novo quando chegar a hora certa, quando a liberdade de Ailesse não levar à sua morte. Ela sabe mais do que eu.

A adaga de Casimir permanece firme em meu pescoço. Ele abre a boca como se quisesse dizer alguma coisa, mas sua expressão está dividida entre raiva e pena. Endureço meu olhar para ele, mesmo enquanto minhas lágrimas caem. Ainda o odeio. Minhas ações não mudam isso.

Um de seus soldados pigarreia.

— Devemos levá-la para as masmorras, Alteza?

A ponta da lâmina de Casimir desliza para levantar meu queixo enquanto ele delibera. Ele engole em seco.

— Sim.

Os soldados avançam. Casimir abaixa a adaga em meu pescoço. Cortará o cordão de couro do meu colar. Com a velocidade do falcão noturno e a força do chacal, agarro seu punho e bato o cabo da minha faca em seu braço. A adaga cai de sua mão. Antes que ela toque no chão de pedras, dou uma joelhada em sua barriga. Ele se curva para a frente. Eu o empurro para o chão e bato o cotovelo em suas costas. Pego a adaga caída. O primeiro soldado tenta me atingir. Pulo por cima de sua lâmina e me afasto de Casimir. Fujo antes que o segundo soldado possa atacar.

Casimir grita meu nome. Ele está de pé outra vez, e me persegue. Seus soldados logo atrás. Fujo em direção ao corredor passando pelo esconderijo de Bastien.

Ele me lança um olhar furioso.

— O que diabos você está fazendo? — sibila ele.

— Indo embora. Diga a Ailesse que sei o canto da sereia. Consigo abrir os Portões.

Eu me viro e jogo a adaga de joias em Casimir, mas erro a mira de propósito. A arma voa por cima de sua cabeça e bate contra uma coluna de pedra. Enquanto Casimir está distraído, jogo a faca de osso em um vaso em frente ao que esconde Bastien.

— Diga a Ailesse para acabar com ele — digo. Seus olhos se fixam no cabo mal exposto da faca. Ele terá de voltar para pegá-la mais tarde. Ele me dá um aceno determinado antes de se afastar em outra direção.

Passo correndo pela passagem em arco que leva ao pátio. Não posso sair do castelo pelo poço seco. Eu colocaria Jules e Marcel em perigo, e exporia a saída segura de Bastien.

Casimir grita por mais soldados. Ouço o ruído de botas se aproximando de uma escada adjacente e de um corredor ramificado.

Um homem grande surge e tenta me agarrar. Esquivo-me por pouco e continuo correndo. Concentro-me em um vitral trinta metros à frente. A luz do sol do fim da tarde atravessa as vidraças coloridas e ilumina uma imagem majestosa de Belin, o deus do sol, cavalgando seu garanhão branco pelo céu.

Tiro a touca e o avental de criada e ganho velocidade. Arranco os laços nos ombros e solto meu vestido de cânhamo. Ele cai de cima da camisola que uso por baixo e eu o chuto para o lado. Não passa de um empecilho.

— Pare! — grita Casimir.

O vitral está a cinco metros de distância. Cerro os dentes e pulo. Minha graça de falcão noturno aumenta o poder do salto. Levanto os braços para proteger o rosto.

Meu corpo se choca contra o vidro. A janela se estilhaça em um arco-íris de cacos.

Dezoito metros abaixo de mim está o rio Mirvois.

Caio em direção à corrente.

2
Ailesse

Relâmpagos brilham através das janelas gradeadas enquanto corro. Ou *tento* correr. Meu vestido longo não ajuda. Nem minha muleta. Mas cerro os dentes e manco o mais rápido possível.

A porta ornamentada está a apenas cinco metros de distância agora. Ignoro a dor no joelho quebrado e sigo em frente. Não devo apoiar o peso na perna por mais um mês. Quando esse dia chegar, queimarei esta maldita muleta. Ser mantida em cativeiro nas catacumbas não era nada comparado a ser prisioneira do meu próprio corpo.

Passo por outra janela no terceiro nível do castelo. Um raio atravessa o céu como um dedo irregular e ilumina uma ponte antiga logo além da muralha da cidade. *Castelpont*. Paro. Não vejo a ponte desde a noite do meu rito de passagem. A noite em que conheci Bastien.

"Tu ne me manque pas. Je ne te manque pas."

Você não está sem mim. Eu não estou sem você.

A frase que ele me ensinou tem sido meu mantra desde que cheguei a Beau Palais. Em breve estarei com Bastien. Não precisarei de palavras do gallês antigo para guardá-lo na memória ou visualizar seus olhos azuis como o mar e seu cabelo escuro desgrenhado. Ele está vivo. Tem de estar.

Continuo em direção à porta. Meu joelho sacode a cada passada dolorosa com a muleta, mas finalmente coloco a mão na maçaneta. Estou prestes a girá-la quando um grito ecoa por todo o castelo.

Congelo. Faço um esforço para ouvir o que está acontecendo. Não consigo entender as palavras por cima do trovão. Tento não me preocupar. Os assuntos deste lugar não são da minha conta. Abro a porta, entro e me tranco no aposento.

Estou em uma biblioteca particular perto dos aposentos do rei Durand. Nunca estive aqui antes, mas tenho feito perguntas sutis aos criados. Não fiquei ociosa esperando meu joelho sarar. Aprendi o básico da planta do castelo, incluindo esta sala, que é usada apenas pelo rei e pelo príncipe Casimir. Aparentemente, existe uma biblioteca maior no segundo nível.

Exceto por uma janela em arco que deixa entrar a luz sombria da tempestade, cada uma das quatro paredes é revestida do chão ao teto com prateleiras. A maior parte é de livros, mas alguns tesouros repousam entre eles: um busto de mármore do rei Durand, um mapa emoldurado de Galle do Sul, uma coleção de penas exóticas, um vaso de ouro, taças incrustadas de joias, algumas garrafas de vinho e... um pequeno baú. Fixo o olhar nele: um esconderijo perfeito para meus ossos da graça. Assim que os tiver de volta, vou deixar este castelo.

Meu coração bate mais rápido. Abandono a muleta — minha axila dói por causa dela — e me apoio em uma grande mesa laqueada. Vou saltitando ao longo dela em direção à prateleira com o baú na parede oposta. Já procurei em cada canto e fenda do meu quarto — o quarto de Casimir — e do quarto onde ele tem dormido desde que me trouxe a Beau Palais. Esta biblioteca particular parece ser o próximo lugar lógico onde ele teria escondido meus ossos da graça. Segundo os criados, ele vem aqui com frequência.

Chego à prateleira e puxo o pequeno baú. Na tampa há o relevo de uma linda árvore aninhada no círculo de um grande sol. Símbolos de Gaëlle, a deusa da terra, e Belin, o deus do sol. Beau Palais está cheio destes símbolos, enquanto o chacal-dourado de Tyrus e a lua crescente de Elara estão evidentemente ausentes.

Sento-me na beirada da mesa para aliviar a pressão na perna. Minhas mãos tremem enquanto luto para abrir a trava rígida. *Por favor, Elara, faça com que meus ossos estejam aqui.* Quase posso sentir o toque frio em meu peito, onde deveriam estar: um pingente esculpido do esterno de um íbex alpino, o osso da asa de um falcão-peregrino e o dente de um tubarão-tigre.

Nenhum deles pode me curar, como o crânio da salamandra-de-fogo de Sabine, mas eles me tornarão mais forte, mais rápida e mais ágil.

Precisarei de todas essas vantagens para chegar à ponte de terra esta noite. Sou a *matrone* da minha *famille* agora. Sou a única que conhece a canção que abre os Portões do Além. Ninguém será capaz de fazer a travessia das almas dos mortos sem mim.

Finalmente abro a trava. No mesmo instante, a porta da biblioteca se abre. Eu me assusto, e o baú cai, fora do meu alcance. Seu conteúdo se espalha pela mesa.

Meus ombros caem. Meus ossos da graça não estão ali.

— O que você está fazendo aqui? — pergunta Casimir, horrorizado.

Eu olho para cima e meu coração bate forte, reação primordial sempre que vejo meu lindo *amouré*, mas desta vez não é por causa de minha atração inata por ele. Algo está errado. Ele está ofegante, e uma gota de suor escorre por sua têmpora. Ele mantém sua adaga pronta. Meus lábios se separam.

— Eu só estava...

Ele invade a sala, verifica atrás da porta e olha por baixo da mesa. Franzo a testa.

— O que está acontecendo?

— Você viu mais alguém? — exige ele.

— Quem...?

Ele está prestes a responder quando três guardas irrompem na sala com espadas em punho. Assim que me veem, eles congelam e lançam olhares confusos para Casimir. Ele se recompõe e balança a cabeça.

— Não estão aqui. Procurem nos aposentos reais, começando pelo quarto de Ailesse. Avisem-me assim que souberem que esses lugares estão a salvo.

— A salvo de quem? — pergunto.

Ele olha para a adaga, e seu polegar esfrega preguiçosamente a lâmina. Ele espera os guardas saírem antes de responder.

— Há um... um grupo crescente de dissidentes em Dovré. Pessoas que culpam meu pai pela recente praga. Alguns deles entraram furtivamente no castelo.

Eu sei sobre os dissidentes. Os criados dizem que estão zangados porque os portões de Beau Palais estão fechados há mais de duas semanas, e eles não conseguem fazer uma petição ao rei Durand sobre seus problemas.

— Por que eles culpam seu pai?

— Os reis são sempre os culpados quando algo terrível acontece. Esse é o fardo de ser monarca. Se os deuses realmente ungiram alguém para governar, essa pessoa deveria ter influência suficiente sobre eles para evitar que uma tragédia em massa acontecesse. Se a tragédia acontece, esse rei ou rainha pode ter perdido o favor divino. Não está mais apto a governar... ou assim dizem as pessoas de outros reinos que conseguiram derrubar seus monarcas. Galle do Norte praticamente fez disso um esporte.

Há algo de errado com Casimir. Ele está falando mais rápido do que o normal e com uma indiferença forçada que não é comum a ele, embora esses dissidentes pareçam ser uma preocupação séria.

Ele embainha a adaga.

— Não é nada com que você se deva se preocupar. Tenho a situação sob controle. — Ele me oferece um sorriso pequeno, mas tranquilizador, e me passa minha muleta. Pego sem deixar nossos dedos roçarem.

Não o culpo por ter me trazido para cá há quinze dias. Ele achou que Sabine fosse uma ameaça — afinal, ela ameaçou *matá-lo*. Além disso, concordei em ficar aqui por vontade própria. Mas ele está mentindo sobre meus ossos da graça. Ele disse que os perdeu na viagem para Beau Palais, uma mentira deslavada. Sempre que eu os menciono, ele não me olha nos olhos.

— Gostaria que você descansasse mais e que desse a essa perna uma chance adequada de cura — diz ele. — Se você queria outro livro da biblioteca, bastava pedir.

— Estou cansada de ficar no meu quarto.

— Eu sei. — Ele coloca a mão na minha, e fico rígida. Não vou deixar o calor dele agitar meu sangue. Não me importa se ele é meu *amouré*, destinado a mim, e eu a ele. — Estou fazendo o possível para agradar você, Ailesse — diz. — Você verá mais do castelo esta noite, prometo.

A covinha em sua bochecha direita se aprofunda com um sorriso, e amaldiçoo Tyrus e Elara pelo quão charmoso isso o torna.

— É a primeira festa de *La Liaison*. Enquanto falamos, os criados estão decorando o salão, e... — Ele olha para o baú e para o conteúdo derramado: um colar de pérolas, uma carta, uma mecha de cabelo louro-avermelhado amarrada com uma fita lilás e uma pequena pintura de uma mulher com uma notável semelhança com o príncipe.

Casimir franze as sobrancelhas.

— O que você estava fazendo com as coisas da minha mãe?

Meu rosto fica quente.

— Eu... estava entediada e... — Balanço a cabeça. — Sinto muito, eu não sabia o que tinha ali. — A rainha Éliane morreu durante a grande praga, quando Casimir era um menino. Ele é o único filho dela, e também do rei Durand, que não se casou novamente.

Casimir fica quieto e lentamente devolve os itens ao baú. Pego o colar de pérolas para ajudá-lo.

— Pode deixar — diz ele, e estende a mão. Mas então hesita em pegar a joia. Seus dedos pairam sobre os meus. Ele finalmente expira e fecha minha mão sobre o colar. — Você deveria usá-lo esta noite. — Seus olhos azuis como pedra se erguem para encarar meu rosto.

— Não, não posso — deixo escapar. Eu me sinto como uma ladra só por tocá-lo. — É muito precioso.

— Não estou dizendo que vou dá-lo a você. Só a estou deixando pegar emprestado. — Ele abre um sorriso. — Talvez eu não seja tão generoso quanto você pensa.

Começo a rir. Não consigo evitar. Tenho sido um emaranhado de tensão há dias, e não achei que Cas tivesse um senso de humor enterrado sob sua natureza profundamente séria.

Ele ri junto comigo, esfregando timidamente a nuca.

— Sabia que esta é a primeira vez que a ouço rir? Soa... — Ele procura a palavra certa. — Saudável.

— Saudável? — bufo. — Você está dizendo que eu pareço doente quando estou mal-humorada?

— É difícil dizer. Você está sempre mal-humorada.

— Ah, sério? — Percebo sua covinha aparecendo e sumindo.

— Mas rir combina com você. Você deveria se permitir isso com muito mais frequência.

— *Humpf.* — Levanto o queixo e jogo o cabelo por cima do ombro. — Bem, você deveria saber que, sim, eu rio com frequência. — Se Sabine me olha com sarcasmo, eu me dobro em um ataque de riso. — Você apenas não me conhece bem o suficiente, ainda.

— Justo. — Seus olhos adquirem um brilho travesso. — Estou trabalhando nisso.

Fico sóbria enquanto seu olhar se aquece, e luto para domar o calor que vibra em minha barriga. As pérolas ficam mais pesadas em minha mão.

— Por que você gosta de mim? — pergunto, mais uma vez falando antes de pensar. Eu me contorço, sentindo-me tola, mas ainda querendo saber a resposta. Casimir não teve escolha senão se sentir atraído por mim depois de eu tocar o canto da sereia no meu rito de passagem, mas era para o feitiço de atração enfraquecer logo em seguida, e seus efeitos desapareceriam depois daquela noite.

Ele ergue as sobrancelhas e ri novamente, embora de um jeito mais nervoso.

— Perdão, você me pegou desprevenido. Gosto porque... — Ele coça o braço. — Bem, não é a coisa mais fácil de colocar em palavras.

Relâmpagos lampejam lá fora e rapidamente me fazem recuperar os sentidos.

— Esquece. — Deslizo da mesa e me apoio na muleta. Não tenho tempo para resolver o mistério que é meu *amouré*. Preciso sair do castelo antes do anoitecer. — Vou voltar para o meu quarto agora

— anuncio. Depois que Casimir me vir instalada lá, farei uma última tentativa de encontrar meus ossos da graça e fugir deste lugar.

— Ailesse, espere. — Ele muda de posição para me bloquear. — Você é tão... tão cativante — começa, hesitante.

Reviro os olhos.

— Não precisa...

— Quando a vi pela primeira vez, senti como se a conhecesse desde sempre.

— Você me viu de longe.

— Mas a música que você tocou, seu talento com a flauta me surpreendeu.

— Óbvio que surpreendeu. — Tento passar por ele. Todas essas são lembranças do feitiço de atração.

— Você é a garota mais corajosa que já conheci — continua ele.

Faço uma pausa.

— Foi Sabine quem ameaçou você com uma faca.

À menção do nome dela, suas narinas se dilatam, e eu entendo o porquê. Ela o levou para a ponte da caverna e me disse para terminar o rito de passagem. Casimir não tinha como saber o significado disso, exceto que Sabine queria que eu o matasse.

— Sua irmã não lutou contra sua mãe em uma ponte estreita e sem armas, como você fez — rebate ele.

— Ela teria lutado se precisasse. — Sabine estava diferente naquela noite. Não era mais a garota com apenas um crânio de salamandra e sérias dúvidas sobre a necessidade de sacrifícios de sangue. Ela tinha três ossos da graça e um fogo recém-descoberto nos olhos. Estava pronta para fazer qualquer coisa para me proteger.

Casimir suspira.

— Por que estamos falando de Sabine?

— Não sei. — Exasperada, passo por ele entre cotoveladas.

Ele segura meu braço brevemente, e eu me viro. O colar de pérolas balança, pendurado em meu punho. Ainda o segurava, sem perceber.

— Você lembra minha mãe — diz ele.

Olho para ele, em dúvida sobre como responder.

Ele engole e repete suavemente:

— Você lembra minha mãe.

Uma pontada aguda atinge profundamente meu peito.

Ele poderia ter dito: "Você lembra *sua* mãe". As palavras são tão próximas.

Ele morde o lábio.

— É uma coisa estranha de se confessar?

Faço que não lentamente, embora não saiba. Quando eu era criança, nunca ninguém da minha *famille* me disse que eu era como minha mãe, não importava o quanto eu treinasse ou tentasse provar meu valor. *Você é melhor que a* matrone, *pelo menos nas coisas que realmente importam*, Sabine dissera uma vez, tentando me confortar. Tudo o que isso me inspirou a fazer foi procurar com mais afinco um osso da graça mais poderoso.

— Se o cabelo dela fosse mais escuro, seria como o seu, grosso e um pouco selvagem. — Casimir olha para uma mecha ruiva e ondulada, caída sobre meu ombro. — Mas suas semelhanças vão além da aparência. Você é *viva* como ela era. Radiante. Ela entrava em uma sala, e as pessoas se reuniam para ficar perto dela. Riam quando ela ria. Dançariam a noite toda se ela assim o fizesse.

Fico perdida por um momento, desconcertada pelas diferenças entre a mãe dele e a minha. Odiva também exercia uma influência sobre as pessoas, mas isso era resultado mais da intimidação do que do charme.

— Ela deve ter sido notável.

Sua boca se curva.

— Ela era.

Olho para baixo. Casimir testemunhou a verdadeira natureza da *minha* mãe na ponte da caverna. Imagino-a esfaqueando Bastien novamente e estremeço.

— Você não pode me comparar a ela, Casimir. Estou mal-humorada desde o dia em que você me trouxe aqui. — *Estou com o coração partido*.

— Qualquer um estaria depois do que você enfrentou. Isso não diminui a sua luz.

Mais uma vez, fico sem palavras. Ele quer dizer luz ou Luz? Ele não pode estar se referindo à Luz. Apenas as Leurress conhecem a energia dos Céus Noturnos de Elara. Todos os mortais carregam sua força vital, mas as Leurress precisam reabastecê-la assim como precisam nutrir seus corpos com comida e água.

— Já estou indo — digo. Casimir não sabe o que sou ou o que preciso para sobreviver. — Preciso descansar antes desta noite, Cas.

Ele sorri.

— Você finalmente me chamou de Cas.

Eu me amaldiçoo.

— Escapou.

— Fico feliz. Você sabe que eu prefiro.

Meu coração acelera do jeito que odeio, o que reforça o motivo pelo qual os deuses sabiam o que estavam fazendo quando escolheram o príncipe para mim.

Eu me aproximo, mancando com a muleta, e coloco o colar de pérolas em sua mão. Uma expressão de mágoa aparece em seu rosto. Não me importo. Não vou me permitir sentir culpa por um garoto que está escondendo meus ossos da graça.

— Não sou como sua mãe. Não posso ser. — Estou destinada a ser uma Barqueira dos mortos, a *matrone* da minha *famille*...

Eu deveria matar você, Cas, assim como minha mãe tentou matar Bastien.

Viro-me e vou em direção à porta aberta. Mas não posso sair ainda. Um dos soldados voltou e está na soleira.

— Vossa Alteza. — O homem robusto faz uma reverência para Casimir. — *Mademoiselle* Ailesse já pode retornar com segurança aos seus aposentos. Não encontramos nenhum sinal de mais intrusos.

— Obrigado. — A voz de Cas soa monótona, sem o calor e a vibração habituais. — Diga à guarda do castelo que podem retornar aos seus postos.

Enquanto o homem sai, eu me viro para Cas, incapaz de não encontrar seus olhos mais uma vez. Eles perderam o brilho, mas não a bondade. Por que ele não pode ser mais perverso? Isso me ajudaria a entender seus motivos para me enganar. Assim seria muito mais fácil odiá-lo. *Ou matá-lo.*

— Vejo você no banquete hoje à noite — digo, compelida por alguma necessidade inexplicável de animá-lo.

Sua expressão se ilumina um pouco, um leve erguer de sobrancelhas e uma suavização sutil dos lábios.

— As criadas vão trazer um vestido para a ocasião — informa ele. — Espero que não se ofenda. Eu o encomendei recentemente, então nunca pertenceu a mais ninguém. — Ele olha para o colar de pérolas em sua mão e o devolve ao baú. Ele fecha a tampa suavemente. — O que estou tentando dizer é que o vestido não traz nenhuma expectativa.

Não tem como ele realmente acreditar nisso, mesmo que queira. Onde há carinho, sempre há expectativa.

— Se for esse o caso, então ficarei honrada em usá-lo — respondo, tomando cuidado para seguir a linha tênue de ser atenciosa sem ao mesmo tempo lhe dar falsas esperanças. Estou protegendo o *meu* coração também, mantendo-o seguro para Bastien.

Minhas palavras despertam um sorriso verdadeiro em Cas, e rapidamente desvio o olhar antes que eu me detenha em suas covinhas. Disparo da sala com minha muleta.

É só um vestido, Ailesse. Sem falsas esperanças. Sem expectativas.

3
Bastien

Não consigo parar de olhar para uma das criadas no grande salão. É o cabelo dela. Vermelho. Nem de longe o tom de ruivo perfeito de Ailesse, mas é longo e ondulado como o dela. Além disso, de vez em quando ela fica em lugares escuros, onde a luz do enorme lustre não consegue alcançá-la tão bem, e seu cabelo fica um pouco mais escuro. Como agora. Se eu apertar os olhos com força suficiente, ela se parece com...

— Todos parem o que estão fazendo!

Prendo a respiração. Um homem passa bem na frente do meu esconderijo. Eu me esgueiro para trás da borda da tapeçaria, até o espaço entre o tecido e a parede. Se o homem não estivesse carregando uma caixa na frente do rosto, teria visto minha cabeça a mostra.

Pressiono as costas contra as pedras frias. Flexiono as mãos cerradas. Fiquei preso aqui por tempo demais, esperando o momento certo para me esgueirar até o vaso onde Sabine escondeu a faca de osso. Mas o grande salão está cheio de criados que se preparam para o primeiro banquete de *La Liaison*.

— Temos uma emergência! — declara o homem. *Bam*. Ele bate a caixa em uma mesa. — Deem uma olhada. Velas de sebo, não de cera de abelha. — Ele faz uma pausa, provavelmente esperando por suspiros que reflitam seu pânico. Ninguém reage. — Aparentemente, o fabricante de velas nunca recebeu nosso pedido, e todas as outras lojas de Dovré estão fechadas por causa do feriado. — Outra pausa. Ele batuca no chão com a ponta do pé. — Bem, vamos mesmo permitir que velas fumegantes deixem um cheiro ruim na primeira ocasião em que Vossa Majestade Real aparece em semanas? E ainda por cima insultar a convidada especial do príncipe?

Convidada especial? Seguro um riso de escárnio. É assim que Casimir chama sua prisioneira favorita? Imagino Ailesse sentada ao lado dele esta noite, uma corrente prendendo seu tornozelo à cadeira, e então outra imagem vem à mente: Ailesse nas catacumbas, as mãos e os tornozelos presos na corda com que a amarrei. Sinto um frio na barriga. Sim, eu também a sequestrei, mas pensava que fosse uma assassina sem coração. Nunca fingi que a estava salvando, como o príncipe fez.

— A resposta é não — continua o homem, provavelmente o mordomo-chefe. — Então é assim que vamos resolver essa farsa: cada um de vocês vasculhará o castelo em busca de velas feitas com cera de abelha em arandelas, lanternas e porta-círios. Tragam-nas mesmo que já tenham sido acesas. Usaremos as mais altas para a mesa principal, e nos contentaremos com o resto. — Ele bate palmas duas vezes. — Vamos, vamos! Depressa!

Ouço o barulho de pés correndo. O murmúrio dos cerca de doze criados reunidos desaparece à medida que eles se espalham em diferentes direções. O ruído determinado dos passos do mordomo segue por último.

Agora é minha chance.

Saio de trás da tapeçaria, certifico-me de que a sala está vazia e corro em direção ao vaso, do outro lado do grande salão. Felizmente não há soldados à vista. Casimir ordenou que seus guardas revistassem o castelo, para o caso de Sabine não ter vindo sozinha.

Sabine. Cerro os dentes. Precisava mesmo sair tão de repente? Ela tinha a habilidade de lutar contra o príncipe e seus homens. Poderia tê-los mantido distraídos enquanto eu libertava Ailesse. Agora tenho de fazer isso sozinho, depois que Ailesse matar Casimir.

Pego a faca de osso do vaso e giro na direção oposta. Sigo para o corredor que leva à escada do terceiro nível. Sabine deveria estar verificando os aposentos reais lá em cima enquanto eu vasculhava as masmorras. Mas depois de ouvir o que Casimir disse — que desejava mais flores silvestres para Ailesse esta noite —, imagino que ele tenha providenciado para ela uma prisão mais confortável em um dos quartos mais elegantes de Beau Palais. Não significa que ele seja atencioso, apenas manipulador.

Mais à frente, a escadaria aparece, uma enorme massa de pedra calcária com montantes de mármore e corrimãos de ferro. Um tapete de veludo verde-floresta cobre a parte do meio dos degraus. Provavelmente custa mais do que a comida necessária para alimentar todas as crianças de rua de Dovré durante um mês inteiro.

Subo as escadas correndo, de dois em dois degraus. Minha ferida lateja, mas não diminuo a velocidade. Não tenho muito tempo até que os soldados e servos retornem, e...

Um criado com um topete teimoso aparece na curva do próximo lance da escada. Parece ser três anos mais novo que eu; talvez tenha catorze ou quinze anos de idade. Ele salta para o patamar com cinco velas de cera de abelha nas mãos. Está olhando para baixo e cantarola preguiçosamente.

Congelo, oito degraus abaixo. Estou segurando a faca de osso bem à vista. Meu braço fica tenso e tento escondê-la. Tarde demais. Ele levanta os olhos. São de uma cor marrom-avermelhada, um tom mais escuro que o âmbar queimado de Ailesse. Eu a vejo em todo mundo. Mas seu rosto nunca empalideceria ao ver um estranho armado. Apenas endureceria. Ela tomaria uma postura defensiva e se prepararia para lutar.

— Não vou machucar você — digo. — Apenas prometa não...

— Socorro! — grita ele a plenos pulmões.

— ... gritar. — Desanimo.

Escuto vozes e barulho de botas vindo de cima e do corredor abaixo. *Merde.*

Subo as escadas em direção ao garoto. Ele me atira duas velas.

— Ai! — Uma terceira vela bate na minha testa. — Pare com isso! — Seguro a quarta antes que me acerte no olho. Subo os últimos três degraus e tento agarrá-lo. Ele bate na minha mão com sua última vela. Agarro-a e a jogo por cima do corrimão.

— Socorro! — grita ele novamente.

— Quieto. — Prendo-o contra a parede do canto e levanto a faca de osso até sua garganta. — Eu disse que não te machucaria. — Mas *preciso* pegá-lo como refém. Só por um tempinho. É minha única vantagem.

Ele treme violentamente. É magro, e parece frágil. Não saberia como lutar comigo nem como se defender.

O barulho das botas dos soldados fica mais alto. Estão gritando para avisar o príncipe Casimir. O jovem criado choraminga. Seu nariz começa a escorrer. *Por favor*, ele murmura. As veias de seu pescoço se contraem enquanto ele tenta se afastar da minha lâmina.

Estou vermelho e suando. Ajusto o cabo da faca. Minha mão está úmida. Não posso fazer isso de novo, sequestrar uma pessoa para conseguir algo.

Abaixo a faca. Dou um passo para trás. Aceno com a cabeça.

— Vá. — Minha voz está rouca. Como vou libertar Ailesse agora?

O menino se afasta e passa correndo por mim, descendo as escadas. Dois soldados vêm subindo e se esquivam dele para chegar até mim. Outros três homens vêm do andar de cima.

— Peguem o ladrão!

Olho para cima. Do terceiro nível do castelo, o príncipe Casimir se inclina sobre a grade. As linhas de seus ombros são largas e firmes.

Saco uma segunda faca. Penso em minhas chances de escapar. Não são boas, sobretudo com as costas machucadas. Já era.

Rapidamente embainho a faca de osso e seguro a segunda faca entre os dentes. Assim que o primeiro soldado vindo de baixo me alcança e está prestes a me agarrar, salto sobre o balaústre e me seguro no corrimão pelo outro lado. As pontas das minhas botas se equilibram nas bordas pouco salientes dos degraus. Vou descendo com cuidado, o mais rápido que posso. Os soldados já se viraram para mim.

Quando estou a dois metros e meio do chão, pulo. Sinto espasmos em meu ferimento de faca ao fincar os pés no chão. Tiro a faca da boca e me forço a continuar me movendo.

Saio correndo de volta em direção ao grande salão. O saguão em frente dá acesso ao pátio e ao poço do castelo.

Me desculpe, Ailesse. Sinto uma pontada aguda no peito. *Eu voltarei para você, eu prometo.*

Só espero que da próxima vez a melhor amiga dela não me abandone e pule através de um vitral.

É bom que Sabine tenha sobrevivido à queda. Eu vi a que distância ela estava do rio. Depois que Casimir e seus guardas partiram, esgueirei-me até a borda da janela quebrada e dei uma boa olhada lá embaixo.

Os soldados estão logo atrás de mim. Corro mais rápido, passando pela primeira coluna do grande salão. Está envolta em guirlandas com as flores silvestres que Casimir pediu para Ailesse.

O que ele disse a Sabine ecoou em meus pensamentos. *Ailesse não é minha prisioneira. Convidei-a para ficar aqui comigo, e ela concordou.* Bufo e sinto um gosto amargo na boca. Que mentiroso hábil Galle do Sul terá como rei.

Passo correndo pela segunda coluna. Um grande soldado salta de trás dela e me atinge com força. Caio de costas no chão e bato a mão nas pedras. A faca cai e desliza vários metros para longe.

Luto para respirar. Minhas costas estão pegando fogo. Os soldados do corredor estão quase me alcançando. Aquele que me derrubou se aproxima.

Parece que não vou escapar.

Chuto a canela do guarda mais próximo com meu calcanhar. Rastejo de volta para a segunda coluna e retiro a faca de osso da bainha. Outro soldado agarra meu braço esquerdo. Ao mesmo tempo, coloco a faca de osso sob a guirlanda na base da coluna. Não vou deixar que a peguem. Ailesse precisa dela para matar Casimir. Precisa dela para continuar vivendo.

Um terceiro soldado me puxa pelo colarinho. Seu punho grosso voa em meu rosto.

Sinto uma explosão de dor.

Minha visão escurece.

4
Ailesse

— É uma pena que precise da muleta — diz a criada, passando o objeto para mim enquanto me ajuda a ficar de pé. Ela me posiciona em frente ao espelho pendurado na parede do meu quarto. — Do contrário, você poderia dançar esta noite.

Olho para meu reflexo. Uma poça de água parada serviria melhor do que esta folha de prata polida, mas percebo vagamente indícios do trabalho cuidadoso da criada: pó branco para esconder minhas sardas; algo chamado ruge, que ela polvilhou levemente em minhas bochechas, e um brilho labial que cheira a vinho e tem o tom de frutas silvestres. Ela não conseguiu fazer minhas sobrancelhas. Assim que puxou o primeiro fio, meus reflexos tomaram conta de mim. Peguei a pinça de sua mão e a joguei pela janela, na chuva torrencial.

Inclino-me para mais perto do espelho. Não gosto do aspecto pálido da minha pele ou da cor escura dos meus lábios — eles lembram muito a beleza gritante da minha mãe —, mas gosto do modo como a criada penteou meu cabelo. A metade superior está em um coque com fitas que combinam com meu vestido verde-musgo, e a metade inferior cai em longas espirais que ela formou com um ferro aquecido. O cabelo de Sabine tem esse cacheado por natureza.

Sabine...

Uma pontada de dor se instala entre minhas costelas. Tenho de encontrar uma maneira de sair mais cedo da festa esta noite. Sabine e minha *famille* devem estar desesperadas, pensando em como fazer a travessia sem mim.

— De qualquer forma, eu não ia querer dançar — respondo à criada e viro as costas para o espelho. Dançar significa morte:

ritos de passagem e sacrifícios de sangue em pontes isoladas sob a lua cheia...

... embora dançar também signifique as mãos de Bastien em minha cintura e quadris, meus dedos traçando a pele de seu rosto e a suavidade de sua boca. Não vou diminuir essa memória dançando com outro rapaz, mesmo que ele seja meu *amouré*.

A criada estala a língua.

— Você é uma garota peculiar, *mademoiselle*.

Dou de ombros.

— É o que sempre dizem.

Ouço três batidas na porta. A criada se sobressalta.

— Deve ser o príncipe! — Ela mexe no meu vestido de brocado e veludo uma última vez. O decote vai de um ombro ao outro, assim como o do vestido de rito de passagem. Talvez Cas tenha encomendado para se parecer com aquele de propósito. Ele me viu a distância em Castelpont na noite em que o atraí com a flauta de osso... na noite em que pensei ter atraído Bastien.

Satisfeita, a criada vai até a porta e a abre alguns centímetros.

— Vossa Alteza. — Ela faz uma reverência. — *Mademoiselle* Ailesse está pronta para acompanhá-lo ao banquete.

A porta se abre mais, revelando Casimir. Cerro os dentes e fico mais empertigada. *Pare de bater acelerado*, ordeno ao meu coração. Amaldiçoo os deuses por escolherem um *amouré* tão bonito para mim.

Cas está usando um gibão vermelho-vinho, que complementa perfeitamente o tom verde do meu vestido, e seu cabelo louro-avermelhado está penteado para trás e preso por uma fina coroa dourada. Seus olhos se fixam nos meus, depois percorrem lentamente meu vestido, rosto e cabelo. Ele avança, seus movimentos hesitantes, como se estivesse caminhando sobre uma ponte que pudesse desabar a qualquer momento. Quando chega até mim, pega minha mão e a beija. Meu rosto esquenta. A criada poderia ter se poupado do trabalho de aplicar ruge.

— Você está maravilhosa — diz Cas, sem fôlego.

Meus dedos dos pés se contorcem dentro do sapato fino. Lá vai meu coração, acelerando novamente.

— Com fome? — pergunto, e ele franze a testa. — Quero dizer, com fome para o banquete. — Melhor enfrentar logo essa festa para que eu possa voltar à caça aos meus ossos da graça.

— Sim, estou. — Cas abre um sorriso. — Faminto, na verdade. Vamos? — Ele estende o braço. Não sei como pegá-lo sem largar a muleta. Além disso, não quero que *ele* seja minha muleta esta noite. Teimosa, passo reto por ele.

Saímos pela porta, caminhamos pelo corredor do terceiro andar e, por fim, chegamos ao topo da escada que desce até o andar principal. A chuva bate nas janelas gradeadas enquanto olho para os degraus forrados de veludo. Parecem se estender por quilômetros. Maldita seja minha perna quebrada.

Cas inclina a cabeça para mim.

— Você me permitiria carregá-la?

Arregalo os olhos.

— É óbvio que não.

— Você deveria poupar forças para o banquete.

— Quanta energia é necessária para eu me sentar e jantar?

— Não gostaria que estivesse exausta quando conhecesse meu pai.

— Estou *bem*. — Coloco minha muleta no primeiro degrau e desço. — Sou mais do que capaz de... — Inclino-me para a frente. *Merde*. A muleta está prendendo a barra do meu vestido.

Justo quando tenho certeza de que vou cair e quebrar outro membro, Cas me segura em seus braços. Prendo a respiração enquanto olho em seus olhos. Ainda estou em choque por quase cair.

— Cuidado. — Ele ri. — Essas escadas são famosas por torcer tornozelos. — Ele chama um criado para pegar minha muleta e começa a me carregar pela escada.

Meu corpo está rígido, minha mandíbula, cerrada. Não consigo parar de pensar no pingente esculpido em forma de lua crescente. Não teria sido tão desajeitada com meu osso da graça de íbex pendurado no pescoço. Teria sido ágil, perfeitamente equilibrada, até elegante.

Eu *vou* descobrir onde Cas escondeu meus ossos da graça. Talvez estejam no grande salão, bem no centro do banquete. Poderiam até estar escondidos sob o trono, ou em algum lugar que Cas ache que eu nunca ousaria procurar.

— Falei muito de você ao meu pai — diz ele. — Já queria ter apresentado vocês dois, mas ele não suportaria a falta de dignidade em estar acamado quando se conhecessem. Graças aos deuses, ele está se sentindo melhor hoje.

Escuto parcialmente o que ele fala. Estou muito distraída com as batidas de seu coração contra meu ombro. Talvez a verdadeira razão pela qual não deixei este castelo seja porque, lá no fundo, sei o que devo fazer. Matar Casimir e fazer esse mesmo coração parar de bater.

— Sabia que o feriado favorito da minha mãe era *La Liaison*? — comenta Cas enquanto me carrega escada abaixo.

Talvez eu não precise de uma faca ritualística. Qualquer lâmina pode servir. Ele está usando uma adaga com joias no cinto. Quão difícil seria tirá-la dele e completar o ritual?

— Esta noite será uma pequena reunião, infelizmente, mas quando minha mãe estava viva, ela abria o castelo para qualquer um que desejasse comparecer ao primeiro banquete. Ela oferecia-lhes pães doces e amêndoas açucaradas.

As palavras dele permanecem em meus ouvidos por um momento. Imagino a rainha Éliane viva novamente, seus lindos olhos azuis como pedra, tão parecidos com os do filho, arregalando-se de horror à medida que a vida dele se esvai. Imagino o pai de Casimir, o rei Durand, sabendo da morte do filho. Seu coração pararia quando ouvisse a notícia? Será que eu também o teria matado?

— As danças duravam a noite toda, até de manhã. Meu pai sempre reservava a primeira e a última dança para minha mãe. O grande salão ficava em silêncio e todos os observavam.

E se eu não for capaz de matar Casimir? Prometi a mim mesma que pouparia a vida dele quando concordei em ficar aqui. Se não o fizer, estarei traindo Bastien. Seria como se eu tivesse matado o pai dele.

— Eu deveria estar na cama, mas eu saía furtivamente do meu quarto e me escondia debaixo de uma das mesas do banquete. — Cas ri. — Eu me empanturrava de tortas glaceadas e espiava todos os convidados da festa. Sorria, vendo minha mãe sorrir. Ela nunca ficava mais feliz do que na noite do primeiro banquete.

Estamos no último lance de escadas. Meu corpo amoleceu em seus braços. Estou ouvindo cada palavra que ele diz agora, encantada com a história que conta sobre uma família amorosa vivendo em paz. É fácil ver Sabine nesse cenário, mas não Odiva; talvez nem mesmo eu. Talvez eu seja mais parecida com minha mãe orgulhosa do que com minha terna irmã.

Cas desacelera sua descida nos últimos degraus.

— Gostaria que você tivesse participado das comemorações como eram naquela época. O que preparei esta noite parece muito inadequado em comparação com o que tinha antes.

— Tenho certeza de que será adorável. — As palavras saem da minha boca antes que eu pense melhor. É todo o incentivo que ele precisa, e sua covinha aparece do lado direito. Meu coração palpita.

— Meu pai estará lá... e você também. Isso é tudo que realmente importa.

Uma música alegre percorre o corredor principal, vinda do grande salão. Minha cabeça se vira em direção ao som. Deixo brevemente de lado os pensamentos sobre meus ossos da graça e meu vínculo de alma mortal.

— As danças já começaram? — pergunto, curiosa para observar os convidados. Eu só aprendi a *danse de l'amant*. Como serão as outras?

— Sim, temo que sim. — Cas chega ao fim da escada. — As comemorações também. Perdoe-me, mas foi minha intenção trazê-la mais tarde. Sempre achei o início da festa um tanto chato, e não queria aborrecê-la. Agora, já terá ocorrido toda a proclamação dos convidados, e o rei deverá ter recebido a homenagem de cada nobre. Não teremos de ficar parados até que você possa conversar com meu pai.

Ele cuidadosamente me coloca no chão. O criado que ele convocou está nos esperando e me entrega a muleta. Aceito, relutante. Firmo o peso na perna boa e olho para o longo corredor, inquieta.

— O que foi? — pergunta Cas.

Eu me viro e o observo. Ele não está sem fôlego por me carregar pelos lances de escada. Na verdade, ele parece rejuvenescido. Seu rosto tem um brilho saudável, e sua postura é forte e estável. Mordo o lábio.

— Você poderia me carregar de novo — digo, baixinho. — Eu não me importaria desta vez. Mas só até chegarmos ao grande salão.

Cas ergue discretamente as sobrancelhas, e sua boca se curva em um sorriso gentil. Ele se aproxima e coloca a mão nas minhas costas. Minha pele esquenta com o toque, e solto um suspiro trêmulo.

— Lamento não poder convidá-la para a primeira e a última dança esta noite — diz, apontando com a cabeça para minha muleta. — Talvez esta possa ser a nossa dança.

Antes que eu possa responder, ele me pega em seus braços novamente. Deixo a muleta aos cuidados do criado.

— E o que devo fazer? — pergunto com um sorriso provocador, na esperança de estabelecer um clima mais leve entre nós. Cas continua olhando para meus lábios como se quisesse me beijar, mas não vou deixá-lo. Só estou consentindo esta dança porque não pode ser considerada uma. — Uma dança não requer um par?

— Acho que sim. — Ele me carrega pelo corredor principal.

— Bem, meus braços estão livres. — Sorrio, sarcástica. — Devo agitá-los no ar, assim? — Balanço-os para a frente e para trás ao som da música.

Ele ri.

— Sim, perfeito.
— O que mais devo fazer?
Ambas as covinhas aparecem desta vez.
— Você deve bater palmas para que meus pés mantenham o ritmo.
— Muito bem. Tente manter *este* ritmo.

Bato palmas erraticamente, acelerando, desacelerando, fazendo tudo o que posso para tornar o compasso mais difícil. Cas sorri e faz o possível para acompanhar. Ele corre, pausa, pula e saltita. Não consigo parar de rir enquanto chacoalho em seus braços. O pobre criado com minha muleta segue atrás de nós, lutando para manter o ritmo.

Continuamos "dançando" pelo corredor até Cas ficar sem fôlego. Ele ri, quase ofegante, e então para a seis metros da primeira coluna envolta em guirlandas do grande salão. A luz das velas brilhantes chega ao corredor.

— É melhor nos recompormos — sussurro, rindo. Peço ao criado que me traga a muleta. Quando me entrega, agradeço, e ele se retira imediatamente. — Acho que sou a pessoa favorita dele — digo a Cas. Ele dá um sorriso, mas não ri. Também não me coloca no chão. Ele olha para meus lábios novamente. Sua cabeça se aproxima.

Meu pulso acelera. Meus nervos ganham vida. Por um breve momento, quero realmente entender por que os deuses o escolheram para mim. Quero sentir isso em seu beijo. Mas de repente estou em outro lugar — um túnel, não um corredor. Estou nos braços de outro rapaz, com olhos azuis como o mar e cabelos escuros desgrenhados... um rapaz que abriu seu coração para mim quando tinha todo o direito de me odiar. *Você nunca precisou tocar uma música para mim, Ailesse.*

Viro a cabeça antes que a boca de Cas toque a minha. Sua respiração aquece minha face enquanto ele expira suavemente e se afasta.

— Sinto muito — digo, sentindo sua decepção. — Você é gentil e doce, mas...

Um homem sai do grande salão para o corredor. É Briand, um dos jovens capitães de Cas. Eu o reconheço da ponte da caverna. Cas dá uma olhada em seu rosto preocupado e rapidamente me coloca no chão. Eu me apoio na minha muleta.

— Mais intrusos se infiltraram no castelo? — Cas se afasta para falar com Briand em particular, mas o som ressoa no corredor, as palavras chegam até mim.

Briand balança a cabeça em negativa.

— Não é isso, Alteza. Como seu amigo, eu só queria prepará-lo antes que entre para o banquete.

— Preparar-me para o quê?

Briand suspira e passa os dedos pelo cabelo curto.

— Seu pai... não está aqui. Não conseguiu vir.

— Ele piorou? — O corpo de Cas fica tenso.

— Não exatamente. Falei com o criado dele. Aparentemente, seu pai nem conseguiu ficar de pé depois de tomar banho e se vestir esta noite. O médico insistiu que ele continuasse descansando por mais alguns dias.

Cas permanece em silêncio por um bom tempo.

— Entendo. — Ele fica desolado, e a visão de seus ombros murchos faz meu peito doer. Mais do que tudo, ele queria agradar o pai esta noite. Entendo esse tipo de anseio. Sempre quis agradar minha mãe, e quase sempre falhei. Mas a decepção de Cas deve ser muito mais difícil. Até agora, ele acreditava que o pai estava se recuperando.

— Mas você tem minha palavra de que não há mais intrusos — garante Briand, em uma fraca tentativa de confortar o amigo. — Nenhum outro cúmplice esteve aqui além do ladrão.

Meu coração bate descompassado.

— Ladrão? — Manco para mais perto com a muleta. — Que ladrão?

Cas enrijece. Ele não vai se virar e olhar para mim. Briand lança um olhar nervoso para o príncipe e responde cuidadosamente:

— Ninguém que deva incomodá-la. Já cuidamos dele.

— *Que ladrão?* — Olho para Briand, já que Cas insiste em não me dar uma resposta.

O capitão engole em seco e pede permissão ao príncipe. Cas solta um suspiro pesado e assente.

— Bastien Colbert — responde Briand. — Mas você está segura, *mademoiselle*. — As palavras seguintes quase me deixam de joelhos. — O ladrão vai para a forca. Sua Alteza o trancou nas masmorras.

5
Sabine

Meus joelhos tremem enquanto guio as trinta e três Barqueiras da minha *famille* de nossa casa no Château Creux até as falésias acima da enseada em forma de braço, no mar Nivous. Todas, exceto cinco noviças jovens demais para fazer a travessia e as seis Leurress anciãs que estão velhas demais para lutar contra os mortos, estão aqui comigo... para testemunhar meu sucesso ou fracasso.

O vestido de travessia que coloquei está encharcado devido à tempestade, e meus braços latejam por ter nadado no rio abaixo de Beau Palais. Quanto mais perto chegamos da ponte de terra, mais dúvidas tomam conta da minha mente. Consigo realmente abrir os Portões?

Canto baixinho a melodia que a coruja-das-torres gravou em minha mente.

— Pare, Sabine — sussurra Roxane atrás de mim. — Essa música só deve ser ouvida por intermédio da flauta de osso.

Coro e assinto. As Leurress estão proibidas de cantar quaisquer canções ritualísticas; Odiva nos ensinou que nossas vozes contaminariam a música sagrada. Mas tenho tendência a cantarolar quando estou nervosa.

Chegando às falésias, tomamos a passagem secreta entre dois rochedos até as escadas esculpidas em calcário, que descem até uma gruta ao largo da costa. Caminhamos da caverna até a areia da praia encharcada de chuva.

Meu pulso acelera. É meia-noite. Tem de ser. A maré está mais baixa, e as rochas da ponte de terra já emergiram da água. Elas formam um caminho de doze metros que percorre metade do comprimento da enseada. Já é hora da travessia.

Deixo as Leurress passarem por mim e ocuparem seus lugares em intervalos regulares na ponte de terra. As saias de seus vestidos cerimoniais brancos balançam sob a chuva torrencial, mas cada mulher permanece forte, com seu cajado em riste. Esperam que eu me junte a elas. Ainda estou na praia, os pés afundando na areia molhada.

— Vamos, Sabine. — Isla estremece, o cabelo ruivo grudado no rosto. Ela se posicionou ao pé da ponte apenas para me provocar, tenho certeza. É a Barqueira mais jovem, além de mim — se é que sou mesmo uma Barqueira. Posso ter três ossos da graça, mas nunca tive um rito de passagem.

As Leurress passaram o início da noite debatendo se eu deveria ter permissão para estar aqui. A maioria venceu por uma pequena diferença, porque tenho a única flauta de osso que ainda existe — e agora sei o canto da sereia usado na travessia. Precisei provar cantarolando desajeitadamente cada trecho. Roxane não me repreendeu por profanar a música naquela hora. Ela considerou necessário, e as outras anciãs seguiram seu exemplo.

— O que você está esperando? — pergunta Isla.

Olho para os altos penhascos que se projetam da costa. Ailesse não está em lugar nenhum. O que significa que Bastien não foi capaz de libertá-la sozinho.

Eu deveria estar aliviada — a coruja-das-torres me avisou o que poderia acontecer se minha irmã fizesse a travessia hoje à noite —, mas meu estômago não para de revirar. Ailesse teria aproveitado esta oportunidade de liderar a travessia, enquanto tudo que quero fazer é me enterrar na areia.

Controle-se, Sabine. Faça isso pela sua irmã.

Seguro meu cajado com mais força, viro-me para a enseada e dou meu primeiro passo hesitante rumo à ponte de terra.

Isla arqueia uma sobrancelha quando passo por ela e vou em direção a Maurille, a próxima Barqueira da fila. A Leurress de meia-idade coloca a mão no meu braço e o aperta. Sorrio em agradecimento. Ela é uma das poucas que me apoiou desde o início.

Passo por ela no caminho rochoso de três metros e meio de largura e me aproximo de duas anciãs, Roxane e Milicent. Elas recuam para que eu possa atravessar uma seção mais estreita da ponte. Uma ação generosa, embora diminuída pelas suas expressões cautelosas. Estavam prontas para seguir qualquer ordem de Odiva, mas não de uma garota de dezesseis anos — uma garota que nem é herdeira de sangue da *matrone*. Para elas, sou apenas a garota que Odiva nomeou herdeira quando Ailesse desapareceu. Mantive a verdade em segredo; caso contrário, eu precisaria explicar que Odiva era minha mãe, assim como de Ailesse, e que ela havia me concebido com um homem que nem era seu *amouré*. Minha *famille* não precisa de mais um motivo para me desprezar.

Continuo avançando em direção ao final da ponte. A chuva bate em meu rosto enquanto passo pelas Barqueiras restantes: Isabeau, Vivienne, Alainne, Giselle, Chantae, Élodie, Jacqueline, Maïa, Rosalinde, Daphné, Fleur, Valerine, Adélaide, Orianne, Rochelle, Séraphine, Alette, Jessamyn, Nadine, Damiana, Joselle, Clémence, Laurinne, Cecille, Désirée, Zoelie, Bernadette, Dolssa e Pernelle.

Todas elas são mais velhas do que eu, mais experientes, mais comprometidas — eu nunca quis ser Barqueira. Meu pé escorrega nas pedras molhadas, apesar da agilidade que minha graça de salamandra me confere. Eu me firmo e dou o último passo para assumir minha posição no final da ponte — a posição de *matrone*. Solto um suspiro trêmulo e desembrulho a flauta de osso de um pedaço de lã de cordeiro.

Pernelle, a que está mais próxima de mim na ponte de terra, vem para o meu lado. Ela afasta o cabelo loiro mel do rosto e segura um cobertor de lã sobre minha cabeça. Dessa forma, as notas não vão falhar por causa da chuva. Levo a flauta à boca, fecho os olhos e tento me concentrar.

— Relaxe, Sabine — diz Pernelle. Aos trinta e nove anos, ela é a mais nova das anciãs e a única que me apoia. — Esta não é a primeira vez que as Leurress fazem a travessia durante uma tempestade. Ficarei ao seu lado. Por enquanto, concentre-se em tocar o canto da sereia.

Um nó se forma na minha garganta — de culpa, não de gratidão. Pernelle confia em mim, mas já contei mentiras demais, mesmo tendo boas intenções. Eu não queria piorar as coisas para a minha *famille*. Elas ainda estão de luto por Odiva, e não acreditam que eu possa liderá-las. Não sabem que Ailesse está em Beau Palais e com um vínculo de alma com o príncipe de Galle do Sul. Ou que Odiva sacrificou milhares de almas a Tyrus — os mortos Libertados que mereciam o Paraíso, mas que, em vez disso, foram transportados por minha mãe para o Submundo. Nem mesmo sabem que eu matei o chacal-dourado que todas nós procurávamos desesperadamente no mês passado. Disse a elas que a flauta que estou segurando é de Odiva, e que ela encontrou e matou o chacal, depois esculpiu esta flauta a partir de seu osso antes de morrer, quando na verdade fui eu quem fez tudo isso.

Ailesse tomará meu lugar em breve. Ela vai consertar tudo de novo.

Mas e se eu nunca conseguir trazê-la de volta? Como vou contar a verdade para minha *famille*?

Por enquanto, concentre-se em tocar o canto da sereia. Repito internamente o que Pernelle acabou de me dizer. Inspiro e expiro, e começo a tocar.

A melodia do canto da sereia perfura o rugido da chuva. Cada nota dolorosamente bela desperta, estimula e inspira desejo. Se mais pessoas além dos mortos tivessem ouvidos para ouvir, todos poderiam vir e vislumbrar a maravilha sombria do Além.

A música voa alto em seu último compasso, depois desce para uma nota reverberante final. Afasto a flauta da boca e a enrolo de volta na lã de carneiro. *Acho* que toquei certo.

— Muito bem. — Pernelle abaixa o isolamento acústico improvisado. Ela aponta para o final da ponte de terra, a dois metros e meio de distância, onde as pedras caem na água. Lá, uma onda baixa começa a espumar e gorgolejar.

Meu coração tamborila. Enfio apressadamente a flauta no bolso encharcado do vestido. Nunca vi o Portão de água antes. Vi apenas sua estranha contraparte, o Portão de poeira, no final da Ponte das Almas na caverna subterrânea. Cada um desses portões, aqui e lá, leva ao mesmo lugar: o Submundo de Tyrus.

A onda fica mais alta, mas sem transbordar para a ponte de terra. Continua subindo até atingir quatro metros de altura e fica suspensa no ar como um véu ondulante. A água continua subindo, mas nunca atinge o pico, e sua cor azul-meia-noite escurece para um preto sedoso e transparente.

O mais puro canto de sereia começa a tocar, não da minha flauta de osso, mas de ambos os reinos do Além. É tão cativante que estou quase sem fôlego. Em camadas sobre a melodia profunda do Submundo vem um cântico crescente do Paraíso.

Olho para o Portão de Elara, que também acaba de surgir. Fica alguns metros à direita, também ao lado da ponte. O Portão é pouco visível, apenas um brilho prateado, como uma janela embaçada pelas gotas da chuva. É exatamente como na outra Ponte das Almas, exceto que a escada em espiral além dele, a que leva ao Paraíso, não desaparece contra o teto de uma caverna; ela se estende por todo o céu, passando pelas nuvens de tempestade carregadas de relâmpagos.

Expiro lentamente. Curvo os lábios para cima. Fiz o que minha mãe não conseguiu fazer da última vez que esteve aqui: abri os Portões. Meu canto de sereia foi aceito. O que significa que ele também desbloqueou todos os outros Portões de travessia no mundo. Agora as Leurress, próximas e distantes, podem realizar nosso trabalho sagrado.

Pela primeira vez na vida, sinto uma ponta de orgulho por ter nascido Leurress.

Um grito agudo ecoa nos penhascos que cercam a enseada. O calor dentro de mim desaparece. Os mortos estão chegando.

Viro-me e mantenho meu cajado pronto, apoiando-me na ponte. Meu papel é crítico esta noite. Além de abrir os Portões, devo lançar cada alma por intermédio de um deles. O ato final de fazer a travessia é o dever da *matrone* — o meu dever.

Perto dali, Pernelle também assume uma posição defensiva. As outras Barqueiras ao longo da ponte de terra fazem o mesmo, cada mulher empunhando seu próprio cajado. Espadas e adagas seriam inúteis. Podemos combater os mortos rebeldes, mas uma alma não pode ser morta; só pode ser transportada.

As falésias começam a se iluminar com chamas *chazoure*. Sem minha visão de falcão noturno, eu não seria capaz de ver a cor brilhante das almas. As outras Barqueiras também podem enxergá-la por intermédio de seus ossos da graça. Suas cabeças giram e seus corpos se movem, observando as almas descerem dos penhascos e saírem da caverna na costa.

A primeira alma a chegar à ponte é a de um Acorrentado, marcado pelos deuses por seus pecados imperdoáveis. É um homem enorme — pelo menos sessenta centímetros mais alto que eu. E é rápido. Ele desce a ponte e se esquiva da maioria dos golpes de cajado das Barqueiras. Os golpes que leva não o intimidam. Ele continua avançando, seus olhos *chazoure* fixos nos meus. Está atrás de mim porque eu toquei a flauta. O Acorrentado, como todas as almas, não resiste à convocação, mas ainda está desesperado para evitar uma eternidade no Submundo.

Elara, me ajude. Não estou preparada.

Pernelle gira seu cajado para abranger a largura de três metros e meio da ponte. Ela está tentando atrasar o Acorrentado e ganhar tempo para mim, mas estou apenas recuando.

O canto da sereia de Tyrus vibra nas vértebras da minha coluna. Olho para trás e arquejo. Estou a poucos centímetros do Portão de água. Cambaleio para a frente, tentando me distanciar. O gigante Acorrentado passa por Pernelle e avança em minha direção.

— Esquive-se, gire e golpeie! — ela grita.

Imediatamente repito o padrão de contra-ataque que aprendi quando era uma noviça. O movimento funciona. Engano o homem

Acorrentado por tempo suficiente para dar uma cambalhota na frente dele, então giro e bato a ponta do meu cajado em suas costas.

Seu corpo tangível se inclina para a frente, mas então ele finca os pés no chão. Ele rosna e gira para me encarar, rápido. Agarra meu cajado antes que eu possa atacar outra vez. Seu olhar cai em meu colar de ossos da graça. Ele arregala os olhos. Não tenho certeza do que o assustou, mas puxo meu cajado e bato em seu peito. Ele cai para trás na água escura e sedosa do Portão.

Recupero o fôlego. Agradeço a Pernelle com um movimento de cabeça. Ela acena de volta e atravessa a ponte correndo para ajudar Dolssa com uma criança birrenta — é uma Libertada, mas ainda está com medo da vida após a morte. As outras Barqueiras também estão ocupadas encorajando, persuadindo e lutando contra outras almas. Espero no final da ponte até que elas incitem alguém em direção aos Portões, mantendo-me alerta contra a atração do Submundo.

É poderosa, mas, em última análise, resistível — pelo menos para mim. A luta de Ailesse era inegável, mas, de nós duas, ela sempre foi aquela que buscava emoções, movida mais por sua paixão do que pela razão.

— *Sabine*.

Franzo a testa. Onde está a mulher que me chama pelo meu nome? Ela mal fala alto o suficiente para ser ouvida acima da maré e da chuva.

— *Sabine*.

Sua voz encorpada ondula como música.

— *Sabine, vire-se. Estou aqui.*

Minhas entranhas se contorcem. Não pode ser...

Viro-me. Olho. Encaro para além do véu escuro do Submundo. Sinto o sangue sumir do meu rosto. Minha mãe... ela está logo além do Portão de água.

Odiva ainda é serenamente — severamente — bela. Pele branca e pálida, cabelos pretos, lábios vermelhos como sangue. Ela usa seus majestosos ossos da graça, assim como fez em vida. Seu colar de três camadas contém as garras e o pingente de osso em forma de garra de um urso albino, junto com a faixa dentária de uma arraia-chicote. As penas das dragonas em seus ombros farfalham com as garras de um bufo-real. Uma das garras, assim como o pingente em forma de garra de urso, também é esculpida em osso. O mais intimidante de tudo é que as vértebras de uma víbora-áspide e o crânio de um morcego-arborícola gigante formam sua coroa de *matrone*.

Mas minha mãe não pode estar... não pode estar viva.

— Você está morta.

Minha voz rouca é apenas um som fraco, mas minha mãe deve estar me ouvindo, porque ela responde:

— Estou brilhando com *chazoure*?

Balanço a cabeça em negativa. Meu coração trovejante ecoa céu acima.

— Mas como você...?

— Onde está sua irmã, Sabine?

Pisco.

— Ela... ela...

A criança Libertada tropeça em mim, soluçando. Ela é ainda menor que Felise ou Lisette, as mais novas de nossa *famille*. Entorpecida, pego a mão dela e a acompanho até o Portão de Elara. Os olhos pretos da minha mãe seguem a criança. Depois de fazer a travessia dela, volto de livre e espontânea vontade para o Portão de Tyrus. De um jeito estranho, sinto-me desconectada de minha mente e corpo. Nada do que está acontecendo pode ser real, mas deve ser real. Eu nunca imaginaria isso.

— Estou presa aqui, Sabine. — Odiva apoia a mão contra o Portão de água. — Preciso que minha filha primogênita me liberte. Onde ela está?

— Ailesse não... — Cerro os lábios. Não deveria estar falando com minha mãe. Dou um passo para trás e olho ao redor em busca de Pernelle. Ela vai me dizer o que fazer. Porém a mais nova das anciãs está lutando contra dois Acorrentados. Nenhuma das outras Barqueiras me nota também. Estão ocupadas com as almas que se aproximam.

— Por que Ailesse não está fazendo a travessia como *matrone* esta noite? — Odiva avalia minha posição no final da ponte de terra. O canto da sereia de Tyrus aumenta atrás dela, e sua beleza sombria solta minha língua.

— O *amouré* dela é o príncipe de Galle do Sul. O pai dele, o rei, está morrendo, então... então Ailesse logo será rainha. — Deixarei minha mãe acreditar nisso se for para proteger minha irmã, embora eu me recuse a deixar Casimir ganhar o coração dela. — Ela prefere uma coroa de ouro a ser *matrone*. — Não posso deixar de acrescentar essa parte para provocar Odiva, embora tenha certeza de que não é verdade. Ailesse se preparou a vida toda para liderar nossa *famille*.

Odiva inclina a cabeça com uma elegância exclusivamente sua.

— Que sentido faz ter a coroa se Ailesse deve matar seu *amouré*?

Levanto um ombro, fingindo mais ousadia do que tenho.

— Ela ainda será a rainha.

Seus lábios se curvam.

— Traga-a para mim, Sabine. Tudo o que ela precisa fazer é tocar minha mão, e então Tyrus me libertará.

Não posso acreditar na arrogância dela.

— Por que eu ajudaria você? Por que iria querer você de volta, depois do que fez?

— Depois do que um *deus* me pediu para fazer, você quer dizer. Bufo em escárnio.

— Não sou má, criança. Você me vê envolta em correntes?

— Apenas os mortos usam correntes.

Odiva parece não ouvir meu comentário. Ela toca o colar que usa, mas não aquele com seus ossos da graça, e, sim, o que meu pai, quem quer que fosse, deu a ela: uma caveira de corvo com um rubi preso no bico aberto.

— Seu pai deseja conhecê-la, Sabine. Se Ailesse me libertar, posso trazê-lo de volta também.

— Não. — Minha voz é mais cortante que a faca de osso, e minhas pernas começam a tremer. Finalmente entendi o que minha mãe quer. O pacto dela com Tyrus está incompleto. O deus ainda exige que minha irmã seja sacrificada antes de libertar meu pai Acorrentado do Submundo. — Não desejo conhecê-lo. E Ailesse *nunca* virá aqui. Eu vou me certificar disso.

Seus olhos ônix me perfuram.

— Acha que consegue? Cuidado com a graça que carrega, filha. O chacal-dourado de Tyrus é astuto. Ele se aproveitará de suas fraquezas.

Meu estômago dá uma reviravolta. Tyrus deve ter contado a ela que tenho o osso da graça do chacal-dourado. Quando ela estava viva, afirmei que meu pingente havia sido esculpido em um osso de lobo-preto.

— O chacal me fortalece.

A mão de Odiva se estende em minha direção, a palma pressionando novamente o véu de água entre nós.

— Quero te ajudar, Sabine. Aprendi muitas coisas neste reino. Podemos compartilhar sua graça.

— Isso é impossível.

— Não para mim. Não mais. Posso te ensinar a como atingir seu potencial com o chacal. Sem minha orientação, o poder a consumirá.

Engulo em seco. Poderia uma graça ser realmente tão perigosa?

O canto da sereia de Tyrus fica mais alto e mais rápido.

Ouço rosnados dos Acorrentados se aproximando atrás de mim. Preciso fazer a travessia, mas não consigo me desviar do olhar penetrante de minha mãe.

— Venha até mim, filha — diz ela. Seu cabelo preto dança. Seu vestido azul-escuro balança na altura dos tornozelos. — Tudo que precisa fazer é tocar minha mão.

— Sabine, o que você está fazendo? — grita Pernelle. — Faça a travessia!

Arquejo. Minha mão está a apenas alguns centímetros do véu. Não me lembro de ter levantado nem mesmo um dedo. Recuo e me viro. Não consigo ver Pernelle. Dois Acorrentados estão na minha frente. Um golpeia na minha direção. O outro alcança meu pescoço. Ele se assusta quando vê meu colar.

Eu me esquivo dos dois e corro na direção oposta pela ponte de terra.

— Sabine, volte! — grita Pernelle.

Não consigo. Ela terá de fazer a travessia das almas através dos Portões em meu lugar. Tenho de ficar longe de minha mãe.

As outras Barqueiras não me veem até que eu passe por elas. Corro, desviando-me de seus cajados e das almas *chazoure* que elas combatem.

— Sabine, pare! — chama Maurille de perto da base da ponte. — Os Portões vão fechar!

Continuo correndo. Não a entendo. Os Portões permanecem abertos enquanto houver almas para fazer a travessia.

Isla é a última por quem passo. Ela tenta me agarrar, mas não consegue, não com uma mulher Acorrentada entre nós.

— Você é a *matrone*! — diz ela enquanto eu salto das pedras em direção à costa. — Você tem que ficar na... — Meus pés batem na areia. — ... ponte!

O Portão de água se transforma em uma onda alta e cai na extremidade da ponte. Ele não torna a subir. O brilho prateado que leva ao reino de Elara também desaparece.

Todos na ponte de terra — Barqueiras e almas — param abruptamente.

As almas ficam boquiabertas diante do lugar onde os Portões não mais se encontram. Gritos de confusão ressoam e se transformam em rugidos desenfreados.

As almas fogem da ponte. Mergulham na água. Correm para a costa. Sobem as escadas escondidas. Escalam as falésias calcárias. As Barqueiras e eu tentamos detê-las, pastoreá-las. Mas não podemos conter o caos.

Não, não, não. O que aconteceu na noite de travessia passada não pode estar acontecendo de novo.

Os mortos estão soltos, os Acorrentados e os Libertados. Estão indo em direção a Dovré, em direção à maior população de Galle do Sul.

Mas, desta vez, é diretamente por minha causa.

6
Bastien

Amaldiçoo Casimir pela centésima vez enquanto chuto para o lado a palha da minha cela e bato o pé no chão de pedra. Outro prisioneiro pode ter escondido algo fino e afiado aqui. Preciso de algo assim. Os soldados confiscaram minhas gazuas depois de me nocautearem. Acordei com uma dor de cabeça terrível e um rancor ainda mais profundo contra o príncipe.

Desgraçado. Ele mesmo me jogou nesta cela fedorenta. Tenho uma vaga lembrança da expressão exultante em seu rosto quando a porta gradeada se fechou.

— Ladrão — disse ele, como se aquela palavra me resumisse. Eu me orgulhava desse título. Há anos que sou um criminoso procurado em Dovré, mas nunca fui apanhado, não até hoje.

Um guarda de pescoço grosso passa e me pega batucando nas pedras.

— O que você pensa que está fazendo? — Ele cruza os braços.

Cruzo os meus.

— Dançando. Não consigo evitar. — Inclino o queixo para o teto. — Culpa dessa música de festa. — Já deve ter passado da meia-noite e, pelos sons fracos que chegam aqui, o primeiro banquete de *La Liaison* ainda está a todo vapor. — Estou surpreso que você não está fazendo uma dancinha também.

O guarda faz uma careta.

— Cuidado, garoto. Matamos os espertinhos ainda mais rápido aqui.

Mantenho o sorriso firme até que ele se afaste. Assim que desaparece de vista, expiro e passo as mãos pelo cabelo. Tenho de sair daqui. E vou aproveitar para libertar Ailesse.

Trovões ressoam lá fora. Subo em um banco de pedra no fundo da minha cela para alcançar uma pequena grade no final de uma inclinação no teto. Estava entrando um pouco de luz antes do pôr do sol — não que houvesse muita luz disponível. A tempestade não dá uma trégua.

Luto com a grade para soltá-la. Talvez eu possa usar como arma. Mas ela não se mexe. Ignoro a dor dilacerante da facada e continuo puxando. *Força*.

— Bastien?

Enrijeço o corpo. Essa voz. *Ailesse*. Prendo a respiração e me viro. Ela está a um metro e meio das grades da minha cela. Seu cabelo ruivo cintila vermelho sob a luz da tocha. Sua pele clara brilha macia e radiante — quase perfeita demais. Sinto falta das sardas e do tom rosado natural na ponta de seu nariz. Ela está com o rosto cheio de pó de arroz. Não importa. Ainda é mais bonita do que me lembro. Seu vestido verde tem um decote de ombro a ombro e um cinto dourado e esmeralda na parte mais baixa da curva esbelta de sua cintura.

Seus olhos castanhos se enchem de lágrimas.

— Você está vivo. — Ela se engasga. — Como você...? — Ela engole em seco. — Minha mãe esfaqueou você.

— Estou bem. — Mal consigo falar. *Ela está realmente aqui.* — Estou muito melhor agora.

Ailesse me olha para ter certeza, então seus olhos endurecem, sua mandíbula fica rígida.

— Você não deveria ter vindo.

— Ailesse... — A tensão que me fez congelar some. De repente estou desesperado para abraçá-la. Pulo do banco e corro até a grade. Ela se move mais devagar, cambaleando. Suas narinas se dilatam. Ela está zangada. Não a culpo. Tudo o que fiz foi complicar a situação.

À medida que se aproxima mancando, sua manga solta desliza para trás. Uma muleta repousa sob o braço esquerdo. Estendo minha mão para ajudá-la. Ela ainda está fora de alcance, assim como estava na Ponte das Almas quando quebrou a perna. Eu estava sangrando e perto de morrer. Não consegui impedir que Casimir a levasse embora.

Ailesse manca mais um passo e nossos dedos se tocam. E então eles se agarram, se puxam. Ela está na grade agora. Há espaço suficiente para nossas bocas se unirem. Ela deixa a muleta cair. Suas mãos agarram minhas mangas. Suas unhas cravam em meus braços. Seguro o rosto dela. Seco a lágrima em sua bochecha. Não paro de beijá-la. *Maldita grade.* Não consigo chegar perto o suficiente.

— Como você chegou aqui? — Encontro maneiras de falar com a boca dela na minha, afastando-me apenas o suficiente para formar algumas palavras de cada vez. — Você tem que ter cuidado. Aquele guarda... ele retornará a qualquer momento.

— Ele está ocupado. — Ela me beija com mais força. — Há outra porta para as masmorras. Eu vi Sophie entrando sorrateiramente para encontrá-lo.

— Quem é Sophie?

— Uma criada.

Tento responder, mas não consigo. Ailesse tem um cheiro incrível. Terra fresca e flores silvestres, um cheiro estonteante de *vida*. Minhas mãos se enredam em seus cabelos. Não me canso dela. Descemos pela grade até nos ajoelharmos. Ela encontra uma posição mais confortável para a perna quebrada. Alguma parte oculta do meu cérebro me diz que devemos parar, fugir primeiro, esperar até mais tarde para nos perdermos um no outro assim.

Mas é difícil pensar em "mais tarde" agora que finalmente estou abraçando-a.

— Ailesse... — murmuro.

— Sim? — Suas mãos rastejam sob minha camisa, e eu estremeço.

— Você tem alguma coisa... afiada?

— Afiada? — Sua risada é ofegante e quente.

— E fina... — Passo os dedos pela pele lisa de seus ombros. — Para que eu possa... arrombar... a fechadura.

Ela se afasta e pisca.

— Ah... hum, acho que sim. — Seus lábios estão inchados, e o rosto, vermelho. Ela mexe no cabelo despenteado, procurando. — Não acredito que você foi pego.

— Não estou exatamente em minha melhor forma agora.

Ailesse solta um suspiro profundo.

— Você não deveria ter vindo. Poderia ter sido morto.

— E você não teria vindo se nossa situação fosse inversa? — Seu silêncio culpado diz tudo. — Foi o que pensei.

Ela olha para mim, tentando segurar um sorriso, e tira um pente decorativo do cabelo.

— Consegue arrancar um dos dentes? — Ela o passa para mim.

Aplico um pouco de pressão, e o pente começa a dobrar.

— Duvido que os dentes sejam longos o suficiente. De qualquer forma, o ouro é muito flexível. Vai travar a fechadura. Você tem algum grampo de cabelo? — Ela faz que não. Examino seu vestido. — Alguma barbatana de baleia costurada nesse corpete?

Ailesse torce o nariz.

— As mulheres usam ossos de baleia nas roupas?

Dou uma risadinha.

— Não acredito que *isso* choca você, de todas as pessoas.

Ela sorri, mas então os cantos de sua boca caem. Ela esfrega o pescoço.

— Não tenho osso *nenhum* comigo.

— Casimir pegou? — zombo. — Não me surpreende. — Outra razão para odiar o príncipe. Viro o pente em minhas mãos. — O que ele acha que está fazendo, lhe dando coisas de ouro?

Ailesse encolhe os ombros e olha para baixo.

— Ele me ofereceu muito mais do que isso.

Sinto um nó no estômago.

— Que bem faz ele ao lhe dar tantas coisas e não a liberdade?

— Casimir me dá liberdade. Não é por isso que recuso.

— O que você quer dizer com "ele lhe dá liberdade"? — O ruído de um trovão ecoa pelo corredor das masmorras. — O príncipe raptou você.

— Não, Bastien. Eu escolhi ficar aqui desde o início.

— Você chama isso de escolha? Você estava com a perna quebrada e sem nenhum osso da graça.

— Ainda poderia ter ido embora se quisesse.

Não acredito nela.

— Por que você não admite logo que o príncipe consegue o que quer... *quem* quer? — Ergo a voz. — Ele acha que tem o direito.

— Shiu, o guarda vai ouvir.

— Deixe que ouça.

Ela suspira.

— Você não entende a situação.

— E por que você não me explica?

— Casimir é uma boa pessoa. Quando me trouxe aqui, ele me pediu para dar a ele uma chance.

— Uma chance de quê? Ganhar seu coração? — Não acredito no que estou ouvindo. — Então é isso? — Aceno com a mão para o vestido que ela está usando. Deve ter custado uma fortuna. Ela está praticamente sendo preparada como uma rainha. — Você está dando uma chance a ele?

— Talvez não da maneira que ele queria, mas, sim. Ele é meu *amouré*, e...

— Então você está gostando dele agora?

Ela estreita os olhos.

— Estava pensando em *você* quando decidi não matar Casimir.

Meu queixo cai. Não consigo falar nem por um momento.

— Você... *o quê?*

— E se eu tivesse matado você quando nos conhecemos em Castelpont? E se o seu *pai* tivesse tido uma chance e não tivesse sido morto tão precipitadamente?

Uma imagem vívida dele sendo esfaqueado por uma Feiticeira de Ossos toma conta da minha mente.

— Não compare Casimir com meu pai. — Tensiono a mandíbula. — Não é justo.

— Estou tentando fazer você entender. — Agora sua voz fica mais alta. — Seu pai merecia viver. Casimir também. É por isso que não consigo matá-lo.

— Mas você vai morrer com ele.

— Vou encontrar uma maneira de quebrar o vínculo da alma, da mesma forma que você e eu...

— Estávamos sonhando, Ailesse. Estávamos *iludidos*. — Qual é o problema com ela? Ela sabe disso. Já passou por isso uma vez. Por que não consigo fazer com que *entenda*? — Não há como quebrar o vínculo da alma.

Ela franze os lábios, teimosa.

— Como você tem tanta certeza?

— Ailesse, por favor... — Passo os braços pela grade e seguro nos dela, com as mãos trêmulas. — Não discuta comigo sobre isso. Não posso... — Minha voz falha. De repente, sou uma criança de novo, segurando o cadáver do meu pai. — Não posso perder você também.

Seus olhos brilham, e a raiva desaparece deles. Ela se aproxima de mim.

— Você não vai me perder, Bastien. — Ela acaricia a lateral do meu rosto. — Nós vamos resolver isso, prometo. Temos tempo. Planejava sair daqui depois que minha perna sarasse. — Ela dá de ombro. — Na verdade, eu ia partir hoje à noite... É noite de travessia.

Sinto um oco no estômago.

— E daí eu apareci.

Sua boca se abre em um pequeno sorriso.

— Daí você apareceu. E eu não poderia sair sabendo que estava trancado aqui.

Pendo a cabeça contra a grade. *Merde*, atrapalhei tudo.

Ailesse passa os dedos pela parte de trás do meu cabelo.

— Escapei da festa assim que pude. Disse a Casimir que não me sentia bem.

Olho para cima.

— Você saiu de um jantar com o príncipe e o rei tão fácil assim?

— No fim das contas, o rei Durand não conseguiu participar. Está muito doente. E Casimir afogou sua decepção em várias taças de vinho. Não foi tão difícil me retirar.

Dou um suspiro pesado.

— Sabine vai ficar doida quando descobrir que sou a razão pela qual você ficou aqui esta noite.

Seus olhos se arregalam.

— Você tem conversado com Sabine?

— Ela esteve aqui hoje. Planejou essa invasão comigo, e com Jules e Marcel.

Ailesse se sobressalta.

— E ela está bem? O que aconteceu? — Ela agarra minha mão. — Bastien, conte-me tudo.

Resumo as últimas duas semanas com o mínimo de palavras possível, incluindo a aventura de hoje com a pólvora.

— Espero que Jules e Marcel tenham deixado o poço do castelo — digo. — Os soldados devem estar procurando a forma como invadimos.

Quando explico o que aconteceu com Sabine — seu desentendimento com Casimir e como ela fugiu do castelo sem explicação —, Ailesse franze a testa.

— Talvez você não tenha ouvido tudo o que eles disseram.

— Talvez — admito.

— Sabine tinha que ter um motivo forte para partir tão de repente assim.

Eu esfrego o queixo.

— Ela me pediu para lhe dizer algo.

— O quê? — Ailesse se inclina para a frente.

— Ao que parece, Sabine conhece o canto da sereia que abre os Portões.

Ela afasta a cabeça.

— O quê? Como?

— Ela não disse. Estava ocupada demais encenando a saída mais dramática possível.

Ailesse fica quieta enquanto pensa em tudo. Ela parece... chateada. Compreensível, dado quão superprotetora ela é com a irmã.

— Sabine vai ficar bem — eu a tranquilizo, beijando sua palma. — Ela tem uma flauta de osso que funciona. Foi assim que ela atraiu Casimir quando o levou para a ponte da caverna, algum tipo de ritual por procuração, disse ela. Então você não precisa se preocupar com a travessia de hoje à noite. Sabine vai liderar, assim como tem liderado sua *famille* todo esse tempo que você esteve ausente.

Ailesse ergue as sobrancelhas.

— Ela está liderando a *famille*? Como *matrone*?

Não entendo por que ela está tão nervosa.

— Só até você voltar.

Ela parece desolada. Acaricio as costas da mão dela com o polegar.

— O que foi?

— Nada, é que... minha *famille* não deixaria Sabine assumir o comando desse jeito, a menos que minha mãe já a tivesse declarado sua herdeira. Ela deve ter feito isso quando eu estava com você. — Ailesse força um sorriso, mas a expressão em seus olhos é vazia. — Tudo fazia parte do plano da minha mãe de me sacrificar para Tyrus.

Odiva havia feito um acordo com o deus do Submundo havia dois anos: a vida de sua filha primogênita em troca do homem que ela amava. Não seu *amouré*, e, sim, o pai de Sabine. O pacto deveria ressuscitá-lo, mas isso não aconteceu porque Odiva não cumpriu sua parte do acordo. Ela não matou Ailesse. Ela se sacrificou em vez disso.

— Mas você ainda está viva, você ainda é a herdeira — digo, tentando confortá-la.

— Eu sei — murmura ela, mas seus olhos permanecem vazios.

Passos ecoam no corredor das masmorras. O guarda está voltando. Ailesse se assusta e agarra sua muleta. Eu a alcanço através da grade e a ajudo a se levantar.

— Voltarei em breve, ainda hoje — diz ela, com voz rouca. — Vou trazer algo decente para arrombar a fechadura.

Ailesse começa a se virar, mas eu a puxo de volta e beijo sua boca. Ela se afasta rapidamente, encolhendo-se, e balança a cabeça, desculpando-se.

— Tenho que ir.

— Espere. — Tento descobrir o que fiz para ofendê-la. Há uma nova brecha entre nós que não existia há pouco. — Sabine trouxe uma faca de osso. — Explico rapidamente onde a escondi. — Por favor, pense no que eu disse. Talvez você não tenha outra chance de estar perto de Casimir depois que deixarmos Beau Palais. — *Eu gostaria de poder matar o desgraçado por ela.*

Ela manca para trás apoiada na muleta.

— Bastien, eu...

— Por favor, Ailesse.

Ela aperta os lábios e olha na direção do som do guarda que se aproxima. Então finalmente assente, gira sobre a muleta e se apressa para as sombras, para além da luz da tocha.

Solto um suspiro trêmulo. O que pedi a ela é uma traição à memória do meu pai, mas ainda estou desesperado para que faça isso e mate Casimir para se salvar.

7
Ailesse

Sinto o cabo da faca de osso na minha coluna. Coloquei-a sob o forro do meu vestido depois de tirá-la da guirlanda de flores, o esconderijo na entrada do grande salão sobre o qual Bastien me falou. Consegui recuperá-la sem precisar voltar para a festa e sem que ninguém me visse. Agora meu cabelo comprido esconde a lâmina, mas meu coração ainda bate em um ritmo frenético.

Calma, Ailesse. Só porque você pegou a faca não significa que realmente vai matar Cas.

Mas você deveria, outra voz fala comigo. É mais grave, como a voz de Bastien, mas quando ecoa novamente, soa como a de Sabine. Meus amigos mais próximos se preocupam comigo — sei que me querem viva —, mas não conhecem Cas. É mais fácil dizer que alguém deveria morrer quando se trata de um estranho.

Manco pelo corredor o mais rápido possível. Os guardas ocasionais no terceiro andar de Beau Palais não me incomodam. Nem os criados que ainda estão acordados. Eles se curvam e fazem reverências como se eu fosse uma princesa. Não sabem quem realmente sou. Não percebem que, quando eu usar uma coroa, ela será feita de ossos.

Serei eu quem liderará minha *famille* na próxima noite de travessia, embora minha mãe tenha nomeado Sabine como sua herdeira. Eu deveria ser a *matrone*. Sabine sabe disso no fundo de seu coração. Minha *famille* também. Elas vão me considerar digna e me reestabelecer em minha posição legítima... não vão?

Sinto um desconforto no estômago, e me dobro no meio por um momento, como fiz quando estava com Bastien nas masmorras. Não sei o que há comigo, exceto que de repente sinto falta da minha *famille* mais do que nunca. Essa distância parece uma dor física em meu corpo. Estou longe há muito tempo. Depois de libertar Bastien, preciso voltar para casa.

Olho para o longo corredor. Meu quarto ainda fica a várias portas de distância. Amaldiçoo meu joelho quebrado, meu ritmo lento e meus ossos da graça perdidos. Meu falcão-peregrino poderia estar me dando velocidade agora; o tubarão-tigre, força e resistência; e o íbex alpino, agilidade e equilíbrio nesta muleta. Expiro, tentando não pensar no que não tenho. Em vez disso, faço um inventário mental dos itens do meu quarto. Existe alguma coisa que Bastien possa usar para arrombar a fechadura?

Dou outro passo no exato instante em que um som fraco reverbera pelo castelo. O riso de uma mulher. É de um abandono violento, mas misterioso de uma forma que arrepia os pelos dos meus braços. Olho para trás e não vejo ninguém. Este trecho do corredor está vazio.

— ... gostaria que você pudesse tê-la conhecido.

Cas? Olho na outra direção. A voz *dele* eu reconheço. Vem de dentro do aposento mais próximo, para além de uma porta alta e ornamentada que foi esquecida aberta. Os aposentos do rei Durand. Tenho de passar por eles para chegar ao meu quarto.

Prossigo com cautela, tentando ficar o mais quieta possível. Se Cas me encontrar, terei de explicar por que menti sobre ter de sair mais cedo do banquete.

— Não se preocupe — diz ele. — Sei que precisa economizar suas forças. Encontraremos outra maneira de você conhecer Ailesse.

Ao passar pela porta, não consigo deixar de olhar para dentro. Cas está sentado em uma cadeira ao lado da cama de dossel do rei. As cortinas de veludo estão fechadas, exceto por um único lado, através do qual Cas se inclina para a frente, com os cotovelos apoiados nos joelhos, e segura a mão estendida do pai. Fico presa à cena. Esta é a primeira vez que vejo o rei Durand.

Ele pode ter sido bonito um dia — seu rosto tem uma ótima estrutura óssea —, mas sua pele é de uma cor acinzentada com aspecto de doente, mesmo sob a luz de velas. E está tão magro que parece quase esquelético. Os olhos verde-claros dele são sua melhor característica. Talvez seja por causa do olhar amoroso que dá ao filho. Ele abre a boca para falar, mas depois começa a tossir. Cas rapidamente coloca um copo de água em seus lábios. Ela escorre por seu queixo enquanto ele luta para beber.

Desvio o olhar. Cas não gostaria que eu visse seu pai assim. Começo a passar pela porta, torcendo para que não veja minha sombra, mas não consigo chegar ao outro lado. A risada misteriosa retorna. Ela gargalha em meus ouvidos e passa por mim, entrando no quarto. Mas não vejo a mulher em lugar nenhum.

Cas se vira. Suas sobrancelhas se contraem.

— Ailesse, o que...? — Ele se sacode para o lado quando a risada incorpórea passa por ele. — O que é que foi isso?

O pavor gelado atinge minhas veias. Finalmente entendo.

— Não, isso não pode estar acontecendo. De novo não.

— O que não pode estar acontecendo?

Afasto o cabelo para o lado, arranco a faca de osso do forro do meu vestido e entro no quarto, usando a muleta para me impulsionar.

— Proteja seu pai, Cas!

Ele se levanta e saca sua adaga coberta de joias. Seus olhos percorrem as tapeçarias e os cantos sombrios do quarto.

— Quem está aqui? Não consigo ver.

— É uma Acorrentada. — *Só pode ser*. O que significa que Sabine não conseguiu abrir os Portões do Além esta noite. As almas não transportadas estão soltas outra vez. Minha *famille* precisa mesmo de mim.

— Acorrentada? — repete Cas.

— Algumas pessoas as chamam de fantasmas.

Seus olhos se arregalam.

— Como?

— Fantasmas — repito. Ele não sabe nada sobre os mortos. E terá de aprender rápido. Dou a volta na cama para que o rei fique protegido de ambos os lados. — Mas essa é um dos ruins. — Eu seria capaz de ver sua cor *chazoure* se tivesse minha visão de falcão-peregrino, ou sentir sua localização se tivesse meu sexto sentido de tubarão-tigre. — Não deixe que ela alcance o rei. Ele já está fraco.

A janela brilha com um relâmpago cintilante. Um trovão ensurdecedor ressoa logo em seguida. Não consigo ouvir mais nada por um momento.

— Saia de cima dele, demônio! — Cas se enfurece.

Puxo para o lado as cortinas de veludo. O rei Durand está sentado ereto, mas suspenso em um ângulo estranho. A Acorrentada está o levantando.

Ele bate fracamente em sua agressora invisível, com os olhos arregalados de terror. Cas brande cegamente a adaga, mas sua lâmina não atinge nada. Ele não ousa mirar mais perto do pai.

Viro minha faca de osso e a seguro pela lâmina.

— Cas, saia daí!

Ele rapidamente se afasta. Jogo a faca. Ela para no ar, alguns centímetros acima do rosto do rei. O grito terrível da mulher ressoa.

O rei cai no travesseiro. A faca flutuante é puxada para trás e também cai. Ao pé da cama, as cortinas de veludo balançam. A Acorrentada passou através delas.

O quarto fica em silêncio, exceto pela chuva que bate no vidro da janela. Eu me esforço para ouvir para onde a mulher foi. Cas está em choque total. Ele nunca testemunhou um ataque de mortos. Sabine o havia levado para a ponte da caverna depois que terminei de fazer a travessia das almas.

— Como é que um fantasma pode ser esfaqueado? — sussurra ele. Está tão imóvel quanto eu, com a adaga em punho.

— Acorrentados são tangíveis. — Eu me apoio no colchão com o joelho bom. Pego minha faca de osso. — Todas as almas são.

Cas acena com a cabeça, embora sua testa permaneça franzida.

— E esses Acorrentados não sangram?

— Nem morrem.

Ele engole em seco.

— Maravilhoso.

O rei Durand começa a tossir outra vez. Cas rapidamente o apoia com outro travesseiro.

Um pensamento terrível se apodera de mim.

— Quando seu pai começou a ficar doente?

— Mais ou menos um mês atrás.

— Ao mesmo tempo que outras pessoas em Dovré também ficaram doentes? — A segunda praga, alguns a chamam. Eles não sabem nada dos Acorrentados, já que são invisíveis para eles. Não percebem que a razão pela qual tantas pessoas na cidade ainda estão fracas e sofrendo é porque os Acorrentados roubaram a Luz delas na última vez em que os mortos estiveram soltos. E a Luz roubada não pode ser reposta.

— Sim. — Cas estuda meu rosto à luz de velas. — Por quê?

As cortinas ao pé da cama se abrem. Deslizo com minha faca, mas não sou rápida o suficiente. Levo um chute nas costelas e sou arremessada vários metros para trás.

— Ailesse! — grita Cas enquanto eu caio. Minha muleta é arrancada de mim. A faca de osso gira pelo chão.

A Acorrentada ri. Cas salta em direção ao som, mas não se agarra a nada. Mais uma onda de risadas soa do outro lado dele.

Inspiro com força. Não tenho fôlego para avisá-lo.

Ele se vira e esfaqueia com a adaga, mas então sua mão para.

Ela pegou o punho dele.

— Príncipe tolo — ronrona a mulher. — Você é exatamente como seu pai, não é? Confortável aqui em seu castelo, sem ver a população que sofre!

Ela é um dos dissidentes, percebo. Ela culpa a monarquia pela recente praga.

Cas olha para o local onde o rosto dela deveria estar.

— Meu pai parece confortável para você?

A mão da adaga gira bruscamente, forçando-o a largar a lâmina. No momento em que cai de sua mão, ele é jogado para trás. Cas bate em uma parede de pedra, e sua cabeça cai para trás, batendo contra ela também.

O pânico toma conta de mim. Se Cas morrer, eu morro. Eu me arrasto em direção à minha faca de osso. Não tenho tempo de pegar a muleta, e nenhuma ajuda virá. Os soldados do castelo não conseguirão ouvir nossa luta acima do ruído dos trovões.

O colchão afunda. A Acorrentada está na cama.

— Os deuses estão punindo você por amaldiçoar a terra — diz ela ao rei. A cabeça de Durand se desencosta do travesseiro e é puxada por ela novamente. Ele geme, os olhos arregalados. — Eu vou ajudá-los.

— Solte o rei! — Minha faca está a um metro e meio do meu alcance agora. Tento ser mais rápida. — Cas, ajude!

O príncipe luta para ficar de pé, atordoado por ter batido a cabeça.

— Seu pai já perdeu muita Luz — digo. O rei deve ter sido atacado antes, quando os Acorrentados estiveram soltos em Dovré. — Ela vai matá-lo! Ela vai matar a alma dele!

O rosto de Cas fica pálido.

— Isso é possível?

— Sim.

Ele empalidece ainda mais e procura sua adaga. Finalmente alcanço minha faca de osso. Agarro-a e me apoio na perna boa. Miro e arremesso. A lâmina voa perto da cabeça do rei outra vez, mas desta vez afunda na cabeceira da cama logo atrás dele. Não acertei a Acorrentada.

Os olhos do rei Durand reviram até ficarem brancos. Seu peito arfa, como se estivesse sendo sugado até secar. O horror me invade. Pulo desesperadamente em direção à cama.

— Depressa, Cas! Está acontecendo!

Ele avança. Nunca o vi tão feroz. Ele pula no colchão e dá um soco violento. Eu o ouço atingir a Acorrentada, e o rei cai na cama. Cas imediatamente luta com a mulher, esfaqueando repetidamente. Meu estômago revira, embora ela esteja invisível e não sangre. Cas continua esfaqueando, mas não conseguirá mantê-la afastada para sempre.

Olho para a janela. É igual à do meu quarto, com vidraças encaixadas nas venezianas.

— Cas, traga-a aqui! — Pulo em direção à janela, ignorando meu joelho latejante. — É a única maneira de nos livrarmos dela. — *Pelo menos por enquanto.*

Ele a arrasta para fora da cama, continuando a esfaquear enquanto ela grita. Arranhões aparecem em seu rosto quando ela o agarra.

Chego à janela, abro o trinco e as venezianas. As cortinas balançam violentamente ao vento. Chuva entra no quarto. Cas puxa a mulher invisível para mais perto.

— Ela não vai voltar para cá voando?

— Almas não voam.

— Mas é óbvio — murmura ele.

Estendo a mão para ajudá-lo, quando a bota de Cas escorrega no chão molhado. Ele rapidamente recupera o equilíbrio, mas a adaga é arrancada de suas mãos.

— Ailesse, ela... — Ele enrijece e começa a engasgar.

Então seus olhos ficam brancos.

Não! Tento agarrar o ar. Minhas mãos atingem os ombros da Acorrentada. Empurro e soco, mas ela não se mexe. Amaldiçoo Cas.

— Por que você escondeu meus ossos da graça? Preciso deles!

Sua boca se contrai, mas ele não consegue falar. Puxo a mulher em direção ao parapeito da janela. Ela arrasta Cas junto. Minhas costas batem no parapeito. Nós três lutamos enquanto a chuva nos atinge. Estou prestes a estrangular a Acorrentada quando *eu* começo a engasgar. Não entendo. A mulher não me segura pelo pescoço. A sensação sufocante se espalha por todo o meu corpo. Começo a cair no chão.

Sinto meu coração bater em meus ouvidos. Estou perdendo Luz, assim como Cas. De alguma forma, a Acorrentada também está roubando a minha. Eu me contorço, desesperada para fazê-la parar. Meus dedos roçam metal molhado. A adaga de Cas.

Tento agarrar o punho da faca com minhas últimas reservas de energia. Miro no que espero que seja a panturrilha da mulher. Eu me apoio no joelho bom e a apunhalo com toda a minha força desajeitada.

A lâmina acerta em cheio.

A Acorrentada grita e solta Cas. Ele se segura no parapeito da janela. Respiramos fundo ao mesmo tempo.

— Agora, Cas! — grito.

Ele empurra o espaço onde a Acorrentada deve estar. Ao mesmo tempo, agarro suas pernas invisíveis e as tiro do chão. Juntos, nós a jogamos pela janela.

Seus gritos sobrenaturais aumentam e depois desaparecem quando ela cai os três andares até o chão lá embaixo. A tempestade abafa o som do impacto.

Cas solta um grande suspiro. Ele desliza para o chão ao meu lado. Nós nos sentamos, lado a lado, com as costas encostadas na parede, ofegantes e completamente encharcados pela chuva.

— O que foi que... acabou de acontecer? — pergunta ele.

— Acho que perdemos um pouco de nossas... — Engulo em seco. — Nossas almas.

— Nossas?

Estou batendo os dentes.

— Você é meu *amouré*. — Sei que ele ouviu essa palavra na Ponte das Almas da caverna, mas nunca expliquei o que significa. — Estamos ligados por um vínculo de alma. O que acontece com você também acontece comigo. — Não digo nada além disso. Eu mesma mal consigo compreender a revelação. Não tinha ideia de que poderia perder minha alma se ele perdesse a dele.

Cas balança a cabeça lentamente, seu olhar perdendo o foco enquanto luta para aceitar a realidade, junto com todas as outras verdades estranhas que aprendeu esta noite.

— Vamos ficar bem? — pergunta. A chuva pinga de sua fina coroa. — Ou melhor, nossas almas.

Eu me lembro do que aconteceu com Jules. Ela não foi apenas atacada, como nós. A alma de um Acorrentado realmente a possuiu por algumas horas.

— Devemos ter perdido apenas uma pequena porção de Luz — respondo. — Nós tivemos sorte.

Ele olha para a cama do pai e se levanta.

— Vou ver como ele está. — Cas se apressa em me trazer minha muleta e depois vai cuidar do rei.

Eu me levanto e fecho a janela para o caso de a Acorrentada decidir escalar as muralhas do castelo. Estou fechando a trava quando ouço um soluço entrecortado. Eu me viro.

Cas chora baixinho. Sua mão está ao lado da testa do pai. Os olhos do rei Durand estão fechados. Eu me aproximo mancando, mas assim que vejo o rosto do rei, paro. Ele mudou completamente: não está apenas sem vida, mas terrivelmente vazio, embora suas feições pareçam as mesmas. Não há nada dentro dele agora... De alguma forma, isso é aparente. Sua alma não está adormecida em seu corpo, aguardando o chamado da próxima noite de travessia. Ela se foi para sempre.

— Ah, Cas. — Sinto um aperto na garganta. O que acabou de acontecer é horrível, quase além da compreensão. As almas são sagradas, destinadas à vida eterna. Não consigo imaginar perder um ente querido assim. Ando ao redor da cama, apoiada em minha muleta, e coloco minha mão trêmula em seu ombro. — Sinto muito.

Ele abaixa a cabeça. De alguma forma, ele parece menor, como uma criança abandonada.

— Agora perdi toda a minha família.

Um criado de cabelos grisalhos aparece diante da porta aberta. Ele segura uma bandeja com diversas tinturas e poções de ervas. Seus olhos se arregalam quando olha para o rei, e então coloca a bandeja sobre uma mesa, curvando-se profundamente.

— Minhas mais sinceras condolências, Vossa Majestade Real.

Cas levanta a cabeça.

— O que você disse?

— Minhas mais sinceras...

— Não, como você me chamou?

Percebo o que Cas está lutando para aceitar. O criado não se dirigiu a ele como Vossa Alteza, o título honorífico de um príncipe.

— Vossa Majestade Real — repete o criado, e se prostra ainda mais. — Vida longa ao rei Casimir.

8
Sabine

A chuva açoita a caverna aberta sob as ruínas do Château Creux. Estou com três anciãs Leurress na extremidade do espaço que chamamos de pátio. Aqui, a chuva não pode nos atingir.

— Sinto muito — digo pelo que deve ser a centésima vez. — Nunca me ensinaram que a *matrone* precisava permanecer na Ponte das Almas.

— Não te ensinaram muitas coisas. — Nadine suspira, prendendo novamente o pente de caveira de enguia no cabelo. Seus cachos castanhos ainda estão pingando. Voltamos para casa para avisar nossa *famille*, enquanto o resto das Barqueiras ainda estão na tempestade, tentando reunir o máximo de almas que puderem. — Ailesse foi criada para ser herdeira de Odiva, não você.

Seu tom não é desdenhoso, mas ainda dói.

— Estou muito ciente disso. — Mordo meu lábio trêmulo. Caçar, lutar... todas as habilidades valorizadas pelas Leurress, eram mais naturais para Ailesse. — Não pedi para ser *matrone*.

— Sei que não. — Pernelle toca meu braço.

Chantae esfrega a testa negra, impaciente.

— O que aconteceu hoje, Sabine? Vi você lutar quando os Acorrentados foram soltos da última vez. Você era muito mais hábil.

Balanço a cabeça e me contorço para trás, meu peito apertado. Não consigo nem mesmo extrair força do meu pingente de chacal para me ajudar a superar a ansiedade. Não sei como explicar que minha mãe está viva, apesar de ter a visto no Submundo. Para começar, teria de explicar por que ela está lá, e que ela teve um amante além de seu *amouré* e uma segunda filha com ele: eu. É o suficiente para desencadear a anarquia. Não posso lidar com uma rebelião agora.

Pernelle estende a mão para mim.

— Para onde está indo?

Continuo andando para trás. Não consigo respirar. Não sei como fazer tudo de uma vez: liderar minha *famille*, fazer a travessia dos mortos, libertar Ailesse, lidar com minha mãe, parar os Acorrentados.

Nadine franze a testa.

— Nem sequer pensamos em um plano.

— Precisamos preparar um local para abrigar os Acorrentados — acrescenta Dolssa. — Você ainda nem acordou a *famille*, Sabine. Precisa falar com elas.

— Eu sei, mas... — Começo a ver pontos pretos brilhantes. Apoio a mão na parede da caverna. — Só preciso de um momento para... — Me apresso em direção ao túnel que leva para fora. — Volto já.

Corro pelos túneis escavados pela maré. O eco das ondas bate em meus ouvidos, mais alto por causa da minha audição de chacal. Não consigo afastar a imagem de Odiva atrás do véu de água, o crânio de morcego-arborícola em sua coroa de ossos olhando para mim. Como poderei fazer a travessia novamente com os olhos escuros da minha mãe olhando por cima do meu ombro?

Chego a um nível superior onde os túneis da caverna encontram os corredores do antigo castelo. Os brasões esculpidos do Château Creux insistem em chamar minha atenção. Eles se repetem nos arcos e ao longo das paredes, o corvo e a rosa, símbolos da monarquia que governou Galle do Sul. As imagens me cutucam como um aviso, mas estou sobrecarregada demais para entendê-las. Corro em direção ao arco desmoronado que a *famille* usa como entrada e depois subo a escadaria de pedra em ruínas. Meus pés afundam na grama molhada do lado de fora.

Eu me curvo, apoio as mãos nos joelhos e tento forçar meus pulmões a se abrirem. A chuva cai em meu cabelo e rosto, e escorre pela ponta do meu nariz. *Acalme-se, Sabine. Apenas Respire.* Este dia não acaba nunca. É demais para mim.

— Sabine?

Minha cabeça se levanta ao ouvir a voz grave e rouca de Jules. A uns treze metros de distância, ela surge de trás das ruínas do muro do jardim do castelo. Seu capuz a protege da chuva, mas minha visão de falcão noturno detecta que está tremendo. Corro e a puxo de volta para o castelo, sob o abrigo de uma ameia saliente.

— O que você está fazendo aqui? — sibilo. — Se minha *famille* vir...

Não quero imaginar a raiva delas. Nenhum estranho deve saber onde moramos. O povo de Dovré sempre se manteve afastado. Eles acreditam que as ruínas do castelo são amaldiçoadas e assombradas pelo antigo rei de Galle do Sul. O pai de Casimir nem sempre governou este país.

— O que *eu* estou fazendo aqui? — Jules coloca a mão no quadril. — Você abandonou a mim e a Marcel.

Fecho os olhos brevemente. Eu fiz *alguma coisa* certa hoje?

— Sinto muito. Não consegui resgatar Ailesse e... bem, era noite de travessia. Eu tive que... — Paro, distraída pela palidez com aspecto de doente da pele de Jules. — Você realmente não deveria estar aqui, sabe. Ou andando por aí. — Bastien tinha me contado como ela já havia perdido muita Luz. — A travessia foi um desastre. Almas Acorrentadas estão à solta de novo e...

— Bastien foi preso.

Arregalo os olhos.

— O quê?

Jules tira o capuz, olhando para mim.

— Você não estava lá para o ajudar. Eu ouvi os soldados. Disseram que você fugiu para se salvar.

— Não foi isso que... — Esfrego a testa enquanto a culpa me domina. — Achei que ele estava seguro quando saí.

— Bem, ele está nas masmorras agora, graças a você. E a lei não é branda com ladrões. — Sua expressão dura se quebra, e seu queixo começa a tremer. — Eles podem executá-lo se não agirmos logo.

Eu estremeço. Não posso deixar Bastien morrer. Devo isso a Ailesse.

— Nossa rota pelo poço do castelo foi descoberta?

Ela assente.

— Marcel e eu por pouco não escapamos com vida.

— Então de que outra forma podemos nos infiltrar em Beau Palais? — Levamos quinze dias para preparar nossa rota pelo poço.

Ela respira fundo, como se estivesse ensaiando a resposta.

— Acho que conheço um jeito. Na primeira noite em que Bastien, Marcel e eu levamos Ailesse às catacumbas...

— Você quer dizer quando a sequestraram?

— Sim, sim. — Jules balança a mão, dissimulando. — Odiva fez uma tentativa de libertá-la, uma distração com o intuito de dar a Ailesse a oportunidade de fugir. Quase funcionou. — Então ela explica rapidamente como uma colônia de morcegos gigantes invadiu a câmara das catacumbas.

Penso naquela noite.

— Odiva estava cantando, rezando para Tyrus — murmuro. Quando as anciãs Leurress saíram em busca de Ailesse, Odiva ficou para trás no Château Creux. — Eu a vi cortar o dedo nos dentes do crânio de morcego-arborícola. O sangue dela deve ter feito parte do ritual. — Com certeza. Como filha, Ailesse compartilha seu sangue. A magia ritualística enviou os morcegos para o local onde ela estava presa.

— Excelente — diz Jules. — Então você já sabe como fazer.

— Talvez. — Pode ser semelhante ao ritual de procuração que realizei. — Mas não deveríamos recorrer a um ritual de sangue com Tyrus, a menos que estejamos desesperadas.

— Você não me ouviu há pouco? Ladrões vão para a forca. Estamos desesperadas, Sabine.

Minha boca fica seca, e tento engolir.

— Bem, não acho que um bando de falcões noturnos ou um grupo de salamandras seja tão ameaçador quanto morcegos-arborícolas gigantes.

— E os chacais-dourados? — pergunta Jules.

— Eles não são nativos de Galle do Sul. — Aquele que eu matei era extremamente raro. Quem sabe como os deuses o trouxeram para cá? — Os rituais das Leurress são poderosos, mas não podem criar uma nova vida.

— Imaginei. — Ela inclina a cabeça. — Então o animal deve ser comum por aqui se quisermos que uma grande quantidade deles ataque o castelo?

Franzo a testa, cautelosa com o brilho ansioso em seus olhos castanhos.

— Eu já tenho três ossos da graça, Jules. Não posso...

— Odiva tinha *cinco*.

— Não sou *matrone*. Não de verdade. Ailesse estará de volta em breve e...

— Você é *matrone* enquanto isso. Então reivindique outro osso. — Ela dá de ombros. — Você pode jogar fora assim que Ailesse colocar a coroa. E você a trará para casa ainda mais cedo quando as cobras criarem uma distração.

— Cobras? — Meu estômago dá um nó.

Ela se aproxima.

— Você não percebe? Ailesse e Bastien entenderão que é a magia de uma Feiticeira de Ossos. Vão aproveitar a oportunidade e encontrar uma maneira de se libertarem durante a loucura.

Uma risada áspera me escapa.

— A menos que sejam envenenados.

— Não precisamos nos preocupar com isso. Vou te mostrar. — Jules corre de volta para o muro do jardim. De trás dele, ela levanta um saco de tecido grosseiro com um nó na parte superior. *Ah, não...*

Ela volta correndo, seu sorriso largo revelando o pequeno espaço entre os dentes da frente. Já está ofegante por causa de uma corrida tão curta. Muito mais fraca do que a garota com quem lutei debaixo da ponte durante a tentativa de rito de passagem de Ailesse. Nunca vai se recuperar da Luz que perdeu. Nenhuma das pessoas em Dovré que foram atacadas vai.

Olho para o saco se contorcendo e faço uma careta.

— O que você tem aí?

— Uma cobra-chicote de Galle. — Ela joga sua trança dourada atrás do ombro. — Não são venenosas, mas Marcel diz que muitas vezes são confundidas com víboras-dos-prados, que são. As marcas nas escamas são semelhantes, e elas achatam a cabeça em um formato triangular para parecerem víboras quando ameaçadas.

Massageio as têmporas. Sinto uma dor de cabeça chegando.

— Eu não sei, Jules. — As anciãs estão me esperando de volta lá dentro. Embora possam, talvez, acreditar que estou me esforçando mais para me tornar uma boa *matrone*, se eu voltar com outro osso da graça. — Quero libertar Bastien... mas e se Ailesse estiver mais segura em Beau Palais? — Visualizo novamente o rosto astuto de minha mãe. Suas palavras vêm à mente: *tudo o que ela precisa fazer é tocar minha mão, e então Tyrus me libertará.*

— Mais segura? — zomba Jules. — Você disse que os Acorrentados estão à solta agora. Ailesse foi um farol para eles da última vez.

— Isso é porque ela tocou o canto da sereia para abrir os Portões. — Fiz o mesmo esta noite, mas pareço repelir os Acorrentados, em vez de atraí-los. Assim que viram meu colar, eles se assustaram.

— Ainda é perigoso — insiste Jules. — Precisamos nos proteger no subsolo outra vez. Quando Bastien e Ailesse saírem do castelo...

— Ailesse não pode sair! — retruco. — Minha mãe está viva, Jules!

Ela franze as sobrancelhas.

— Você me disse que ela correu pelo Portão e...

— Eu a vi através do Portão esta noite. Ela disse que está viva, e acredito nela. — Solto um longo suspiro. Meus problemas estão longe de serem resolvidos, mas é bom finalmente tirar isso do meu peito. — Odiva está presa por enquanto, mas quer que Ailesse a liberte.

Jules leva um momento para absorver a informação.

— Bem, você não acha que deveria avisar Ailesse?

Passo a mão pelo rosto.

— Não sei. — Recebi meu próprio aviso hoje. Achei que a coruja-das-torres estivesse protegendo minha irmã da atração do Submundo, mas talvez a coruja soubesse que minha mãe estaria no Portão esta noite, esperando a chegada de Ailesse.

Jules morde o lábio, olhando na direção de Dovré. Se as altas torres do Château Creux ainda estivessem de pé, poderíamos ver de cima delas as muralhas de Beau Palais.

— Olha — começa ela —, não sei o que dizer sobre sua mãe e Ailesse, mas Bastien é meu melhor amigo. Você o largou lá hoje, e agora precisa fazer algo para consertar isso. — Ela estende o saco para mim. O pano se contorce com a cobra-chicote dentro dele. — Então faça alguma coisa, Sabine. Faça a coisa certa.

Suspiro. Preciso consertar mil coisas. Talvez eu devesse começar com essa. Eu me firmo e pego o saco.

— Ótimo — diz Jules. — Agora se apresse.

Murmuro um rápido adeus, depois corro de volta para dentro do Château Creux e subo em uma das pequenas torres ainda existentes, que leva aos antigos aposentos de minha mãe. Ela tinha uma coleção de lâminas ritualísticas: armas de osso que usava para sacrificar animais por suas graças. Pego a foice de osso que matou sua víbora-áspide.

Desamarro o saco e o jogo no chão. Seguro a foice bem alto, pronta para atacar. A Sabine de antes teria ficado enojada, mas, em vez disso, minha barriga ronca. Se estou enojada, é comigo mesma. Odeio o desejo por carne que a graça do chacal me deu. E as graças que obterei da cobra provavelmente só piorarão esse desejo. Estremeço. Que outros "dons" receberei esta noite? Minha mãe tinha as graças de uma cobra — uma víbora-áspide. De que forma a modificaram?

A cobra espia para fora do saco. Suas pupilas são redondas, mas sua cabeça é achatada e triangular. Está se sentindo ameaçada. Óbvio que está.

Não pense, Sabine. Confie na graça do chacal e faça o que for preciso.

Minha sede de sangue aumenta. Golpeio com a lâmina. *Thwack.* A cabeça da cobra sai rolando.

Não olho. Minha boca já está salivando. Corto a barriga dela, retiro sua pele e carne, e exponho a borda de uma de suas vértebras. Corto a palma da mão com a foice de osso e depois pressiono as vértebras contra o sangue. As graças da cobra me invadem com uma onda de calor formigante. Não paro para analisá-las. Quero acabar logo com isso.

Aperto meu punho. Derrubo gotas do meu sangue no chão de pedra. Abro os braços com as mãos em concha para baixo, em direção ao Submundo. Faço uma oração semelhante ao meu ritual por procuração.

— Ouça minha voz, Tyrus, o canto da sereia da minha alma. Encontre minha irmã por intermédio do sangue que compartilhamos. Convoque outras criaturas como esta. Envie-as para atacar o castelo onde minha irmã reside.

Pronto. Está feito.

Rapidamente enrolo minha mão em um pano e pego outro para limpar a bagunça no chão. Quando pego a cabeça da cobra, arquejo. Mesmo sem vida, ainda está triangular. E as pupilas não estão mais redondas por causa da penumbra do saco; são elípticas, como em todas as outras espécies venenosas.

Esta não é uma cobra-chicote de Galle. É uma víbora-dos-prados, mortal.

Marcel pode ter explicado a diferença para Jules, mas duvido que tenha ido caçar com ela. Ela pegou a cobra errada.

Olho para meu sangue derramado no chão, o horror crescendo dentro de mim. Não posso reverter o que fiz. Os vínculos criados por rituais de osso e sangue são inquebráveis.

Acabei de enviar um monte de víboras para atacar Beau Palais.

9
Bastien

Ando ao longo das grades da minha cela, de olho nas sombras além da luz da tocha do outro lado. O amanhecer será daqui a pouco mais de uma hora. Ailesse ainda não voltou. Agora seria o momento perfeito para ela se esgueirar até aqui. A festa acabou — a música, pelo menos —, e meu guarda está dormindo. Seus roncos ecoam pelo corredor no silêncio entre os trovões.

Venha logo, Ailesse.

Mesmo de muleta, mesmo com todos os lances de escada, ela já deveria estar de volta. Viro seu pente de cabelo dourado repetidamente em minha mão. E se o príncipe Casimir descobriu que ela veio me ver? Ele não a havia mantido trancada, mas será que a trancaria agora?

Suspiro e passo as mãos pelo cabelo. Tenho de encontrar uma maneira de sair daqui sozinho. E de libertá-la, também. Tirar nós dois deste maldito castelo. Mas como? Dou a volta pela cela mais duas vezes, e então algo me ocorre.

Encosto o corpo nas barras de ferro.

— Olá! Guarda! — Quando não ouço resposta, assobio alto e estridente.

— Oi! — A voz do guarda está rouca e grossa por causa do sono. — Pode parar, a menos que você queira levar uma surra, garoto. — Uma ameaça inútil, porque ele não se levanta. Começa a roncar novamente.

— Estou entediado demais! — grito. — Venha e me faça companhia. Podemos conversar sobre sua garota, Sophie. — Dou uma risada. — Seu capitão sabe o que vocês dois fazem aqui embaixo?

Uma pausa. Depois o ruído de botas. O rosto em pânico do guarda aparece.

— Quem te contou sobre...? — Ele tensiona a mandíbula. — Não conheço nenhuma Sophie.

— Você fala enquanto dorme, amigo. — Dou uma piscadinha.

Em três passos rápidos, ele chega às grades. Sua mão carnuda passa por elas e tenta agarrar minha garganta. Pulo para trás e abro um sorriso.

— Relaxe, não vou falar nada. Especialmente se você estiver disposto a fazer uma troca. Encontrei um pequeno tesouro enterrado na palha. — Mostro o pente para ele. — Isso é ouro de verdade. Esmeraldas, também. Vale o suficiente para destrancar a porta desta cela, não acha?

O guarda olha para o pente, e seus dedos se contraem.

— Você acha que pode me subornar? — bufa. — O capitão vai arrancar minha cabeça se eu o libertar.

— Então fazemos com que pareça que eu te derrotei. — Dou de ombros. — Te dou um olho roxo e deixo sua chave pendurada na fechadura. Você tira uma soneca aconchegante na palha e, quando o capitão fizer a ronda, vai achar você meio acabadinho, mas também a imagem da inocência.

O guarda resmunga.

— Me dá o pente primeiro e eu pensarei em... — Seus olhos se arregalam. Uma expressão de terror toma conta dele, que olha boquiaberto para o teto atrás de mim. Eu me viro no instante em que uma cobra cai pela grade no teto. Ela desliza rapidamente do banco de pedra e sob a palha no chão.

Eu cambaleio para trás. É uma maldita víbora-dos-prados.

— Destranque a porta — digo ao guarda, mas ele fica paralisado. — Depressa, ou o acordo está cancelado!

Ele se atrapalha com o chaveiro no cinto. Algo aparece na ponta de sua bota. Ele pragueja e chuta como um louco.

Olho para trás. A palha na minha cela parou de se mexer. Não tenho ideia de onde a cobra está escondida agora.

— Vocês têm problemas com víboras por aqui?

O guarda balança a cabeça em negativa.

— Nunca vi sequer uma cobra de jardim.

No corredor, o chão sombrio começa a se contorcer como se fosse feito de água preta. *Não reaja, Bastien.* Não quero assustar o guarda e fazer com que fuja sem mim.

— O pente de ouro pelas chaves — exijo, mantendo o rosto sério enquanto uma das víboras começa a se enrolar bem atrás dele. Uma mordida só não será fatal. — Agora. Trocamos ao mesmo tempo.

O guarda acena com a cabeça e se aproxima. Gotas de suor na testa. Ele levanta as chaves. Eu seguro o pente.

— Preparado? — pergunto. — Um, dois, tr...

A víbora enrolada o ataca. Afunda as presas na perna do guarda. Ele grita. Bate nas grades. Deixa cair as chaves. Não consigo pegá-las, mas tiro da bainha a espada do guarda. A víbora na minha cela sibila. Giro e a golpeio. A lâmina corta a cobra no momento em que ela salta da palha.

O guarda uiva e cai. Outra víbora o mordeu. *Merde.* Mais cobras deslizam em direção a ele — em minha direção.

— Levante-se! — grito. Enfio a espada pelas grades. Outra cobra recua. Eu me esforço para levantar o guarda. Ele está inerte e gemendo, mas finalmente o coloco de pé. Mais duas víboras atacam. Corto a primeira com minha lâmina. A segunda entra na cela. Fantástico.

Seguro o guarda e fico de olho na minha cela. Deslizo cuidadosamente a bota entre as grades, tentando alcançar as chaves. Uma cobra ataca o guarda pelo outro lado, na mão esquerda. Ele desmonta. Não consigo mais segurá-lo. Ele cai no chão, já são três mordidas agora. Estou desalentado. Não há cura para tanto veneno.

A víbora na minha cela se enrola. Mostra as presas. Ataco primeiro, mas ela foge, desviando como um raio. Outra cobra cai da grade no teto. Mais duas passam pelas grades. *Merde, merde, merde.*

Minha espada voa em todas as direções. As cobras sibilam. Abrem as mandíbulas. Pulam em mim. Continuo me debatendo, lutando. Agora sei o que é tudo isso: magia de Feiticeira de Ossos.

Já fui atacado assim antes. Olho de novo para o corredor. Onde está Ailesse? Temos de sair daqui juntos.

Decapito duas víboras e corro para as grades. O corpo sem vida do guarda está coberto de cobras. Engulo um jato de bile e me concentro nas chaves caídas. Afasto outras três cobras e prendo o chaveiro na ponta da espada. Chuto uma cobra que se enrola em meu tornozelo e corro até a porta da cela.

O chaveiro contém seis chaves. As duas primeiras não servem. Estou me atrapalhando com a terceira chave quando uma víbora cai de cima. *Merde.* Estava enrolada nas grades. Antes que eu possa me afastar, suas presas perfuram meu punho. Uma dor ofuscante me invade. Grito e largo as chaves.

— Bastien!

Ailesse.

Vejo pontos pretos se espalhando. Para além deles, eu a vejo. Seu cabelo ruivo está molhado. O vestido, encharcado e rasgado em alguns lugares. Ela está segurando sua faca de osso. Suja de sangue. Sangue de Casimir?

— Não deveria ter vindo aqui — falo com os dentes cerrados. — Perigoso demais.

Ela lança um olhar para o guarda morto, e sua pele clara empalidece.

— Vá — resmungo. Mal consigo falar, mal consigo me mover. A dor não deixa. Ela precisa se salvar. Mas ela não vai embora. Corre para minha cela, movendo-se rapidamente com sua muleta. Talvez seja um truque do meu cérebro confuso, mas as cobras parecem se afastar ao redor dela. Então me lembro: os morcegos-arborícolas nunca a atacaram nas catacumbas, apenas a mim, Jules e Marcel.

Ailesse pega as chaves e rapidamente as testa na fechadura. Uma víbora ataca minha perna. Ela a afasta com a muleta e volta para as chaves, as mãos tremendo.

— Por que Sabine enviaria víboras-dos-prados sabendo que você também está aqui? Pensei que vocês fossem amigos agora.

Mais para aliados, penso em meio à dor latejante.

— Sabine... as enviou?

Ailesse encontra a chave certa. As travas da fechadura ressoam. Ela abre a porta e enfia a faca de osso em minhas mãos, depois agarra minha espada e golpeia uma cobra que ataca meu tornozelo.

— Depressa, Bastien. Concentre-se em caminhar. Vou manter as víboras longe.

Saio cambaleando da cela e desço o corredor das masmorras. Ela manca ao meu redor, golpeando e esfaqueando.

— Só pode ter sido Sabine — ela finalmente responde à minha pergunta. — Nenhuma outra Leurress tem as graças de uma víbora-dos--prados, e ela é *matrone*, pelo menos por enquanto. — Uma expressão sombria cruza seu rosto. — E como *matrone*, Sabine pode obter mais ossos da graça. Além disso, só vi minha mãe praticar esse tipo de magia. Ser *matrone* talvez seja um requisito para ter acesso a ela.

A escada das masmorras aparece. Ailesse vai até ela. Cerro a mandíbula e a sigo. Ela abre caminho com a espada como se estivesse ceifando trigo. Assim que alcançamos o primeiro degrau, instintivamente damos os braços. Ela me sustenta para continuar andando e eu a equilibro na muleta. Chuto para longe as cobras que rastejam do nível superior. Ailesse atinge outras duas.

Chegamos a uma porta quebrada no topo do lance. Eu a abro com o ombro. Estamos em um corredor estreito. Víboras pendem das arandelas e ziguezagueiam pelo chão. Ailesse afasta as mais próximas. Corremos para a frente, seguidos por silvos agudos.

— Eu devo avisá-lo — diz ela, ofegante. — Sabine não abriu os Portões do Além.

Uma víbora ataca minha perna. Corto seu corpo com a faca de osso.

— Como você sabe?

— Uma Acorrentada... — Ailesse corta a cabeça de uma cobra. — ... atacou o rei esta noite. — Seus olhos demonstram dor. — Ele está morto, Bastien.

Uma sensação de frio toma conta do meu corpo febril. Corremos até um patamar adjacente e entramos no longo corredor que percorre toda a extensão do castelo. Eu me esforço para absorver as implicações do que ela acabou de dizer. Se um Acorrentado está à solta, muitos mais devem estar. E se o rei Durand está morto...

— O príncipe ainda está vivo, não está?

Ailesse desvia o olhar.

— Até onde sei.

Merde. Então Casimir é agora o rei de Galle do Sul. O que significa que ele é mais poderoso, mais importante... talvez até mais desejável para Ailesse. Ela terá ainda mais dificuldade em matá-lo. Meu estômago dá um nó.

— Você tem que se esconder no subsolo novamente. — Não consigo pensar no vínculo de alma deles agora. Tenho uma preocupação mais urgente. — Os Acorrentados vão encontrá-la como fizeram antes e...

— Não toquei o canto da sereia desta vez. — Ela faz uma careta, mancando mais devagar com a muleta. O joelho deve a estar matando. — Estou em perigo tanto quanto qualquer outra pessoa.

Pelo menos isso. Mesmo assim, deveria sair daqui. Ela afasta outra víbora, e uno os braços com ela novamente para apoiar sua perna. Meu punho lateja mais forte, mas cerro a mandíbula contra a dor. Ela aponta a espada para a frente, pronta para me defender, mas as cobras saem do meu caminho agora, assim como do dela. Enquanto estivermos fisicamente conectados, estarei a salvo.

Exausto, inclino-me contra ela. Um pouco da tensão em meus músculos diminui quando sinto o calor constante de seu corpo.

— Vamos para o novo poço do castelo — diz. — Os soldados devem tê-lo abandonado por causa das víboras.

Avanço pelo corredor. Está praticamente vazio, exceto por algumas figuras caídas que se parecem horrivelmente com o guarda morto nas masmorras. Engulo em seco. É difícil imaginar que Sabine estivesse disposta a aceitar essas baixas quando enviou as cobras. Espero que a maioria das pessoas no castelo esteja escondida em armários ou em qualquer outro lugar onde possam se proteger.

Finalmente chegamos ao grande salão. O que sobrou da festa agora está dominado por víboras. Elas se contorcem sobre mesas e em torno de taças, suas línguas bifurcadas projetando-se além das presas afiadas. Quando a manhã chegar, esses monstros terão desaparecido. O amanhecer foi o que quebrou o feitiço quando Odiva enviou os morcegos para as catacumbas. Olho pelas janelas para as nuvens de tempestade cada vez mais claras. Aposto que o sol nascerá na próxima meia hora.

Ailesse e eu atravessamos o saguão que leva ao pátio. A chuva diminui até formar uma garoa constante. Víboras rastejam nas pedras e ao redor das poças que não foram drenadas. Chuto algumas cobras para fora do meu caminho, lentas demais para se afastarem sozinhas. Chegamos à porta da torre do poço. Eu a abro e cambaleio para dentro.

Começo a ficar tonto. Estou ofegante, e a facada nas minhas costas lateja mais do que a picada de cobra. Mas não posso parar agora. Tenho de levar Ailesse até o poço. As cobras estão se contorcendo para fora dele, subindo a escada. Ela ainda precisa da minha ajuda, e eu preciso de sua proteção.

— Tenho uma ideia — diz ela. — Me dê a faca de osso. — Quando faço isso, ela larga a espada e a muleta e corta a palma da mão com a faca. De propósito. Ela espalha um pouco de seu sangue na minha testa.

Eu estremeço.

— O que você está fazendo?

— Tentando enganar as cobras. Todos os rituais Leurress envolvem sangue e ossos. Sabine compartilha do meu sangue. Acho que foi isso que atraiu as cobras para Beau Palais. Então faz sentido que meu sangue seja o que está me protegendo, e espero que a você também, agora. — Ela passa mais sangue no meu pescoço. — Vamos ver se estou certa.

Cuidadosamente nos afastamos um do outro. Ela se firma contra uma parede, e eu de pronto agarro a espada caída e giro para atacar. Nenhuma víbora se aproxima. As que estão aos meus pés se dispersam quando dou um passo. Até a cobra que cai das vigas se afasta de mim. Suspiro e entrego a muleta para Ailesse.

— Você é brilhante. — Beijo seu rosto.

Seu sorriso é passageiro. Ela pega a tocha de uma arandela. Os soldados devem tê-la deixado acesa.

— Vai amanhecer em breve — diz ela, e me passa a tocha. — É melhor você ir enquanto ainda tem a chance.

Endureço.

— Você quer dizer que é melhor *nós* irmos.

Ela se encolhe um pouco, como fez nas masmorras. Não olha nos meus olhos.

— Ailesse, olhe para mim! — Espero vários momentos até que, finalmente, ela levanta seus lindos olhos. Eles estão dourados à luz da tocha, ferozes e inabaláveis. — Você precisa vir comigo — digo. — Você não deve nada ao príncipe.

— Ele acabou de perder o pai.

— Ele vem se preparando para isso. Todos sabiam que o rei não duraria muito.

— Ainda temos que pensar nas víboras. Se Casimir morrer, eu morro e...

— Se ele sobreviveu à noite até agora, ele vai sobreviver até de manhã. Você mesma disse: o amanhecer está quase aí.

Ela solta um suspiro lento.

— Perdi Luz, Bastien.

Sinto um nó se formar dentro de mim.

— O quê?

— A Acorrentada também atacou Casimir. Ela extraiu um pouco da Luz dele e, quando isso aconteceu, também perdi Luz.

Não consigo respirar por um momento. A ideia de Ailesse perder a alma é terrível demais.

— Você está bem? — Todo mundo precisa de Luz, mas as Leurress precisam ainda mais. Se não conseguirem absorver regularmente a luz da lua e das estrelas de Elara, elas enfraquecem. E ninguém recupera a Luz que foi roubada por um Acorrentado. — Quanto você perdeu?

— Não muito. Vou ficar bem. — Ailesse aperta a mandíbula. — Mas você não vê? Tenho que ficar aqui até encontrar meus ossos da graça. Então, na próxima noite de travessia, poderei forçar os Acorrentados a seguir em frente. — Ela fica mais empertigada. — Vou consertar tudo assim que minha *famille* me aceitar de volta como *matrone*.

Eu a encaro, meu pulso acelerando. Ailesse foi arrancada de mim na Ponte das Almas, e consegui voltar para ela.

— Então, você prefere que eu deixe você aqui com todos os Acorrentados à solta e sua alma perdendo Luz sempre que acontecer algo com Casimir?

Ela estreita os olhos ante meu tom afiado.

— Lutar contra os Acorrentados é o que treinei para fazer durante toda a minha vida.

Meus olhos ardem. Estou furioso com ela. Estou ainda mais furioso comigo mesmo por não ser o *amouré* dela, mesmo que isso seja irracional e impossível e não resolva nada. Odeio que ela tenha que se arriscar para proteger a vida e a alma de outro rapaz, especialmente quando é ele quem esconde seus ossos da graça.

— Como posso...? — Minha voz falha. Respiro fundo e seguro. — Como posso deixar você?

— *Confiando* em mim. — Ela parece tão exasperada quanto eu.

— Ailesse, por favor... — Ela estremece quando lhe estendo a mão, e dá um pequeno passo para trás. Sinto essa nova rachadura se alargando entre nós, e não entendo o que a colocou ali.

— Você sabe o que sinto por você, Bastien. Não importa o que aconteça, isso nunca vai mudar.

— Não importa o que aconteça? — Uma dor terrível cresce dentro de mim. — Como assim?

Ailesse balança a cabeça como se precisasse explicar alguma coisa, mas nem mesmo ela sabe o que é. Então, de repente, o que quer que a estivesse restringindo se desfaz. Ela corre e desliza os braços em volta do meu torso e me abraça com ferocidade, os braços tremendo. Não consigo abraçá-la de volta com a tocha e a espada nas mãos. Ainda a sinto escapando. É muito fácil imaginá-la usando uma coroa e sentada em um trono ao lado de Casimir. Ela nasceu para ser rainha.

Foi isso que os deuses dela planejaram esse tempo todo? Que ela governasse as *Leurress* e Galle do Sul? Então amaldiçoo esses deuses. Ailesse não é um peão nas mãos deles, mas ainda assim eles bloqueiam cada passo seu, forçam-na a se mover na direção que desejam. Não vão deixá-la escolher sua própria vida.

Mas e se ela *pudesse* escolher? E se a vida de mais ninguém estivesse em perigo?

Ela ainda me escolheria?

Ailesse inspira, longa e profundamente, e se desvencilha de mim.

— Vá, Bastien. — Ela roça a boca na minha e depois endurece o rosto como um escudo. Meu peito pesa insuportavelmente.

E se eu nunca mais vê-la?

Preciso de todas as minhas forças para me afastar dela. Deslizo minha espada sob o cinto, entro no poço e desço os três primeiros degraus da escada. Paro. Me forço a não olhar para ela. Isso fará com que esse adeus pareça mais permanente.

— Quando você decidir sair daqui...

— *Vou* sair.

— ... você pode me encontrar junto com Jules e Marcel no apartamento de Birdine. — Explico onde encontrá-lo acima do Le Coeur Percé, no bairro dos bordéis. O nome da taverna significa O Coração Perfurado. Malditamente irônico.

Desço outro degrau, e minha força de vontade desmorona. Olho para ela. Seus olhos estão molhados. O cabelo ruivo está espesso e rebelde por causa da umidade. Cobras se contorcem a seus pés, mas não ousam chegar muito perto, como se sua beleza fosse intocável.

— Eu te amo, Ailesse.

Ela solta um suspiro apertado.

— Eu também te amo, Bastien.

Minha garganta dói.

— Adeus.

Eu desço no poço.

10
Ailesse

Exausta e com o coração partido, finalmente chego ao terceiro andar de Beau Palais e entro mancando nos aposentos do rei Durand. Mas Casimir não está aqui. Suspiro. Não tenho energia para ir procurá-lo. *Ele tem de estar vivo*, digo a mim mesma, *ou então eu não estaria*. Além disso, a manhã chegou. As víboras estão indo embora, fugindo tão rápido quanto vieram, e raios dourados de sol espalham as nuvens de tempestade lá fora. Deveria trazer esperança, mas não traz.

Desabo em uma cadeira ao lado da cama de dossel do rei. Seu corpo não está mais aqui. Os criados já o levaram embora. Rezo para que sua alma encontre paz, mas então meu estômago se revira. Ele não tem mais alma.

Eu me inclino sobre o colchão e pressiono as palmas das mãos nos olhos lacrimejantes. Posso ter salvado Cas da Acorrentada e Bastien das cobras, mas o rei morreu... e provavelmente várias outras pessoas no castelo. Nada disso teria acontecido se eu não tivesse ficado aqui por tanto tempo, se tivesse sido eu a liderar minha *famille*. E ainda assim, continuo aqui. Preciso ficar.

Mais uma vez, aquela sensação terrível de estar sendo rasgada ao meio toma conta de mim. Talvez seja até a minha alma se despedaçando. Sabine seria capaz de me dizer o que há de errado. Ela diria algo sábio e depois me faria rir. Essa é a cura de que preciso.

Ailesse... Ailesse...

Mãe?

Sua voz macia me chama, mas está abafada, como se ela estivesse debaixo d'água. Será que adormeci? Não consigo vê-la, então vou em direção ao som. Tudo ao meu redor é escuro como uma catacumba, sem nem mesmo o luar ou a luz das estrelas, até que o belo rosto de Odiva aparece. Ela está usando todos os seus cinco impressionantes ossos da graça, e seu vestido azul-safira ondula, assim como as pontas de seu cabelo preto.

— Ailesse, minha primogênita — diz ela —, minha filha corajosa e fiel.

Não tenho peso, embora tente me manter com os pés no chão. *Tenho* de estar dormindo. Isto é um sonho. Minha mãe nunca sorriu com tanto carinho. Ela nunca elogiou tão facilmente, não a mim.

Ela estende a mão. Estendo a minha também, embora não devesse. Como é possível que eu ainda queira o amor dela?

Nossos dedos quase se tocam, quando um pássaro grita e voa entre nós. A coruja-das-torres. Ela bate as asas uma vez, e minha mãe desaparece. Em seu lugar, aparece uma coroa desconhecida, feita de rubis brilhantes e penas esculpidas em ônix. Beau Palais ergue-se atrás dela, e as penas e os rubis da coroa se multiplicam, manchando de preto e vermelho as paredes de calcário do castelo.

— Ailesse... Ailesse... — Não é mais a voz da minha mãe. — Ailesse...

Alguém cutuca meu ombro. Eu me assusto e abro os olhos. O rosto preocupado de Casimir se inclina sobre mim. Eu me afasto da cama do rei. A tontura toma conta de mim.

— Você está bem? — pergunto.

— Se *eu* estou bem? — Ele ri, miserável e exasperado. — O que você estava pensando, fugindo daquele jeito?

— Desculpe... — Ainda estou me recuperando do sonho, e me pergunto o que ele significa. Demoro um momento para notar seus olhos levemente vermelhos e a postura cansada. Há apenas algumas horas, ele perdeu o pai neste mesmo quarto, e então o castelo foi atacado. Mais pessoas morreram. Não consigo imaginar o que ele deve estar sentindo agora.

Estou prestes a perguntar quantas vítimas houve quando ele diz:

— Noite passada você me chamou de seu *amouré*.

Meu estômago fica tenso. Não consigo encontrar seus olhos, então encaro minhas mãos. Eu o sinto me estudando.

— Estou cansado de você fingir que é uma garota normal. Estou mais cansado ainda de tentar tão desesperadamente acreditar nisso. Nada em você é comum, Ailesse. Eu soube disso no momento em que te vi de novo naquela ponte da caverna. Você, sua mãe e sua irmã... todas vocês demonstravam um poder que eu não entendia.

Quando permaneço em silêncio, ele continua:

— Você falou de almas Acorrentadas e Luz que poderia ser roubada para sempre. — Sua voz falha, e por um momento ele não consegue falar. Olho para cima e o encontro olhando para o lugar afundado na cama onde seu pai morreu. — O que tudo isso significa? — Seus olhos se voltam para mim. — Quem, *o quê*, você é?

Parte de mim quer contar a ele. A verdade seria consoladora? Mas não posso. Casimir é rei agora. O que ele faria com seu poder se soubesse que sou uma das quarenta e seis mulheres e meninas com a perigosa magia dos ossos, uma *famille* que vive dentro das fronteiras de seu reino? Será que ele realmente confiaria em mim, uma Leurress nascida e criada para fazer a travessia dos mortos, uma garota que deve conquistar esse direito sacrificando seu *amouré* — ele próprio? Ele nem mesmo confia meus ossos da graça a mim.

— Sou sua amiga — digo. — Espero ter provado isso ontem à noite.

Cas me contempla, mordendo suavemente a borda do lábio inferior.

— Sim, você provou. E acho que já é hora de eu também provar que sou seu amigo. — Ele mexe em seu anel de pedras preciosas. — Isto é, se você puder me perdoar primeiro.

— Perdoar você pelo quê?

— Por enganá-la. — Casimir inspira profundamente e atravessa a sala até um guarda-roupa de mogno. Abre uma espécie de gaveta escondida e tira um pequeno pacote de dentro. Reprimo um suspiro quando percebo o que é: uma bolsa de couro para moedas pendurada em um cordão. — Eu nunca perdi seus ossos da graça — confessa ele, voltando para mim.

Meu coração troveja. Eu me levanto. Meu joelho enfaixado dói, mas não me importo. Pego a bolsa com dedos desajeitados e passo o cordão na cabeça. Minhas graças me invadem, uma explosão emocionante de sensações. Fecho os olhos e tento absorvê-las todas.

— O que está sentindo? — pergunta Cas timidamente.

Sua proximidade vibra ao longo de minha espinha e desperta meu sexto sentido de tubarão-tigre. Estou flutuando como um falcão, equilibrada como um íbex e revigorada como um tubarão. Estou como deveria estar: unida a três animais poderosos e incríveis.

— Inteira — enfim respondo, e respiro profundamente. Tudo vai ficar bem agora. Serei capaz de proteger Cas até a próxima noite de travessia, e então poderei sair daqui e ficar com Sabine e minha *famille* e...

Meu sangue gela.

— Cas — sibilo, agarrando seu braço. — Atrás de mim. Agora.

Ele não vem. Saca sua adaga e gira para encarar a sala, pronto para qualquer perigo. Mas ele não tem a minha visão de falcão-peregrino. Não pode ver o brilho *chazoure* um metro e meio à frente dele — a alma de um homem careca, com rosto magro e costas tortas. A expressão do homem é solene, mas também severa. Espero encontrar correntes enroladas nele, mas não há nenhuma.

— Por que você está aqui? — exijo.

Ele inclina a cabeça para mim, como se estivesse surpreso por eu poder vê-lo.

— Os boatos chegam rápido aos mortos — diz, com a voz esganiçada. — O rei Durand finalmente encontrou a morte, então vim dar uma boa olhada no filho dele. Ver se está pronto para o trabalho.

Cas se mexe, assustado com a voz incorpórea.

— Lógico que estou. Eu...

— Não fale com ele — sussurro, e pego minha muleta. Acorrentado ou Libertado, tenho um mau pressentimento em relação ao homem. Ele provavelmente foi um dos dissidentes em Dovré quando estava vivo. — Sua Majestade Real precisa de um tempo sozinho para orar por orientação divina — digo a ele, lembrando o que Cas disse ontem: os dissidentes acreditam que a recente praga foi um sinal do descontentamento dos deuses com o rei Durand. Não quero que pensem que Casimir também está em desvantagem. — Por favor, respeite a privacidade dele.

Cas e eu avançamos cautelosamente em direção ao corredor. Os olhos do homem de rosto magro acompanham nosso movimento. Com um pouco de sorte, não nos seguirá. Uma vez que ele está fora de vista, solto um suspiro reprimido.

— Aquilo foi outro Acorrentado? — sussurra Cas.

Não respondo. Minha boca fica repentinamente seca. No corredor, mais duas almas vêm em nossa direção. Outras quatro chegam por trás. Algumas usam vestes ricas. Outras estão com roupas simples. Pesadas correntes *chazoure* estão penduradas em três delas. Meu coração bate forte. Quantos mortos andaram se reunindo neste castelo antes que eu tivesse olhos para vê-los?

— Fique bem ao meu lado — digo a Cas, baixinho. Sigo para a esquerda, em direção às duas almas que se aproximam. Uma delas é Acorrentado, mas é melhor do que nossas chances no sentido contrário. Não olho diretamente para elas, rezando para que nos deixem passar sem incidentes.

A Libertada, uma jovem, vira a cabeça para Cas e zomba.

— Ele não merece ser tão bonito.

Cas se sacode.

— Você ouviu isso?

O Acorrentado franze os lábios.

— Ser bonito vale pouco se os deuses cuspirem em sua linhagem.

— Eles deveriam amaldiçoá-lo como amaldiçoaram seu pai. — Os olhos *chazoure* da jovem brilham friamente. — Eu teria vivido para cuidar do meu filho se a dinastia Trencavel não tivesse causado a peste.

Mais dissidentes, percebo, pessoas falecidas finalmente capazes de se infiltrar em Beau Palais e desafiar a monarquia.

As narinas de Cas se dilatam.

— Meu pai era um homem devoto. Ele não provocou nada.

— Ah, é? E o filho dele? — O Acorrentado entra no caminho de Cas, que tropeça nele. — Eu poderia ter um gostinho do que os deuses realmente pensam de você, sugar um pouco dessa alma orgulhosa e descobrir.

— Fique longe dele! — Empurro o Acorrentado para longe com a ponta da minha muleta. Ele ri.

— Então, a garota bonita pode nos ver. Onde ela está escondendo os ossos, eu me pergunto? — Ele olha a bolsa em volta do meu pescoço e tenta agarrá-la. Eu me esquivo dele e seguro o braço de Cas. As outras quatro almas estão se aglomerando. Corremos mais adiante no corredor. As almas seguem logo atrás de nós. Agora o homem de rosto magro dos aposentos do rei juntou-se a elas.

Cas e eu chegamos a uma balaustrada envernizada com vista para uma sala de estar coberta de veludo. Meus nervos saltam. Pelo menos mais sete almas estão vagando por lá. Nem todas são dissidentes. Duas estão vestidas como criadas e seguem silenciosamente os que estão vivos e retornaram cautelosamente às suas funções. Mas as outras cinco avistam Cas e seguem em direção à escada que leva a este andar.

— Há muitas — suspiro. Por que pensei que poderia protegê-lo *aqui*? Não fazia ideia de que o movimento dissidente estava ganhando tanto impulso em Dovré. Se tantos já morreram, enfraquecidos pela perda de Luz, deve haver muito mais ainda vivos. — Temos que sair daqui.

— Sair? — Ele franze a testa.

— Não posso mantê-lo seguro aqui.

— Mas eu sou o rei.

— Exatamente. — Golpeio com minha muleta uma senhora Acorrentada que se aproxima dele. — E os dissidentes não querem um Trencavel no trono. Vão tentar matar você, e eu não posso matá-los. Eles já estão mortos.

Puxo seu braço para mantê-lo em movimento, mas ele resiste.

— Não, Ailesse. O castelo acabou de ser atacado e já está ameaçado novamente. Não posso começar meu reinado fugindo.

Sua bravata é irritante.

— Seria apenas até a próxima noite de travessia. — Faltam apenas duas semanas, se eu me atrever a usar a frágil ponte da caverna novamente.

— Não faço ideia do que isso significa.

O homem de rosto magro olha para mais perto.

— Você acha que uma bela arma gravada com o sol de Belin provará seu valor, garoto? — Ele traça um símbolo na adaga cravejada de Cas. — Você não precisa apenas de uma aparência adequada. Tem que ser verdadeiramente ungido pelos deuses.

Eu o empurro de volta.

— Venha comigo — imploro a Cas. — Confie em mim. — Vou levá-lo para o subsolo... escondê-lo, como me escondi com Bastien.

— Confiar em você? Você nem me explicou o que você é.

As outras almas se aproximam, zombando dele. Elas cheiram seu cabelo, tocam suas roupas caras, sussurram como um enxame de insetos barulhentos. Meu sexto sentido se enche com elas. Cas se esforça para ficar parado, mantendo os olhos fixos em mim. A transpiração corre pela minha pele. Tenho de contar a ele.

— Sou uma Feiticeira de Ossos.

— Isso não me diz nada.

Os quatro Acorrentados o cercam como tubarões-tigre. Adrenalina bombeia em minhas veias. Levanto a manga e saco minha faca de osso. Não temos mais tempo para discutir. Meu *amouré* é mais teimoso do que eu.

Com a velocidade de um falcão, balanço a faca e coloco a ponta afiada no pescoço de Cas.

— Sou a garota destinada a matar você. — Minha voz açoita como um chicote. — E se você não vier comigo agora, juro que te matarei.

11
Sabine

Canto nervosamente uma canção folclórica de Galle enquanto olho para Beau Palais de Castelpont. Será mesmo Castelpont? O leito do rio deveria estar seco — tem sido assim há mais de uma década —, mas agora flui com água borbulhante. As víboras-dos-prados deslizam pela corrente como enguias. Algumas se aquecem nas pedras da ponte, que começam a esquentar com o sol da manhã.

Não entendo. O amanhecer deveria ter feito as cobras se dissiparem. Olho para a estrada que faz a curva até os portões da cidade. Onde estão Ailesse e Bastien? Já era para terem escapado. Deveriam vir me encontrar aqui.

Alguém ri de mim. Eu me inclino sobre o parapeito e vejo meu reflexo na água. *Você nunca disse a eles para encontrá-la aqui*, meu eu espelhado diz. *Você está sonhando, Sabine.* Há um anel dourado em volta das minhas íris marrons que não faz sentido, e uma fileira de dentes afiados que deslizam sobre meu lábio inferior. Talvez eu *esteja* sonhando. As graças não podem causar mudanças físicas como estas. *De qualquer forma, é melhor você dormir agora. Você deveria se esconder das mortes que causou na noite passada.*

Me afasto do parapeito. Sinto bile subir na minha garganta.

— Eu não queria matar ninguém.

— Acredito em você.

Tenho um sobressalto. A voz que me responde agora é macia e mais traiçoeira do que as víboras sibilando aos meus pés.

— Mãe? — digo, embora não consiga vê-la em lugar nenhum.

— Estou esperando para lhe trazer conforto. Venha até mim, minha dócil filha.

Após essas palavras, um chacal-dourado pula na extremidade oeste da ponte. Ele ladra para mim, mas então um grito agudo vem da extremidade leste, onde a coruja-das-torres pousa em um poste. Ambos os animais me chamam, mas é o chacal que eu sigo. Ele pertence a Tyrus, e minha mãe mora no reino sombrio do deus. Tenho de dizer a ela para me deixar em paz.

Não vá, Sabine, e ela não trará problemas.

Estou falando sozinha de novo. Mas não confio em mim mesma.

Fujo com o chacal. Não importa quão rápido ele corra, acompanho seu ritmo. A velocidade dele é minha velocidade. Sua resistência é minha resistência.

Ele me leva até o pequeno vale onde o enterrei. Minha mãe está acima de seu túmulo não identificado. Seu cabelo preto e vestido azul-safira flutuam e balançam como faziam quando estava atrás do Portão de água.

O chacal vem sentar-se ao lado dela. Ela afunda os dedos pálidos em seu pelo dourado.

— Minha pobre filha — diz Odiva. — Eu avisei que o chacal usaria suas fraquezas.

Eu me irrito.

— Foi fraqueza enviar um exército de víboras-dos-prados para Beau Palais?

— E por acaso imprudência é força? — Seu lábio vermelho-sangue se curva em um quase sorriso. — Você pretendia enviar um ninho de cobras-chicote de Galle. Uma Leurress deveria saber distinguir.

— Pelo menos agora tenho outra graça formidável.

— Que não foi sensato reivindicar, uma vez que você ainda não dominou sua terceira graça. — Suas unhas pingam sangue enquanto ela arranha mais fundo o chacal-dourado.

— Sou *matrone* agora. Decidirei quais medidas precisam ser tomadas para o bem da *famille*.

Odiva suspira e se ajoelha no túmulo. Seus cabelos pretos ondulam e se espalham pelos ombros.

— Se ao menos você e Ailesse pudessem sentir a força do amor de sua mãe... — Ela começa a cavar um buraco, pegando a terra com a mão. — ... entenderiam que desejo o melhor para vocês.

— Amor — zombo. — Você não sabe o significado dessa palavra.

Mais três montinhos de terra. De alguma forma, o buraco já tem trinta centímetros de profundidade.

— Você parece Ailesse falando. — Sua voz é leve, mas seus olhos pretos estão frios. — Ela me repreendeu pelo mesmo motivo, ainda que eu tenha poupado a vida dela inúmeras vezes.

— Ela teria repreendido você ainda mais se soubesse de todas as suas traições. — Minha irmã ficou triste o suficiente quando descobriu que Odiva havia negociado com Tyrus para ressuscitar meu pai. O pacto ocorreu às custas da vida de Ailesse. Eu não sabia como contar a ela que nossa mãe também havia sacrificado milhares de almas destinadas ao Paraíso. Uma tentativa inútil de apaziguar o deus. Eu me empertigo. — Vim aqui dizer para você nos deixar em paz.

O buraco tem mais de um metro de profundidade agora, embora Odiva mal tenha levantado um dedo.

— Mas eu sou a única pessoa que pode ajudá-la. Permita-me, dócil Sabine. O chacal é um fardo muito grande para carregar sozinha.

— Você não quer compartilhar minha graça; quer roubá-la. E você não quer ajudar Ailesse; quer trocar a vida dela pela do meu pai.

Um metro e meio de profundidade.

— É o chacal que provoca essas dúvidas. Cuidado com sua astúcia. Ele vai te enterrar, filha.

É então que percebo que o chacal-dourado desapareceu do lado da minha mãe. O som de asas batendo chama minha atenção. Logo depois do riacho, na depressão, paira a coruja-das-torres, tentando voar em minha direção, mas ela é pega no ar por uma força invisível.

Um metro e oitenta de profundidade.

— Venha ver a carcaça dele — diz Odiva.

Não quero, mas meus pés deslizam pela grama e pela terra revirada. Eu me inclino sobre o buraco que minha mãe cavou em poucos instantes. Não é apenas profundo, mas também extenso. Revela o comprimento do corpo do chacal. Só que não é o chacal.

Sou eu.

Estou com meu vestido branco de travessia, mas ele está rasgado e com marcas de garras sangrentas. Minha pele morena ficou da cor de água salobra, e meus cachos pretos estão duros de sujeira. Vermes saem do meu nariz e da minha boca. O pior de tudo é que meus olhos estão abertos e cobertos por uma película de um branco horrível. Cambaleio para trás, a mão pressionando a barriga. Vou vomitar.

— Você entende agora? — Minha mãe se levanta. Seu vestido flutua em volta dos tornozelos. — Este é o destino que desejo evitar. Tudo o que precisa fazer é trazer Ailesse para mim na próxima noite de travessia. Isso pode ser feito na lua cheia. Você pode abrir os portões na ponte da caverna.

— Por que você precisa dela para poder me ajudar com minhas graças de chacal?

— Sua irmã não está no centro de sua fraqueza? — A coruja-das-torres grita, mas minha mãe não olha para ela. — Pense em todas as coisas terríveis que você fez em nome de salvá-la. — Minha mãe inclina a cabeça. — Talvez você e eu tenhamos mais em comum do que está disposta a acreditar, Sabine.

— Não. — Dou um passo para trás.

— Tudo o que Ailesse precisa fazer é tocar minha mão para me libertar. — Ela se aproxima. Eu me afasto. A coruja-das-torres grita sem parar. — Então poderei ajudá-la a lidar com a graça do chacal. Posso salvar *você*.

Ela estende a mão para acariciar meu rosto.

— Afaste-se. — Recuo. — Não preciso ser salva. Posso lidar com esta graça sozinha.

Eu me viro e corro para a floresta. Minha mãe não me persegue. Olho por cima do ombro e vejo um lampejo de seu sorriso vitorioso. Minha mandíbula trava. Ela está brincando comigo, me mostrando coisas horríveis que não são reais, inventando mentiras para que eu sacrifique minha própria irmã. Ela deve estar louca.

A coruja-das-torres voa na minha frente, finalmente livre. Ela murmura em meu ouvido, e eu a afasto. Não preciso que ela me diga o que fazer também. Corro mais rápido, passo por um bosque, desço uma ravina, atravesso outro riacho e subo uma colina. Estou caçando, eu percebo. Preciso de um quinto osso da graça, algo que me dê poder contra a influência do chacal. A víbora-dos-prados combina com ele, e o falcão noturno e a salamandra são tímidos demais.

Estou na floresta agora. A copa de abetos e pinheiros é tão espessa que impede a entrada do sol. Um clarão de luz passa à minha esquerda. É quente demais para ser *chazoure*. Deve ser minha nova visão de calor. As víboras-dos-prados a usam para caçar. A luz que acabei de ver era um animal.

Eu me viro em direção a ele e acelero o ritmo com a velocidade do falcão noturno. Uma lança com ponta de osso ritualístico aparece em minha mão. Eu a estava segurando todo esse tempo?

Você está sonhando, Sabine, lembro a mim mesma. Esse conhecimento desencadeia uma selvageria interior. Se estou sonhando, posso ser cruel e furiosa.

Solto um urro gutural. Libero minha fúria contra minha mãe. Grito para as anciãs da minha *famille* que não acreditam em mim, para a coruja-das-torres que nunca explica nada direito, para os Acorrentados que não podem ser mortos. Grito para Jules por perder tanta Luz, para Bastien por ter sido preso, para Ailesse por quebrar a perna e ser melhor que eu em tudo. Minha garganta queima de tanto amaldiçoar Casimir. Se ele fosse meu *amouré*, eu já o teria matado.

Continuo perseguindo o calor brilhante do animal. Seja lá o que for, é grande e rápido. Sinto o cheiro de seu almíscar inebriante, de domínio robusto. Quero tudo isso para mim.

Calo a voz no fundo da minha mente, que implora: *seja cautelosa, Sabine. Seja paciente. Você disse a si mesma que selecionaria um animal com mais sabedoria.*

Não consigo. Preciso de mais graças *agora*. Tremo com o desejo irresistível de matar. Se o motivo é a sede de sangue do chacal ou meu próprio desespero por mais poder contra ele, não sei dizer.

O animal salta sobre um penhasco profundo na terra. Pulo também. Ele corre para lá e para cá, ziguezagueando em torno das árvores e abrindo um caminho de fogo para mim. Sigo até que a floresta se reduz abruptamente a uma clareira, e o animal salta na grama selvagem. Sua pele avermelhada brilha à luz do sol. Finalmente tenho espaço. Miro. Arremesso minha lança com força agraciada.

O animal cai no chão. Mostro os dentes e corro atrás dele. Mal vejo o que é, só sei que ainda respira. Puxo a lança e golpeio novamente. Olhos aterrorizados piscam para mim. Grito. Choro. Continuo esfaqueando. *Morra, fera.*

Lágrimas inundam minha visão. Eu me odeio pela adrenalina em minhas veias, pelo fracasso que sou em liderar minha *famille*, por matar cada criatura que me concedeu suas graças: minha faca de osso na espinha da salamandra-de-fogo, a flecha no peito do falcão noturno, a faca de osso de Ailesse no coração do chacal-dourado, a foice de Odiva para decapitar a víbora-dos-prados, e agora esta lança — também da minha mãe? — atravessando o flanco do veado-vermelho.

Eu o vejo pelo que é agora. Um cervo. Majestoso, com chifres de dezesseis pontas, certamente o rei desta floresta. E agora ele está morto, quase destruído pelo meu ataque. *Não chore, Sabine.* Não sou a filha dócil da minha mãe nem a irmã frágil de Ailesse. Sou mais que a segunda filha, a segunda melhor. Sou *matrone*. E mereço ser.

Corto a palma da mão, já com quatro cicatrizes por reivindicar minhas outras graças. Pressiono o chifre do veado-vermelho contra meu sangue. Uma onda de novas graças, ousadas e orgulhosas, correm para dentro de mim... e são elas que me quebram.

Um lamento baixo surge do meu peito, e caio de joelhos. Roubei uma vida, uma vida poderosa e nobre. Sacrifiquei vidas, assim como minha mãe sacrificou milhares de almas.

Olho para mim mesma. Estou descalça e ainda com o vestido da travessia com que adormeci no Château Creux. Está manchado e salpicado com o sangue do cervo.

Mas você está apenas sonhando, Sabine. Você está apenas sonhando.

Abro os olhos — não, eles já estavam abertos —, e tudo fica como antes. Estou ajoelhada ao lado de um cervo abatido, e meu vestido tem as manchas vermelhas da culpa.

Engulo, uma queimação na garganta. Talvez eu estivesse mesmo sonhando quando falei com minha mãe. Mas agora estou muito acordada. E matei pela quinta vez.

Para o bem ou para o mal, reivindiquei meus cinco ossos da graça.

12
Bastien

Esfrego minhas costas doloridas e entro em um beco estreito. Minha ferida de faca está em chamas, meus pulmões estão implorando por ar e estou tonto por causa da picada de víbora. *Merde*, sinto falta do Bastien de antes. Treinei a maior parte da minha vida para lutar contra poderosas Feiticeiras de Ossos. Agora mal consigo fugir de dois soldados comuns.

— Ele entrou naquele beco! — grita um deles.

Gemo. Tenho de tirá-los do meu encalço. Estavam perto do poço do castelo, patrulhando as minas. Só passei por eles quando pulei em um fosso de ventilação. Não esperava que me seguissem até aqui, mas eles são mais obstinados do que uma horda de Acorrentados.

Pulo em um barril e subo três fileiras de varais. Corto cada um com minha espada enquanto subo mais alto. Roupas molhadas e cordas caem sobre os soldados. Eles as afastam, gritando palavrões.

Entro por uma janela aberta, aceno com a cabeça para uma senhora que está amassando pão e corro pelo apartamento dela. Uma escada frágil no corredor chama minha atenção. Subo dois degraus de cada vez, praticamente ofegante. Os soldados gritam lá de baixo. Eles já estão no prédio.

Abro a porta no topo do lance de escadas. Estou no telhado. As torres em ruínas da Chapelle du Pauvre estão à vista, a menos de quatrocentos metros de distância. Corro em direção às ruínas da igreja. Não tenho tempo de dar a volta até o apartamento de Birdine. Os soldados me perseguem na direção oposta ao bairro dos bordéis. Estou agora em outro bairro pobre, este na zona oeste de Dovré.

Os soldados emergem no telhado. Corro mais rápido e avalio a distância até o próximo telhado. Nunca vou conseguir saltar. Procuro ao redor por uma tábua de madeira, um pedaço de corda ou... um mastro de bandeira. Enfio a espada no cinto, me viro para o mastro e o arranco do suporte. Não me preocupo em remover a esfarrapada bandeira com o sol de Dovré; corro até a beira do telhado, pronto para catapultar. Pensando bem, prefiro viver.

Coloco o mastro como uma ponte entre os telhados. Eu me penduro nele e me arrasto, uma mão depois da outra. É preciso mais força do que eu esperava. Meus braços latejam. Minhas mãos tremem. O mastro gira para a esquerda e para a direita. *Vamos, Bastien.*

As botas dos guardas se aproximam. Estou quase no telhado vizinho. O mastro balança. Eles agarraram o outro lado. Rapidamente me jogo para o telhado e solto o mastro. Eles o chutam para o beco. Meu corpo bate contra a lateral do prédio. Agarro a borda do telhado. Subo nele, ofegante.

Os soldados praguejam para mim. Eu me levanto e faço uma reverência.

— Foi um verdadeiro prazer, rapazes. Mais sorte da próxima vez.

Assim que me viro, meu sorriso desaparece. Cutuco minhas costas e faço uma careta. A ferida está molhada, e meus dedos, cheios de sangue. *Merde.*

Continuo em direção à igreja abandonada. Os telhados que levam até lá estão mais próximos do que os dois últimos, graças aos deuses. Preciso de um lugar para descansar.

Assim que entro na capela, vou até a alcova atrás do altar. O tapete puído está abaulado, mas o alçapão embaixo dele ainda está escondido. Sufoco uma pontada de desconforto, jogo o tapete para trás e desço por ele.

No porão, acendo uma vela — não consigo encontrar a lanterna que costumo guardar aqui — e sigo pela porta que leva às catacumbas e ao meu esconderijo secreto.

Os corredores revestidos de ossos logo se abrem em uma antiga pedreira de calcário. Depois que meu pai morreu, este lugar foi minha casa por dois anos. Depois que conheci Jules e Marcel, raramente voltei e, quando o fiz, voltei sozinho. Tudo o que pertenceu ao meu pai, eu trouxe aqui comigo. Ou melhor, tudo o que pude salvar. As autoridades municipais leiloaram os poucos objetos de valor que ele possuía para pagar suas dívidas. Não sobrou dinheiro para enterrá-lo, então seu corpo foi jogado em uma vala comum, sem identificação. Não suporto pensar nele lá, então penso nele aqui.

Desço pela escada do andaime na beira do poço de doze metros. Quando meu pai não tinha condições de pagar por nenhuma pedra calcária para esculpir, era aqui que ele vinha extrair seus próprios blocos. Eu costumava vir junto e lhe fazer companhia. Ele me contava histórias da Galle Antiga entre os golpes do cinzel e do martelo. Eu achava que os contos eram mitos. Talvez meu pai também achasse, ou nunca teria me contado sobre as Feiticeiras de Ossos. Ele não sabia nem da metade. Nem eu, mesmo depois de estudar com Jules e Marcel. Nada poderia ter me preparado para Ailesse.

Meu peito de repente fica tenso, e luto para respirar. *Ailesse...* Apoio a testa em um dos degraus da escada. Quando fecho os olhos, vejo seu lindo rosto novamente. Sinto o último beijo que ela me deu na torre do poço. Não acredito que ela ficou. Não acredito que realmente a deixei para trás. Ainda farei o que for preciso para protegê-la. Isso não mudou. Vou ajudá-la a sobreviver ao seu vínculo de alma. Vou gentilmente persuadi-la a aceitar que Casimir tem de morrer.

Endireito o queixo e volto a descer a escada do andaime até chegar a uma câmara de dois metros e meio por três, aberta para o fosso de um lado. Congelo. A lanterna que faltava está acesa e apoiada no meio do chão. Mal emite luz suficiente para preencher o espaço. Uma fração de segundo depois, vejo quem está deitado na base da parede oposta, sob o relevo que meu pai esculpiu do Château Creux. Um rapaz. Não, não é um rapaz. É um maldito rei.

Arranco minha espada do cinto e entro na sala. O ardor que senti há pouco desapareceu. Meu sangue parece ter virado ácido.

— O que diabos você está fazendo aqui?

Casimir se senta de repente — uma façanha, visto que está amarrado dos ombros aos tornozelos com uma corda forte. Seus olhos pétreos se estreitam.

— Você escapou.

— Óbvio que eu... — *Espere um pouco. Se ele está aqui, então...*

Eu giro e chamo em direção ao fosso:

— Ailesse! — Meu pulso acelera. Não consigo ver longe o suficiente. A luz da minha vela ilumina apenas alguns metros na escuridão. — Você está aí embaixo? — Ela é a única pessoa que conhece este lugar.

— Ela não está aqui. — Casimir suspira, cansado. — Está procurando por você.

Franzo a testa para ele.

— Por que ela não levou você junto? — Eu tinha dito onde me encontrar caso saísse de Beau Palais: no apartamento de Birdine.

Ele estremece enquanto se movimenta para ficar confortável.

— Aparentemente, estou mais seguro no subsolo.

Eu o estudo, tentando resolver o quebra-cabeça. Se Ailesse se recusou a deixar o castelo comigo, o que a fez mudar de ideia?

— Você foi atacado por um Acorrentado de novo?

Ele ergue as sobrancelhas.

— Você sabe sobre os Acorrentados?

— Lutei contra eles eu mesmo.

— Mas como você sabia que fui atacado?

Não respondo, nem preciso. O momento em que ele descobre fica nítido pela expiração lenta e pela inclinação de sua boca para baixo.

— Ailesse foi quem ajudou você a escapar.

Sorrio, sarcástico.

— Muito impressionante, considerando que ela estava de muleta o tempo todo. O mais difícil de acreditar é como ela conseguiu tirar *você* do castelo. — Inclino o queixo para as cordas. — Pelo jeito, você não veio de boa vontade.

— Sim, bem, tenho certeza de que os ossos da graça dela proporcionaram uma vantagem — resmunga ele.

— Então você os devolveu? — Bufo. — Ela realmente tem você na mão, não é?

O sorriso de Casimir é tenso e de lábios finos.

— Não sou o único que tomou medidas extremas por ela.

Um músculo se contrai na minha mandíbula.

— Não finja que você e eu temos algo em comum, Alteza. — Embainho minha espada e atravesso a sala até a parede direita, em direção à saliência de rocha onde guardo as estatuetas que meu pai esculpiu. Coloco minha vela ao lado da estátua do golfinho, um presente que ele esculpiu para mim. Me certifico de que não foi mexido. Meus nervos estão à flor da pele. Não acredito que Casimir esteja aqui, de todos os lugares. Ele murmura algo enquanto eu vasculho uma caixa em busca de uma bebida. — O que é que foi isso? — Eu me viro e olho feio.

— É *Vossa Majestade* agora — murmura ele, sem orgulho na voz. — Meu pai está morto, assassinado por aqueles Acorrentados impedosos.

Sinto um nó no estômago. Mordo o interior da bochecha, lutando para segurar meu ódio. É difícil quando conheço a dor por trás de sua expressão amarga e quebrada. Convivo com isso há oito anos.

Enfio as mãos nos bolsos. Mudo de um pé para outro.

— Meu, hum... meu pai também foi assassinado.

Casimir franze as sobrancelhas lentamente. Ele não diz nada por um longo momento, apenas me encara com os olhos ligeiramente arregalados. Tento desviar o olhar, mas não consigo. É como o momento em que encontrei Jules e Marcel depois do que pareceu uma eternidade sozinho. Eles me entenderam. O pai também fora roubado deles.

Casimir finalmente levanta a voz, mas é grave e solene quando ele pergunta:

— Por outro Acorrentado?

Faço que não e me sento a um metro e meio de distância, de costas para o canto da parede.

— Feiticeira de Ossos.

Ele engole em seco, assentindo a cabeça pesadamente.

Ficamos quietos de novo. O ar denso da pedreira subterrânea engrossa o silêncio, até que ele diz:

— Você poderia me soltar.

Dou uma risadinha.

— Diz a pessoa que me prendeu.

— Todas as suas acusações serão retiradas, é óbvio.

— Ailesse trouxe você aqui por um motivo. Preciso respeitar isso.

— Ela planeja me manter em cativeiro aqui até a lua cheia.

— Faz sentido, se os Acorrentados estiverem no seu encalço.

— Vou perder o enterro do meu pai.

Sinto um frio na barriga.

— Não há outro jeito.

Casimir perde a compostura.

— Eu sou o maldito rei! — grita. — *Tenho* que ir para casa! Ainda nem fui coroado! *Alguém* deve governar este país. Estamos sendo dizimados pelos mortos, as guerras fronteiriças estão aumentando, e Galle do Norte é uma ameaça constante! Isso para não falar de uma população crescente de dissidentes que estão ansiosos para me ver usurpado. Se meus inimigos descobrirem que o trono está vazio, aproveitarão a oportunidade e atacarão com força.

— Não é problema meu.

Ele me olha incrédulo.

— Entendo. Tenho certeza de que um ladrão como você nunca teve que pensar em nada além de cuidar de si mesmo.

Faço uma careta para ele. O que *ele* sabe sobre viver nas ruas?

— Guarde seus argumentos para Ailesse. Não serei contra ela nisso.

— Ailesse é uma Feiticeira de Ossos, Bastien.

— E daí?

Ele olha para o teto e balança a cabeça lentamente.

— Acho que ela pretende me matar.

Uma pontada de simpatia me atinge, e mais uma vez não é tão fácil de afastar. Conheço o medo dele. Senti a mesma coisa. Mas preciso desesperadamente que Ailesse viva. E para isso, Casimir tem que morrer. Não posso dar-lhe nenhuma falsa esperança. Ele me entende agora. Ele saberia se eu mentisse.

— Acho que ela *precisa* te matar.

13
Ailesse

Sinto uma onda de alívio ao ver uma placa pintada balançando em um suporte de ferro. Retrata uma adaga fincada direto em um coração. *Le Coeur Percé*. Finalmente encontrei.

Protejo os olhos da luz do sol do meio-dia e examino a taverna e seu segundo andar. O edifício é remendado com pedaços estranhos de calcário, argamassa e vigas de madeira, mas a feiura é equilibrada pela beleza da madressilva trepadeira e das venezianas azul-centáurea. Qual dessas janelas dá para o apartamento de Birdine? Será que Bastien está lá dentro? Preciso explicar para onde levei Cas. Ele não vai gostar nada.

Manco até a porta e me apoio por um momento na muleta. Devo bater, ou simplesmente entrar? Enquanto crescia, nunca aprendi a etiqueta das pessoas fora da minha *famille*. Mordo o lábio e decido bater.

Pouco antes de meus dedos encostarem na porta, um senhor com um gorro de tricô a abre e passa por mim, me dando uma segunda olhada com as sobrancelhas levantadas. Tenho recebido reações semelhantes de outras pessoas na cidade. Devem ser minhas vestimentas. Puxo as mangas que caem dos ombros do meu vestido de veludo e brocado. Talvez esteja muito chique para uso diário. De qualquer forma, ninguém mais no bairro dos bordéis está vestida assim.

O idoso deixa a porta aberta, então manco hesitante para dentro. Partículas de poeira brilham ao meu redor por causa da luz do sol, mas quando fecho a porta, o encanto que encontrei lá fora desaparece. Minha visão de tubarão-tigre se ajusta rapidamente ao interior escuro. Estou cercada por carvalho, pedra e ferro — envelhecidos não da maneira assustadoramente bela do Château Creux, mas por fuligem e poeira.

Cerca de dez mesas estão espalhadas sob enormes candelabros de ferro, e um homem barbudo com um avental imundo está atrás de um balcão sustentado por barris. Garrafas com líquido de aparência salobra e pequenos vasilhames alinham-se nas prateleiras às suas costas.

— O que Madame Collette está aprontando agora? — Seu sotaque de Galle é forte, nada parecido com o de Cas ou mesmo o de Bastien.

Pisco.

— Perdão?

Ele bufa e seca uma caneca de estanho.

— Vestindo suas meninas como princesas agora, é?

— Não tenho certeza se...

— Volte para La Chaste Dame. — Ele bate a caneca no balcão. — Não preciso que você roube meus clientes pagantes.

Fico boquiaberta. Entendo o que ele quis dizer agora. Passei por La Chaste Dame no caminho para cá. É um bordel, e não muito respeitável, a julgar pelos comentários obscenos que ouvi daqueles que vagavam por perto.

Risadas baixas ecoam na taverna. Olho ao redor para as poucas pessoas que meu sexto sentido detectou quando entrei: dois homens, uma mulher e — meus músculos ficam tensos — duas almas *chazoure*. Pelo menos não usam correntes.

— Não trabalho para Madame Collette. — Manco em direção à escada que passa pelo balcão. — Vim ver...

Alguém suspira do andar de cima. Olho para além da balaustrada, e encontro Jules olhando para mim. Ou pelo menos uma versão de Jules. Está notavelmente mais magra e tem olheiras escuras sob os olhos castanhos.

— Aileen. — Ela se dirige a mim com uma carranca. — Eu disse para você nunca vir aqui.

Aileen? Fico olhando com uma cara estúpida até que ela me lança um olhar sutil, mas aguçado.

— Nossa, me desculpe.

— Não se desculpe. Vá embora. — Ela desce as escadas.

— Você conhece essa garota? — pergunta o homem barbudo.

— Ela é minha prima, mas estamos proibidas de conversar. Desavença entre nossos pais. — Jules me pega pelo braço, seu aperto mais fraco do que costumava ser, e me conduz em direção à porta da frente. — Fique fora deste distrito, ou você começará uma guerra nas ruas — diz ela, alto o suficiente para que todos possam ouvir.

— Tudo bem. — É a melhor resposta que consigo dar. Preciso de uma boa lição sobre disfarces.

Ela me segue para fora e fecha a porta atrás de nós.

— Depressa — sussurra ela, e me puxa para um beco estreito ao lado da taverna. — Os soldados do príncipe estarão te procurando. Precisamos ser discretas. — Ela suspira, olhando para mim. — Você deveria ter usado uma capa com capuz. — Jules corre mais para o fundo do beco e acena com a mão para que eu a siga.

Vou mancando atrás dela.

— Não tive tempo de trocar de roupa.

— Não é só o seu vestido, Ailesse.

Minha mão vai até meu cabelo, selvagem e emaranhado por causa da luta com as víboras e os Acorrentados.

— Vou tomar banho antes de sair de novo.

Ela geme.

— Você é insuportável, sabia? Poderia estar vestindo trapos e pingando lama, e ainda assim chamaria a atenção em Dovré.

Não tenho certeza se devo dizer "Obrigada" ou "Desculpe", então não digo nada.

Assim que contornamos os fundos da taverna, ela aponta para uma porta de madeira empenada.

— Entre por aqui. À sua esquerda, você verá uma escada. Vá por ela até o sótão, e de lá volte para o segundo andar. O quarto de Birdine fica no canto nordeste. Encontro você lá. — Ela corre de volta por onde veio.

Sigo apressadamente suas instruções, apesar da muleta. Não demoro muito para encontrar a porta de Birdine e girar o trinco.

Jules já está lá dentro e esperando. Ela me puxa para dentro do quarto e tranca a porta atrás de mim.

Viro-me e olho para o quarto simples, mas bonito, decorado com cortinas amarelas e um vaso de alegres flores douradas — obviamente acréscimos de Birdine, embora ela também não esteja aqui. A única outra pessoa no quarto é Marcel. Ele está esparramado em uma cama perto da janela e cochilando com um livro aberto no colo.

— Onde está Bastien? — pergunto.

— Eu estava prestes a te perguntar o mesmo. — Jules cruza os braços.

— Mas ele me disse para encontrá-lo aqui.

— Ele não escapou? — exige ela. — Achei que as cobras-chicote que Sabine enviou teriam...

— Cobras-chicote? Eram víboras-dos-prados.

— Não, elas só *pareciam* víboras-dos-prados.

— Pessoas morreram, Jules — digo, enfática. — Eram víboras.

Ela empalidece.

— Eu não queria... Eu... eu me enganei... — Ela esfrega a testa e se afasta de mim. — E Bastien, ele...?

— Só foi mordido uma vez. Eu o ajudei a escapar.

— Então por que ele não está com você?

— Precisei cuidar de algumas coisas antes de sair de Beau Palais.

— Coisas? — Jules franze a testa. — Que coisas?

Marcel se senta, o cabelo desgrenhado pelo sono.

— Ailesse? — Ele sorri torto. — Você conseguiu. De nada pelas cobras-chicote. — Ele ri e pisca um olho sonolento. — A ideia foi minha.

Uma risada miserável escapa de Jules. Vou deixá-la explicar mais tarde o que ele perdeu.

— Temos que encontrar Bastien — digo, rezando para que meu joelho pare de latejar. Não posso descansar ainda. — Ele pode estar em perigo.

Jules fica tensa.

— Ele foi seguido?

— Não que eu saiba, mas...

— Você não acha que os Acorrentados... — Seus olhos se arregalam.

Uma onda doentia de ansiedade percorre meu estômago. Não suporto imaginar Bastien perdendo Luz ou, pior, sua alma.

— Como ficou sabendo que eles estão à solta de novo? Você foi atacada?

— Não, Sabine me contou.

Sabine? Sempre esqueço que minha irmã esteve em contato com meus antigos sequestradores. Meus dois mundos separados não param de colidir.

— Onde ela está?

— Com a sua *famille* — responde Jules. — Ela também está muito ocupada com os Acorrentados.

Meu rosto fica quente. Ainda não consigo acreditar que Sabine é a *matrone*, quando eu deveria ser.

— Sim, é verdade. — Eu me viro e ando propositalmente até um baú aberto. Procuro por uma pilha de roupas e cobertores, com a mandíbula cerrada. — Vocês têm uma capa sobrando?

— Pegue a minha. — Marcel sai da cama e a pega para mim.

Jules pega sua própria capa.

— Fique aqui até Birdine chegar em casa — diz ela ao irmão. — E faça as malas. É hora de nos mudarmos para o subsolo.

Bom plano. Eu me concentro totalmente nele e bloqueio qualquer pensamento de voltar para casa e reivindicar meu direito de primogenitura. Pelo menos por enquanto. Primeiro, preciso lidar com o problema do meu *amouré* aprisionado.

— Devíamos ficar todos juntos no esconderijo de Bastien. — Jules não pode se dar ao luxo de perder mais Luz.

— Que esconderijo? — Ela enfia a trança dourada no capuz e pega um cantil de água, pendurando a corda no ombro.

— Aquele perto das catacumbas e da pedreira, embaixo da Chapelle du Pauvre.

Jules troca um olhar perplexo com Marcel.

— Não sei do que você está falando.

Esqueci que Bastien não tinha mostrado a eles.

— Foi onde ele me escondeu quando os Acorrentados foram soltos da última vez... como último recurso, é lógico. É um lugar especial para ele.

Ela zomba.

— Bastien tem um lugar especial que não conhecemos?

Marcel coça o queixo.

— É possível. Não seria a única igreja em Dovré que conduz às catacumbas. Deve ter sido um bom esconderijo.

— Ainda é. — Mexo nos cordões de sua capa em volta dos meus ombros. — Casimir está lá agora. Pode ser que ele esteja... amarrado.

Jules me olha de boca aberta. Marcel cai na gargalhada.

— Você raptou o príncipe?

— O rei, na verdade.

Jules balança a cabeça, e um sorriso lento se forma em sua boca.

— *Merde*, Ailesse.

— Os Acorrentados estavam atrás dele, e... — Cruzo os braços na defensiva. — Foi para o seu próprio bem. — *E para o meu.*

Ela solta um longo suspiro, tentando processar o que fiz.

— Bem, suponho que seja bem feito para ele.

Será? Não sei. Mas não estou muito preocupada com Cas no momento, não quando Bastien está desaparecido e Sabine tenta administrar uma situação quase impossível sem mim.

— Preparada?

Jules acena com a cabeça e se vira para o irmão.

— Assim que Birdine voltar, corra para a Chapelle du Pauvre. Não quero você exposto por muito mais tempo. Se ouvir um Acorrentado, não lute. Corra.

Rapidamente digo a ele como encontrar a câmara escavada de Bastien.

— Quer dizer que posso trazer Birdie comigo? — pergunta Marcel a Jules, como se não tivesse ouvido mais nada do que dissemos.

Ela revira os olhos.

— Acho que sim. Não sei se aquela garota consegue manter a boca fechada. — Ela me lança um olhar duro. — Você sabe que cometeu traição, certo?

Eu levanto meu queixo.

— Era isso ou deixar o rei morrer.

Jules bufa.

Marcel abre a porta para nós. Seu sorriso preguiçoso não vacila, apesar de falarmos de crimes puníveis com a morte. Aperto seu braço quando passo mancando.

— É bom ver você novamente.

— Você também, Ailesse — diz ele, caloroso.

Enquanto Jules me segue, Marcel a cutuca com o cotovelo.

— Você vai contar a ela?

Olho para os dois.

— Contar o quê?

Ela morde o lábio inferior.

— Sabine não tinha certeza se você deveria saber ainda.

Meu coração acelera. Todas as frustrações anteriores com minha irmã desaparecem.

— Aconteceu alguma coisa com ela? Ela está bem?

— Sabine está bem, mas quando ela estava fazendo a travessia...

— Ela *não* fez a travessia. Os Acorrentados não estariam à solta se tivesse feito.

— Bem, ela deve ter pelo menos aberto os Portões um pouco, porque ela viu sua mãe.

Dou um passo para trás.

— O quê?

Jules respira fundo, e seu tórax treme.

— Odiva está viva, Ailesse. Aprisionada. E ela quer que *você* a liberte.

14
Sabine

Sua irmã não está no centro de sua fraqueza? Lembro-me das palavras que minha mãe disse em meu sonho enquanto vigio o Château Creux. Estou escondida onde o planalto encontra a floresta, a uma distância onde ninguém da minha *famille* deve ser capaz de me sentir com suas graças. Não voltei para casa desde o episódio de sonambulismo ontem à noite. Ainda estou usando meu vestido de travessia manchado de sangue.

Olho para o caminho que leva a Dovré. A brisa do fim da tarde traz consigo o aroma de lavanda dos campos e o cheiro salgado do mar Nivous, mas nada humano, certamente nada parecido com o cheiro terroso e único de flores silvestres de Ailesse. *Onde ela está?*

Mais cedo, me aventurei perto de Beau Palais, na esperança de ouvir algum boato que pudesse me ajudar a saber se ela havia escapado ontem à noite, mas o castelo está ainda mais fechado agora. Não abre os portões nem mesmo para mensageiros habituais. Depois, verifiquei o apartamento de Birdine para ver se Jules ou Marcel tinham alguma notícia, mas os pertences pessoais de todos haviam sumido. Não tenho ideia de para onde fugiram.

Uma nuvem passa sobre o sol. A visão de calor da minha víbora-dos-prados pisca e capta o brilho de vida nas proximidades. Novamente, nada humano, apenas uma raposa com uma lebre na boca. Pontadas agudas de preocupação reviram meu estômago. E se Ailesse não escapou com Bastien? Será que matei os dois com as víboras que mandei para Beau Palais?

Ailesse é sangue do meu sangue, ossos dos meus ossos. Existe uma magia entre mãe e filha que nem os deuses podem explicar. Mais uma vez, a voz da minha mãe me vem à mente, e desta vez estou desesperada para acreditar que ela está certa. Essa mesma magia pode se estender às irmãs? Ailesse não pode estar morta. Eu teria sentido. Ela está viva, assim como estava quando minha mãe a declarou morta antes.

Olho para trás, para o Château Creux, e aperto as mãos. Minha *famille* precisa de uma *matrone*. Ailesse iria querer que eu liderasse na ausência dela.

Sussurro uma prece para Elara e atravesso o planalto até o Château Creux. Recorro à majestade e à ousadia do veado-vermelho — ou é o chacal que me ajuda a me comportar como uma rainha? *Não sou qualquer garota de dezesseis anos*, lembro a mim mesma. *Sou também filha de Odiva, com todos os direitos.*

Desço a escadaria de pedra em ruínas e entro no antigo castelo, passando pelo brasão gravado de um corvo e uma rosa, o símbolo da dinastia que governou Galle do Sul até que seu último monarca, o rei Godart, morreu, e o Château Creux caiu em ruínas.

Desço aos níveis mais baixos e atravesso os túneis. Quando coloco os pés no pátio da caverna aberta, vejo que a maioria das Leurress já está reunida. Talvez tenham percebido que eu estava chegando, porque isso parece uma intervenção. Todas as anciãs presentes — Nadine, Pernelle, Chantae, Roxane e Damiana — estão onde Odiva costumava presidir, bem no centro do solo calcário, acima da face esculpida do chacal-dourado de Tyrus — meu chacal — aninhado na curva da lua crescente de Elara. As outras Leurress estão reunidas contra as bordas curvas do pátio, dando às que têm mais autoridade uma ampla distância.

Minha *famille* se vira assim que entro. Maurille arqueja. Os olhos de Isla se estreitam, e os de Pernelle se arregalam. As pequenas Felise e Lisette se assustam e se escondem atrás da saia de Hyacinthe. Sou uma visão terrível com meu vestido manchado de sangue, mas mantenho a cabeça erguida.

Transformei meus chifres de veado-vermelho em uma coroa digna da *matrone* que preciso ser. Roxane, uma das anciãs mais fortes, também usa uma coroa de veado, mas seus chifres têm apenas oito pontas. Os meus têm dezesseis. Usei a lança ritualística de Odiva para serrá-los hoje, e depois os enrolei com um anel de gravetos para que se projetassem como presas. Minhas vértebras de víbora-dos-prados e a perna e garra de falcão noturno estão entrelaçadas na base da coroa, e enfiei o cordão encerado do meu antigo colar de osso da graça em torno de duas pontas do chifre, para que o crânio de salamandra-de-fogo e o pingente de chacal-dourado fiquem pendurados na minha testa.

Com a lança ritualística de Odiva em mãos, caminho até o centro do pátio para tomar meu lugar, mas as únicas anciãs que se afastam são Pernelle e Damiana. Roxane fica onde eu deveria ficar e se empertiga. Somos como dois cervos se enfrentando na batalha pelos direitos ao harém.

— Você chegou bem na hora, Sabine. — Ela arqueia a sobrancelha marrom-acinzentada. — Aquelas de nós que não estão lutando com os mortos, cuja travessia *você* não conseguiu fazer, se reuniram para discutir seu papel prematuro como nossa *matrone*.

Meu músculo da mandíbula estremece.

— Odiva me nomeou herdeira. Todas vocês testemunharam.

— Não contestamos isso — responde Nadine. — Mas certamente Odiva esperava viver muitos anos mais.

— Você é tão jovem, Sabine — acrescenta Chantae. — O que aconteceu na ponte de terra é a prova de que você não está preparada para cumprir seus deveres.

Meu rosto fica quente e vermelho.

— Você também teria fugido se tivesse visto... — Suspiro e fecho minha boca.

— Há uma razão pela qual o resto de nós teve que sacrificar nossos *amourés* antes de termos permissão para fazer a travessia — diz Isla.

— Fique fora disso. — Olho para ela. — Você não é uma anciã.

— Isla tem apenas vinte anos e é a mais nova entre as Barqueiras.

Roxane levanta a mão.

— Isla pode ter falado fora de hora, mas ela não está errada. Foi um erro deixar você liderar a travessia tão cedo. — Isla sorri quando Roxane desvia o olhar.

— Tenho cinco ossos da graça agora, e cada morte me custou muito. Estou comprometida. Não preciso sacrificar um *amouré*.

— Ah, todas devemos — diz Chantae. — Essa dor é necessária, e nós a suportamos juntas. Isso fortalece nossa irmandade.

— Prova nossa lealdade aos deuses — acrescenta Nadine.

— E nos dá poder contra a tentação. — Roxane dá um passo para mais perto de mim. — Se você tivesse cultivado essa resistência, não teria fugido da ponte de terra.

— Não foi por isso que... — Faço um esforço para respirar. Ninguém está me dando a chance de falar. Já se decidiram. — Agora não é hora de discutir meu rito de passagem. Precisamos nos concentrar no que fazer com os Acorrentados soltos. Felizmente, já lidamos com essa situação antes, então sabemos como...

— Declaramos que você é incapaz de governar, Sabine. — Roxane me interrompe.

Minhas pernas amolecem.

— O quê?

— Não leve para o lado pessoal — diz Chantae. — Nenhuma de nós poderia ter governado na sua idade.

Mas Ailesse poderia. Isso é o que todo mundo está pensando, mas não diz.

— Decidimos nomear uma regente em seu lugar — Nadine me conta.

— Regente? — Franzo a testa. — Não, isso não é... Nunca tivemos uma regente antes.

— Escolhemos Roxane. — Chantae junta as mãos. — Ela governará até que você esteja suficientemente preparada. Talvez em dez anos...

— Dez anos? — Minha voz fica mais aguda. — Não, não, não. Vocês não podem tomar meu poder. — *O poder de Ailesse.* Se as anciãs o fizerem, será muito mais difícil para ela recuperá-lo. Ela nunca vai me perdoar. — Vocês não têm o direito.

— Acreditamos que temos — rebate Roxane.

— Bem, vocês estão erradas! — Olho dela para as outras, para todas em minha *famille*. Por que não estão me ouvindo? Eu deveria ser agraciada com habilidades indiscutíveis de líder. Matei um cervo com chifres de dezesseis pontas. Nunca estarei limpa do sangue dele.

— Se Ailesse estivesse aqui...

— Ela não está — diz Roxane, perdendo a paciência. — Está desaparecida, provavelmente morta.

— Graças aos deuses — diz Isla, baixinho. Minhas orelhas agraciadas captam, e me viro para ela, apertando ainda mais minha lança.

— O que você disse?

Ela levanta o queixo.

— Você me ouviu. — Ela joga o cabelo ruivo por cima do ombro. — Quem sou eu para discutir com Tyrus e Elara? Se eles podem escolher o nosso *amouré*, certamente podem escolher quem deve nos governar. Aparentemente, Ailesse não estava preparada para o trabalho.

Parto para cima dela, com os dentes à mostra e a lança erguida.

— Não, Sabine! — grita Pernelle.

Isla solta um ganido, despreparada para quão rápido eu a ataco. Mal se esquiva do meu ataque.

— Exatamente como eu pensei. — Giro de volta para ela. — Você é só palavras e nenhum músculo. Posso resolver isso. — Agarro seu queixo e a puxo para a frente. — Ficaremos gratas quando você perder a língua.

— Solte-a, Sabine! — comanda Roxane, mas ela não tem autoridade sobre mim.

Coloco a ponta da minha lança no canto da boca de Isla. Não vou machucá-la, apenas lhe dar uma lição.

— Vou te dizer quem os deuses consideram patética — rosno. — Alguém que não consegue se livrar da inveja, mesmo acreditando que sua rival está morta.

Lágrimas brotam dos olhos de Isla, mas seu olhar é cruel.

— Não fui eu que me escondi nas sombras, pensando que nunca poderia estar à altura de Ailesse.

Meu sangue pega fogo. As anciãs gritam comigo, mas minha pulsação acelera em meus ouvidos e abafa o som. A ponta da minha lança treme contra os lábios de Isla. Um pequeno puxão e eu poderia abrir um corte em sua bochecha. Uma imagem do meu sonho vem à mente. Meu reflexo na água abaixo de Castelpont. Eu com dentes de chacal e olhos amarelos.

Eu me afasto de Isla e giro a lança para o lado.

Alguém grita. É Hyacinthe, a Leurress mais velha. Seus olhos se enchem de horror. Ela agarra o lado da garganta. O sangue escorre por seus dedos. Arquejo e deixo cair a lança. Eu a cortei por acidente.

— Hyacinthe! — Cambaleio para a frente.

Ela cai de joelhos. Pernelle corre até ela e aplica pressão em seu pescoço. As outras anciãs se aglomeram para ajudá-la. As pequenas Felise e Lisette começam a chorar.

— Eu não queria... — Não consigo respirar. — Ela vai ficar bem?

Pernelle, que sempre me apoiou, olha para mim com medo.

— Você precisa ir, Sabine.

— Mas eu...

— Apenas vá!

Viro-me e corro para fora do pátio. Corro pelos túneis, pelos corredores em ruínas, pelas escadarias. Pernelle provavelmente queria que eu fosse para o meu quarto, mas em vez disso corro para fora. Não posso ficar aqui. Sou muito perigosa. Vão tomar meus ossos da graça — a punição quando uma Leurress ataca outra na *famille*.

Fui tola ao pensar que o cervo-vermelho poderia manter minha graça de chacal-dourado sob controle.

E se eu desistir das graças do chacal?

Não, não posso. Os mortos têm medo delas. Preciso disso para me ajudar a controlá-los.

O chacal é um fardo muito grande para carregar sozinha.

Grito, furiosa com as palavras que minha mãe disse em meu sonho. Ela quer que eu entregue Ailesse antes de me ajudar. Eu me recuso.

Corro mais rápido, até não conseguir mais ver o Château Creux nem sentir todo o pânico dentro de suas paredes.

— Ela vai viver, ela vai viver — rezo, desejando que Hyacinthe pare de sangrar.

Ailesse retornará em breve. É o que eu quero, não é? Ela vai consertar isso. Ela vai consertar tudo. Até então, lutarei contra todos os Acorrentados que puder. Vou retirá-los de Dovré.

Enxugo as lágrimas dos olhos e cerro os dentes.

Eu *vou* me controlar. Eu *vou* dominar esta graça.

15
Ailesse

—Cuidado com os pés no andaime aqui — digo a Jules. — A madeira apodreceu. — Ela evita o ponto fraco e continuamos a descer pela lateral da pedreira abaixo da Chapelle du Pauvre.

O dia está quase acabando. Procuramos por Bastien durante toda a tarde em Dovré, e não encontramos nenhum sinal dele. Meu coração está apertado.

— Estamos quase lá. — Desço até a penúltima plataforma com minha perna boa. Vou dar um pouco de comida e água para Cas, e então precisarei continuar minha busca. Talvez consiga convencer Jules a ficar aqui e protegê-lo. Ela precisa descansar. O decote de sua camisa está encharcado de suor.

— Você precisa que eu segure a vela? — pergunto. Aquela que encontramos no porão continua pingando cera quente nos dedos dela. Não havia lanterna sobressalente.

— Estou bem — resmunga ela, a respiração fraca. — Você é pior que Bastien com toda essa superproteção.

Mordo a língua. Mostrar força sob coação é admirável, mas a força de Jules é, na melhor das hipóteses, fraca. *Admitir que precisa de ajuda não é fraqueza*, Sabine sempre me dizia.

Sabine. Meu coração fica mais apertado. Ela realmente viu nossa mãe além dos Portões do Submundo? Talvez seja essa a verdadeira razão pela qual perdi o apetite. A pessoa que pensei ser minha mãe permanecerá morta para sempre. Ela nunca existiu. Minha verdadeira mãe é uma estranha, uma traidora, uma assassina. O que ela faria se conseguisse sair do Submundo? Uma onda de pavor gelado percorre minha espinha.

— Chegamos — digo, e desço do andaime. A pequena câmara já está iluminada pela lanterna que deixei para Cas. Ele está preso onde o deixei, embora uma segunda vela brilhe na saliência onde estão as estatuetas do pai de Bastien. Meu coração bate forte.

— Bastien? — Corro até onde ele está dormindo, em um canto do quarto. Deixo de lado minha muleta e me agacho ao lado dele. Graças aos deuses ele está seguro.

Seus olhos se abrem lentamente, e sua boca se curva.

— Oi, linda. — Meu peito se aquece. — Você voltou. — Sua voz está um pouco grogue de sono. Então ele pisca, e seus olhos ficam grandes. — Você... realmente voltou.

— Óbvio que voltei. — Sorrio. — Eu meio que precisei. — Olho de relance para Cas, que está olhando carrancudo para nós dois. O calor dentro de mim desaparece. Em que confusão eu fui me meter.

Bastien se senta e estremece, colocando a mão nas costas. Inspiro com força quando olho para a mancha vermelho-escura em sua camisa.

— Sua ferida reabriu? — Toco o tecido manchado. Não está molhado. — Você precisa ser costurado de novo?

— Não. O sangramento parou. Mais pontos só causarão infecção.

Mordo o lábio e assinto.

— Há quanto tempo você está aqui? — Eu me amaldiçoo por não ter verificado este lugar antes. Já poderia ter saído em busca de Sabine.

Ele coça a cabeça.

— Você teria que perguntar a Sua Especialeza Real ali. Não tenho certeza de há quanto tempo estou dormindo.

Jules entra na sala.

— Sua Especialeza Real não parece muito ansiosa para falar no momento. — O sorriso dela é meio sardônico, meio surpreso, enquanto olha boquiaberta para Cas, cujas sobrancelhas estão caídas em uma linha desinteressada. — Que os deuses salvem o rei — acrescenta, fazendo uma reverência estranha. — Ou, se não o fizerem, acho que o faremos.

Cas sopra um cacho louro-avermelhado do olho.

— Você pode começar me desamarrando, a menos que também queira ser acusada de traição.

Jules me lança um olhar penetrante.

— Eu disse que era traição.

— Ninguém vai desamarrar ele. — Meu tom é inflexível.

— Ailesse, a sequestradora. — Ela acena com a cabeça, aprovando. — Combina com você.

Bastien ri, aproximando-se para mais perto de mim. Fico tensa com a vontade repentina de fugir. Não sei por quê. Durante horas, desejei vê-lo. Agora que sei que está seguro, tudo que quero fazer é correr para casa. O que não é tão fácil agora que tenho o rei em cativeiro.

— Estou falando sério — respondo. — Cas não está seguro em Beau Palais, ou em qualquer outro lugar acima do solo. Não deixe que ele te convença do contrário. Os dissidentes em Dovré ficariam felizes em vê-lo morto. Alguns deles *estão* mortos, e são muito perigosos. Isso é para o bem dele.

— É mesmo? — Cas estreita os olhos. — Ou é para o *seu* bem, Ailesse?

— Ei, ei, vá com calma — diz Bastien. — Ailesse também tem o direito de proteger a própria vida. E a alma dela, aliás. — Ele passa o braço pela minha cintura, e eu me contorço por instinto, incapaz de esconder minha reação dessa vez. Ele me solta imediatamente, ficando com as orelhas vermelhas.

Qual é o problema comigo? Desde que soube que minha mãe nomeou Sabine sua herdeira, minha cabeça está confusa. Qualquer coisa que tire o foco da minha *famille* me estressa, até mesmo Bastien.

— E o que dizer das almas do *meu* povo? — exige Cas. — Você realmente pretende me esconder aqui enquanto eles permanecem indefesos contra um exército de mortos?

Encontro seu olhar diretamente.

— Não me esqueci deles. *Meu* povo vem protegendo todos em Galle do Sul desde muito antes de sua família assumir o trono.

Tenho certeza de que elas estão fazendo tudo ao seu alcance para controlar os mortos e...

Bastien enrijece.

— Jules, não toque... — Ele solta um suspiro tenso. — Apenas ponha de volta no lugar. Por favor.

Ela coloca a escultura do golfinho de volta na saliência e levanta as mãos.

— Bom te ver também. Estou viva e bem, obrigada por perguntar.

Bastien se apoia contra a parede, tomando cuidado com seu ferimento.

— Desculpe, não estou acostumado com tanta companhia aqui.

— Percebi. — Ela cutuca uma caneca cheia de flores silvestres murchas e olha todas as velas apagadas da sala. — Mas, parece que era aconchegante o suficiente para dois.

Ele geme.

— Eu trouxe Ailesse aqui como último recurso, certo? Além disso, esta era minha casa antes mesmo de conhecer você.

— Então. — Ela cruza os braços. — Explique por que fez Marcel e eu dormirmos em becos fedorentos neste mesmo distrito, quando tinha um lugar melhor por perto.

Bastien abre e fecha a boca.

— Eu estava... Este é...

— É um lugar sagrado para ele. — Toco sua perna defensivamente, então me seguro e me afasto. — Você não vê que as coisas do pai dele estão por toda parte?

Jules me olha de boca aberta.

— Ele tem pulmões e voz, sabe. Pode falar por si mesmo.

— Como as Feiticeiras de Ossos protegeriam as pessoas? — pergunta Cas, ainda preso a esse fato e ignorando o resto da nossa conversa.

Suspiro e me viro para Bastien.

— Me desculpe por tê-lo trazido aqui. Era o lugar mais próximo que eu conhecia.

— Tudo bem. — Ele abre um sorriso gentil, embora eu continue o rejeitando. — Estou feliz que você esteja aqui, e segura.

Isso faz parte do meu problema, percebo. Não quero estar em nenhum lugar que pareça outra prisão. Não quero ficar afastada da Luz de Elara ou amarrada a um *amouré* ou mesmo ser obrigada a conviver com alguém. De repente, é tudo muito sufocante. Nunca pedi essas complicações que me afastam do meu direito de nascença.

Jules zomba de Bastien.

— Inacreditável.

Ele revira os olhos e acena para ela.

— Venha e sente-se aqui. Estamos todos cansados. Vamos deixar a discussão para...

— Proteger é o oposto de matar — diz Cas, pressionando seu assunto de forma beligerante. — Você disse que era a garota que deveria me matar, Ailesse.

Suspiro, massageando minhas têmporas.

— Ele realmente não sabe o que são Feiticeiras de Ossos — murmuro para Bastien. — Aparentemente, nem todo mundo ouviu dos pais essa história.

— Que história? — pergunta Cas.

— Histórias de ninar — responde Bastien. — Mulheres de branco nas pontes, que matam homens atraídos por elas depois de dançarem.

Cas fica quieto por um momento.

— Você queria me matar, Ailesse?

— Ah, sim — interrompe Jules. — Uma grande honra para você também. E não se preocupe, você teria agradecido a ela por isso um dia no Paraíso.

Eu me encolho. Realmente acreditei que isso justificava o ritual de sangue?

— Mas por quê? — Cas franze a testa. — Nada disso faz sentido.

— Ele também não sabe sobre as Barqueiras? — pergunta Bastien.

Balanço a cabeça em negativa, e Jules ri.

— Acho que vou *mesmo* me sentar. — Ela se ajeita no meio da sala e dobra os joelhos e os puxa contra o peito. — Isso está ficando bom.

Respiro fundo e começo do início — com Tyrus e Elara, um noivo e uma noiva separados no início dos tempos pelo mundo mortal que se formou entre eles.

Explico sobre Belin e Gaëlle, que fizeram isso acontecer e dividiram os dois reinos dos mortos. Então nasceu uma Leurress, a primeira e única filha de Tyrus e Elara. Ela foi encarregada de preencher a lacuna entre o mundo mortal e os reinos de seus pais, e de levar a eles as almas dos que partiram... Assim também o fizeram todas as filhas das Leurress em sua linhagem desde então.

Mas para terem filhas, elas precisavam de homens, então os deuses lhes deram *amourés*. No entanto, as Leurress não podiam se perder no amor — afinal, elas tinham um mandato divino —, então os deuses pediram-lhes que sacrificassem seus *amourés* dentro de um ano, a partir do momento em que o vínculo da alma fosse estabelecido, e, como recompensa, Tyrus e Elara lhes concederiam o direito e a força para fazerem a travessia de seus mortos. Se a Leurress falhasse, o vínculo da alma se tornaria uma maldição. Seu *amouré* morreria ao final de um ano, e a Leurress morreria com ele.

— Mas se você tivesse me matado naquela noite — diz Cas —, eu nunca poderia ter sido o pai da sua filha.

Meu rosto pega fogo.

— Isso nunca iria acontecer.

— Não mesmo — resmunga Bastien.

— Algumas Leurress optam por se tornar Barqueiras sem primeiro se tornarem mães — acrescento. — Esse era o plano.

— Mas você é a herdeira do posto de *matrone* — responde Jules, e meu peito aperta. Eu deveria ser *matrone*, de qualquer forma. Minha mãe não tinha o direito de me substituir. Ela sabia que eu estava viva. — As rainhas não precisam de herdeiras tanto quanto reis? — pergunta ela.

— Ninguém vai ter herdeira nenhuma — diz Bastien.

— Eu ia nomear uma em vez disso. — Eu me inquieto. — Parecia mais gentil do que... bem, eu não queria me envolver nesse nível com meu *amouré* antes que precisasse... — Solto um suspiro exasperado. — A intimidade antes do sacrifício de sangue é simplesmente cruel. — Minhas orelhas queimam, mas minha raiva arde mais forte. — Não é justo o que os deuses exigem. Eu mereço uma vida melhor. — Engulo em seco e olho para Bastien e Jules, acrescentando suavemente: — Seus pais também mereciam.

Jules franze as sobrancelhas e pisca para afastar a umidade dos olhos. O olhar de Bastien se dirige para a saliência onde está a estátua de golfinho. O músculo de sua mandíbula se flexiona.

— Então vamos parar com isso... com tudo isso. Vamos encontrar uma maneira de acabar com o sacrifício de sangue.

— Como? — pergunto. — Não posso simplesmente decidir parar com isso. Você sabe o que acontecerá se eu não matar Cas.

— Não existe uma maneira de quebrar o vínculo da alma? — Cas se mexe desconfortavelmente.

— Só de pensar nisso me dá dor de cabeça — geme Jules. — Você ainda não conheceu meu irmão, Majestade, mas acredite em mim quando digo que ele é uma espécie de prodígio, e se ele não conseguir descobrir como quebrar o vínculo da alma, ficarei surpresa se outra pessoa conseguir.

— Talvez o problema não seja a resposta, é a questão — diz Bastien.

— O que você quer dizer? — Franzo a testa.

Ele se aproxima.

— Todo esse tempo estivemos nos perguntando como quebrar o vínculo da alma, quando talvez deveríamos estar nos perguntando como quebrar o sistema que exige sacrifício de sangue, para começar.

Ainda não consigo entender.

— O mundo precisa de Barqueiras, Bastien. O que está acontecendo agora em Dovré é uma prova disso.

— Não estou dizendo para nos livrarmos das Barqueiras. Estou dizendo para nos livrarmos de todos os vínculos de alma que terminam em sangue. Não apenas para você, mas para todos, para sempre. Dessa forma, nenhum pai, nenhum rei... — Ele acena na direção de Cas. — ... teria que morrer do jeito que o meu morreu. Essa paz seria muito melhor do que a vingança.

— O que está sugerindo significa travar uma guerra contra os deuses. — A voz de Cas parece sussurro: — Seria sábio? É mesmo possível?

— Não é guerra — diz Bastien. — Isso é...

— ... manipulação. — Jules entendeu.

— Como uma barganha? — Penso no pacto da minha mãe com Tyrus. — Barganhas com as divindades têm um preço alto. — *Eu deveria ter sido esse preço.*

— Não exatamente. — Ele passa o polegar pela barba por fazer em seu queixo. — Olha, não tenho certeza de qual é a solução, mas estamos no caminho certo. Consigo sentir. E com a ajuda de Marcel, encontraremos a resposta em breve. Enquanto isso, vamos manter o rei aqui e...

Sua voz fica distorcida e metálica. O ar brilha à sua frente, ondulando como uma miragem prateada. Já vi isso antes, em nossa antiga câmara nas catacumbas, quando vislumbrei pela primeira vez...

A coruja-das-torres.

Assim que penso, ela aparece em uma onda radiante de Luz com as asas abertas. Ela as bate uma vez, e sou sugada por uma visão. É tão rápida que mal consigo compreender as imagens que passam...

Sabine. Castelpont. Um gato selvagem saltitante — não, um chacal. A flecha de Sabine no coração do chacal. Um novo osso da graça. Um pingente esculpido como uma lua crescente. Sabine o usa enquanto atravessa um vitral.

Depois, uma tempestade no mar. A ponte de terra. Barqueiras e chamas chazoure das almas que se aproximam. Os olhos escuros da minha mãe. O Portão de água mantendo-a afastada. Sua mão tentando alcançar Sabine. Sabine fugindo da ponte. Outro flash do pingente.

Sabine agora está no Château Creux, com uma coroa de chifres de veado na cabeça. Seu rosto demonstra coragem, mas também medo. Ela tem uma lança na mão. Uma grande comoção no pátio. Choque em seu rosto. Lágrimas enquanto ela corre para fora, soluçando.

A coruja-das-torres grita. Sou expulsa da visão, e suas asas se fecham. A Luz prateada desaparece. A coruja se foi. Estou tremendo, ofegante. Cas, Jules e Bastien olham para mim.

A mão de Bastien está nas minhas costas.

— Ailesse, o que...?

Eu me afasto e pego minha muleta.

— É Sabine — gaguejo. — Eu... eu a vi.

Jules enruga a testa.

— Como você...?

Não posso explicar nem ficar aqui por mais tempo. Minha irmã precisa de mim. Preciso dela.

Corro para fora da câmara, rápida com minha graça de falcão, mesmo com uma perna só.

— Ailesse, espere! — diz Bastien.

Eu não espero. Pulo no andaime, ágil como um íbex e forte como um tubarão-tigre.

Estou indo, Sabine.

16
Bastien

— Ailesse! — chamo.

Não consigo acreditar no quão rápido ela consegue se mover, apesar da perna quebrada. Com sua força agraciada e habilidade de pular, a muleta se tornou uma vara de salto em suas mãos. Eu a persigo pelos becos de Dovré, mas ela está sempre fora do meu alcance. Ela salta de barris e caixotes e segue em direção à muralha oeste da cidade.

— Podemos conversar sobre isso? — Não tenho ideia do que a transtornou tão de repente, exceto que tem algo a ver com Sabine. Honestamente, não faço ideia do que a está deixando tão irritada com tudo. Incluindo a mim.

Ailesse sobe uma escadaria de pedra íngreme e estreita que corre ao longo da lateral de um prédio.

— Volte, Bastien. — Ela gira na ponta de um degrau, incrivelmente ágil e equilibrada, e olha para mim. — Fique escondido. Se a guarda real encontrar você...

— Estarão procurando por você também. — Esfrego minha facada latejante. — Por favor, apenas me diga o que está acontecendo. Sabine está...?

— Ela não foi feita para ser *matrone*. — Ailesse sobe as escadas novamente, três degraus de cada vez. Bufa quando seu vestido longo fica preso sob a muleta. — Sabine não se preparou como eu.

— Ela está com sua *famille*. Podem proteger umas às outras no Château Creux. — Subo as escadas correndo. — Estamos a mais de onze quilômetros de distância. Não deveríamos ir tão longe com os Acorrentados à solta.

— Vou fazer isso sozinha, Bastien. Consigo lutar contra os Acorrentados. — Ela corre por um telhado e salta a distância de quase dois metros até o próximo prédio, grunhindo ao pousar. — Volte. Por favor.

Antes que eu possa dizer mais alguma coisa, ela atravessa o próximo telhado. Sua extremidade fica a quatro metros da muralha da cidade.

— Ailesse, pare! Já foi longe demais! — Com ou sem as graças, ela só tem uma perna boa.

Sua mandíbula está cerrada. Ela não hesita ao se lançar para a frente. Sua muleta a impulsiona cada vez mais rápido. Pulo a lacuna entre o primeiro conjunto de telhados. Ela está muito longe. Nunca chegarei a tempo. Se ela cair, serão dez metros de altura.

— Ailesse!

Ela levanta o vestido até os joelhos. Empurra a beira do telhado com a perna boa. Catapulta-se em direção ao muro. Seu grito de esforço ecoa de volta para mim. Continuo correndo. A adrenalina corre desesperadamente em minhas veias. *Por favor, por favor, por favor.*

Seu pé direito pousa no muro, mas ela não tem tração suficiente. Não consegue firmar a aterrissagem. Deixa cair a muleta. Luta para agarrar a parede com as mãos. Suas mangas compridas estão dificultando. Ela cai do muro para o lado da floresta.

— Ailesse! — Paro. Ela não chama de volta. *Merde, merde, merde.* Dou meia-volta e corro para o outro telhado. Desço as escadas correndo e vou em direção ao muro oeste no nível do solo. Há um ponto fraco a quatrocentos metros de distância. Já o usei para saídas rápidas após roubos.

Encontro o lugar, certifico-me de que ninguém está olhando e deslizo para trás das madressilvas. Tiro alguns tijolos soltos da parede que precisam de reparos. Faço um buraco grande o suficiente para mim e me enfio por ele.

— Ailesse! — grito. Corro de volta para o lugar onde ela caiu.

Ela não está lá, mas um pedaço alto e espinhoso de vegetação rasteira está esmagado de um lado. Encontro seus rastros (as marcas de sua muleta não são sutis) e os sigo. Durante os primeiros oitocentos metros, eles apontam um curso constante em direção à costa e ao Château Creux... mas depois desviam e ziguezagueiam em direções estranhas. O que ela está fazendo?

Ganho velocidade e finalmente a vejo a distância. Está parada em uma ponte na floresta. Ela se apoia na muleta e olha para o rio. Conheço esse lugar. É uma das pontes que explorei durante minha busca por uma Feiticeira de Ossos.

Eu me aproximo, não querendo assustá-la. Não tenho energia para continuar com toda essa perseguição. Quando estou perto o suficiente, percebo que seu vestido — o mesmo vestido de brocado e veludo que tem usado desde o banquete de *La Liaison* — está rasgado e esfarrapado por causa da queda na touceira de espinhos. Seu rosto também está arranhado. Ela continua olhando para alguma coisa — não para o rio, percebo, mas para uma ave na margem oposta.

— É a coruja-das-torres, Bastien — murmura ela. Congelo, surpreso por ela saber que estou aqui. Óbvio que sabe. Tinha me esquecido do sexto sentido do tubarão-tigre. — Você acha que ela quer que eu a mate? — Ailesse segura mais forte a faca de osso em sua mão. — Talvez seja por isso que me enviou a visão. A *matrone* precisa de cinco ossos da graça.

Ela teve uma visão? Eu não sabia que as Leurress tinham visões — ou qualquer um, na verdade.

— Você reconhece essa coruja? — Coloco os pés na ponte e me aproximo com cuidado. A madeira está frágil e velha, e range sob meus pés. — Ela lhe enviou outras visões?

Ailesse faz que sim com a cabeça, sem desviar o olhar da ave, cujos olhos angulosos nos encaram. Suas penas brilham cor de âmbar ao pôr do sol. Nunca vi uma coruja tão perto da água. Geralmente ficam em árvores ou empoleiradas em celeiros.

— A coruja-das-torres me mostrou Sabine uma vez. — Ailesse franze a testa. — Talvez eu não devesse matá-la. Talvez ela esteja cuidando de nós.

Desvio de uma tábua quebrada.

— O que ela lhe mostrou em sua visão hoje?

— Vi que Sabine está instável. Ela matou um chacal-dourado e reivindicou suas graças.

— Instável? Ela me disse que o chacal a deixava mais forte.

Ailesse lança um olhar perplexo para mim.

— Você sabe do chacal?

Assinto.

— É o terceiro osso da graça dela.

Ela franze a testa e se volta para a coruja.

— Então foi assim que conseguiu uma flauta nova: com outro osso do chacal. — Ailesse morde o lábio. — Mas agora Sabine tem *mais* ossos da graça. Na visão, ela usava uma coroa de chifres de veado, e deve ter as graças da víbora-dos-prados também. Ela não poderia ter mandado víboras para Beau Palais sem sacrificar uma delas primeiro.

Finalmente a alcanço. Nunca vi seus olhos à luz do sol antes. Suas íris castanhas brilham como fogo líquido. Ela está perto o suficiente para tocar, para abraçar. Tenho medo de que, se eu fizer isso, ela possa se afastar, como fez na pedreira. O que aconteceu com a garota que disse há apenas um mês: "Não consigo imaginar outra pessoa para mim além de você"?

— Se Sabine tem cinco ossos da graça, não significa que ela é oficialmente a *matrone* agora?

Ailesse se encolhe.

— A *matrone* deveria ser eu.

— Mas você me disse que os deuses só dão graças àquelas que cometem mortes honrosas. — Mantenho minha voz gentil, tentando ser sensível. Ela parece pronta para me estripar na hora. — Talvez signifique que eles já aceitaram Sabine como a próxima governante da sua *famille*.

Seu rosto fica muito vermelho.

— Você acredita que ela é mais capaz do que eu?

— Não foi isso que eu disse.

— Ela nunca quis ser Barqueira.

— As pessoas mudam de ideia. E se você mudasse também?

Ela se afasta de mim.

— Eu nunca... Como você pode dizer isso? Isso é quem eu *sou*, Bastien, é quem sempre fui destinada a ser.

Assinto lentamente.

— E por que *você* quis se tornar uma Barqueira?

Seus olhos estão arregalados e incrédulos.

— Acabei de falar.

Eu levanto minhas mãos.

— Apenas me escute. Sua mãe exerceu uma forte influência sobre você, certo? Sabine disse que você estava sempre tentando impressioná-la, até mesmo superá-la.

— Óbvio que estava. Sou a herdeira dela.

— Mas você não é a única herdeira. Não mais.

Ela aperta a mandíbula.

— Por que você está discutindo comigo? Achei que me apoiasse.

— Eu apoio, Ailesse. — Suspiro. Parece que ela não sente mais esse apoio, não importa o quanto eu tente demostrar a ela. — Só estou te perguntando... o que *você* quer? Você poderia ser *matrone*; inferno, talvez os deuses deixem você ter cinco ossos da graça também. Ou você pode ser a próxima rainha da maldita Galle do Sul. — Engulo em seco, um gosto amargo na boca. — Mas tudo isso foi escolhido para você. Os deuses estão mudando você como um peão no tabuleiro de xadrez. E se *você* escolhesse o próximo passo, e não eles?

Seus lábios se fecham em uma leve careta. Ela olha para a coruja-das-torres novamente. A ave inclina a cabeça.

— Não tenho esse luxo. Sabine precisa de mim. Todas na minha *famille* precisam. Por que a coruja me mostraria essa visão se não precisassem?

Muito gentilmente, seguro os ombros dela. Suas sobrancelhas se contraem, mas ela não se afasta.

— Pense em quando isso aconteceu, logo depois de conversarmos sobre como encontrar uma maneira de acabar com o sacrifício de sangue. Seu poder vem dos deuses, certo? A coruja pode ter lhe mostrado essa visão para enganar você. Os deuses não querem que balancemos o barco deles. Eles querem você de volta em casa, fazendo as coisas como sempre foram feitas: mais morte, mais sacrifício.

— Mas a coruja-das-torres não me enganaria. Ela já apareceu para mim antes, quando precisei de força. Acho... acho que Elara a enviou. A deusa nunca me tentou na Ponte das Almas; foi Tyrus quem queria que eu passasse por seu Portão, e agora minha... minha... — A voz de Ailesse falha. Ela enterra a cabeça nas mãos.

— O que foi? — Eu a puxo para mais perto.

— Não. — Ela recua como se eu a tivesse queimado.

Expiro com força e passo os dedos pelo cabelo. Não tenho mais ideia de como agir perto dela.

— Sinto muito, eu... — Seus olhos se enchem de dor, como se ela estivesse magoando a si mais do que a mim. — Agora eu só preciso que você me ouça, tá bom?

Enfio as mãos nos bolsos.

— Pode deixar.

— Sabine conversou com Jules. — Um tremor percorre seus ombros. — Minha mãe... ela está viva. Está presa no Submundo, e quer que eu a liberte.

Abro a boca. Não consigo respirar por um momento. Meus pulmões são blocos de gelo. Olho para Ailesse, mas não estou mais aqui. Estou na ponte da caverna novamente, deitado no meu próprio sangue e com a faca do meu pai nas costas.

— V-você não pode...

— Óbvio que não vou. — Ela se aproxima um centímetro. — Mas você não percebe? Não posso aceitar levianamente o aviso da coruja--das-torres. E se for Sabine quem está em perigo? Não creio que Elara seja nossa inimiga. Minha mãe é nossa inimiga, e por intermédio dela, Tyrus. É ele quem temos de parar.

Esfrego a mão no rosto e olho para a coruja-das-torres do outro lado do rio. Meu pai me ensinou a acreditar nos quatro deuses de Galle, pelo menos de uma forma fácil e distante, mas nunca imaginei quão poderosos e perigosos eles realmente eram, ou que o verdadeiro alvo da minha vingança seria o deus do Submundo, não uma Feiticeira de Ossos.

Respiro fundo, me preparando.

— Então, digamos que você esteja certa, e que foi Elara quem lhe enviou essas visões. — Tento juntar tudo. — O que ela está tentando fazer? Talvez ela queira mostrar a você que Sabine é capaz *por causa* de seus cinco ossos da graça. Ela poderia estar dizendo que você está bem para se concentrar no que já se propôs a fazer: proteger Casimir, e a si mesma, até que passe a próxima noite de travessia. Enquanto isso, trabalhamos para quebrar as correntes em que Tyrus enrolou a você e a sua *famille*.

— Não somos Acorrentadas.

— Ele faz vocês assassinarem seus *amourés*, do contrário mata vocês. Acho que é seguro dizer que sua vida é tão pesada quanto a de um Acorrentado.

O olhar de Ailesse se volta para a coruja-das-torres. A mão da faca está tremendo.

— Não creio que tenha sido por isso que Elara me enviou a visão — diz ela, voltando à minha pergunta. — Acho que ela realmente quer que eu mate a coruja por suas graças. Assim terei habilidades ligadas a um deus, como Sabine.

— Por que você precisaria delas?

— Já disse por quê. — Ela se vira para mim, exasperada. — Eu é quem deveria ser *matrone*. — Lágrimas enchem seus olhos. — Quem sou eu, se não for assim?

A coruja abre as asas e voa.

Ailesse se sobressalta e puxa a faca para jogá-la. A coruja voa para o norte.

— Não, espere! — grita ela, e dá um passo para trás para mirar.

Uma parte da madeira podre se rompe.

— Ailesse! — Não consigo pegá-la a tempo.

Ela cai pela ponte.

Eu a ouço cair no rio.

— Ailesse! — grito novamente. Corro até a beira do buraco. Meu coração bate forte. *Ela vai ficar bem*, digo a mim mesmo. *Ela tem a graça de um tubarão-tigre.*

Sua cabeça emerge. Ela tosse e se esforça para permanecer na superfície da água.

Merde, é o vestido que Casimir deu a ela que a está puxando para baixo.

Tiro minhas botas e camisa, e mergulho atrás dela. Um choque de frio me atinge. Subo à superfície e sacudo o cabelo molhado dos olhos. Ailesse está a dois metros de distância e luta com força para nadar até a margem. O lado mais próximo fica a vinte metros.

Em três braçadas, estou bem ao lado dela. Abraço seu tórax e bato as pernas com força. Ela também está chutando, mas com apenas uma perna, que está presa na saia. Somos puxados para baixo da água. Trabalhamos juntos até conseguirmos emergir.

— Seu vestido é muito pesado — gaguejo. — Precisamos desamarrá-lo.

— Eu consigo sozinha — diz ela, cerrando os dentes. — Sou forte o suficiente.

Ela conseguiria mesmo, percebo. Encontraria uma maneira de fazer isso sozinha.

— Sei que você é forte o suficiente. — Meus dentes batem. — Mas vale a pena todo esse esforço?

Ela franze as sobrancelhas e pisca para tirar a água dos cílios, lutando para se manter na superfície. Sua muleta balança em direção à margem. Ailesse finalmente assente e engole em seco.

— Vou tirar.

Estendo a mão ao redor dela para ajudá-la com os cadarços. Ela se afasta.

— Deixe que eu tiro, Bastien.

Ela arranca as mangas compridas. Rasga as costuras ao longo do torso. A parte superior do vestido cai de cima de um corpete sem alças. Ela gira a saia do vestido para que as fitas fiquem na frente e as desamarra. A saia escorrega de cima da camisola e afunda no rio.

Ela nada contra a corrente. Olha fixo para baixo, procurando. Sua expressão é dura.

— Deixei cair a faca de osso.

Bato as pernas para que minha boca esteja acima da superfície.

— Ailesse! Por favor, não.

Suas narinas dilatam. Ela lentamente levanta os olhos para os meus.

— Deixe pra lá. A faca, ser *matrone*... deixe tudo pra lá.

Seu cabelo encharcado gruda nos ombros e se espalha na água.

— *Não*.

Ela mergulha abaixo da superfície, direto em uma corrente rápida. *Merde*.

Mergulho logo atrás dela, sem pensar. A corrente é muito forte, e me arremessa mais fundo rio abaixo. Bato as pernas e luto. Não adianta. Não consigo me libertar. Meu peito queima. A cabeça lateja. Preciso desesperadamente respirar. Se eu morrer assim, ficarei furioso. Lutarei contra qualquer Barqueira que ouse me arrastar para o Além.

Um braço envolve meu peito. Sou puxado para fora da corrente. O resto do meu ar deixa meus pulmões em um flash de bolhas. Sou puxado para cima. A escuridão turva minha vista. Estou prestes a desmaiar.

Minha cabeça vem à tona. Respiro fundo. Tusso a água que acabei de inalar. Vagamente, percebo que Ailesse me salvou. É o corpo dela que sinto atrás do meu.

Ela me leva nadando até perto da margem, onde sua muleta está flutuando. Recupero as forças quando chegamos a um bambuzal. Agarro um punhado para me ancorar e me viro para Ailesse, ofegante. Seus olhos estão arregalados de preocupação. A faca de osso entre os dentes. Ela a guarda e nada para perto, pressionando-se contra meu peito nu. Uma de suas mãos desliza atrás da minha cabeça. Seus olhos caem para meus lábios. Ela me beija com força, a boca molhada pelo rio. Seus dedos agarram meu cabelo. Sua perna boa envolve minha cintura.

Meu pulso acelera. O calor arde profundamente dentro de mim. Mesmo assim, estou tão chocado que levo um momento para abraçá-la, atordoado. No instante em que o faço, ela se afasta e abaixa a cabeça. Sua respiração é rápida e ofegante. Estou completamente confuso e não tenho ideia do que fiz de errado.

Seus olhos estão vermelhos quando ela enfim torna a olhar para mim.

— Você está certo, Bastien — diz ela. — Sou eu quem deve escolher o próximo passo na minha vida, mais ninguém. — Ailesse expira lentamente e engole em seco. — E acho que você e eu não deveríamos ser nada mais do que amigos.

17
Sabine

Me tornei um boato entre os soldados que patrulham a muralha da cidade de Dovré. *L'esprit en blanc*, é como me chamam. O espírito de branco. Doze dias se passaram desde que deixei o Château Creux, e os soldados aprenderam a me temer e a não lutar comigo. Eu me esquivo de suas flechas com facilidade. Até peguei uma pela haste quando atiraram em mim. Ontem à noite, quando dei a volta na cidade pela floresta circundante, um homem viu meu rosto e sussurrou para seu capitão, me chamando por um novo nome. *Gardienne d'âmes*. Guardiã das almas.

Acham que estou prendendo os fantasmas aqui, que fui enviada pelos deuses para punir o povo com uma segunda praga. Alguns, como o rei Durand, já morreram.

Galle do Sul está amaldiçoada, dizem, e muitos culpam a dinastia Trencavel. Mas uma coisa é verdade: a culpa de os Acorrentados ainda estarem aqui é minha.

Um trovão estala, e um clarão de *chazoure* chega ao topo da muralha. Um Acorrentado espia para baixo e se move como uma aranha. Firmo os pés no chão úmido da floresta e mantenho meu cajado pronto. Não é o meu cajado habitual, esculpido com animais da floresta, criaturas marinhas e fases da lua. Fugi do Château Creux rápido demais para conseguir pegá-lo. Este é um cajado simples que fiz com um galho robusto. Tão eficaz quanto o outro.

O Acorrentado — um homem forte e alto — vem em minha direção pelas camadas oblíquas de chuva. Sempre atraio uma alma se fico perto da cidade por tempo suficiente. O canto da sereia não perdeu toda a força, e fui eu quem o tocou pela última vez.

O Acorrentado salta para além da linha das árvores e rosna para mim. Relâmpagos brilham atrás dele.

— Você desperdiçou sua chance de me mandar para o Inferno, Feiticeira de Ossos. Pare de tentar.

Afasto meus cachos da testa e levanto o queixo. O homem respira assustado. Seus olhos *chazoure* se cravam no pingente de lua crescente pendurado na minha coroa de chifres. Não tenho certeza se o Acorrentado sabe que o pingente foi esculpido no osso de um chacal-dourado, mas ele sente a ameaça de Tyrus por causa de mim. Trarei a ele sofrimento eterno pela vida perversa que levou.

Ele se vira e corre de volta para a cidade. Corro atrás dele, meus pés chapinhando em poças e lama. Ele sobe na muralha, mas eu salto como o cervo-vermelho e o derrubo com meu cajado.

— Não desperdicei minha chance — zombo. O chacal-dourado em mim deseja fazê-lo sangrar, mas luto contra a sede de sangue. — Vou chamá-lo novamente com minha música, e você conhecerá seu mestre.

O Acorrentado estremece e tenta fugir. Salto por sobre ele, alto como o voo do falcão noturno, e bloqueio seu caminho. Ele dá a volta por mim, mas eu o puxo de volta. Eu o incito a ir mais fundo na floresta, trabalhando rápido, apesar da lama e da chuva torrencial, e o guio em direção à sua prisão temporária. Quanto mais ocupada me mantenho, mais minha mente fica quieta. Mas à medida que os dias se aproximam da lua cheia, fica cada vez mais difícil bloquear as imagens e as vozes dentro de mim...

O pescoço de Hyacinthe sangrando. Os olhos acusadores de Pernelle. As palavras de Roxane. *Declaramos que você é incapaz de governar nossa* famille, *Sabine*. Então Ailesse, como estava em minha visão, caminhando obstinadamente em direção aos Portões do Submundo. Minha mãe me alertando sobre o chacal. *Cuidado com sua astúcia. Ele vai te enterrar, filha*. Por último, eu — morta — no túmulo do chacal. Eu, com seus olhos amarelos e dentes afiados.

Grito de frustração e empurro o Acorrentado em direção à armadilha que fiz — um buraco profundo no chão, coberto por galhos trançados e espinheiros. *O que há de errado comigo?* Achei que estava melhorando ultimamente.

Algum dia vou dominar esta graça?

O homem me dá um soco no estômago. Tropeço e ofego.

— Volte por onde você veio, monstro — rosno, e rapidamente o empurro em direção à armadilha mais uma vez.

— Monstro? — Ele estremece quando meu cajado bate em seu peito. — Você é a pior de todas. Você tem o Inferno escrito em você.

Seu golpe me atinge com força. Eu não deveria emanar o Submundo. As Leurress estão destinadas a morar no Paraíso. Deveríamos estar preenchidas com as maiores porções da Luz de Elara.

Não dê ouvidos a ele, Sabine. Giro meu cajado, que bate em seu braço. Ele recua, e continuo golpeando, chutando, tentando desesperadamente controlar meus pensamentos. *Seja racional. Desafie suas dúvidas.* Não é tarde demais para recuperar a confiança da minha *famille*. Hyacinthe sobreviveu. Eu mesma soube disso. Voltei sorrateiramente um dia depois de machucá-la e espiei o Château Creux. Fiquei até ter certeza de que a Leurress mais velha estava se recuperando bem.

Também espionei pessoas em Dovré. Soube que Bastien escapou de Beau Palais na noite em que enviei as víboras-dos-prados, e uma linda garota vestida como uma princesa foi vista vagando pela cidade no dia seguinte. O que significa que Ailesse também está livre, embora eu não saiba para onde ela foi. O apartamento de Birdine está vazio há dias, e Ailesse não voltou ao Château Creux.

Estou desesperada para encontrá-la. É noite de lua cheia e, à meia-noite, a travessia será possível novamente. Mas estou com medo de tentar sem avisá-la. Seria típico de Ailesse aparecer do nada e interferir. Não posso deixar isso acontecer. Não quando Odiva quer enganar minha irmã para se libertar.

O homem e eu chegamos à minha armadilha. Gemidos e gritos vêm de dentro. Até agora, prendi dezesseis Acorrentados aqui, mas da última vez que verifiquei, havia apenas onze. O mistério não é inédito. Minha *famille* também teve dificuldade em manter os mortos presos da primeira vez em que estiveram à solta. A única maneira de realmente se livrar deles é fazendo a travessia.

Apressada, afasto as pedras pesadas que prendem a cobertura de espinhos da armadilha enquanto uso meu cajado para manter o Acorrentado por perto.

Retiro a última pedra, tiro a cobertura e balanço o cajado para derrubar o Acorrentado lá dentro. Mas assim que faço isso, meu pé escorrega no chão lamacento. Caio de joelhos e perco minha arma.

O homem a pega do chão, passa por mim e bate nas minhas costas com ela. Gemo e caio para a frente com as mãos. As pontas dos meus dedos pousam a alguns centímetros do buraco aberto. Vislumbro as almas se debatendo lá dentro — dez, agora. Seus olhos *chazoure* são selvagens. Eles se agarram às paredes de terra, tentando escapar desesperadamente.

Recuo depressa. Fico em pé. Giro para lutar contra o homem.

Ele está muito perto. Não há tempo para evitá-lo. Ele vai me jogar no buraco.

Finco os pés no chão. Estico a mão para agarrar a outra extremidade do cajado. Rezo para ter forças para o empurrar para fora do caminho.

Ele é arremessado três metros para o lado. Suspiro, observando-o cair na grama molhada. Nem sequer toquei nele.

Atordoada, olho na outra direção. Então congelo. Meu coração está na garganta.

— Ailesse.

Ela está usando uma muleta, mas também correndo até o Acorrentado. Ela pega o cajado que ele deixou cair, levanta o homem e o joga rudemente em direção à cova. Quando ele está na borda, ela o empurra com força. Ele grita, agitando os braços, e mergulha na minha armadilha.

Corro para colocar a cobertura de espinhos e as pedras para ancorar. Ailesse é rápida em ajudar, colocando duas pedras no lugar enquanto eu rolo as outras duas. Terminamos ao mesmo tempo. Olhamos uma para a outra. Meus olhos ficam quentes. Não acredito que ela está realmente comigo. Começo a chorar.

Ela coloca a mão no peito.

— Ah, Sabine.

A chuva se transforma em garoa enquanto nos levantamos e cambaleamos uma em direção à outra. Caímos nos braços uma da outra, chorando. Eu a agarro com força e choro mais forte, soluçando ao respirar. Ela bufa, rindo de mim em meio aos próprios soluços. Bato no braço dela, e ela me bate de volta. A próxima coisa que sei é que nós duas estamos rindo e soluçando, e é o momento mais ridículo e perfeito... e, ah, como senti falta da minha melhor amiga.

Ela finalmente se afasta e limpa o nariz na manga.

— Onde diabos você esteve? — Ela me sacode pelos ombros. — Estou te procurando em todos os lugares há dias.

— Como assim? Você é quem está desaparecida. Por que não voltou para casa? — Eu tinha ido sorrateiramente verificar se Ailesse estava lá.

— Eu poderia te perguntar a mesma coisa. Toda a nossa *famille* está procurando por você.

— Espere, você esteve com a *famille*?

— Não exatamente. Eu *voltei* para casa... quase. Encontrei Felise e Lisette nos arredores do Château Creux. Elas não me sentiram, é óbvio. Mas eu as ouvi conversando.

Imagino as meninas mais novas, que ainda não obtiveram graças.

— E?

Por baixo das dobras da capa frouxa, Ailesse mexe nos cadarços do corpete cor de vinho. Não é feito por uma Leurress. Nem a blusa creme ou a saia azul simples. É estranho ver como tudo cai bem nela. Ela inclina a cabeça.

— Você realmente machucou Hyacinthe? — pergunta ela, gentilmente. — Foi por isso que você fugiu?

O calor corre em meu rosto.

— Foi um acidente.

— Sei que foi. — Seu olhar se volta para meu pingente de chacal-dourado. — Por que não volta, então? Você sabe que as anciãs nunca iriam banir você.

Isso só porque elas nunca banem ninguém. Não gostariam de arriscar expor nosso modo de vida secreto. Mas ainda poderiam me punir, tirar meus ossos da graça por um tempo. Não posso perder meus poderes quando os Acorrentados estão à solta.

— Estou apenas trabalhando para provar meu valor primeiro.

— Por quê? — Ela se mexe na muleta. O movimento é estranho, falta sua habitual e ágil elegância. — Para que deixem você liderar a travessia de novo? — Seus olhos pensativos se dirigem para minha coroa de chifres desta vez.

— Bem, sim. — Mordo o lábio. — Você tem que entender, eu não tinha certeza se você voltaria para casa... não importa o quanto eu quisesse desesperadamente que voltasse.

— Só estava esperando para encontrar você primeiro, mas *vou voltar* para casa. — Ailesse aperta a mandíbula. Ser mantida em cativeiro duas vezes pouco fez para domar sua teimosia. — Devíamos voltar para casa juntas — acrescenta ela, me dando outro abraço. Os músculos do braço dela estão tão tensos que tremem. Ou talvez seja eu quem está tremendo. Estarei pronta para enfrentar minha *famille* ou desistir do meu direito de ser *matrone*? Roxane não pode governar como regente para sempre.

— Seria ótimo — digo.

Ailesse recua e, embora seu sorriso vacile, isso me lembra que minha irmã é a mesma pessoa que preparou meu crânio de salamandra depois que eu matei pela primeira vez e não conseguia parar de chorar, e que me ofereceu o golpe mortal para abater seu tubarão-tigre, para que pudesse ser eu a reivindicar suas graças; embora eu tenha recusado.

Ninguém nunca me amou tanto quanto ela. Ninguém nunca o fará.

— Mas nossa mãe *nomeou* você como herdeira. — Ela engole em seco. — Então você terá que decidir o que isso significa para você e para mim.

Meu peito se contrai. Está perguntando se vou devolver seu direito de primogenitura ou guardá-lo para mim. Ela me deixaria ficar com ele, se fosse isso o que eu realmente quisesse. Mesmo que isso a magoasse demais.

Não sei o que dizer — estou com muito medo de examinar o que quero tão de perto —, então aperto a mão dela e pergunto:

— Quer caminhar comigo? Há um riacho próximo e estou com sede... apesar da chuva.

Ela estuda meu rosto e faz que sim com a cabeça, lentamente entrelaçando o braço no meu. Deixamos para trás as almas uivantes em minha armadilha, bem como a questão de quem deveria ser *matrone*. O fato de eu não ter respondido é resposta suficiente por enquanto.

Tentamos falar de coisas leves, mas não há nenhuma, então falamos de coisas pesadas de uma forma mais leve... com pequenos sorrisos, passos gentis e a marcha assimétrica de Ailesse com sua muleta. Explico sobre a confusão com as cobras, e ela me conta como ainda conseguiu ajudar Bastien a escapar de Beau Palais.

— Você não fugiu com ele? — pergunto. — Como você está aqui?

— Bem, para começar, nunca fiquei trancada em uma cela. E fiquei lá para proteger Cas dos Acorrentados. — Noto como ela chama Casimir pelo apelido. — Há dissidentes entre eles, e Cas e eu descobrimos da maneira mais difícil que, quando ele tem a Luz roubada, eu também sofro. Antes de dizer qualquer coisa, não se preocupe. Estou bem. Perdemos só um pouquinho. Mas eu não podia correr mais riscos, então tive que raptá-lo de Beau Palais. Felizmente, ele me devolveu meus ossos da graça primeiro.

Paro de andar, estonteada, tentando absorver tudo o que ela acaba de jogar em mim: *amourés* perdendo Luz simultaneamente, dissidentes mortos atrás do novo rei e Ailesse realmente o sequestrando.

— Então Casimir não saiu de Beau Palais com a missão de encontrar um remédio para os doentes de Dovré? — pergunto, e então me sinto compelida a acrescentar: — Ele tem escrito para seus conselheiros. Eu interceptei uma carta de um mensageiro. Pelo menos pensei que elas vinham de Casimir.

— Ah, elas vêm. — Ailesse sorri. — Com um pouco de insistência da minha parte, de qualquer maneira. Foi minha ideia pintá-lo sob uma boa luz. Espero que isso melhore sua reputação com o povo. Culpar os Trencavel pela peste é um absurdo.

Começamos a caminhar novamente.

— E quanto à coroação pública que ele prometeu assim que voltar para casa? — pergunto, lembrando-me de outra frase da carta.

Ela dá de ombros levemente.

— Bem, não vou mantê-lo em cativeiro para sempre.

Para o bem do povo, espero que não. Beau Palais está envolto em bandeirolas douradas e verdes há vários dias, aguardando o retorno de Casimir. Enquanto isso, apenas algumas bandeiras e estandartes com o símbolo do sol decoram as ruas de Dovré. E mesmo essas poucas estão esfarrapadas pelo vento e pela chuva. As pessoas estão perdendo a esperança de que algo — ou alguém — será capaz de as ajudar.

Eu vou ajudá-los. Hoje à noite.

— Não é à toa que não consegui encontrar você — digo. — Você está tomando conta do rei.

— Não estou fazendo isso sozinha. Não se esqueça, também estive procurando por você. — Ela me cutuca. — E desde quando você se tornou tão difícil de rastrear, afinal?

— Devem ser minhas graças de chacal-dourado. — Balanço a mão com desdém, ao mesmo tempo me empertigando. — Ninguém em nossa *famille* foi capaz de capturar o chacal. Só consegui porque a coruja-das-torres o forçou a entrar no meu caminho.

Os cantos da boca de Ailesse se franzem em um muxoxo de preocupação. Ela olha para meu pingente de lua crescente outra vez.

Chegamos ao riacho. Ela larga a muleta e se ajoelha, não muito cuidadosa com a perna quebrada. Deve estar cicatrizando bem. Colocamos as mãos em concha na água corrente. Engulo punhados extras, reunindo coragem para dizer o que ela precisa ouvir.

— Odiva está viva no Submundo.

— Temos que fazer a travessia hoje à noite — ela deixa escapar ao mesmo tempo.

Pisco.

— Sim, eu estava planejando isso.

— Eu sei sobre Odiva — fala ela por cima de mim. — Jules me contou o que disse a ela. Espere, como você planejava fazer a travessia?

Balanço a cabeça.

— Você viu a Jules?

— Ela e Marcel estão me ajudando com Cas. Birdine também. Você conhece Birdine? Estamos mantendo Cas em um esconderijo que Bastien tem debaixo de uma antiga igreja. Então Bastien também está ajudando. — Ailesse coça o braço ao dizer o nome dele, com as bochechas coradas. — Como você planejava fazer a travessia? — Ela me pressiona. — Não vai fazer sozinha, certo?

Eu me contorço.

— Não tenho certeza de que outra escolha eu tenho. A ponte da caverna é muito frágil. Não vai aguentar todas as Barqueiras. — Eu ainda não contei à *famille* sobre a segunda Ponte das Almas, o único lugar onde podemos fazer a travessia na lua cheia, ao contrário da ponte de terra, que só pode ser usada na lua nova. Não posso correr o risco de colocar mais alguém além de mim mesma em perigo.

Ailesse cruza os braços.

— Bem, eu vou ajudar, é óbvio. Nós ajudaremos uma à outra. É por isso que tenho tentado tanto encontrar você, para que possamos fazer a travessia juntas.

— Não, você não pode. — Suspiro. — É por isso que estou tentando encontrar você. Nossa mãe quer que você a liberte e...

— Jules me contou sobre isso também.

— Me deixe terminar. — Torço as mãos no colo. — Odiva diz que basta tocar a mão dela, mas temo que seja mais do que isso. E se ela estiver tentando sacrificar você para Tyrus novamente? Ela ainda pode estar se esforçando para cumprir seu pacto de libertar meu pai do Submundo.

— Mesmo que esse fosse o plano dela, isso não significa que eu não deva fazer a travessia novamente — rebate Ailesse. — Eu vou tomar cuidado.

— Como da última vez, na ponte da caverna? — Levanto uma sobrancelha. — Você teria corrido pelo Portão de Tyrus se Odiva não tivesse esfaqueado Bastien.

Ela estremece.

— Você não sabe se eu teria parado por mim mesma.

— Eu vi você, Ailesse. O canto da sereia de Tyrus revelou todas as suas fraquezas. E Odiva pode ser igualmente manipuladora.

— Bem, aprendi com meus erros — diz ela na defensiva. — Não vou repeti-los. É com *você* que estou preocupada esta noite.

— Comigo? — eu me encolho.

— Você não conseguiu terminar a travessia na lua nova. Os Acorrentados estão à solta por causa disso.

— Isso só aconteceu porque vi Odiva no Submundo. Fiquei assustada, e estava despreparada para...

— Você enfrentará desafios ainda mais surpreendentes durante a travessia.

— Sim, mas agora tenho cinco ossos da graça.

— E quanto eles ajudaram você a resistir à sua graça de chacal-dourado? — Ela lança um olhar aguçado para meu pingente de lua crescente. — É isso que está trazendo à tona todas as *suas* fraquezas, Sabine. Esse poder está ligado a Tyrus. Você sempre teve a Luz mais forte, mas acho que o chacal a está suprimindo.

Eu fico em pé abruptamente.

— Não sei do que está falando. Você não me vê desde o mês passado.

— Eu *vejo* você. — Ela se levanta sem a muleta e se equilibra na perna boa. — A coruja-das-torres me mostrou como você tem sofrido. Vi como matou o chacal e reivindicou suas graças, e como você tem estado instável desde então, pulando através de vitrais, fugindo da ponte de terra, machucando Hyacinthe, fugindo de casa.

Meus olhos ardem. Viro as costas para ela.

— Tenho certeza de que o chacal lhe dá um grande poder — diz ela, com a voz um pouco mais suave agora. — Mas vale a pena o custo? Vai ajudá-la ou vai colocá-la em perigo quando tentar fazer a travessia novamente?

Olho para minhas mãos, para a sujeira sob as unhas, para a saia esfarrapada do meu vestido de travessia... Estou usando o mesmo há mais de duas semanas. Devo parecer selvagem e feroz. Não é de admirar que Ailesse duvide de mim.

Ela manca para mais perto e, por trás, coloca seus braços em volta de mim.

— Ah, Sabine, não quero discutir. Me perdoe. Você e eu ficaremos bem esta noite, contanto que estejamos juntas. Certamente, tudo o que a coruja-das-torres queria me dizer é que deveríamos estar fazendo a travessia lado a lado.

Relaxo os ombros e coloco minha mão em seu braço. Ela tem razão. Nós precisamos uma da outra. Juntas estaremos seguras. Respiro fundo.

— Quando você vir Odiva esta noite, não deixe que ela te abale. Lembre-se de quem você é.

— Sou a filha primogênita da minha mãe —murmura ela. — Como isso vai me ajudar?

— Você é mais do que apenas a filha dela, ou mesmo a *matrone* um dia, se for isso o que realmente quer. Odiva não a obrigou. Ela pode ter te dado à luz e influenciado algumas de suas escolhas, mas não a obrigou a ser outra pessoa além de você mesma. Sua alma é ousada demais para ser moldada por outra pessoa. Você é você mesma, Ailesse. *Você* fez a si mesma.

Ela fica quieta por um momento, seu rosto pressionado contra a parte de trás do meu ombro.

— Eu já disse que você é a pessoa mais doce e sábia que já conheci?

— Não se esqueça de "mais gentil" e "mais amorosa".

— Você também cheira a mofo e cocô de veado. Não é à toa que não consegui te rastrear.

Eu me viro e bato em seu braço, rindo.

— Ai! — Ela começa a rir. — Cuidado, você é mais forte do que imagina.

— Ah, eu conheço minha força. — Eu me atiro nela. Ailesse grita, pulando para trás para pegar a muleta e se defende com ela.

Nós rodeamos uma à outra, rindo ainda mais. O céu troveja, e as nuvens despejam fortes chuvas. Pego torrões de terra lamacenta e jogo nela. Ela se esquiva do primeiro, mas o segundo a atinge em cheio no peito. Ela sibila de tanto rir.

— Tudo bem, você venceu! Tenha piedade de… — Ailesse arregala os olhos. O rosto empalidece. Ela cambaleia, apoiando-se pesadamente na muleta.

Meu sorriso murcha.

— Ailesse? O que foi?

Ela balança a cabeça, com a testa franzida.

— Acho que é a minha Luz. Foi assim que me senti quando… — Ela enrijece. – *Cas*. Ele está sob ataque novamente. Sabine, preciso ir.

Meu estômago fica tenso.

— Mas como você vai alcançá-lo a tempo?

— Não sei. Tenho que tentar.

Corro para o lado dela.

— Vou com você. — Não me importo com o rei, apenas com o fato de Ailesse estar em perigo por causa do vínculo de alma entre eles.

— Você não pode. Não temos muito tempo antes da meia-noite. Você deve retornar ao Château Creux. Precisamos de mais Barqueiras. Deve haver algumas em quem você confia. Elas não precisam ficar na ponte conosco; podem ajudar na entrada da caverna.

— Mas...

— Vou ficar bem. — Ela tira o cabelo molhado do rosto e aperta a mandíbula daquele jeito obstinado dela. — Não podemos perder esta oportunidade de fazer a travessia, e não devemos estragar a oportunidade tentando fazê-la por conta própria. É muito perigoso.

Hesito.

— Tem certeza de que ficará bem?

— Sim. — Ela acena. — E terei quatro amigos prontos para me socorrer quando chegar a Cas. No entanto, eles não podem ver os mortos. Precisam de mim. — Ailesse sai andando rápido em direção a Dovré, usando a muleta apenas levemente. — Vá, Sabine — grita ela por cima do ombro. — Encontrarei você na ponte da caverna.

Luto contra uma onda de desconforto e corro de volta para minha armadilha, rezando para ter tomado a decisão certa ao deixar Ailesse se separar de mim. As almas dos mortos gritam do buraco. Eu rolo cada pedra da cobertura de espinhos para que fiquem soltas novamente.

Pego meu cajado caído e saio correndo do fosso em direção ao Château Creux. Os Acorrentados encontrarão uma maneira de se libertarem da armadilha. O desespero enlouquecedor os levará a isso quando ouvirem a canção da travessia.

Corro mais rápido e preparo meus nervos para o que está por vir: voltar para casa e, o que é muito mais preocupante, ter de enfrentar minha mãe novamente. Mas vou, sem recuar. Terei Ailesse ao meu lado. Os mortos serão transportados para o Além. Minha irmã e eu vamos nos certificar disso.

A praga em Dovré acaba esta noite.

18
Ailesse

Corro para dentro da Chapelle du Pauvre, minha capa pingando da chuva. Jogo o capuz para trás e desço correndo pelo alçapão atrás do altar; depois de acender uma lanterna, atravesso o porão, depois os túneis das catacumbas, e desço pelos andaimes na lateral da pedreira. Meu joelho lateja — mal uso a muleta —, mas não consigo parar para descansar.

— Cas? — pergunto, escorregando desajeitadamente pela escada, apesar da minha graça de íbex. Meus músculos tremem, sem força. Muita Luz foi drenada de mim. — Bastien? — Meu coração bate mais rápido. E se eu cheguei tarde demais?

Não sei se eles podem me ouvir. Não consigo ouvi-los, nem qualquer som de luta. Isso não é reconfortante. A pedreira é muito fechada para ecoar o som. Meus amigos poderiam estar lutando contra três Acorrentados aqui, e eu não ouviria qualquer comoção até estar a vários metros deles.

Pulo da escada quando estou a cinco degraus da câmara de Bastien. Entro com minha faca de osso em punho.

— Ailesse! — Marcel pula na minha frente, e eu me assusto. Seus olhos estão arregalados como dois pires. — Estou tão feliz que você está de volta. Precisamos de ajuda!

Passo com tudo por ele e examino a sala. Bastien e Birdine não estão aqui. Apenas Marcel, Jules e Cas. Eu me viro e olho para trás. Não entendo. Eu não vejo nenhum traço de *chazoure*.

— Onde eles estão?

— Quem? — Jules cruza os braços. Ela fica na extremidade aberta da sala, perto do declive da pedreira.

— Os mortos.

— Os mortos estão chegando? — Cas se levanta. Não sei como ele acha que vai se defender. Não está mais com um excesso de cordas, mas seus punhos estão amarrados, e seu tornozelo está preso a uma bola e uma corrente que Bastien e Marcel roubaram de uma prisão municipal há alguns dias.

— Você não consegue perceber quando estão roubando sua Luz? — Volto mancando para o andaime e aponto minha lanterna para a pedreira. Como os mortos estão se escondendo de mim? — Você precisa prestar mais atenção. Alguns Acorrentados são sutis. Eles podem não atacar abertamente. Podem ficar sentados em silêncio enquanto drenam sua energia.

Jules tosse, cobrindo a boca com a mão.

— Nenhum dos Acorrentados está aqui, Ailesse. Eu mesma saberia se perdesse mais Luz.

Olho para o aspecto de doente de sua pele e como suas roupas, antes justas, agora parecem largas.

Sua condição está piorando.

— Mas... Marcel acabou de dizer que precisava da minha ajuda.

— Sim! — Ele se aproxima de mim. — Você é nossa Feiticeira de Ossos residen... hum, Leurress... e então sua opinião tem mais peso. Quero saber o que acha da minha nova teoria.

Ouço apenas vagamente. Ainda estou lutando para desacelerar meus batimentos cardíacos.

— Onde está Bastien? — Volto-me para Jules, incapaz de afastar a sensação de que alguém de quem gosto está em perigo.

— Foi buscar suprimentos. — Ela tosse de novo, e isso faz um barulho mais profundo em seu peito. — Já deveria estar de volta, mas do jeito que eu o conheço, provavelmente está roubando outra roupa bonita para você.

Ignoro a provocação e largo minha lanterna, mancando em direção a Cas. Embora Bastien e eu sejamos apenas amigos agora, Jules não desistiu do hábito de me provocar por causa das pequenas gentilezas dele, como as roupas que ele me trouxe depois que abandonei meu vestido do banquete de *La Liaison* no rio.

— Já parou para pensar que a magia de Tyrus envolve mais do que ossos? — Marcel segue atrás de mim. — E se também estiver ligada aos elementos?

— Só um momento — digo. — Tem certeza de que está bem? — pergunto a Cas. — Senti uma perda repentina de Luz, e ela ainda está desaparecendo dentro de mim. Você não está sentindo também? Tive certeza de que os Acorrentados haviam encontrado você.

Ele arqueia as sobrancelhas com a terna preocupação em minha voz. Um deslize. Estou tentando o meu melhor para não dar a ele ou a Bastien qualquer esperança de poder retribuir seu afeto agora.

— *Realmente* me sinto muito mais fraco esta noite — confessa ele. — Temia que fosse você quem tivesse sido atacada.

— Não é óbvio o que há de errado com ele? — Jules anda pela borda da câmara. — Ele está desesperado por Luz, da mesma forma que você estava quando a sequestramos nas catacumbas.

— Ela pode estar no caminho certo. — Marcel distraidamente se mexe atrás de mim, esperando para compartilhar sua teoria. — Esta noite é lua cheia. Talvez Cas sinta isso em um nível mais íntimo, o que tornou sua necessidade ainda mais insaciável.

— Mas ele não é uma Leurress. — Franzo a testa. — Ele não deveria precisar do sustento da Luz como eu.

— Talvez ele precise. — Jules ergue um ombro. — Deve ser mais uma parte do vínculo de alma que vocês compartilham. E quando menos esperar, o cabelo dele vai escurecer até ficar ruivo, e a sua voz, Ailesse, vai cair uma oitava. Ele começará a fazer a travessia dos mortos, e nós começaremos a chamar você de Vossa Majestade.

— Hilário.

Ela sorri.

— Acho que ir lá fora ajudaria — diz Cas —, mesmo que seja apenas por uma hora. — Ele lambe os lábios e dá um passo para mais perto. — Podemos tentar?

— Você sabe que não podemos. — Suspiro. Sei como é estar desesperada por Luz. — É muito perigoso, com todos os dissidentes. Se os mortos entre eles encontrarem você ou descobrirem onde está se escondendo... — Faço que não. — Sinto muito, Cas.

A animação some de seu rosto. Ele solta o corpo contra a parede.

Tento afastar minha culpa. Depois que Sabine e eu fizermos a travessia, vou deixá-lo voltar para casa.

— Tenho que ir. — Tiro um pouco da umidade da minha capa antes de encharcá-la novamente. — Vejo vocês amanhã. — Me viro para sair, mas Jules já vestiu sua capa e está segurando a lanterna que coloquei no chão há pouco. Congelo. — O que você está fazendo?

— Vou procurar por Bastien — responde ela, como se fosse óbvio. — O rei não precisa de três de nós para cuidarem dele.

— Mas *eu* tenho que sair. — Falta pouco mais de uma hora para a meia-noite, e levará quase todo esse tempo para chegar à ponte da caverna. — Finalmente encontrei Sabine esta noite, e nós... — Paro abruptamente. Não posso dizer a Jules que vamos fazer a travessia. Ela contará a Bastien, e ele ficará furioso.

A ponte da caverna está a uma rachadura de desmoronar completamente, ele disse três dias atrás, quando mencionei reconsiderar essa ponte. *Me prometa que você não vai arriscar fazer a travessia lá.* O plano, até onde ele sabe, é esperar a travessia na ponte de terra.

Nenhuma promessa foi feita; eu apenas desconversei. Bastien não entende o que é assumir a responsabilidade de proteger os vivos dos mortos. Como posso esperar mais duas semanas para fazer a travessia na lua nova?

Jules perde a paciência e sobe na plataforma do andaime. Ela sobe os dois primeiros degraus da escada, e suas pernas já tremem de fraqueza.

— Espere — digo. — Você não está forte o suficiente para...

Ela me lança um olhar assassino.

— Você não me conhece, Ailesse. Sempre sou forte o suficiente, em todos os sentidos. Você pode até deixar de lado seus sentimentos por Bastien, mas eu nunca farei isso. Vou descobrir onde ele está e garantir que esteja seguro.

Fico atordoada, mesmo depois que ela se foi, e permaneço de costas para Marcel e Cas. Nunca deixei de lado meus sentimentos por Bastien. É isso o que todos pensam? É isso o que *ele* pensa?

Marcel se aproxima em passos lânguidos. Ele me dá um tapinha no ombro.

— Então, voltando à minha teoria sobre os elementos — diz ele, alheio ao mau momento. — O Portão de Tyrus pode ser feito de água, vento e terra, certo? Ao menos o vento e as partículas de terra mantiveram o Portão de poeira no mês passado. E o Portão de Elara é feito de algum tipo de espírito, sendo transparente e tal. Mas adivinhe qual dos cinco elementos está faltando nos Portões? — Antes que eu tenha a chance de responder, ele mesmo responde: — Fogo. — E sorri, presunçoso. — Então, o que você acha? Poderíamos usar isso contra ele?

— Hum... — Tento me recompor. — Não vejo como. — O *que faríamos, atirar flechas flamejantes no Submundo enquanto eu faço minha lista de exigências?* — Mas é uma ideia interessante. — De qualquer jeito, Marcel foi quem mais chegou perto de uma forma de manipular Tyrus. — Você deveria explorar mais esse aspecto.

— Obrigado, Ailesse — diz ele com alegria. — Isso é exatamente o que eu estava pensando. Tenho um livro sobre os elementos em um de nossos outros esconderijos. Vou ver se consigo encontrar. Até depois. — Ele passa por mim e pega uma das lanternas.

— Espere, você não pode sair também. Quem vai vigiar Cas?

— Birdine está aqui. — Ele lança um sorriso fácil. — Está tomando banho lá embaixo. — Luto para não revirar os olhos diante desse hábito excessivo de tomar banho em poças de água subterrâneas perto dos túneis da pedreira. — Tenho certeza de que ela volta logo.

Suspiro com dificuldade enquanto ele sobe a escada do andaime. Meus amigos e eu temos uma regra — minha regra — de nunca deixar Cas sozinho.

Repenso quanto tempo levarei para chegar à ponte da caverna. Suponho que posso poupar um quarto de hora para esperar por Birdine e ainda assim chegar lá à meia-noite.

— Você não deveria deixar ela te chatear — diz Cas.

— Birdine?

— Não, Jules. — Ele se acomoda em um colchão de palha e apoia um joelho no peito. — Ela me parece ser do tipo que não consegue parar de cutucar uma ferida antiga. Pode fazer uma pessoa acreditar que a cura não está ao seu alcance.

É uma coisa tão sábia de se dizer — uma coisa tão Sabine de se dizer —, que começo a encará-lo. Sorrio suavemente.

— Você lembra minha irmã.

Sua expressão gentil desaparece.

— Sua irmã tentou me matar.

— Não, ela queria que *eu* matasse você.

— Mas você não quer me matar; essa é a diferença. Você está empenhada em achar uma maneira de quebrar nosso vínculo de alma.

— Por favor, não julgue mal Sabine. — Manco para mais perto. — Ela estava apenas tentando me proteger. Ela respeita a vida mais do que qualquer Leurress.

Cas bufa.

— Essa não é a única vez que ela foi testada. Você sabia que a mãe dela morreu há dois anos?

— Você disse que a mulher na ponte da caverna era sua mãe... e dela.

— Isso é verdade. — Sento-me no chão, de frente para ele. Faz dias que não o vejo direito. Está com uma barba por fazer ao longo da mandíbula, mais ruiva do que o tom claro de seu cabelo louro--avermelhado. Isso o faz parecer mais velho, mais majestoso... mais bonito. — Mas Sabine foi criada para acreditar que outra mulher era sua mãe. E quando aquela mulher foi morta na travessia, ela ficou arrasada. Eu precisava de um segundo osso da graça, e ela precisava de consolo, então a levei em uma longa jornada ao norte para caçar um íbex alpino.

Cas puxa preguiçosamente a corrente em volta do tornozelo.

— E isso a ajudou?

— Não. — Rio e coloco minha muleta no colo. — Ela sentia falta de estar em casa. Sou eu quem anseia por aventura. Sabine gosta de constância e de segurança, mas isso não a torna fraca. Ela também é extremamente leal àquilo em que acredita, embora seja cuidadosa com aquilo em que confia. Ela sempre questionou o custo de ser uma Leurress, os sacrifícios necessários...

— Mesmo assim, ela está disposta a sacrificar por você.

Pego uma lasca de madeira.

— Eu sou aquilo em que Sabine mais acreditava. Ela teve mais dificuldade em acreditar em si mesma, o que é... — Luto para encontrar a palavra certa. — Surpreendente.

Ele ergue uma sobrancelha, como se não estivesse acreditando em mim.

— Todas as Leurress estão repletas de Luz extra, porque descendemos de Elara — explico. — Mas Sabine sempre teve a Luz mais forte do que o resto de nós, quer ela percebesse ou não. Ela tem uma força interior que eu nunca poderia superar. Ela escalou montanhas geladas comigo, mesmo com granizo e frio cortante. Ela dormia ao meu lado em cavernas de neve. Só chorava quando pensava que eu estava dormindo e, mesmo assim, era apenas por sentir falta da mulher que a criou.

Ficamos em silêncio por um momento, e então Cas sussurra:

— Eu entendo esse tipo de dor. Pode assombrar uma pessoa por toda a vida.

Observo a expressão pesada em seu rosto.

— É estranho que eu queira entender como é isso? Gostaria de ter sido amada tão profundamente por minha mãe que a perda dela me machucasse. Isso seria melhor do que meu ressentimento por não saber como chorar por ela.

Quase posso ouvir sua voz agora. *Não estou perdida, Ailesse. Você sabe onde pode me encontrar.*

— Não é nada estranho — diz Cas. — Ser amado é o mais puro de todos os desejos humanos. Quem diz o contrário está se enganando.

Enrijeço o corpo, percebendo quão perto ele está de mim. Nossos joelhos estão quase se tocando. Solto um suspiro trêmulo. Não é tão difícil reconhecer por que os deuses o escolheram para mim. Cas é uma influência calmante, uma âncora estabilizadora, como Sabine. Ele poderia me manter com os pés no chão na vida após a morte.

— Eu *sei* o que é ser amada — respondo com um tom cortante na voz. Sabine me ama. Ela faria qualquer coisa por mim. Bastien também me ama, e seu amor é como um par de asas abertas. Revela o mundo, em vez de plantar meus pés em um só lugar. O problema é que eu deveria estar com os pés plantados; eu deveria ser a herdeira da minha mãe. Se Sabine realmente me ama, ela não vai tirar isso de mim.

Eu também te amo, filha. Se eu pudesse voltar para você, eu a renomearia como minha herdeira.

Meu sangue gela ao ouvir a voz da minha mãe novamente, muito mais vívida desta vez. Olho ao meu redor, embora suas palavras não tenham irradiado de nenhum lugar, exceto da minha cabeça.

— Quando eu a levei para Beau Palais — diz Cas —, você prometeu me dar uma chance.

Eu me esforço para me concentrar no que ele está dizendo e suprimo minha imaginação selvagem. Minha mãe não pode falar comigo. Ela está presa no Submundo.

— *Estou* dando a você essa chance, a chance de viver.

— E se eu quiser mais? Eu lhe ofereci tudo, Ailesse. Mesmo agora, mesmo depois de ter sido aprisionado, eu me entregaria a você. Eu faria de você a minha rainha.

Meu estômago se agita antes de ficar tenso.

— Por favor, não diga isso. Não posso ser sua rainha. Você está apaixonado pela minha promessa, mas eu não sou sua mãe. Não sou nem mesmo igual à música que você ouviu na ponte. Tudo isso é uma ilusão.

Os músculos de sua mandíbula se contraem, e ele balança a cabeça, olhando para os punhos amarrados.

— Por favor, tente entender. Não tenho nada contra você. Acredito que tem todas as qualidades que farão de você um grande rei. Eu lutaria para protegê-lo, mesmo que não estivéssemos ligados pela alma.

Eu me levanto com minha muleta, ansiosa para terminar esta conversa. Cas vai ficar bem. Birdine vai aparecer a qualquer momento. Preciso me apressar para a ponte da caverna.

— Vou devolvê-lo a Beau Palais em breve, prometo, e quando o fizer, você estará seguro. Os mortos farão a travessia, e os Acorrentados não atormentarão mais o seu povo.

— E se toda a sua luta for em vão? — Ele se levanta, desafiando-me com seus olhos sombrios. — E se o vínculo da alma nunca puder ser quebrado e você e eu estivermos unidos por toda a eternidade?

— Ele *será* quebrado.

Eu sei como quebrá-lo, Ailesse.

Meu coração acelera.

— Impossível.

— Não entendi. — Cas franze a testa.

Olho rapidamente ao redor da sala, procurando pela coruja-das-torres ou uma tonalidade brilhante na minha visão ou qualquer coisa que explique por que ouço a voz da minha mãe quando estou bem acordada, e não sonhando.

Eu te amo, filha. Não quero que você sofra mais.

Não vou ficar ouvindo isso.

— Não é amor se você nunca demonstra. — Minha voz é baixa, mas mordaz, enquanto repito as palavras que disse a ela na ponte da caverna.

Cas pisca duas vezes.

— Eu... eu *estou* tentando demonstrar. Até lhe ofereci as pérolas da minha mãe.

Ele acha que o amor pode ser comprado?

Você o comprou, mãe. Eu falo intimamente desta vez. E o custo era minha vida.

Mas eu nunca paguei esse preço, paguei? Entrei pelos Portões do Submundo para poupá-la, criança.

Não, você me abandonou para ficar com o homem que amava.

Ah, Ailesse. Não foi abandono. Você, acima de qualquer outra pessoa, deve compreender o poder de amar alguém mais do que o próprio amouré. Não foi por isso que escolheu ficar aqui com Bastien, em vez de voltar para nossa famille *depois que saiu de Beau Palais?*

— Se tenho menos de um ano de vida — as mãos atadas de Cas deslizam em torno de uma das minhas —, desejo enfrentar esse fato com coragem. Reprimirei a rebelião dos dissidentes e governarei o meu país com honra, sem me esconder. Mais que tudo, quero passar esse tempo com você — sussurra ele, seu hálito quente em meu rosto.

Mal compreendo o que está dizendo. Meu coração segue disparado em meu peito. Minha mãe está errada. Ainda não voltei para casa porque precisava encontrar Sabine primeiro e trazê-la comigo. Bastien não teve nada a ver com isso. Terminei nosso relacionamento porque estava pensando nas necessidades da *famille* primeiro.

Deve ser reconfortante acreditar nisso.

Aperto as mãos.

Os lábios de Cas passam pelos meus. Todos os meus nervos estão em alerta. *Não, eu não quero isso.*

Você não sabe mais o que quer, filha. Mas eu entendo o que você precisa. Posso ajudá-la.

Ela não pode me dizer o que eu quero ou preciso. E se eu realmente quiser Cas? E se eu quiser ficar com os pés no chão?

Quando não respondo, ele começa a se afastar. Rapidamente agarro seus braços e me inclino para ele, beijando-o com convicção.

Uma onda de escuridão me consome. As velas na sala tremeluzem como bandeiras de alerta nos limites da minha visão. Fecho os olhos e os abro novamente, mas não consigo afastar a escuridão cintilante ao meu redor. É como a poeira do Portão de Tyrus na ponte da caverna, só que desta vez estou em sua tempestade, não em segurança fora dela.

Minha mãe aparece. Ela desliza com pés firmes em meio ao vento rodopiante. Seu cabelo preto chicoteia loucamente em torno do rosto, mas seus olhos permanecem fixos em mim.

— Escute, Ailesse. Não temos muito tempo.

— Não. — Dou um passo para trás, mas ela segura meu antebraço. É uma sensação muito estranha sentir as unhas dela na minha pele enquanto a boca de Cas se move contra a minha. Eu o beijo com mais força, na esperança de permanecer na câmara e me afastar dessa visão.

— Aprendi muitos segredos do Submundo — continua minha mãe. — Estou arrependida, e desejo sinceramente fazer as pazes com você.

Não posso falar, ou o beijo será interrompido. Se isso acontecer, posso ser levada para o reino de Tyrus. É mesmo possível?

— O que eu disse é verdade. — A voz da minha mãe é tão suave e afetuosa que soa quase como um sussurro. Ela nunca falou assim comigo antes. — *Sei* como quebrar o vínculo da alma e, quando isso acontecer, você estará livre para compreender o seu coração e o que ele deseja. É isso que deseja, não é, filha?

A escuridão se dispersa por um momento, e posso imaginá-la, uma vida que eu mesma criei: estou usando uma coroa de novos ossos da graça e liderando minha *famille* para a ponte de terra. Estou em sua extremidade, junto aos grandes Portões do Além. Mas então a imagem muda, e agora estou fazendo mais: estou navegando em um navio, explorando terras além de Galle, escalando grandes montanhas, nadando em águas límpidas, vendo toda a beleza majestosa do mundo.

— Você não encontrará a resposta em um livro. — Minha mãe inclina a cabeça, e a miragem desaparece. — Você morrerá debruçada sobre as palavras enquanto sua Luz se desvanece e o prazo de um ano com seu *amouré* chega ao fim. O segredo para quebrar o vínculo da alma está comigo, e somente comigo. Mas primeiro devo ser liberta, para poder lhe mostrar como.

Todos os meus músculos se retesam. Minha mente fica tensa. Tento ao máximo resistir, mas sua proposta afunda dentro de mim e cria raízes. E se não houver outra maneira? E se ela puder me ensinar não apenas como quebrar o vínculo da alma, mas também *todas* as formas de sacrifício de sangue? É para isso que meus amigos e eu temos trabalhado, não é?

— Venha até mim esta noite, Ailesse. — Minha mãe estende a mão. Seus olhos contêm o desafio que acendeu a chama em mim durante toda a minha vida, o grande desafio de ser tão corajosa, ousada e indomável quanto ela é. — Tive a tenacidade de entrar no Submundo, mas tudo o que você precisa fazer é tocar minha mão. Então estarei com você novamente.

Ela está me menosprezando? Eu estava pronta e disposta a cruzar para o Submundo, mas demonstrei uma força ainda maior ao resistir ao canto da sereia de Tyrus.

— Venha e junte-se à sua irmã. Se ela liderar a travessia sem você, receberá toda a glória por salvar Galle do Sul. A *famille* desejará que ela permaneça na posição de *matrone*.

Não. Minhas veias queimam com a adrenalina.

A escuridão se dispersa novamente, e desta vez vejo Sabine. Ela está sob as ameias do Château Creux, a poucos passos da chuva forte. Pernelle, Maurille e Chantae estão com ela. Ela está segurando uma flauta de osso e falando apressada. Não consigo ouvir o que diz, mas suas sobrancelhas estão levantadas como se estivesse tentando persuadi-las. Talvez elas não queiram ser persuadidas.

— Se ela dissesse que você está viva e que se juntará a elas em breve, ela poderia convencê-las com mais facilidade.

O quê? Por que ela não disse a elas que eu estou viva?

— Você ouviu sua irmã hoje. Ela nunca quis que você a seguisse até a ponte da caverna. Ela não confia em você, assim como não confia em mim. Talvez ela torça para que você não vá.

A mão de Sabine corta o ar, como se estivesse fazendo uma declaração final. Ela marcha para a chuva. Pernelle suspira, pega seu cajado e corre para se juntar a ela. Maurille e Chantae fazem o mesmo.

Três Barqueiras? Isso é tudo que Sabine conseguiu reunir? Não é suficiente. Minha mãe me ajudou na ponte da caverna, e ela valia por pelo menos seis Barqueiras.

— Com você e eu, elas terão uma chance justa — diz Odiva. — Você é mesmo minha filha quando se trata de habilidade e talento.

Sabine e as outras seguem para o leste, para longe do Château Creux.

— Você a perderá, Ailesse, se não me permitir ajudar vocês duas.

Não consigo respirar. A escuridão é mais sufocante do que me afogar em meu vestido de brocado.

— E se Sabine morrer agora — continua Odiva —, Tyrus certamente a acorrentará.

— Não! — A visão acaba. Eu me afasto de Cas no mesmo instante. Seus lábios estão vermelhos de tanto me beijar. Cubro os meus e respiro pesadamente. *Isso foi um erro. Eu não deveria ter...* — Não, Cas...

Ele franze as sobrancelhas.

— Está tudo bem. — Cas estende a mão para mim, mas eu manco para trás na minha muleta.

— *Não está* tudo bem. Eu nunca vou gostar de você do jeito que quer. — Recuso-me a deixar o vínculo da alma ditar minha vida. — O amor é uma escolha. Não está escrito nas estrelas. — Pego uma lanterna e corro para a escada do andaime.

— Aonde está indo? — Ele se levanta, mas não consegue se mover muito com a bola e a corrente no tornozelo.

Estou indo quebrar o vínculo, reivindicar minha vida.

— Ajudar minha irmã.

Não tente me impedir, Sabine. Estou fazendo isso por nós duas.

Subo rapidamente no andaime. Tenho de libertar minha mãe.

19
Bastien

Entro na Chapelle du Pauvre e tiro a mão de dentro da capa. Olho para o pequeno buquê de flores silvestres que venho protegendo da chuva, papoulas amarelas raras que encontrei crescendo sob um pinheiro gigante. Será que Ailesse vai gostar?

Cutuco uma das flores que ainda não se abriu. Talvez eu não devesse entregá-las. E se ela achar que a estou pressionando para voltarmos? Apesar do que disse depois de me beijar no rio, ela tem sido mais afetuosa comigo nos últimos tempos. Isso me deu esperança de que talvez nós *podemos* ser mais que amigos novamente. Ou estou errado? Seria ela um sonho bom demais para alguém como eu?

Engulo em seco e coloco as papoulas de volta na minha capa. Vou dar a ela as malditas flores.

Arrumo o pacote de suprimentos no ombro e atravesso a igreja e os túneis abaixo da pedreira. A ferida nas minhas costas só dói um pouco agora, quase curada. É algo pelo qual ser grato.

Quando estou na metade do andaime e a uma distância da câmara em que é possível ouvir, chamo Jules. Trouxe para ela um pouco de queijo macio, não o queijo endurecido de costume, que dura dias aqui. Espero que coma. Ela perdeu o apetite por quase tudo.

Ela não atende, então chamo Marcel, e depois Ailesse.

— Birdine? — digo, como último recurso, sentindo um formigamento no estômago. Onde está todo mundo? Desço outro degrau e abaixo a cabeça para espiar dentro da câmara da pedreira. Está vazia, exceto por Cas. Ele está encostado na parede dos fundos e agachado no colchão. Mas não de uma forma casual. Suas mangas arregaçadas revelam antebraços tensos. E suas pernas estão dobradas, prontas para saltar.

Franzo a testa.

— O que está acontecendo?

Ele não diz uma palavra. Mexo os dedos perto do cabo da faca do meu pai. Voltei a carregá-la, uma necessidade que posso finalmente satisfazer. A vingança está próxima. Meus amigos *encontrarão* uma maneira de enganar Tyrus e acabar com o sacrifício de sangue. Nenhum outro pai vai morrer. Só precisamos encontrar a moeda de troca certa. Então poderemos fazer um acordo com o deus do Submundo.

Dou um passo cauteloso para dentro da sala. Uma lasca de metal brilha aos pés de Cas. Um grampo de cabelo? A algema em seu tornozelo está com uma fresta aberta, e na saliência onde guardo minhas estatuetas, está faltando o deus do sol.

Merde.

Cas pula em mim. Saco a faca. De mãos amarradas, ele golpeia com a pequena estátua. Eu me abaixo e rolo, em seguida, levanto-me novamente. Cortei seu braço com minha lâmina. Não posso matá-lo. Sua vida está ligada a...

— Ailesse. — Pulo para trás quando ele ataca novamente. — Onde ela está?

Cas franze a testa.

— Isso importa?

— Óbvio que importa.

Ele arremessa a estatueta. Eu me esquivo, mas ela bate no meu ombro e se quebra contra a parede. Meu sangue pega fogo.

— Meu pai esculpiu isso!

Cas pega outra estátua — a deusa da terra, Gaëlle.

— Coloque de volta, ou eu juro que vou...

— Você vai o quê? — Ele levanta o queixo. — Você não está em posição de me ameaçar. Você ama muito Ailesse. — Cas praticamente cospe as palavras.

Algo o irritou.

— O que você fez com ela? — Minha voz estremece com uma raiva mortal.

— O que *eu* fiz? — Ele ri com desdém. — Eu nunca pedi para ser o *amouré* dela. Ela não me trouxe nada além de desgraça.

Não entendo. Ele nunca foi tão rancoroso em relação à Ailesse.

— *Onde* ela está? — Dou outro passo. Ele ergue a estátua da deusa, um aviso.

— Talvez seja com Jules que você deva se preocupar.

Meu peito aperta. Jules é parte da família.

— Você a machucou?

Ele recua.

— Eu não sou o vilão aqui. Ela foi procurar por você.

Merde, Jules.

— E Marcel e Birdine?

— Saiu para ler livros e desceu para tomar banho, como sempre.

Eu me aproximo.

— Por que você não me conta sobre Ailesse?

Cas estreita os olhos e segura a estátua com mais força.

— Me deixe passar, Bastien. Não vou ficar aqui por mais quinze dias. Dovré está sob ameaça. Meu povo perderá a fé sem um rei no trono.

Meu pulso acelera. Ailesse está viva. Ela tem de estar, ou Cas nem estaria respirando. Não vou perder meu tempo discutindo com ele. Ele sabe por que é nosso prisioneiro, e por que precisa ficar aqui até que os mortos possam ser transportados novamente.

Cas está a um metro de distância agora. Ergo a faca.

— Um homem ainda pode viver sem uma mão, um braço, uma perna — digo.

Uma gota de suor escorre pela sua testa. Sabine me disse que Cas treinou na arte da guerra; ele estava vestido com uniforme de capitão quando se conheceram. Mas ele não representa perigo para mim, especialmente com as mãos amarradas.

Viro minha lâmina para que sua ponta afiada capte a luz da lanterna.

— O... que... você... fez... com... ela?

Ele não responde. Bate a estátua em meu braço, mas eu a derrubo. Ela cai no chão de pedra. A cabeça da deusa se quebra. Golpeio com minha faca. Cas me chuta de volta antes que eu possa cortá-lo novamente.

— Eu a beijei, Bastien — cospe ele, amargamente. — E posso garantir que ela queria ser beijada de volta... pelo menos no começo.

Meu coração dá um salto. As papoulas caem de baixo da minha capa, uma pilha de caules tortos e pétalas amarelas esmagadas. Então tudo que vejo é vermelho.

— Pelo menos no começo? — repito. *O que diabos ele fez?* Um grunhido animalesco sai da minha garganta. Bato com o ombro em seu peito. Ele agarra minha estátua de golfinho. Meus nervos doem. *Essa estátua não.*

Eu o empurro contra a parede. Ele me bate com a estátua.

Resmungo e recuo. *Desgraçado.* Tento pegar o golfinho de suas mãos. Cas me dá uma joelhada no estômago e me gira. Agora sou eu quem está contra a parede. Ele bate no meu punho com a estátua. As costas da minha mão se chocam contra o calcário. Uma, duas, três vezes. A faca cai do meu punho. Cas deixa cair o golfinho. Sua cauda racha.

Vou matá-lo.

Ele apanha minha faca e pula para longe. Rapidamente corta as cordas. Ataco novamente. Suas mãos estão livres agora. Ele corta meu braço como cortei o dele. Sibilo e aperto o ferimento.

— Me deixe sair. — Ele anda de costas até a escada. — Não desejo machucar você, Bastien.

Não deseja uma pinoia. Ataco. A lâmina em sua mão desce em arco em minha direção. Agarro seu punho para pará-lo. Lutamos pelo controle.

— A faca que você está segurando pertencia ao meu pai — digo com os dentes cerrados. — Largue.

Cas contrai as sobrancelhas, mas não solta a faca. Eu o empurro contra o poste do andaime. Um de seus pés escorrega da beirada. Ele agarra um degrau da escada. Finalmente arranco a lâmina de sua mão, mas ele bate no meu braço ao mesmo tempo. A faca é lançada nas profundezas escuras da pedreira.

Paro de respirar. *Isso não acabou de acontecer.* O sangue corre para minha cabeça. Minha visão escurece nas bordas. É como se meu pai estivesse morrendo de novo, e nunca mais poderei dar paz a ele.

Outro pico de raiva me atravessa. Lanço meu punho contra Cas, e meus dedos atingem sua mandíbula. Sua cabeça vira para o lado. Ele supera a dor e se atrapalha para subir a escada. Eu o agarro pelas costas da camisa e o puxo para a plataforma do andaime.

Ele me dá um soco forte na têmpora. Estrelas brancas aparecem ao meu redor. Caio de volta na plataforma, estremecendo. Cas está ofegante.

— Você está exagerando, Bastien. Gostaria de saber o quanto Ailesse sentiu prazer naquele beijo?

— Vá para o inferno — cuspo.

Cas dá uma risada sem humor e limpa o lábio ensanguentado com o polegar.

— Ela gostou tanto que fugiu.

Congelo.

— O quê?

Ele concorda com a cabeça, a mandíbula contraída.

— Ela disse que nunca gostaria de mim do jeito que quero. Disse que o amor não está escrito nas estrelas.

Espero que o alívio chegue, mas não consigo encontrá-lo.

— Não entendo. Por que ela fugiria?

Ele dá de ombros.

— Uma desculpa absurda: a necessidade repentina de ajudar a irmã.

Minha mente dispara.

— Esta noite é lua cheia. — Imagino a ponte fissurada e ouço o grito de Ailesse quando seu joelho quebrou. — Elas não ousariam.

— Ousar o quê?

Passo por Cas, pego uma lanterna na câmara e corro de volta para a escada.

— Elas vão fazer a travessia dos mortos, seu idiota.

Depois de uma pausa assustada, ele sobe atrás de mim.

— Na ponte da caverna?

— Aquela que você viu.

— Mas a ponte vai quebrar.

Agora ele está entendendo.

— Há quanto tempo ela saiu?

— Um quarto de hora, talvez. Você chegou logo depois.

— Então ainda posso impedi-la. — A travessia não acontece antes da meia-noite. Se eu me apressar, poderei chegar à caverna, desde que os Acorrentados não fiquem no meu caminho. Droga, eu gostaria de ainda ter minha faca.

Subo um degrau da escada, respiro fundo e olho para Cas.

— Desculpe por ter tirado conclusões erradas sobre você. — Ainda não consigo suportar a ideia de ele e Ailesse se beijando, mas pelo menos ele não a forçou a nada. Eu não deveria tê-lo atacado.

Ele balança a cabeça, baixando os olhos por um momento antes de me encarar novamente.

— Desculpe pelas estátuas e pela faca do seu pai.

Minha mandíbula endurece, mas o que está feito está feito.

— Então, você vem?

Não tenho tempo para discutir com ele sobre ficar para trás. A verdade é que, quando chegar a Ailesse e Sabine, posso precisar da ajuda dele.

Ele responde me seguindo pelos andaimes e pelos túneis das minas e catacumbas. Chegamos ao porão, subimos a escada da capela e corremos em direção às altas portas que dão para a rua. Puxo o capuz da minha capa. A tempestade ainda está forte lá fora.

— Temos que ser rápidos — digo. — Fique nas sombras dos prédios e becos sempre que puder. E fique calado. Os mortos são espertos.

Ele assente, de boca fechada.

Saio correndo e me lanço para o oeste, mas Cas corre para o leste, em direção a Beau Palais. *Merde.* Começo a ir atrás dele, mas me forço a parar. Ele escolheu seu trono. Certo. Eu escolho Ailesse.

Viro para oeste outra vez e começo a correr. *Não morra,* eu silenciosamente ordeno a Cas. Ailesse iria querer que eu ficasse com ele e o mantivesse seguro. Mas não posso. Não é apenas a ponte frágil que faz minha adrenalina disparar. É Odiva, que quer ser liberta. É o poder da música que Ailesse ouviu no Submundo. Entre sua mãe e aquela música, ela está indo direto para uma armadilha mortal.

Os mortos gritam e uivam acima da chuva.

Cerro a mandíbula e corro mais rápido pelas sombras. Imagino que tenho a velocidade de falcão de Ailesse e a agilidade de seu íbex nas pedras molhadas.

Vou chegar até ela antes da meia-noite.

Vou salvá-la de si mesma.

20
Sabine

Ando em direção ao prado na floresta a oeste de Dovré até encontrar o círculo de pedras, quase escondido pela grama selvagem. As fases da lua estão gravadas nelas. Dentro do círculo, aponto a longa abertura na terra para as três Barqueiras que vieram comigo.

Pernelle dá um passo em direção à borda, observando os pés sob a chuva torrencial. A lua cheia está escondida atrás das nuvens de tempestade, mas o pingente de vértebra de raposa de Pernelle lhe dá excelente visão no escuro, e seu osso da asa de uma águia-pescadora também a ajuda a enxergar bem a distância. Ela deve ser capaz de ver o que estou vendo: a Ponte das Almas, mais de trinta metros abaixo.

Ela balança a cabeça.

— Como nossa *famille* nunca soube sobre este lugar?

— Devíamos saber, antigamente. — Cutuco uma tábua de madeira quebrada com meu cajado. Bastien me contou que eles explodiram o teto remendado da caverna aqui. No passado, a Ponte das Almas devia ficar naturalmente exposta para os Céus Noturnos, mas alguém, provavelmente nossas ancestrais Leurress, a escondeu, talvez quando o povo de Galle começou a usar as pedreiras e cavernas abaixo de Dovré como catacumbas para seus inúmeros mortos.

Maurille toca meu ombro, e encontro seus profundos olhos castanhos. Estão cheios de uma preocupação de mãe, porque é isso que ela tem tentado ser para mim desde que Ciana morreu. As duas eram melhores amigas. Gostaria que Ciana tivesse sido minha mãe verdadeira.

— Tem certeza de que está pronta desta vez? — pergunta ela.

Um tremor percorre minhas mãos, mas eu o afasto. O peso da minha coroa de chifres não é nada perto da pressão do pingente de chacal-dourado na minha testa. *O fardo é um privilégio*, digo a mim mesma. E direi o mesmo à minha verdadeira mãe. Não preciso da ajuda dela para carregar essas graças.

— Sim. — Finjo um sorriso tranquilizador.

Começo a cantarolar para acalmar os nervos e avanço até a escotilha que dá acesso à escadaria subterrânea de pedra, outra relíquia do nosso povo. É feita de tijolos de calcário que ziguezagueiam para baixo através de uma passagem escavada.

Levanto a porta da escotilha e começo a descer primeiro, com o coração disparado. Uma enxurrada de memórias vem à mente. Cas andando pelas mesmas escadas comigo, minha pele corada por estar tão perto dele. Em seguida, eu o seguro sob a ponta de uma faca e peço a Ailesse para matar seu verdadeiro *amouré*. Vejo minha mãe esfaquear Bastien, vejo Ailesse quase morrer quando parte da ponte se rompe. Por fim, perco minha mãe quando ela atravessa os Portões do Submundo e perco Ailesse quando Cas a rouba de mim, um golpe terrível depois do tanto que lutei para salvá-la.

Minha irmã ainda precisa ser salva. Ainda está presa a um vínculo de alma e em perigo por causa de nossa mãe. Mas talvez ela não venha para cá. Talvez Bastien tenha conseguido convencê-la a ficar longe.

As escadas terminam. Paro de cantarolar, percebendo que entrei na melodia do canto sagrado da sereia. Roxane me repreendeu por fazer isso na última noite de travessia. Não devo cantarolar, apenas tocá-la na flauta de osso.

As três Barqueiras e eu atravessamos um túnel até sairmos em uma saliência com alguns metros de largura, e que se estende até a metade do perímetro do fosso de trinta metros. A ponte de pedra natural que atravessa o buraco aberto vai da nossa saliência até quase o outro lado, onde não há saliência, apenas uma enorme parede curva de calcário. Ela sobe por trinta metros, onde encontra a abertura no teto acima.

Estudo a força dos Céus Noturnos que chega, junto com a chuva torrencial. A Luz de Elara é inebriante o suficiente, mas seria melhor ter mais iluminação — sobretudo considerando que Chantae não tem visão aguçada no escuro como eu, Pernelle e Maurille.

— Acenda as tochas — digo a ela, já que está carregando nossa única lanterna. Aponto todas as arandelas na parede posterior da nossa borda.

Logo uma luz quente preenche o espaço e cintila sobre as longas fendas e pontos fracos da ponte. Tem um metro e meio de largura e um metro e meio de espessura. Abaixo dessa barra de calcário há apenas ar. O fosso deve ser insondavelmente profundo. Com um arrepio, lembro-me de quando parte da ponte se partiu. Nunca ouvi o grande pedaço atingir o fundo.

Tiro a flauta de osso do bolso do vestido. Minhas mãos estão úmidas. Chantae murmura uma oração e acaricia sua gargantilha de mandíbula de javali. Ela passa por mim para ocupar seu lugar na ponte.

— Não. — Pego o braço dela e olho para as outras. — Vocês três precisam ficar na borda.

Chantae levanta o queixo, sua pele cor de bronze brilhando à luz da tocha.

— Estamos acostumadas a fazer a travessia em rocha molhada, Sabine.

— Eu sei, mas esta ponte é frágil. As almas só vão acrescentar mais peso. Será melhor se vocês protegerem a entrada da ponte. Tentem me enviar apenas uma alma de cada vez.

Chantae troca um olhar tenso com Pernelle. De todas as anciãs, elas são as duas em quem mais confio, mas ainda estou longe de conquistar a confiança delas.

— Não deveríamos tentar isso sem mais Barqueiras — diz Chantae. — Roxane nunca teria...

— Roxane não é a *matrone* — vocifero, e então mexo as mãos para controlar meu temperamento. Ainda me irrito facilmente por causa da minha graça de chacal-dourado. — Nosso dever é proteger os vivos dos mortos. Temos de correr esse risco.

Chantae suspira.

— Que assim seja, então.

Firmo as pernas e dou meus primeiros passos hesitantes na Ponte das Almas. A chuva bate na minha cabeça, e eu giro a flauta de osso nas mãos. Devo esperar mais um pouco para caso Ailesse chegue? E se ela *não conseguir* vir? E se ela não foi capaz de lutar contra os Acorrentados que atacavam Cas, e os dois morreram? Meu estômago se aperta. Nunca deveria ter a deixado voltar para buscá-lo sozinha.

— É meia-noite, Sabine. — Pernelle olha através do buraco lá em cima. Não tenho certeza de como ela consegue saber isso sem ver a estrela-guia além das nuvens de tempestade, mas acredito nela.

Não posso esperar por Ailesse. *Ela está segura*, digo a mim mesma, *e mais segura ainda longe daqui*. Eu sentiria se algo terrível tivesse acontecido com minha irmã.

No meio da ponte, levo a flauta de osso até a boca.

Toco o canto da sereia perfeitamente, embora não sinta nada de sua beleza. Estou guardando todas as minhas emoções para o que está por vir. O canto da sereia de Tyrus. Minha mãe me observando através do Portão.

Assim que termino, uma rajada de pó cor de ônix sobe do fosso. Meu vestido e cabelo chicoteiam com o vento estranho que reúne a poeira como mãos invisíveis. Ele forma uma porta arqueada de um preto brilhante na extremidade da Ponte das Almas. Não consigo respirar por um momento. Estou tremendo, esperando pelo vestido azul-escuro da minha mãe, a coroa de ossos, a pele branca como giz por causa daquele véu empoeirado. Mas, até agora, nada além da escuridão do reino de Tyrus me encara.

Olho para as três Barqueiras na borda. Estão com os olhos arregalados de admiração e medo, mas permanecem eretas, com seus cajados prontos. Em breve, os mortos estarão sobre nós.

Avanço até o fim da ponte, meu pulso acelerado enquanto o duelo de cantos de sereia se eleva acima da chuva, a melodia taciturna de Tyrus e o canto esperançoso de Elara.

Concentre-se, Sabine. Pense no Paraíso, não no Submundo.

Meu olhar viaja para a direita, e tenho um vislumbre do Portão quase invisível da deusa e da escada em espiral prateada.

Quando chego ao final da ponte, me viro para encarar a base dela. Os mortos entrarão pelo túnel por onde passamos. Mas quando o primeiro brilho *chazoure* aparece, ele vem de um fosso ao lado da abertura do túnel. Eu tinha me esquecido daquela entrada; foi assim que Jules e Marcel chegaram quando vieram buscar Bastien.

A alma cai pelo fosso e avança em direção à ponte. Um adolescente com cabelos desgrenhados e olhos arregalados. Libertado. Maurille sai de seu caminho com um sorriso encorajador. Ele olha para mim, e eu aceno com um sorriso, mas fico batendo no chão com o dedão do pé. Arrisquei fazer a travessia hoje à noite para livrar Galle do Sul dos Acorrentados, não dos Libertados, embora eu também os esperasse.

Quando o menino está na metade da ponte, meus ouvidos aguçados captam um *scratch, scratch* vindo do alto. Olho para cima, mas Maurille grita:

— Atrás de você!

Eu me viro. Vários metros acima do Portão de poeira, um lampejo de *chazoure* desce pela parede da caverna com uma velocidade desconcertante. Um homem com proeminente queixo quadrado e dedos finos. Acorrentado!

Recuo e abro espaço para lutar com ele, mas ao se afastar da parede, ele salta por cima de mim com uma força impossível. Ele roubou Luz. Grandes quantidades.

Ele pousa na ponte, bem ao lado do menino, e o agarra pelo colarinho *chazoure*.

— Deixe-me entrar no Paraíso — exige o Acorrentado, olhando para mim enquanto o menino se debate para se libertar.

— É tarde demais para redenção. — Ando em direção a ele. — Tyrus já reivindicou você.

Os olhos do Acorrentado caem em meu pingente de chacal-dourado, e sua cor *chazoure* fica mais pálida. Ele grita de raiva e joga o garoto Libertado da ponte. Arquejo quando ele mergulha na escuridão com um grito estremecedor. O que será dele? Olho para Maurille, mas ela balança a cabeça, horrorizada. Ela também não sabe.

Meu choque passa. Minha fúria acende. Salto para o Acorrentado. Ele corre em direção à borda, mas cada passo é mais lento que o anterior. Ele não consegue resistir à atração da Ponte das Almas.

Eu o alcanço e o chuto com força nas costas. Seu abdômen bate no calcário molhado. Eu o viro para poder ver seu rosto salpicado de chuva.

— Você será punido por isso — digo. O Submundo reserva muitos lugares para pecadores. Um rio escaldante de sangue que ferve na carne. As ardentes Areias Perpétuas, onde os assassinos têm sede eterna. Piso no pescoço do homem e enfio o calcanhar em sua traqueia. — Os piores pecadores queimam para sempre na Fornalha da Justiça. Esse será o seu destino. Tyrus vestirá suas cinzas.

— Sabine. — A voz de Pernelle parece distante e metálica, apesar da minha audição de chacal. Eu olho para ela, que parece enojada. — Basta fazer a travessia dele. Não cabe a você julgar.

Pisco duas vezes e engulo em seco. O Acorrentado sob meu calcanhar se contorce, seus olhos *chazoure* revirando na cabeça. A falta de ar não pode matá-lo, mas Pernelle está certa. Não deveria torturá-lo assim.

Meu rosto queima. Rapidamente solto sua garganta e o levanto até ficar de pé. Ele luta comigo enquanto o puxo em direção ao Portão de Tyrus, mas consigo segurá-lo usando a força do meu veado-vermelho e do chacal-dourado. É a graça do chacal que é o problema. Ela flui desenfreada por mim, e exacerba minhas piores tendências. Não sabia que era capaz de ser tão cruel. Mas talvez uma *matrone* precise ser formidável assim.

O Portão de poeira se ergue à medida que nos aproximamos, como se estivesse consciente de nossa presença. Tento não pensar nisso e rapidamente arremesso o Acorrentado. Quando o faço, vejo olhos pretos e um lampejo de osso branco do outro lado. Minhas costelas se contraem contra meus pulmões.

— Você veio, filha. — Odiva evita o Acorrentado com elegância e chega ao Portão. Seu cabelo preto flutua de forma sinistra, como se estivesse debaixo d'água. — Está pronta para me deixar ajudá-la.

— Não vim por sua causa. — Eu me forço a respirar. — Você sacrificou almas inocentes para Tyrus. Nunca vou libertá-la do seu destino. — Viro de costas para ela e coloco três metros de distância entre nós.

As outras Barqueiras não notam sua antiga *matrone*. Estão muito ocupadas com quatro novas almas. Chantae empurra uma Acorrentada para a ponte enquanto segura outra — sua irmã gêmea — de volta. Quando corro em direção à primeira irmã, ciente de como ela resiste a mim, uma fissura se abre ainda mais na ponte. Eu me afasto dela e uso meu cajado para empurrar a mulher para a frente. Outro Acorrentado ataca Chantae, e a segunda gêmea passa por ela. Ela salta para a ponte, e a fissura serpenteia mais um metro.

— Volte! — grito para ela. — A ponte está muito fraca.

— Deixe-me ficar com minha irmã — implora ela, embora não tenha correntes.

Eu me atrapalho, lutando com a primeira gêmea.

— Você iria para o Submundo com ela?

Ela assente. Lágrimas *chazoure* escorrem de seus olhos.

— Percebe, Sabine? — o sussurro da minha mãe é feito de seda, como uma teia de aranha. Ele gruda em meus ouvidos e atrai meu olhar relutante para ela. — O que eu fiz não foi tão terrível. Nem todos os inocentes desejam ser recompensados por Elara. Eles preferem estar com os entes queridos. E cada um de nós ama pelo menos um dos condenados.

Meu coração tamborila com mais força. Não posso dar atenção. Ela quer me distrair.

A ponte geme quando outra alma Acorrentada dispara sobre ela. Lanço às Barqueiras um olhar desesperado.

— Segurem-nos! São muitos!

— Estamos tentando! — O cajado de Maurille gira para a esquerda e para a direita. Ela está tentando guiar mais três almas, enquanto Pernelle e Chantae lutam com quatro cada. — Você tem que ser mais rápida.

— Eu poderia ajudá-la. — A voz de Odiva tece uma teia mais apertada. — Deixe-me fazer minha parte, filha.

Meus músculos travam em resistência. Com sete golpes rápidos do meu cajado, levo a gêmea Acorrentada de volta ao Portão de Tyrus. Empurro a ponta do cajado em seu estômago, e ela é lançada no Submundo. Desta vez, minha mãe não se afasta. Ela pega o braço da alma e a joga sem esforço nas profundezas atrás de si.

— Lucille! — A irmã Libertada corre em meio à chuva.

— Deixe-a vir, já que insiste tanto — diz Odiva.

Assumo uma postura defensiva. A alma Acorrentada que ficou na ponte também está correndo em minha direção, mas seus olhos estão fixos no Portão de Elara, a onde não pertence.

— Sabine, cuidado, lá de cima — grita Maurille. Confio em sua ecolocalização de golfinho e balanço meu cajado. Ele bate contra carne. Outro Acorrentado cai na ponte. *Crack*.

Eu o chuto para longe e, em seguida, golpeio o Acorrentado que corre para o Paraíso. Jogo ambas as almas no Submundo. A gêmea Libertada salta atrás deles enquanto estou preocupada. *Não!* Eu instintivamente alcanço a poeira preta. Minha mãe estende a mão para mim.

— Sabine, estou aqui!

Minha respiração fica presa. *Ailesse*.

Eu me viro. Ela está na borda. Tira a capa molhada e passa pelas Barqueiras ocupadas. Atravessa a ponte apoiada em sua muleta. O calcário racha ligeiramente, mas se mantém. Preocupação, determinação e ferocidade dançam no rosto da minha irmã. Acima de tudo, vejo seu profundo amor por mim. Está brilhando em seus olhos castanhos e tremendo em seu queixo. Ela se inclina em minha direção, desejando se mover ainda mais rápido.

Quando ela me alcança, joga os braços em volta do meu pescoço. Eu a abraço de volta, com força, enquanto a chuva cai sobre nós. Está viva. Não perdeu toda a sua Luz. E ela veio, como prometeu. Por que pensei que poderia fazer isso sem ela?

Ailesse se afasta e beija minha bochecha.

— Prometa confiar em mim e não se preocupar — pede. Conheço esse tom de voz. Com essa mesma força gentil, ela me disse muitas coisas...

Você não precisa matar a salamandra-de-fogo se não quiser.

Não há problema em chorar pela morte.

Deixe que eu faço, Sabine. Vou ferver para soltar a carne dos ossos dela.

A princípio, é um conforto, uma garantia de que não preciso me esforçar demais; Ailesse fará o trabalho duro por mim. Então ela contrai a mandíbula, e meu coração salta pela garganta. *Não, não, não!*

— Ailesse! — Estendo a mão.

Sua velocidade de falcão-peregrino é maior que a do meu falcão noturno. Ela gira em direção aos Portões do Submundo.

E toca a mão de nossa mãe.

21
Ailesse

Assim que minha palma toca a da minha mãe, ela agarra minha mão. Suas narinas se dilatam com uma inspiração profunda. Meus olhos lacrimejam. Tento odiá-la, mas não consigo encontrar esse espaço amargo dentro de mim. Durante toda a minha vida, ansiei pelo olhar de aprovação que ela está me dando agora.

— Ailesse! — Sabine agarra minha outra mão e a puxa. — Por favor, solte. É uma armadilha!

— Eu sei. — O canto de sereia sombrio de Tyrus penetra profundamente em meus ossos. — Mas nossa mãe pode quebrar o vínculo da alma.

Sabine firma os pés na ponte escorregadia e puxa com mais força. A tempestade açoita a longa abertura no teto. As três Barqueiras gritam para nós. Almas uivam, aproximando-se.

— Se for verdade — diz Sabine —, ela o fez por meio de sacrifícios terríveis.

Enrijeço a mandíbula e olho nos olhos pretos e brilhantes da minha mãe.

— Eu sei que ela pretendia me sacrificar.

— Mas ela sacrificou milhares de Libertados.

Minha boca fica seca. Olho para Sabine. Seus cachos pretos estão grudados na testa. Seu rosto está vermelho por causa de todo o esforço.

— Como assim?

Ela expira, desesperada.

Uma alma bate em mim. Cambaleio para a frente. Sabine chuta o homem de volta — Acorrentado. Minha mãe agarra meu punho e o pressiona como uma algema de ferro. Por que ela ainda não atravessou o Portão? Ela disse que tudo que eu precisava fazer era tocar sua mão.

— Abaixe-se! — grita Sabine. Eu faço o que ela diz. Sem me soltar, ela usa seu cajado para golpear o Acorrentado. Ele é jogado para cima e atravessa o Portão de Tyrus. Minha mãe o afasta com um movimento suave de seu braço forte, enquanto me mantém presa em seu aperto.

A ponte range e geme. A dez metros de distância, uma grande lasca de pedra se solta da lateral. Meu coração bate forte.

— Mãe, depressa! Precisamos da sua ajuda.

— Você não pode confiar nela — diz Sabine. A chuva respinga em sua pele morena, e ela segura firme minha mão. — Ela não sacrificou você, mas o teria feito se não houvesse outra maneira.

— Você me julga severamente, filha. — As penas e garras de bufo-real nas dragonas de Odiva balançam na estranha corrente que a rodeia. — Entrei no Submundo para poupar a vida de Ailesse.

— Talvez — responde Sabine. — Mas agora você quer sair, e tem suas garras nela novamente.

Mais almas sobem na ponte. O cajado de Sabine gira no ar. Ela atinge um Acorrentado, que atravessa o Portão de Tyrus.

— Escute, Ailesse. Odiva quer puxar você para dentro. Ela está tentando dar a Tyrus o sacrifício que ele pediu em troca da ressurreição de meu pai.

— Não, ela precisa da minha ajuda na travessia. — *Você é mesmo minha filha quando se trata de habilidade e talento*, foi o que ela me disse.

— Ela não tem intenção de fazer a travessia. — Sabine lança um Libertado através do Portão de Elara. — Entendo agora. É assim que ela quebrará o vínculo com seu próprio *amouré*. É assim que ela vai te ensinar: matando você.

Viro-me para minha mãe. *Prove que Sabine está errada*, diz meu olhar. Mas ela não precisa admitir sua traição. Eu a sinto em meu estômago, no ácido subindo em minha garganta, na queimação furiosa e de cortar o coração em meus olhos. Fui uma tola.

— Você não pode impedir o destino inevitável de Ailesse, dado que passei mais de dois anos tentando — diz minha mãe a Sabine. — Não lutarei mais contra Tyrus.

Sabine endurece a expressão. Seu olhar se dirige para a saliência do outro lado da caverna.

— Espere — sussurra ela, então solta minha mão e corre para a borda.

Meu peito se aperta. O que ela está fazendo?

— Não — ofega Odiva.

De repente, entendo. Ela vai sair da ponte. E quando isso acontecer, os Portões se fecharão. Foi ela quem os abriu.

Minha mãe aperta ainda mais minha mão, e começa a me puxar em sua direção. Eu luto, puxo, uso toda a minha força de tubarão-tigre. Mas ela é muito mais forte. Sempre foi. Seu osso da graça de urso albino é auxiliado por outros quatro, enquanto eu só tenho três.

Minha muleta cai. Meu joelho lateja com a pressão que sou forçada a exercer na perna machucada. Meus pés deslizam na ponte molhada, aproximando-se cada vez mais da poeira preta.

— Não, mãe, por favor, por favor, por favor...

No meio da ponte, Sabine olha por cima do ombro.

— Ailesse! — Ela para, pragueja e corre de volta para mim. Um Acorrentado está logo atrás dela.

Minha mãe continua a me arrastar para mais perto. Eu grito. Meus músculos queimam de tanto lutar contra ela. Sabine pega minha outra mão. Ela luta desesperadamente para me puxar de volta. Os Acorrentados correm para o Portão do Paraíso. Sabine os afasta com uma mão. Minha mãe me puxa com mais força. Aproximo-me mais um passo.

Sabine chuta o Acorrentado para fora da ponte. Abandona seu cajado. Usa as duas mãos para agarrar a minha. Os tendões do pescoço dela ficam tensos enquanto me puxa com toda a força.

Mesmo juntas, com oito ossos da graça, mal conseguimos resistir à nossa mãe.

O canto da sereia de Tyrus aumenta e eclipsa o de Elara. Abafa a chuva, os gritos de alerta das Barqueiras, até mesmo os gritos e apelos de Sabine, bem ao meu lado.

Meu reino será sua grande aventura, Ailesse, a música de Tyrus canta sem palavras, deixando minha imaginação correr solta. Sua música lança minha Luz na sombra mais escura. *Renda-se, renda-se. Descubra a maravilha no lugar da dor.*

Eu cambaleio mais um centímetro em direção ao seu Portão.

— Ailesse, não! — Os pés de Sabine cravam-se no chão, mas não é suficiente. Ela também está escorregando para a frente. Ela olha descontrolada ao redor e solta uma das mãos. Pega uma barra do Portão quase invisível de Elara.

Minha mãe expira lentamente, exultante.

— Muito bem, filhas.

Uma enorme onda de energia passa por mim. Minhas costas arqueiam. Minha cabeça é jogada para trás. É poderosa como um raio, de um calor escaldante e um frio congelante. Passa por meu sangue e atinge meu crânio, meus membros e as pontas dos meus dedos.

Ainda estou esticada entre minha mãe e minha irmã. Cerro os dentes e me viro para Sabine. Seu corpo está tenso, também sob enorme pressão. Sua pele morena começa a brilhar com *chazoure*, e seus olhos se arregalam quando ela olha para mim. Olho para o meu braço. Eu também estou brilhando.

O que está acontecendo?

Um grito agudo enche meus ouvidos. É ensurdecedor, mais alto que o canto da sereia de Tyrus. Berro enquanto o ruído me estremece, mas não consigo ouvir meu próprio grito. O som áspero vem do Portão de Elara — a revolta de muitas almas, seus gritos de dor.

O grito aumenta cada vez mais, até parar com um barulho de vidro se quebrando. O reino de Elara — seu Portão em arabescos e a escada em espiral — pulsa em flashes de prata sólida, perdendo sua translucidez.

A coruja-das-torres mergulha pela abertura no teto. Ela voa circundando Sabine e a mim, batendo as asas ferozmente. Não faz nada para diminuir a loucura dentro de mim, ao meu redor.

Uma inundação de almas *chazoure* desce a escada em espiral e irrompe dos Portões do Paraíso, como se uma represa tivesse se rompido. Os Libertados são jogados para fora, mas eles não ficam à solta no mundo mortal. Eles são sugados para os Portões do Submundo.

A invasão violenta é como um vento gelado no meu cabelo e meu vestido. O choque fecha meus pulmões. Mal consigo respirar. Meus olhos se conectam com os de Sabine. Suas íris *chazoure* refletem meu horror. Isso é errado. É terrível. Essas almas são Libertadas, mas estão sendo puxadas de uma eternidade pacífica para os terrores do reino de Tyrus. Por quê?

O que minha mãe fez?

Mais almas fluem escada abaixo. Minha mãe me segura com uma força mortífera. A força de Sabine é quase tão implacável. Estou presa entre elas, conectando os dois reinos dos deuses.

— Temos que fazer isso parar! — grito para Sabine. — Solte o Portão de Elara! — Não consigo me ouvir em meio ao alvoroço, mas os ouvidos dela são mais agraciados que os meus. Ela concorda com a cabeça, e nós duas firmamos as pernas para manter o equilíbrio na ponte. Ela respira fundo e se vira para o Portão.

Aos poucos, ouço Odiva gritar alguma coisa. Não consigo entender as palavras dela. Sabine está prestes a soltar o Portão quando dois Acorrentados que ainda não fizeram a travessia se aproximam e envolvem os dedos dela. Eles amarram sua mão na barra decorada. Sabine luta contra eles, mas não consegue fazer com que a soltem. A tensão causada por nosso vínculo está drenando muita energia dela.

Os Acorrentados e Libertados que ainda não foram transportados fogem da caverna. O caos violento quebrou sua atração pelo Além.

As almas do Paraíso continuam a fluir, sugadas do reino de Elara. Elas berram, imploram e choram, mas seus gritos não são mais ensurdecedores. Finalmente consigo me ouvir quando grito:

— Solte minha mão, Sabine!

Ela arregala os olhos e balança a cabeça em negativa. Cachos brilhantes chicoteiam seu rosto na chuva e no vento.

— Por favor! — Minha garganta queima por ter de gritar a plenos pulmões. — Não posso permitir que todas essas almas sofram apenas para me salvar.

Lágrimas percorrem seu rosto.

— Não vou sacrificar você! É exatamente isso que Odiva quer.

— E se esse também for o desejo de Ailesse? — pergunta nossa mãe a Sabine. Ela não brilha com *chazoure* como nós, mas a cor dos mortos brilha em seu rosto e pescoço pálidos enquanto as almas passam por ela. — Ela sempre buscou a glória para ganhar meu respeito. Qual a melhor maneira de fazer isso do que se tornar mártir?

Eu me viro para ela.

— Eu não quero o seu respeito. Seus crimes são incompreensíveis, imperdoáveis. Tenho vergonha de ser sua filha.

A coruja-das-torres voa para mais perto, as penas das pontas das asas quase tocando a poeira preta. Ela grita para Odiva.

Minha mãe recua ligeiramente.

— Então você deveria desejar o respeito dos deuses — minha mãe me diz. — Tyrus deseja unir os reinos com sua noiva. É o que ambos queriam, desde o início dos tempos.

— Bem, parece que a deusa mudou de ideia.

Os lábios de Odiva se curvam, apenas um pequeno movimento, mas ainda irradia extremo poder e intimidação. Esse olhar costumava me assombrar, me levar a treinar mais, a me tornar mais devota. Agora só me enfurece.

— Você não é mais minha mãe — digo enquanto mais almas chorando passam por nós. — Prefiro *morrer* a me tornar qualquer coisa parecida com você. — Coloco todo o veneno que posso em minha voz, todos os anos que desperdicei tentando agradá-la e ganhar seu afeto.

Odiva sorri, embora seus olhos brilhem. É o ódio, e não o amor, que forma suas lágrimas: raiva de um orgulho ferido, e não de um coração.

Não há mais Luz nela. Se está viva, é porque a escuridão de Tyrus a sustenta com todas as almas que ela fornece a ele.

— Se a morte é o seu desejo, criança insolente — diz ela —, então farei com que a receba.

Ela aplica mais pressão em meu punho e puxa com mais força. Os Libertados uivam, arranhando meus braços enquanto são varridos. A tração deles me leva para mais perto dela. Meu braço esquerdo e metade do meu rosto e corpo deslizam para a escuridão.

Viro-me com dor para Sabine. Lágrimas escaldam meu rosto.
— Me solte.
— Não! — chora ela, puxando em vão com mais força.

Eu choramingo, toda a minha energia concentrada em evitar que meus ombros se desloquem. Minhas lágrimas caem mais rápido. Não consigo mais falar. Estou com muita dor. *Obrigada*, eu murmuro, na esperança de que ela entenda o que quero dizer. Não consigo nem falar o resto: *obrigada por ter lutado para me salvar — por sempre lutar. Por nunca desistir de mim.*

Ela soluça:
— Sinto muito — diz, embora não pare de puxar. Chuva e lágrimas *chazoure* escorrem pelo seu rosto.

Balanço a cabeça, não querendo que ela se desculpe. Ela tem sido a amiga, e a irmã, perfeita. Sou grata por ela ser a última pessoa que verei antes de morrer.

Minha perna esquerda desliza mais alguns centímetros na escuridão. Poeira sulfurosa enche meus pulmões e invade minha visão. O canto da sereia de Tyrus vibra em meus ossos.

— Ailesse!

Meu coração salta. *Bastien.*

Viro-me, lutando para vê-lo. Ele corre ao longo da ponte, apesar dos gritos de alerta das Barqueiras. Vagamente, vejo a fissura calcária a seus pés. Por um momento terrível, temo que ele caia no abismo, mas então ele está bem diante de mim, seus lindos olhos azuis como o mar cheios de horror e desespero. Ele me agarra e me puxa, uma mão no meu antebraço, a outra sobre a mão de Sabine, que está segurando a minha.

Uma onda de energia percorre nossas três mãos unidas. Bastien não se ilumina com *chazoure*, como eu e Sabine, mas empalidece e olha de um Portão para o outro.

— Consigo ver — ofega ele. Seu cabelo escuro bate no rosto por causa da tempestade e da torrente de almas. — Consigo ver os mortos.

22
Bastien

Alma após alma corre em minha direção, passando por mim. Chuva continua caindo na ponte. Luto para me manter equilibrado no calcário escorregadio. As almas podem me jogar no fosso a qualquer momento.

Sinto latejar atrás dos meus olhos, e me esforço mais para me concentrar. Pisco de novo e de novo. As almas brilham com uma cor estranha. *Chazoure?* Ailesse a descreveu para mim uma vez. Como estou vendo isso? Por que ela e Sabine também estão iluminadas?

Puxo com mais força, desesperado para salvar Ailesse. Meus músculos queimam com um surpreendente aumento de força. Ailesse se afasta sete centímetros da poeira preta e grita de dor. Eu me assusto e imediatamente paro de puxar. Não quero machucá-la. Poderia ter arrancado seu braço agora mesmo. Nunca senti tanta adrenalina percorrendo meu corpo, e estou estranhamente fora de sintonia com isso. Não sei como usar minha própria força de forma adequada.

Do outro lado da poeira preta, encontro Odiva olhando para mim. Engulo em seco. Esta é a primeira vez que a vejo desde que passou pelo Portão.

Ela ainda é perturbadoramente linda, com seus olhos pretos e sua coroa feita do crânio de um morcego-arborícola e vértebras de uma víbora-áspide. Mas ela também está diferente. Mais abertamente cruel. Mais fria. Ainda mais mortal. Aqueles olhos escuros me perfuram enquanto ela nos puxa para mais perto com um poder incrível.

— Garoto lamentável — zomba ela de mim. — Sempre seguindo Ailesse até o perigo como um idiota apaixonado.

Algumas réplicas grosseiras me vêm à mente, mas mantenho a boca fechada. Ela não merece que eu lhe dirija a palavra. Em vez disso, concentro minha energia em Ailesse.

— Segure-se — digo. — Vamos pegar você.

Ela desliza mais alguns centímetros. A chuva escorre pelas pontas de seu cabelo brilhante. Seus olhos doloridos se fixam em mim.

— Bastien — murmura ela com a respiração mais fina. De alguma forma eu a ouço, assim como outras coisas que deveriam ser silenciosas demais para meus ouvidos. O som do meu batimento cardíaco. Sons mais agudos do que eu pensava que seriam possíveis. Almas gritando de longe. Uma nova música...

Uma música que viaja para fora do Submundo e fica mais alta. Os gritos parecem silenciar. O rosto de Ailesse desaparece. Só ouço a música... e depois uma outra que se harmoniza com ela. Ambas lutam pela minha atenção.

Cambaleio. Viro em direção ao Portão de Elara, depois ao de Tyrus. Meu pulso acelera. Eu quero — não, *preciso* — explorar cada reino.

A boca de Odiva se curva.

— Você ouve a música, não é, garoto, os cantos da sereia do Além?

A mão de Sabine estremece sob a minha.

— Não preste atenção, Bastien.

— Se você ouvir com atenção suficiente — continua Odiva —, sentirá a comunhão dos deuses com você.

Não. Solto um suspiro tenso e obedeço a Sabine. Eu me esforço para bloquear o som. Coloco minha força em puxar Ailesse para mim.

— Você sabe o que *eu* ouço? — pergunta Odiva.

Não vou olhar para ela, então olho para Ailesse. Cada músculo de seu rosto, de seu pescoço e de seus braços treme com a pressão que ela sofre. Ela não diz nada — não acho que seja capaz de fazê-lo —, mas sinto que me avisa mesmo assim. Eu não devo ouvir a mãe dela.

Mas é impossível não fazer isso.

— Tyrus o conhece — prossegue Odiva. — Ele quer você, assim como quer todos aqueles com vingança em seus corações.

— Mãe, pare! — diz Sabine.

— Por que deveria, quando estou cumprindo com minha palavra para você? — Odiva levanta o queixo. — Você não percebe o que está acontecendo? Bastien está experimentando suas graças. Eu disse que sabia como compartilhá-las.

Sabine se endireita, sem palavras. Fico igualmente chocado. *Estou compartilhando as graças de Sabine?* De repente, minhas habilidades aprimoradas fazem sentido. É por isso que posso ver os mortos e ouvir os cantos de sereia de Tyrus e Elara. É por isso que estou muito mais forte do que antes.

Armado com esse conhecimento, luto ainda mais para afastar Ailesse da poeira preta. Juntos, ela, Sabine e eu devemos ser mais fortes que Odiva. Então por que Ailesse não está se mexendo? Olho para além dela através do Portão. Várias almas Libertadas estão atacando Odiva, tentando ultrapassá-la. Ela não os afasta. Permite que eles fortaleçam sua influência contra nós.

— Tyrus também conhece outra pessoa que você conhece — ela me diz, com a voz irritantemente calma —, alguém que não mereceu correntes em vida, embora isso não signifique mais nada. Quando os reinos do Além se unirem, todos serão Acorrentados. Todos darão sua Luz aos deuses.

Do que ela está falando?

— Segure Ailesse! — comanda Sabine. — Minha mãe está tentando distrair você. Não...

— Quantos anos se passaram desde que você o viu, Bastien? — Odiva fala por cima dela. — Oito, não é?

Meu batimento cardíaco sobe à minha cabeça. *Não...*

Viro-me para o Portão de Elara. Olho para cima. No topo da escada em espiral, um homem de meia-idade está sendo forçado a descer, passo a passo, preso na onda de almas Libertadas. Minha visão alcança muito mais longe do que já alcançou em toda a minha vida. Vejo em detalhes cada ruga fina em seu rosto, as marcas de expressão ao redor da boca, as rugas de fadiga na testa devido às longas horas cinzelando pedra. Ainda está vestindo a túnica simples e as calças surradas das quais me lembro bem, as mesmas roupas com que morreu. Suas botas ainda apresentam marcas de arranhões de quando ele caiu na ponte após ser esfaqueado no coração por uma Feiticeira de Ossos.

Mas agora... agora meu pai está se mexendo. Ele não está sem vida e sangrando.

Chega rápido demais ao último degrau. Vou perdê-lo novamente. Ele nem me viu. Minha garganta está tão apertada que mal consigo falar. Consigo gemer:

— Papai! — Pareço uma criança de dez anos de novo, gritando para ele acordar e não me deixar sozinho.

Seus olhos finalmente caem sobre mim. Ele ergue as sobrancelhas. O terror deixa seu rosto por um momento. Eu me vejo nele agora, o mesmo queixo anguloso e o cabelo grosso e despenteado.

— Bastien?

É demais ouvi-lo dizer meu nome. Estou rindo, chorando.

Sabine grita algo para mim. Não processo o que ela diz.

Meu pai é puxado para mais perto, junto com as almas. Em um piscar de olhos, ele está na beira do Portão de Elara, e então logo diante de mim.

— Bastien, o que está acontecendo...?

Ele passa por mim. Tento agarrá-lo.

— Papai!

— Ailesse! — grita Sabine.

Meu coração pula.

Eu a soltei.

Eu me viro para o Portão de Tyrus. Ailesse e meu pai são sugados ao mesmo tempo.

Não! Pulo atrás deles. A poeira preta queima meus olhos. O canto da sereia ruge em meus ouvidos. Ailesse grita meu nome. Estico o braço. Tenho um breve vislumbre de seu rosto aterrorizado. Algo me força a voltar. Eu bato contra a Ponte das Almas. O calcário geme e estala. Vai quebrar em breve, mas *não me importo. Eu me levanto e corro para o Portão novamente.*

Odiva está no caminho. Ela está na ponte agora, respirando, verdadeiramente viva. Ela caminha em minha direção, me empurrando para trás com uma força poderosa, enquanto minha força emprestada se foi. Isso não me faz parar. Lanço meu punho contra seu rosto, seu estômago, sua mandíbula.

Ela desvia meus socos. Avanço com mais força, gritando, amaldiçoando-a. *Isso não pode estar acontecendo. Por favor, por favor, por favor, isso não pode estar acontecendo.*

Impaciente, Odiva me joga para o lado. Sabine me agarra antes que eu caia da ponte. Mal consigo pousar no calcário, e ela grita de dor. A manga perto do ombro está cortada. Sangue escorre pelo rasgo. Ela se vira para a mãe, boquiaberta. Odiva segura a faca de osso de Ailesse — deve tê-la roubado.

Um silêncio terrível enche a caverna. Estou cego para o *chazoure* de novo, mas os Libertados devem ter parado de vir, senão eu os ouviria com meus próprios ouvidos desprovidos de graça. Três das Leurress estão paradas ao pé da ponte, totalmente horrorizadas, mas elas se mantêm afastadas na saliência mais distante. As fissuras próximas a elas são as mais ameaçadoras.

— Seu monstro impiedoso! — grita Sabine para Odiva. — O que é que você fez?

— Você vai me agradecer no final, criança. — A mão de Odiva vai direto para o pingente de lua crescente pendurado na coroa de chifres de Sabine. Sabine afasta a mão, mas não antes que ela pegue o osso da graça que está ao lado do pingente, o crânio da salamandra-de-fogo de Sabine. Odiva arranca o cordão.

Sabine perde o equilíbrio por um momento.

— Devolva!

Odiva raspa a faca de osso no crânio. Há sangue de Sabine nele. Assisto, sem fôlego e atordoado. Nada faz sentido. Odiva levou Ailesse. Enviou meu pai para o Submundo. O que mais ela quer?

Ela segura o crânio ensanguentado em direção ao Portão de poeira. A chuva a atinge. O vento sopra em seu vestido.

— Eu lhe dei a filha do meu *amouré*. — Sua voz rica ressoa pela caverna. — Eu lhe dei milhares e milhares de almas a mais. É mais que suficiente. Cumpra sua promessa, Tyrus. Quebre meu vínculo de alma e me devolva o homem que amo.

Ela desliza para mais perto do Portão.

— Aqui está o sangue da minha segunda filha e um de seus ossos da graça. Deixe-os devolver ao pai da minha filha sua carne, seus ossos e seu sangue. Em troca, faço meu juramento de ajudá-lo a recuperar sua noiva.

A poeira preta se agita mais rápido. Uma figura toma forma por trás dela. Um homem. *Que seja meu pai, não de Sabine.* Uma oração vã a um deus que odeio, mas imploro a Tyrus mesmo assim.

Os olhos do homem cortam a poeira. Eles são marrom-dourados, não azuis como o mar. Meu peito afunda.

Sabine capta meu olhar. Ela me faz um gesto com uma inclinação sutil de cabeça. Afastamo-nos lentamente de Odiva. As fissuras da ponte ficam maiores. O estalo de um relâmpago mascara o som.

Do outro lado do Portão, vejo o gibão escarlate e preto do homem, depois a barba bem aparada e o cabelo grisalho na altura dos ombros. Uma mão forte de pele morena, carregada de anéis com joias, se estende através da poeira em busca de Odiva.

Só quando ele atravessa a poeira brilhante é que vejo sua coroa. Penas esculpidas em ônix preto, cada uma incrustada com um grande rubi, formam um círculo pesado ao redor de sua cabeça.

Sabine arqueja, o rosto pálido.

— Não pode ser.

O homem — um rei, ao que tudo indica — chega ao lado de Odiva sob uma chuva torrencial. Ela acaricia seu rosto, maravilhada com ele. Seu sorriso é triunfante.

— Godart — murmura ela, pressionando o crânio da salamandra em sua mão. Uma vez que o osso está com ele, ela o beija apaixonadamente.

Godart? Eu era uma criança pequena quando ele morreu. Godart Lothaire foi o último de uma longa linhagem de reis que governaram Galle do Sul a partir do Château Creux. As pessoas dizem que ele foi amaldiçoado.

Sabine dá outro passo para trás. A ponte resmunga como a terra antes de um grande terremoto. Uma coruja-das-torres voa lá em cima — a mesma que Ailesse viu perto do rio da floresta. Ela sai da caverna pela abertura no teto. Uma fração de segundo depois, um raio atinge a ponte com um estalo ensurdecedor. Um grande pedaço da ponte se rompe aos pés de Odiva e Godart. Eles saltam para trás bem a tempo.

Sabine e eu nos viramos e corremos para o outro lado. As Barqueiras ao pé da ponte gritam para que nos apressemos. O calcário abaixo de mim cede. Mais seções desaparecem atrás de nós.

A chuva bate mais forte. Algo passa por cima de nós. A coruja-das-torres? Não, Odiva e Godart. Ela pulou com suas graças e o puxou pelo ar. Eles pousam à nossa frente na ponte. A pedra se desfaz. Sabine puxa minha mão para que eu vá mais rápido.

A base da ponte está a seis metros de distância. Odiva e Godart chegam primeiro. As três Barqueiras estão com seus cajados em riste para combatê-los.

Odiva agarra um dos cajados e o usa para atacar as Barqueiras. Eu não assisto à luta. Estou muito ocupado tentando evitar as rachaduras.

A realidade se instala, mesmo enquanto corro pela minha vida. Tenho, de fato, vingança em meu coração. Vou usá-la para me manter vivo, alerta e pronto. Vou conspirar por justiça. Matar Odiva e Godart. Punir um deus.

Sabine e eu chegamos ao pé da ponte no instante em que os pedaços terminam de cair no abismo. Escombros e poeira calcária preenchem o ar. Avanço pelos escombros. Procuro por Odiva e Godart. Duas das Barqueiras estão ajoelhadas no chão. Elas estão debruçadas sobre a terceira mulher, a de cabelo preto trançado e com uma pulseira de dentes. O lado da testa dela está sangrando. Seus olhos castanhos estão vidrados e sem vida.

— Maurille! — Sabine cai de joelhos e balança os ombros da mulher.

Os escombros e a poeira diminuem. Odiva e Godart se foram. Os Portões do outro lado da caverna também desapareceram.

A chuva continua a cair pela longa abertura no teto, mas não há ponte onde possa cair.

A água cai em nada além do fosso escuro e sem fim.

23
Sabine

Relâmpagos iluminam as nuvens escuras acima das ruínas do Château Creux. Metade da noite já se passou quando as Barqueiras e eu chegamos em casa. Fui forçada a deixar Bastien para trás. Ele se recusou a sair da caverna. Seus olhos estavam vazios, e ele não disse uma palavra sequer, enquanto olhava para a parede onde os Portões do Submundo uma vez se agitaram.

Pernelle e Chantae carregam o corpo de Maurille da maneira mais honrosa possível, em uma liteira que fizemos com dois cajados e nossas capas esticadas entre eles. Uma terceira capa cobre seu corpo e rosto.

Ando ao lado da liteira e seguro a mão fria e rígida de Maurille. *É um conforto para ela*, digo a mim mesma. Embora ela esteja morta, sua alma ainda permanece no corpo. Ela sairá na próxima vez que eu abrir os Portões. Na próxima lua nova, prometo fazer a travessia de Maurille para o Paraíso. Mais nenhum Libertado será roubado para o Submundo. Vou recuperá-los. Vou trazer Ailesse de volta também. Saltar pelo Portão de poeira não matou minha mãe, então tenho de acreditar que minha irmã também encontrou uma maneira de permanecer viva.

Por favor, Elara, rezo, embora a deusa não tenha poder no reino de Tyrus, *faça com que Ailesse realmente esteja viva*.

As Barqueiras e eu descemos a escadaria de pedra em ruínas e entramos nas profundezas do antigo castelo. O brasão do corvo e da rosa do Château Creux olha para mim das arcadas que unem os corredores. Sempre soube que eram símbolos do rei Godart. Sinais dele estão por toda parte neste lugar, de onde ele já governou. Não admira que minha mãe o tenha escolhido como a casa de nossa *famille*. Não admira que ele tenha dado a ela um colar de caveira de corvo com um rubi preso no bico. Era outro retrato de seu brasão. O rubi devia significar a rosa vermelha, e a caveira de corvo deve ser óbvia. Sou uma idiota por não ter percebido antes que Godart era meu pai.

As Barqueiras e eu andamos pelos túneis escavados pelas marés abaixo do castelo e depois entramos no pátio. Olho para a lua cheia e para algumas estrelas que perfuram as finas nuvens de tempestade. A grande torre do Château Creux já esteve uma vez acima desta caverna aberta, mas depois da morte de Godart, uma enorme tempestade veio do mar e a derrubou. Grande parte da beleza do castelo foi então demolida, e quando o pai de Casimir chegou ao poder, ele construiu Beau Palais e deixou o Château Creux à maldição do rei que adorava mais o deus do Submundo do que o deus do sol, Belin. Talvez tenha sido a ira de Belin que destruiu este lugar.

Agora que conheço quão profunda é a crueldade de Tyrus, gosto de pensar que Elara ajudou o deus do sol.

Roxane e as outras anciãs estão nos esperando no pátio. Talvez tenham notado a nossa ausência, ou talvez tenham sentido a nossa vinda com as suas graças.

Pernelle e Chantae colocam a liteira no chão. Nadine e Dolssa suspiram e se aproximam quando tiro a capa do rosto de Maurille. Damiana e Milicent ficam para trás com as cabeças baixas. Elas são as anciãs mais velhas, e as mais familiarizadas com a morte.

Roxane permanece onde está, reivindicando sua posição de poder no centro do pátio, embora seus olhos estejam molhados de lágrimas. Maurille era uma Barqueira poderosa e uma amiga gentil. Todas a amavam.

— A última vez que esteve entre nós — diz Roxane para mim —, você feriu Hyacinthe. E agora, quando você se atreve a voltar, traz Maurille... assim. — Ela abre a mão, gesticulando para o corpo. Gotas de chuva se acumulam como estrelas no cabelo preto de Maurille. — O que você fez, Sabine?

Agarro meu braço machucado. O corte que minha mãe fez em mim ainda está sangrando, e não tenho mais a graça de salamandra para me ajudar a fechar a ferida. Talvez o pequeno crânio também tivesse o poder de curar um coração ferido, porque não há nada que eu possa fazer para aliviar a dor lancinante em meu peito. Roxane está certa em me culpar pelo que aconteceu com Maurille. Fui avisada de que Ailesse viria até a ponte, e sabia da astúcia de minha mãe. Não deveria ter envolvido nenhuma outra Barqueira esta noite.

Pernelle se aproxima e coloca a mão em meu ombro.

— Não acuse Sabine, Roxane. O que aconteceu... — Ela balança a cabeça. — Foi impossível compreender.

Chantae vem para o meu outro lado e encara Roxane.

— Foi *Matrone* Odiva quem matou Maurille.

Roxane franze as sobrancelhas lentamente.

— Você está enganada. Odiva está morta.

— Ela estava — diz Pernelle. — Mas ela emergiu dos Portões do Submundo esta noite.

— Foi algo sem precedentes — acrescenta Chantae —, sobretudo porque ela ressuscitou outra pessoa também.

Roxane olha de uma anciã para a outra, lutando para entender o que estão dizendo. Eu me encolho. Todas as minhas mentiras culminaram neste ponto — toda a verdade que escondi da minha *famille* porque temia a anarquia, porque queria que Ailesse carregasse o fardo de revelar os crimes de nossa mãe em vez de mim.

— Mesmo que a ressurreição fosse possível — diz Roxane —, quem Odiva traria de volta dos mortos? — Seus lábios se abrem. — Você quer dizer Ailesse?

Não, não posso deixá-la acreditar nisso. Odiva nunca seria tão altruísta.

— Ailesse já estava viva — confesso. Flexiono as mãos e me afasto de Pernelle e Chantae. Elas não vão me defender depois que eu expor tudo. — Ela foi levada cativa pelo príncipe Casimir... rei Casimir, na noite em que tentou fazer a travessia com Odiva. Sua Majestade é o verdadeiro *amouré* de Ailesse. E Odiva não morreu; ela estava viva quando passou pelo Portão de Tyrus.

Milicent, a anciã mais leal a Odiva, franze a testa, ajoelhada ao lado do corpo de Maurille.

— Isso não pode estar certo. Por que a *matrone* faria uma coisa dessas?

Respiro fundo e faço o que posso para explicar. Sobre o amor proibido de Odiva com outro homem depois que ela sacrificou o seu próprio *amouré*. Sobre os deuses o amaldiçoando depois disso, o matando e o acorrentando. Sobre o terrível pacto que Odiva fez com Tyrus, há dois anos, para libertar seu amor do Submundo ao custo de matar Ailesse, e como ela resistiu, fazendo a travessia de milhares de Libertados para Tyrus. Sobre os sacrifícios que continuaram a acontecer esta noite — mais milhares de Libertados roubados do Paraíso, e Ailesse levada com eles depois de ser enganada para finalmente satisfazer o pacto de Odiva.

A chuva cai mais suave, incapaz de acalmar minha vergonha enquanto as anciãs olham para mim, em choque agudo e silencioso. Eu revelei que a maior Leurress que já existiu entre nós é uma traidora de seu próprio povo, mas minha própria traição por manter a boca fechada parece igualmente vergonhosa.

Roxane é a primeira a quebrar o silêncio insuportável.

— Então por que Odiva não voltou para nós? Ela não deseja governar como *matrone*?

— Não sei. — Mas sei que minha mãe é desonesta e sedenta de poder. Ressuscitar meu pai não pode ter sido a única razão pela qual ela voltou do Submundo. Ela deve ter algum objetivo mais forte.

Os olhos azul-petróleo de Roxane se estreitam enquanto percorrem meu rosto.

— Você tem mais uma coisa a confessar, não é, Sabine? Por que Odiva realmente escolheu você como herdeira? — Minhas bochechas queimam. Qualquer que seja a semelhança que eu tenho com minha mãe, ela deve perceber agora.

Meu olhar se volta para Pernelle e Chantae, ansiando em vão por seu apoio; elas já ouviram a verdade esta noite. Mas Chantae desvia o olhar, com a mandíbula tensa, e Pernelle não pisca enquanto olha para mim. Ela parece enojada e confusa, como se não me reconhecesse mais.

Meus olhos ardem. Engulo um nó na garganta.

— Porque Odiva teve duas filhas — respondo a Roxane. — Sou filha do rei Godart, o homem que Odiva ressuscitou dos mortos.

Expressões horrorizadas cruzam os rostos das outras anciãs. Meus ombros dobram para dentro. Sempre me senti uma anomalia na nossa *famille*, inferior em talento e resistente à vida que levamos, mas agora me sinto inferior só por existir. Sou fruto da grande traição de Odiva contra nós. Enquanto cada Leurress teve de matar o homem que amava para se tornar Barqueira, Odiva encontrou um amor mais profundo e o escondeu de todas nós.

Roxane olha para mim com desprezo.

— Não honraremos mais a linhagem de Odiva. Você *nunca* será nossa *matrone*, Sabine.

Meus olhos ardem com o golpe profundo de suas palavras.

— Mas eu tenho que... Você não pode... — Tento respirar, tento recorrer à minha Luz para ter força. Não consigo sentir. Sinto apenas o chacal dentro de mim, enfurecido e pronto para lutar. Trabalhei muito para me provar, mudar, ser mais como Ailesse e menos uma impostora. — Você nem conhece o canto da sereia. Muitos dos Acorrentados ainda estão à solta. Nem todos foram transportados esta noite.

Roxane abre a boca para dizer algo, quando Nadine se vira para o túnel que leva para fora, a postura rígida.

— Um homem está se aproximando.

Milicent e Dolssa imediatamente disparam para o túnel. As outras pegam seus cajados ao longo da parede do pátio. Ninguém questiona o olfato agraciado de Nadine. Agora que me sintonizo, minha graça de chacal-dourado capta o mesmo almíscar masculino no ar. Eu o reconheço como o cheiro de Bastien antes que Milicent e Dolssa o arrastem para o pátio.

— O que você está fazendo aqui? — Olho para ele, surpresa. Ele deve saber que se aventurar perto do Château Creux é pedir para morrer. Os moradores locais nunca chegam a quilômetros deste lugar por medo de que seja amaldiçoado, e isso os mantém protegidos, quer percebam ou não. Algumas das anciãs afirmam que não hesitariam em matar um homem para proteger a existência secreta da nossa *famille*.

Bastien tira o cabelo molhado da testa. Há uma expressão dura e perigosa em seus olhos, uma que não via desde a noite em que ele conheceu Ailesse e lutou com ela em Castelpont, determinado a matar uma Feiticeira de Ossos para vingar seu pai.

— O que *vocês* estão fazendo aqui? — rebate ele, fervendo de raiva. — Vocês são caçadoras. Vocês têm as graças necessárias para rastrearem Odiva. Então rastreiem. Ameacem. Digam a ela para trazer de volta Ailesse e todas as almas que ela roubou.

Roxane se aproxima dele.

— Você não é o *amouré* de Ailesse. Ela não é da sua conta.

— Não é da minha conta uma ova — retruca ele. — Posso amar e lutar por quem eu quiser. Não preciso de seus deuses perversos me dizendo como viver minha vida, especialmente quando marcaram meu pai como um de seus *amourés*.

Roxane fica tensa. Pernelle cobre a boca com a mão.

— Isso mesmo — diz Bastien. — E ele está no Submundo agora, graças a Odiva. Então, se vocês estão realmente comprometidas em proteger as almas justas, vão levá-lo de volta para onde ele pertence.

Milicent olha boquiaberta para ele.

— Não podemos nos rebelar contra Odiva.

Ele a encara. Ela e Dolssa ainda o têm em suas mãos agraciadas.

— Você está me dizendo que vai fechar os olhos para o que ela fez?

— Eu nunca disse isso. — Milicent abaixa as sobrancelhas. — Mas você não entende quão poderosa ela é.

— Ela matou Maurille — acrescenta Dolssa.

— Eu estava lá — responde Bastien categoricamente. — E eu a vi fazer pior do que isso, mas não é desculpa alguma para me acovardar em vez de desafiá-la.

— Não estamos nos acovardando — diz Roxane. — Estamos sendo sábias.

— Sábias? — Bastien perde a paciência. — Vocês são as malditas Barqueiras dos mortos! Têm a obrigação de consertar o que ela fez, de exigir que ela desfaça.

— Ele tem razão. — digo. — Não podemos permitir que Tyrus mantenha Ailesse e todas as almas Libertadas presas no Submundo. Não merecem isso.

Roxane fixa seu olhar em mim.

— Você não está em posição de nos comandar, Sabine.

Minhas mãos se fecham em punhos, o chacal dentro de mim rosna, incentivando-me a atacá-la.

— Não estou em busca de poder. Estou nos lembrando do juramento que fizemos. Como Barqueiras, é nossa responsabilidade enviar essas almas de volta ao lugar a que pertencem.

— E punir a mulher que as enviou — acrescenta Bastien. — Ficarei feliz em me voluntariar para cortar a garganta dela.

— Parem com isso! — Roxane corta o ar com as mãos. — Vou consultar as anciãs e determinar o nosso curso de ação, mas do jeito que as coisas estão agora, a nossa prioridade é proteger os vivos.

— *Ailesse* está viva! — digo. — Como podem...?

— Os Acorrentados ainda estão soltos pela terra — fala ela, por cima de mim. — Isso é algo que está sob nosso controle. Vamos pastoreá-los e prendê-los, como fizemos antes.

Tremo de raiva. Não faz sentido. Os Acorrentados são ardilosos. Não podemos mantê-los em gaiolas por muito tempo. Roxane sabe disso. Todas elas sabem disso.

— Você tem medo de Odiva. Está apenas evitando um confronto com ela.

— Odiva não tem mais nada a ver conosco. Nós a exilamos, assim como exilamos você. — Roxane se empertiga, de modo que sua coroa de chifres fique acima da minha. — Vá embora, Sabine. Você não deve voltar aqui nunca mais.

Pisco para evitar as lágrimas de ódio.

— Não tenho culpa de quem é minha mãe.

— Você mentiu para nós. Poderíamos ter evitado o que aconteceu esta noite se você tivesse nos contado a verdade desde o início.

Uma torrente de imagens vem à mente: Ailesse sendo empurrada para dentro do Portão de poeira, Maurille deitada na saliência com a cabeça sangrando, milhares de almas Libertadas cheias de terror e varridas do reino pacífico de Elara, minha mãe liberta, meu pai ao lado dela, a astúcia cruel em seus rostos.

— Vá, Sabine — diz Roxane. — Você não faz mais parte da nossa *famille*.

Estremeço e olho para Chantae e Pernelle novamente. Elas estão olhando para o chão, junto com as outras anciãs. Meu peito afunda com uma dor terrível, mesmo quando meu sangue fica mais quente.

— Covardes — sibilo e viro as costas para Roxane. Atravesso o pátio em direção a Milicent e Dolssa. — Soltem-no! Nosso povo já roubou o suficiente dele.

Sem dizer uma palavra, Milicent e Dolssa soltam Bastien. Sigo em direção ao túnel do pátio de saída, mas ele não me segue de imediato. Primeiro, ele caminha até Roxane e cospe nos pés dela.

Ela devolve seu olhar sombrio.

— Se for visto perto deste castelo novamente, farei minha *famille* matar você sem questionar.

Ele sorri, desafiando-a a tentar, e então se afasta para se juntar a mim.

— Formidáveis Feiticeiras de Ossos? Que piada.

Enxugo algumas lágrimas enquanto saímos. *Estou apenas com raiva*, digo a mim mesma. Não estou perdida, arrasada ou completamente sozinha no mundo agora.

Bastien murmura uma série de palavrões, amaldiçoando Roxane e as anciãs. Metade de mim concorda com ele, mas a parte mais forte — a parte mais profunda que enterrei durante toda a minha vida — não consegue suportar isso.

— Pare! — Eu o interrompo no momento em que saímos das ruínas do castelo.

Ele ergue as sobrancelhas.

— Elas acabaram de banir você, Sabine. Recusaram-se a nos ajudar na busca por Odiva. Você tem razão. São covardes.

— Não, elas só estão perdidas. — Finalmente sinto um lampejo de Luz em mim, e isso me ajuda a encontrar a razão. — Você viu os rostos delas? — Me lembro do que Odiva me contou ao confessar ser minha mãe, e repito para ele: — "A tarefa das Barqueiras exige muita fé". Essa traição acabou de *destruir* a fé delas. Nenhuma *matrone* antes de Odiva traiu nossa *famille*. Isso coloca em cheque tudo o que uma Leurress deve fazer: sacrificar animais por graças, sacrificar *amourés* para completar ritos de passagem, arriscar nossas vidas para fazer a travessia dos mortos.

Bastien cruza os braços.

— De qualquer forma, elas deveriam ter questionado.

Assinto, pensativa.

— *Eu* questionei. Foi por isso que nunca me senti uma delas, por isso jurei nunca me acostumar com o derramamento de sangue. — Dou uma risada triste. — Mas agora tenho o sangue de cinco animais em minhas mãos, e teria matado Casimir se isso significasse salvar Ailesse. — Eu endureço e murmuro: — Cas...

Bastien franze a testa.

— O que tem ele?

Corro pelo caminho coberto de mato, que vai do jardim do castelo até o planalto ao longo da encosta.

— Preciso encontrá-lo.

Bastien vem atrás de mim.

— Não. Precisamos procurar por Odiva.

— Você procura por ela. Nos encontraremos mais tarde e traçaremos um plano assim que soubermos onde ela está e o que está fazendo. Primeiro, tenho que chegar ao rei. Me diga onde fica seu esconderijo em Dovré.

— Esqueça Cas — resmunga ele. — Pelo menos Ailesse está a salvo de seu vínculo de alma, por enquanto.

— Não, ela não está.

Ele para no meio do caminho.

— Como assim? Ela está presa no Submundo.

— Sim, mas ela está *viva*, Bastien. — A linha dura de sua boca diz que ele também não questiona o fato. — Isso significa que ela pode morrer. E se algo terrível acontecer com Cas, ela *vai* morrer. Então não teremos mais esperança de salvá-la.

— *Merde*. — Seus olhos se arregalam, e ele passa as mãos pelo cabelo molhado. — Sabine, ontem à noite Cas escapou do meu esconderijo depois que Ailesse foi embora. Ele está exposto agora, é uma isca ambulante para os dissidentes mortos que vocês não conseguiram transportar.

Uma onda de tontura me atinge.

— Tenho que ir a Beau Palais. — Atravesso o planalto, ainda na direção de Dovré. Cas certamente voltou para seu castelo.

— Espere! — Bastien corre atrás de mim, mas rapidamente fica para trás. Ele não consegue acompanhar a velocidade do meu falcão noturno. — O rei Godart provavelmente está indo direto para lá! — grita ele.

— Mais uma razão para eu me apressar! — grito de volta.

Inspiro e cerro os dentes, assim como Ailesse faria, e corro mais rápido. Tenho de proteger Casimir.

Não há como salvar minha irmã se ela perder a alma.

24
Ailesse

Corro ao lado de Sabine e balanço as mãos na frente do rosto dela.
— Olhe para mim!

Ela não se vira, não pisca. Sua imagem nebulosa está borrada nas bordas, como a chama de uma vela quando encarada por muito tempo. Tudo ao meu redor tem a mesma aparência manchada: a grama selvagem ao longo do planalto, as nuvens que se afastam da lua cheia, as ruínas do Château Creux atrás de nós. Mas quando olho para mim mesma, minhas mãos e meu vestido estão nítidos em minha visão. Eles também têm uma cor estranha que nunca vi antes, nada como *chazoure*.

— Toque a flauta de novo! — grito, acompanhando Sabine enquanto ela corre mais rápido. Não preciso mais da minha muleta. Meu joelho quebrado parece inteiro. Consigo usar toda a minha velocidade de falcão-peregrino. Talvez Sabine tenha, sem querer, compartilhado suas graças comigo, como as compartilhou com Bastien quando formamos o vínculo entre os Portões. Ou talvez os ossos não permaneçam quebrados quando você morre. — Abra os Portões novamente! Experimente em qualquer lugar! Experimente aqui! — Estamos em terra firme, sem nenhum tipo de ponte, mas estou desesperada. — Por favor, Sabine, eu tenho que voltar!

Ela permanece concentrada no leste, na direção de Beau Palais e Casimir. Ele deve estar lá se escapou das amarras na câmara de Bastien na pedreira.

Lágrimas se acumulam nos olhos da minha irmã. É fácil adivinhar o que ela está sentindo. Eu a conheço melhor do que a mim mesma. Sempre conheci. Ela acredita que é a culpada por me perder.

Sente-se culpada pela morte de Maurille, pela fuga de minha mãe do Submundo, pela ressurreição do rei Godart e por todos os Libertados que foram roubados do Paraíso.

Toco seu braço, mas ela não me sente, assim como Bastien não me sentiu quando me sentei ao lado dele na borda da caverna e tentei confortá-lo. Foi aí que meu pânico tomou conta. Até aquele momento, sozinha ao lado dele, observei em um choque silencioso tudo o que havia acontecido com ele, Sabine e as Barqueiras. E embora estivesse horrorizada, me senti estranhamente afastada de tudo aquilo. Eu não percebi que estava no Submundo — pensava ter escapado do Portão de poeira —, até que Bastien continuou me ignorando na borda, mesmo quando eu chorei, amaldiçoei e gritei para ele parar de brincar comigo.

O planalto se funde com a floresta. Não vejo qualquer sinal dos lugares que deveriam existir no reino de Tyrus — nenhum rio escaldante vermelho-sangue ou Areias Perpétuas ardentes ou fumaça e cinzas da Fornalha da Justiça. Apenas árvores familiares e trilhas de veados me cercam. Não entendo. Realmente consegui chegar ao Submundo, ou estou presa em algum lugar intermediário?

Meu pânico aumenta, atingindo minhas costelas e apertando meu coração. Mas ele não bate mais rápido. Não consigo sentir meu pulso. Eu grito a plenos pulmões, mas não preciso recuperar o fôlego depois. Minha voz ecoa continuamente, embora não devesse reverberar nesta floresta. Talvez tudo que aprendi sobre o Submundo seja mentira, e Tyrus crie um inferno pessoal para cada alma que ele prende aqui.

Corro mais rápido para acompanhar Sabine e puxo seu braço, embora ela não se mexa.

— Por favor, me traga de volta! Você tem a flauta. Por que você nem tenta? — Ela não olha para mim.

Pense, Ailesse. Nenhuma Leurress jamais foi capaz de abrir os Portões depois de fechados. Sabine terá de esperar até a próxima noite de travessia. Acalme-se e seja paciente.

Reprimo um gemido. É impossível. Vou enlouquecer antes da próxima noite de travessia. A lua nova só chegará daqui a catorze dias.

Uma voz gutural e masculina chama:

— Você não pode ficar nesta esfera.

Eu me assusto e me viro. A vários metros de distância, vislumbro uma faísca de *chazoure*. Um homem. Ele corre para trás de um tronco largo e se esconde enquanto passos pesados se aproximam, irradiando de onde veio a voz. Se Sabine a ouviu, ela não dá nenhuma indicação, e continua correndo para o leste. Paro de segui-la. Rastejo para mais perto da árvore iluminada com *chazoure*.

— Os Acorrentados pertencem a Tyrus — continua a voz gutural. — É melhor não tentar escapar do seu destino. O deus do Submundo não vê com bons olhos os covardes.

A quinze metros de distância, o homem que está falando surge à vista. Deslizo para trás de um galho baixo. Ele está iluminado com a mesma cor estranha com a qual estou brilhando, e é um ferreiro, ao que tudo indica. Um avental de couro com tachas está pendurado sobre seu peito nu, e ele usa munhequeiras combinando e botas de cano alto. Em vez de fuligem, está sujo com manchas de *chazoure*. Seu rosto, pescoço e calças estão manchados.

— Alguma última palavra antes de conhecer seu mestre? — pergunta o ferreiro, seu cabelo curto farfalhando em uma brisa misteriosa que afeta apenas a ele e a mim. As pontas do meu cabelo e da minha saia também ondulam como se eu estivesse debaixo d'água. — Uma demonstração de bravura pode fazer uma pequena diferença. Implorar para que suas correntes sejam removidas, não. Eu mesmo as forjei, e nada que existe entre os condenados tem o poder de quebrá-las.

A alma escondida fica quieta por um momento, e então sai de trás da árvore, as mãos entrelaçadas em oração. Correntes se estendem diagonalmente em sua túnica como se fossem uma faixa da vergonha.

— Farei qualquer coisa, gentil senhor, se você apenas me ajudar. Você tem uma marreta e um cinzel afiado no cinto. Certamente, há algo que possa fazer.

O ferreiro suspira, um barulho cansado e raivoso que soa antigo vindo de seu peito, embora ele pareça ser apenas dez anos mais velho que eu.

— Posso fazer justiça, nada mais — diz ele, e tira o martelo do cinto. Ele o balança acima da cabeça com as duas mãos e o bate contra o chão.

Bum.

O som estrondoso ondula por toda a floresta. Imagino que a terra vá tremer ou que as árvores caiam, mas nem mesmo uma folha se move. Apenas o Acorrentado treme.

— O que é que você fez? — pergunta.

O ferreiro se empertiga, com os braços musculosos flexionados pelo esforço. Não responde. Ele se afasta lentamente do chão que acabou de atingir.

Latidos e uivos abafados vêm de baixo. Garras afiadas rompem a superfície, mas não mexem a terra. Um rosto canino pontudo surge em seguida e mostra suas presas. Fico olhando, surpresa. É um chacal-dourado. Nunca vi um, mas a sua imagem está gravada no pátio do Château Creux.

A poucos metros de distância do chacal, outra boca com presas surge do chão, depois mais uma nas proximidades. Em poucos segundos, um total de seis chacais escavam e cercam o Acorrentado. Ele tenta correr, mas eles o cercam, circulando para mais perto, as mandíbulas espumando e os olhos de um vermelho incandescente.

O maior chacal rosna e ataca o pescoço do homem. Os outros também o emboscam. Eles agarram seus membros e roupas *chazoure* com os dentes. Meu estômago embrulha. O grito horrorizado do homem irrita meus ouvidos, mas não faço nada para intervir. Treinei toda a minha vida para enviar os Acorrentados através dos Portões do Submundo... embora eu talvez pensasse duas vezes se tivesse testemunhado o que acontece aqui do outro lado.

Os chacais arrastam o homem através do portal invisível no chão. A última parte dele que vejo é sua mão tensa e estendida antes de também ser sugada.

O ferreiro expira e enfia o martelo de volta na alça do cinto. Esperava que se afastasse, mas ele se vira e olha diretamente para mim.

Posso agradecer a Bastien por me ensinar a primeira palavra que sai da minha boca.

— Merde.

O ferreiro estreita os olhos brilhantes e caminha em minha direção. Eu não me escondo. Não corro. Encontro em mim a garota que mergulhou em uma laguna para matar um tubarão-tigre e endireito os ombros. A covardia é um crime, onde quer que eu esteja. Não vou deixar isso me marcar.

Quando ele está a um metro de distância, seu olhar severo desce para a bolsa de ossos da graça em volta do meu pescoço.

— Tome cuidado neste lugar, Leurress — resmunga ele. — Eu vejo tudo... — Outro suspiro de cansaço lhe escapa, mas suas sobrancelhas formam uma linha endurecida. — Quer eu queira ou não.

Ele passa por mim sem parar e se aprofunda na floresta.

Eu fico olhando para ele, de queixo caído.

— Espere! — Deixo escapar. — Como assim? Tomar cuidado como?

Suas botas pesadas param. Ele se vira e me olha, os músculos da mandíbula tensos.

— Há uma regra neste reino do Submundo, garota: não intervir em questões de vida ou morte. — Ele limpa uma mancha de *chazoure* na manga antes de se afastar. — Não é tarde demais para você ganhar correntes.

25
Bastien

Desço pelo andaime até minha câmara na pedreira e encontro Marcel e Birdine de joelhos, limpando pedaços quebrados das estatuetas de meu pai. Marcel olha para mim e tira o cabelo dos olhos.

— Ah, olá. — Ele abre um meio-sorriso. — Queria limpar isso antes de você voltar.

— Eu disse ao Marcel que deveríamos esperar — acrescenta Birdine, me olhando apreensiva. Seu cabelo ruivo crespo está preso em um nó no topo da cabeça. Ela o usa assim quando toma banho na piscina subterrânea de um dos túneis abaixo. — Sabemos o quanto você é detalhista em relação a essas estátuas.

— Mas eu disse a Birdie para não se preocupar. — Marcel mexe na cabeça decapitada da deusa da terra. — Disse que você ficaria mais bravo por Cas ter escapado. — Ele se vira para ela. — Foi o que eu disse, não foi?

— Aham. — Sua pele rosada fica escarlate. — E sinto muito mesmo por isso, Bastien. Não sabia que Sua Majestade estava aqui sozinho.

Marcel enfia a mão no bolso.

— Parece que ele também pegou um dos grampos de cabelo de Birdie. — Ele o mostra. — Encontramos na algema aberta. Ele deve ter usado para abrir a fechadura.

Ele ri até que Birdine lhe lança um olhar assassino.

— Não faço ideia de como ele arrancou isso de mim — diz ela. — Quem diria que o rei era um ladrão de verdade?

Duvido que ele seja. Não teria sido tão difícil roubar um grampo. Birdine está sempre mexendo no cabelo, e geralmente era ela quem levava comida para Cas.

Entro lentamente na sala e pego minha estátua de golfinho. Passo o dedo pela rachadura em sua cauda e imagino os olhos frenéticos de meu pai, brilhando com a cor dos mortos, e meu peito se aperta.

— Cas escapou quando eu deveria estar de guarda — murmuro.
— Sabine está indo buscá-lo. — Cas conhece o caminho até aqui. Se eles não chegarem logo, irei a Beau Palais e garantirei que ela faça o trabalho.

— Sabine? — pergunta Marcel. — Faz um tempo que não a vemos.

— Acho que ela tem estado ocupada — digo.

— Será bom colocar a conversa em dia — responde ele. — Na verdade, eu sinto falta dela, sabe? É uma garota doce quando não está tentando matar você.

Concordo com a cabeça, entorpecido, e coloco a estátua do golfinho na prateleira.

Marcel tira mais alguns fragmentos de calcário do chão.

— Tenho certeza de que Ailesse também ficará grata em vê-la.

Ailesse. Minha palma dói, e eu flexiono minha mão. Ela está escapando de mim novamente.

Meus olhos se voltam para sua camisola branca, dobrada no chão, no canto do quarto. Eu me arrasto e a pego.

Depois que eu lhe trouxe roupas novas, ela usou a camisola como travesseiro. Eu queria tanto dormir ao lado dela e me aconchegar em seu corpo. Em vez disso, dei-lhe espaço e me mantive na parede oposta.

Levo a camisola ao nariz, e o aroma de terra e flores de Ailesse enche meus pulmões.

— Você está bem, Bastien? — Birdine inclina a cabeça.

Rasgo um pedaço da camisola, enfio-o no bolso e endureço o rosto.

— Onde está Jules? Tomando banho, agora que a piscina está finalmente livre? — Birdine estremece com a irritação em minha voz, e imediatamente me arrependo de ter descontado minha frustração nela. Agora que sei que meus amigos não foram presos, preciso sair, começar a busca por Odiva. Aposto que a encontrarei em Beau Palais, se é para lá que Godart realmente estava indo.

— Jules não está aqui. — Marcel se levanta.

Birdine se levanta ao lado dele.

— Pensamos que ela estivesse com Ailesse.

— Ela não está com Ailesse. — Coço a nuca. — Droga, Jules — praguejo baixinho e corro até o andaime. É quase madrugada, o que significa que ela esteve fora a noite toda. Se um dos Acorrentados a atacar de novo...

Subo rapidamente a escada e chamo por cima do ombro:

— Marcel, deixei cair a faca do meu pai quando lutei com Cas.

— Você lutou contra o *rei*? — pergunta Birdine, como se isso fosse mais criminoso do que sequestrá-lo.

— Está em algum lugar no chão da pedreira — continuo. — Você poderia tentar encontrá-la para mim?

— Sim — responde ele. — Mas e Jules... você acha que ela está bem?

Abro a boca para dizer algo tranquilizador — sempre tentei bancar o corajoso para Marcel e não destruir seu otimismo —, mas minha garganta fica seca. Depois de tudo que vi ontem à noite, é difícil esperar que Jules tenha sido poupada. Subo mais rápido, meu pulso acelerando.

Chego aos túneis e corro por eles, bem como pelo porão abaixo da capela, e então empurro a porta do alçapão. A facada nas minhas costas nem dói mais. Não dói desde que as graças de Sabine me inundaram na ponte da caverna, embora esse poder tenha desaparecido agora. Não paro para me perguntar o que tudo isso significa. Tenho de encontrar Jules.

Acontece que não preciso ir muito longe. Assim que fecho a porta do alçapão e chuto o tapete esfarrapado sobre ele, um gemido suave vem da capela. Jules está curvada sobre um dos bancos desgastados e agarra-se a ele para se apoiar. Corro até ela. A luz cinzenta da manhã entra pelas janelas fechadas com tábuas e mostra seu rosto pálido e doentio e sua pele suada.

— *Merde*, Jules. — Passo o braço em volta dela e a ajudo a se levantar.

Ela lentamente ergue a cabeça e semicerra os olhos para mim.

— Então *agora* você aparece — diz ela, com o humor divertido como sempre, apesar da voz rouca.

— O que aconteceu com você? Foi atacada por um Acorrentado?

— Só estou cansada, Bastien. Fiquei acordada a noite toda procurando por você.

Eu franzo a testa, olhando para ela novamente. A Jules que eu conhecia era capaz de ficar acordada três noites seguidas e não parecer tão cansada assim.

— Tem certeza de que um Acorrentado não roubou mais sua Luz? Alguns podem ser mais astutos do que outros.

Ela bufa.

— Acorrentados astutos... em que mundo vivemos. — Ela tosse algumas vezes e se senta em um banco. — Lembra quando tudo o que tínhamos que nos preocupar era com o pacto de vingança que fizemos? A vida era tão simples quanto caçar Feiticeiras de Ossos nas luas cheias, dizendo a Marcel para calar a boca se quisesse ir junto...

— ... dizendo para você diminuir a velocidade para que pudéssemos acompanhar. — Sento-me ao lado dela.

Ela sorri.

— Eram dias bons.

Era bom que eu só conseguisse pensar na oportunidade de enfiar a faca do meu pai entre as costelas de uma Feiticeira de Ossos? Mas entendo o que Jules quer dizer. Havia um ritmo agradável em nossas vidas naquela época. O mundo era menor. Sentíamos ter controle sobre nosso lugar nele.

— Você nunca vai adivinhar quem eu vi desfilando pela Rue du Palais agora há pouco — diz ela. Espero que me conte, cansado demais para especular. — A rainha das Leurress. A maldita mãe de Ailesse está de volta. — Jules tosse, balançando a cabeça. — Eu avisei a ela que Odiva queria ser libertada novamente.

Meu estômago afunda, e eu olho para o banco, arranhando a madeira lascada abaixo de mim.

— Bastien? — Jules enrijece e toca meu braço. — Ailesse não...?

— Sim... — Rio, embora não saiba por quê. É um som pequeno e miserável que não alivia o aperto na minha garganta. — Então... ela, hum, se foi agora. — Cutuco o banco com mais força. Meu queixo estúpido começa a tremer. Travo a mandíbula, mas isso não ajuda. — Tentei segurá-la, juro que tentei. Achei que estava conseguindo. — Cerro os punhos. — Estava tão forte. Não a teria deixado ir por nada, mas então... — Meus olhos ardem. Passo a mão pelo rosto.

Jules esfrega minhas costas, esperando que eu continue. Seu toque é leve e um pouco estranho, como se ela não tivesse certeza de como me confortar. Nós nunca falamos sobre dor.

— Então eu o vi — continuo, tendo que forçar as palavras a saírem. Um soluço seco vem logo em seguida. *Droga, Bastien, não comece a chorar*. Jules e eu também nunca choramos um na frente do outro. Permanecer forte e com raiva é o que nos manteve vivos. Eu me inclino e pressiono a testa nas costas do banco à nossa frente. Mal consigo respirar. — Ele não me via há oito anos, mas me reconheceu. Ele disse meu nome.

Seus dedos congelam nas minhas costas.

— Você... você viu seu pai?

— Aham. — Minha voz falha. Meu rosto esquenta de repente. As malditas lágrimas começam a cair. Não posso pará-las ou engolir a dor. É demais. — Tentei salvá-lo também. — Os soluços perfuram meu peito. — Tudo aconteceu rápido demais, e eu... — Solto um suspiro áspero e balanço a cabeça. — Eu perdi os dois.

Jules fecha os olhos com força, como se estivesse revivendo o momento comigo.

— Não sei o que dizer, Bastien. Sinto muito.

Não sinto esse tipo de tristeza amarga desde que tinha dez anos e segurei meu pai depois que ele foi morto. Deslizei a cabeça dele para meu colo. Coloquei minhas mãos em seu rosto. Tentei mantê-lo aquecido enquanto sua pele esfriava. A noite toda eu chorei. Achei que minhas costelas fossem quebrar.

— Como você o viu? — pergunta Jules. — Por que ele estava lá? Não entendo.

Em palavras entrecortadas, conto a ela tudo o que aconteceu na ponte da caverna hoje à noite — como as graças de Sabine passaram para mim e eu vi almas Libertadas serem roubadas do Paraíso e levadas para o Submundo, e como Odiva e o rei Godart saíram do Portão de poeira após Ailesse e meu pai serem puxados para dentro.

Bato o punho no banco e enterro o rosto nas mãos.

— Eu nem consegui falar com ele. — Minha voz fica aguda, como a de uma criança.

Jules me puxa para seus braços e não diz nada, apenas me deixa chorar em seu ombro. Esta é a primeira vez que a abraço desde que conheci Ailesse. Eu não sabia mais como agir perto dela e, até agora, não havia percebido o quanto sentia falta da minha melhor amiga. Ela é mais do que isso. É a pessoa que amei como uma irmã por oito anos.

Seus olhos estão úmidos quando finalmente me afasto dela. Jules limpa embaixo do nariz.

— Se contar a Marcel que estávamos choramingando juntos, mato você durante o sono.

Rio.

— Será nosso segredo.

Ela levanta o mindinho. Eu o seguro com o meu, e batemos os cotovelos, depois os punhos, como fazíamos quando tínhamos treze anos.

Ela solta um longo suspiro, o que a faz ter um ataque de tosse. Quando finalmente para, limpa a garganta e pergunta:

— Então, o que fazemos agora?

Encosto-me no banco e passo as mãos pelo cabelo, pensando.

— Temos que reverter tudo: descobrir uma maneira de trazer Ailesse de volta e devolver meu pai e todas aquelas almas ao Paraíso.

Vamos planejar uma maneira de fazer isso depois de encontrar Odiva.

— Essa parte está feita. Ela estava nitidamente indo para Beau Palais.

— E o rei Godart estava com ela?

— A menos que Casimir tenha envelhecido durante a noite e ganhado uma nova coroa.

A raiva ardente atinge minhas veias. É bem-vinda. Raiva é muito mais útil do que tristeza. Godart está vivo e forte porque trocou de lugar com Ailesse. Juro que vou fazê-lo pagar.

— Então também nos concentramos em proteger Cas. — Respiro fundo. — Ele tem mais com que se preocupar agora do que com dissidentes e com a perda de Luz. Godart quer seu trono.

26
Ailesse

Corro para Beau Palais, tentando alcançar Sabine. Em um momento estou na floresta perto do Château Creux, onde vi o ferreiro, e no seguinte estou no portão do castelo. Arquejo, olhando para trás. A cidade de Dovré tem a mesma aparência manchada e borrada da floresta, como se fosse uma pintura, não a realidade. Mas como cheguei aqui tão rápido? Nem senti acontecer.

Volto-me para o castelo. O portão está aberto. Pelo menos uma dúzia de guardas estão mortos. A alma Libertada *chazoure* se ajoelha perto de um deles e acaricia sua testa. Reconheço a alma como outro guarda, aquele que foi morto durante o ataque das víboras-dos-prados.

— O que aconteceu aqui? — pergunto.

Ele se assusta, percebendo que posso vê-lo. Então arregalo os olhos. Ele também pode me ver.

— Duas pessoas se infiltraram no castelo. Alegaram que são o rei legítimo e a nova rainha.

Deveria estar chocada por minha mãe ter matado esses homens. Foi ela quem me ensinou sobre a santidade da vida. O dever sagrado de uma Leurress, o de proteger os mortais das almas não transportadas, é o motivo pelo qual os deuses nos incumbiram de sacrificar animais e matar nossos *amourés*.

Uma pequena morte é sagrada se salva a humanidade, disse ela certa vez, quando me mostrou a faca de osso com a qual havia matado meu pai. *Os deuses irão abençoá-la por isso.*

Por mais distorcidas que suas palavras tenham sido naquela época, elas não são nada comparadas ao que fez nos últimos dois anos — ao que ela ainda está fazendo.

— Sinto muito — digo ao guarda Libertado, sentindo os pecados da minha mãe sobre meus próprios ombros. — Vou impedi-la.

Ele junta as sobrancelhas *chazoure*.

— Como?

Não tenho tempo para responder. Assim que tive a ideia de confrontar minha mãe, me vi no grande salão de Beau Palais, o mesmo lugar onde participei do banquete de *La Liaison* com Casimir. As mesas foram retiradas, assim como as guirlandas de flores do final do verão, mas os estandartes azuis do deus do sol e os verdes da deusa da terra ainda permanecem. À luz de todas as tragédias que se abateram sobre este lugar, imagino que as pessoas sejam ainda mais devotas na adoração de Belin e Gaëlle, os seus deuses favoritos.

Em um tablado no fundo do salão, com uma rica tapeçaria do sol de Belin brilhando sobre este castelo atrás de si, Casimir está sentado no trono e usando a coroa incrustada de safiras de seu pai. Vários de seus conselheiros, capitães e nobres de alto escalão estão presentes, como se já estivessem reunidos para discutir assuntos de grande importância antes de minha mãe e Godart invadirem.

Posso dizer pelos olhares surpresos na sala que a entrada deles é recente. Agora eles estão caminhando em direção ao tablado. Desejo vê-los melhor e, em um piscar de olhos, estou ao pé do tablado, perto de Cas.

Godart está vestido como um rei com as roupas com que deve ter sido enterrado, embora nenhum dos brocados de veludo esteja comido pelas traças. Sua coroa de rubis e de penas esculpidas em ônix é uma prova de sua identidade tanto quanto sua aparência inconfundível. Nunca conheci o homem, mas nunca vi outro como ele.

A beleza de Sabine é aparente em sua estrutura facial e em seus ricos olhos castanhos, que brilham dourados quando a luz os atinge. Mas não é a aparência de Godart que o diferencia; é o semblante. O poder. É a maneira sutil, mas dinâmica, com que mantém os ombros largos perfeitamente retos, junto com o volume do peito e a inclinação do queixo para cima. A única outra pessoa que vi com esse porte de tirar o fôlego foi minha mãe. Não é nenhuma surpresa que eles se encontraram.

Embora eu esteja impressionada com Godart, muitos no grande salão parecem mais cativados por minha mãe. Admiram suas vértebras de víbora-áspide e o crânio de morcego-arborícola gigante que formam sua coroa de ossos, bem como as outras garras, unhas e ossos que pendem de suas fileiras de colares e dragonas de penas.

Quando estão a três metros do tablado, Godart e minha mãe param. Eles não se curvam.

— Casimir Trencavel — diz Godart, sua voz profunda e autoritária ressoando no teto abobadado do lugar —, você está sentado em meu trono.

Em favor de Cas, ele não demonstra nenhum medo. Ele nem sequer fica mais empertigado em uma demonstração de domínio, embora eu o conheça bem o suficiente para reconhecer que seu sorriso frio significa falsa bravata.

— Este é o trono e o castelo do meu pai. Que direito você acha que tem para reivindicá-lo?

— Eu sou Godart Lothaire, Rei de Galle do Sul.

— Godart Lothaire morreu há quinze anos, no mesmo ano em que a grande praga caiu sobre a terra. Alguns dizem que ele trouxe essa maldição para nós.

— Você trouxe a maldição para si mesmo — declara minha mãe.

Os olhos azuis como pedra de Cas se voltam para ela. Ele bate os dedos no apoio de braço.

— E quem é você? — Ele sabe muito bem quem ela é. No mês passado, ele a viu esfaquear Bastien na Ponte das Almas e saltar através dos Portões do Submundo.

Os lábios vermelho-sangue de minha mãe se curvam para cima. Ela parece felina e faminta, como se estivesse brincando com um rato-do-campo.

— Eu sou Odiva, e serei sua rainha. — Não entendo por que ela se preocupa em governar uma nação pequena, exceto que isso significa que ela poderá viver sua vida com Godart. Ela já governou uma poderosa *famille* de Leurress. Ela deve ter algum motivo oculto.

As narinas de Cas se dilatam, e um tremor percorre sua testa. Odiva atingiu um ponto nevrálgico. A última rainha de Galle do Sul fora sua amada mãe.

— Meu pai foi um dos nobres que enterrou o falecido rei — diz Cas a Godart. — Antes de tentar conquistar meu trono, você terá que provar que homens podem ressuscitar dos mortos.

Godart firma a mão no punho de sua larga espada embainhada.

— Eu nunca morri.

Uma risada irônica me escapa, mas ninguém, exceto as almas *chazoure* reunidas na sala, ouve o som.

— Abra meu túmulo, se você não acredita em mim — continua Godart. — Você o encontrará vazio.

Cas endurece as sobrancelhas.

— Meu pai enterrou...

— Durand *disse* que me enterrou, mas mentiu. E ele e os nobres que o ajudaram a roubar meu trono por meio de estratagema estão todos mortos agora.

Cas balança a cabeça, apertando os punhos no apoio de braço.

— Meu pai nunca participou de nenhum golpe. Essa é outra afirmação que você não pode provar.

— Olhe para a história de Dovré. Quando seu pai me usurpou, os deuses amaldiçoaram a terra com a grande praga. — Godart se vira para encarar os que estão reunidos na sala. — E agora que seu filho está no trono, outra praga desceu. Aí está a sua prova. Tyrus não apoia a dinastia Trencavel. O deus do Submundo tem poder sobre a vida e a morte, ele puniu Galle do Sul e matou os homens responsáveis por me derrubar. E continuará a punir todos vocês se não honrarem seu verdadeiro rei.

As pessoas no grande salão iniciam uma conversa acalorada. Almas Acorrentadas sussurram para alguns dos vivos, e os olhos de minha mãe as seguem. Fico rígida quando seu olhar se volta para mim, mas então passa sem parar. Ela não me vê. Não sou *chazoure* como os outros mortos. Meus ombros relaxam um pouco, mas então percebo que os olhos de Godart também acompanham alguns dos Acorrentados. Ele está compartilhando das graças da minha mãe da mesma forma que Bastien compartilhou das de Sabine? Como isso é possível? Pensei que os Portões do Além tivessem de estar abertos e ligados para que isso acontecesse.

Cas se levanta do trono e ergue as mãos para acalmar a todos, embora apenas alguns obedeçam.

— Se o que você diz é verdade, então onde você esteve nesses últimos quinze anos? — pergunta ele a Godart. — Por que esperou até agora para reivindicar seu trono?

Godart se volta para ele, mas não responde. Por um breve momento, sinto pena do homem. Ele esperou até agora para recuperar seu trono porque estava morto. E ele morreu porque amava minha mãe, e os deuses o puniram por isso. Seu destino não foi justo.

— Você é um impostor — zomba Cas. — Você está brincando com os medos das pessoas para ganhar um poder que não é seu. Já ouvi o suficiente. Guardas, prendam este homem e esta mulher de uma vez.

Apenas sete dos treze guardas presentes dão um passo à frente. O amigo e capitão de Cas, Briand, está entre eles.

Os sete homens se juntam lentamente em torno da minha mãe e de Godart, que se mantêm firmes.

— Vou lhe mostrar o poder — diz Godart —, o poder que me foi dado pelo próprio Tyrus, o presente por ser seu rei escolhido e servo leal. — Mais uma vez, sinto uma pontada de simpatia. Como uma Leurress dedicada, por quanto tempo me orgulhei de ser também uma serva leal de Tyrus?

Três dos guardas erguem as espadas. Godart rapidamente desembainha a dele. Ele corta o braço de um dos homens com um golpe poderoso e salta sobre o segundo. Fico boquiaberta. Minha simpatia desaparece. Antes que esse homem possa se defender, Godart o apunhala pelas costas.

Continuo de queixo caído. Ele está compartilhando das graças de minha mãe. O terceiro homem corta seu braço. Godart literalmente se inclina para a lâmina, sibilando enquanto ela corta mais fundo, e arranca a espada das mãos do homem enorme. Então Godart cruza as duas lâminas no pescoço do homem e o decapita. A cabeça do homem cai no chão e rola até o pé do tablado, abrindo um caminho sangrento.

As pessoas arquejam. Um nobre desmaia. Os Acorrentados nos circundam, como abutres. Fico olhando horrorizada, meu coração batendo forte, embora não esteja com falta de ar. Como Godart pode ser o pai da gentil Sabine? Seu tempo no Submundo o tornou monstruoso.

Cas sai do tablado, o rosto vermelho de raiva.

— Minha espada — comanda ele a seus guardas. Eles recuam. Ninguém ataca Godart novamente ou entrega uma arma a Cas. Ele olha para seu capitão. — Mas que droga, Briand, me dê uma espada!

— Não faça isso! — digo a Briand. Cas não tem chance alguma contra cinco graças... seis, com o crânio de salamandra de Sabine. Godart deve estar drenando o poder de cura dele, porque seu braço ferido mal sangra agora. Ainda não entendo como ele está acessando as graças. Mesmo as mulheres da minha *famille* não podem compartilhar o poder umas das outras assim. Quando cada Leurress mata ritualmente um animal, ela tem de pressionar o próprio sangue em seu osso. Isso faz com que Tyrus a imbua com o poder do animal, poder que só poderá ser utilizado pela Leurress que deu aquele sangue.

Enquanto Briand delibera, avisto o ferreiro da floresta, à margem da assembleia. Ele está encostado em uma coluna imponente. *Quando ele chegou?* Ele não está observando Godart e Cas; está me observando. Ele aperta mais forte o cabo de sua marreta.

Briand finalmente joga sua espada para Cas, que a pega pelo punho. Ele encara Godart.

— Com medo demais para lutar contra seu rei com uma espada só? Godart sorri e deixa cair sua segunda lâmina.

— E você, garoto? Tímido demais para atacar primeiro?

A mandíbula de Cas se contrai. Ele avança com propósito.

— Pare, Cas! — Corro em direção a ele. — Se você morrer, Godart governará. — *Se você morrer, eu também morrerei de verdade. Nunca poderei voltar.* — Você não pode derrotá-lo assim! Ele é muito poderoso.

Cas não me ouve. Ele levanta a espada e golpeia em direção ao lado esquerdo do pescoço de Godart, mas, no último momento, sua lâmina se vira e atinge baixo a perna direita do homem. Godart bloqueia o golpe e afasta a espada de Cas com a velocidade de bufo-real da minha mãe. Ela observa sem interferir. Godart precisa provar seu valor para seu povo, ou certamente ela exibiria suas formidáveis habilidades por si mesma.

Godart golpeia três vezes, empurrando Cas para trás.

— Será que Belin ou Gaëlle não lhe emprestarão seu poder? — ele o provoca. — Você prestou-lhes uma grande homenagem com este castelo. Suas cores e símbolos podem ser encontrados em todos os lugares para onde os olhos se voltam.

Cas tropeça, forçado a voltar para o tablado. Godart também sobe. Ele ergue a espada e a desce em direção à cabeça de Cas. Cas se esquiva por pouco. A lâmina corta a madeira folheada a ouro do trono.

— Não é de admirar que Tyrus esteja zangado com você — continua Godart. — Você e o povo de Dovré negligenciaram o deus e sua noiva em sua adoração. Quando eu governar em Beau Palais, corrigirei o erro. Vou cobrir esses corredores de preto e prata e trazer o equilíbrio de volta à terra.

— Você vai nos amaldiçoar. — Cas finge que vai golpear a coxa de Godart, e rapidamente ataca seu braço. Godart fica surpreso com o movimento, mas é mais rápido que Cas. Ele gira para o lado antes que a lâmina o atinja. Até agora, ele só brincou com Cas. Tenho medo de quando ele lutar seriamente. Cas será morto tão rápido quanto seus guardas. E eu também. Tenho de fazer alguma coisa para ajudar, embora ainda sinta os olhos do ferreiro em mim.

Godart tira o cabelo do rosto, ajusta a pegada na espada e sorri, mostrando os dentes.

— Agora eu acabo com seu reinado, jovem rei. Agora, pego o que é meu.

Ele caminha em direção a Cas. O trono pesado está entre eles. Com um poderoso golpe de perna, Godart o chuta para o lado. O trono bate contra a parede do fundo.

Desesperada, procuro por Libertados na sala e encontro cinco almas: três guardas do castelo falecidos, uma criada e uma nobre.

— Ajudem-no! — grito. Ao contrário de mim, eles podem exercer uma força tangível. Eles podem intervir. — Vocês devem ter entes queridos ainda vivos em Galle do Sul. Percebem que tipo de governante Godart será? Vocês precisam detê-lo antes que ele mate Casimir!

O ferreiro franze a testa para mim e se desprende da coluna.

Godart levanta sua espada e avança sobre Cas.

— Por favor! — grito.

Os Libertados correm em direção a Godart. Saltam em suas costas, agarram o braço que segura a espada e diminuem a velocidade da lâmina apenas o suficiente para que Cas consiga bloqueá-la com a sua. Mesmo assim, ele é derrubado pela força. Ele rola para o lado quando a espada de Godart desaba novamente. As cinco almas mal estão diminuindo sua força.

Os Acorrentados na sala correm para afastar os Libertados. Minha mãe se junta a eles. Os guardas leais a Cas saltam atrás dela. O ferreiro caminha firme em minha direção.

O pânico me consome. Tenho de tirar Cas daqui. Olho em volta freneticamente. Há uma lacuna na parte de trás do tablado, entre a plataforma e a parede. É grande o suficiente para Cas passar — e Godart o está empurrando contra a parede agora mesmo.

Chamo a atenção da criada.

— Diga a Cas para se esconder atrás do tablado e fugir. Diga que ele deve deixar Beau Palais. Sabine está vindo para cá. Ela o ajudará a encontrar segurança.

A criada estreita os olhos *chazoure*, determinada. Ela corre até Cas e sussurra o que eu disse a ela.

— Quem é você? — sibila ele, incapaz de vê-la. Ele se esquiva de outro ataque de Godart, que também está lutando contra dois guardas Libertados. — Como conhece Sabine?

Chego mais perto.

— Diga a ele que Ailesse enviou você.

Ela repete minhas palavras. Cas franze a testa. Ele não sabe o que aconteceu comigo, mas sabe que posso ver os mortos.

O capitão de Cas, Briand, se junta à luta contra Godart. A criada surge para ajudá-los, atacando com os punhos.

Cas desliza pela abertura atrás do tablado oco. Alguns segundos depois, ele sai novamente pela frente, através da cortina de veludo. Por pouco não é descoberto por minha mãe, que sobe no tablado logo antes de ele sair. Ela avança na loucura, jogando pessoas e almas para o lado com a mesma habilidade de quando fazia a travessia. Ela chega a Godart e exige:

— Para onde ele foi? Você o deixou escapar?

Godart derruba a espada de Briand e puxa o braço do capitão. Seus ossos quebram, e ele uiva de dor. Godart o joga para o lado e examina o tablado.

— Ele estava aqui há um segundo!

O alívio percorre meu corpo enquanto observo Cas sair furtivamente do grande salão. Corro atrás dele, querendo estar lá quando ele encontrar Sabine. Mas quando chego ao pátio, o ferreiro aparece na minha frente. Congelo. Ele está com sua marreta levantada.

— Eu avisei — rosna ele, sua boca formando uma linha severa e implacável.

— Sim, mas...

Ele agarra meu punho esquerdo antes que eu possa terminar de falar. Então, com a mesma rapidez, ele o solta e se afasta.

Eu olho para ele e pego meu punho para esfregá-lo. Mas em vez de pele quente, sinto metal frio.

Olho para baixo e fico rígida. Há uma algema ali — um elo redondo e perfeito. O ferreiro me deu uma corrente.

27
Sabine

As grandes paredes de calcário do Beau Palais aparecem à medida que me aproximo de Dovré. Sigo pela estrada que passa por Castelpont, que não é uma das principais vias de acesso à cidade. Esse caminho é mais rápido e menos percorrido. Assim que subo o alto arco da ponte antiga, vejo alguém correndo em minha direção, vindo do caminho que contorna a muralha da cidade. *Casimir?*

Paro com tudo. Achei que teria de invadir Beau Palais, não importa quem me visse, e forçá-lo a sair. Esperava ter de lutar contra vários guardas também. Mas Cas está sozinho.

Ele me avista a quarenta metros de distância. Com minha visão aguçada, vislumbro suas sobrancelhas se erguerem, mas linhas profundas marcam sua testa. Ele olha por cima do ombro e faz um sinal para que eu me afaste, enquanto corre em minha direção. Alguém o está perseguindo?

Não fujo. Lutarei para que Cas possa fugir para um lugar seguro. Foi por isso que vim, para o proteger e para proteger Ailesse.

— Saia da ponte, Sabine! — grita ele, se aproximando. Ele está segurando um pacote de pano nos braços. — Soldados estão procurando por mim. Precisamos nos esconder na floresta.

— Soldados? — Fico olhando para ele. — Mas...

— Fui usurpado.

Meu estômago embrulha.

— Rei Godart?

— Como você...? Deixa para lá. Rápido!

Ele me alcança, e corremos juntos para fora da ponte e em direção às árvores. Capto o som de botas pisando e gritos distantes. Temos uma vantagem inicial, mas Cas não tem a minha velocidade agraciada. Além disso, o solo está lamacento devido às chuvas recentes. Não será difícil para os soldados seguirem nosso rastro. Precisamos chegar ao rio Mirvois, onde poderemos viajar pelas águas sem deixar rastros.

— Por aqui! — Assumo a liderança, correndo em direção ao oeste através da floresta. Cas me segue sem dizer uma palavra. Tento não questionar sua disposição. Quando nos tornamos aliados?

Cerca de um quilômetro e meio depois, o barulho do rio chega aos meus ouvidos. Ajusto nossa direção para pegar um atalho. Ainda posso ouvir os soldados quatrocentos metros atrás de nós.

Uma ravina aparece. Posso saltar os três metros e meio, mas Cas terá de atravessá-la passando por uma árvore caída, que une os dois lados. Aponto para ele, que concorda com a cabeça, preparado.

Pensando bem, decido cruzar com ele. Se ele escorregar, posso levantá-lo antes que caia seis metros. Continuamos a correr. Estamos a um metro da árvore caída quando a borda do barranco lamacento se rompe. Eu despenco com um grito. Cas agarra minha mão, mas eu apenas o arrasto comigo.

Nós nos agarramos um ao outro enquanto deslizamos pela lama e pela terra. Segundos depois, caímos no riacho raso, de costas.

Nenhum de nós se move por um momento. Estamos deitados lado a lado em um leito de lama. Nós nos viramos lentamente um para o outro, ofegantes. Seus olhos de pedra parecem mais azuis com toda a lama endurecida em seu rosto. O pensamento surge em minha mente, de que se eu estivesse com Ailesse, cairíamos na gargalhada, e então minha própria risada borbulha pela minha garganta. Tento reprimi-la — isso não deveria ser engraçado, especialmente depois de todas as coisas terríveis que aconteceram nas últimas vinte e quatro horas —, mas resistir só me faz bufar. Tenho um ataque de risos.

Cas não acha graça. Não no começo, de qualquer maneira. Mas perde a compostura quando eu aponto para ele e digo:

— Você deveria se ver.

Ele balança a cabeça e começa a rir.

— Você é perturbada, sabia? — Assinto e rio mais ainda. Um sorriso se abre em seu rosto e faz seus dentes brilharem. — Acho que nós dois somos perturbados.

Solto uma respiração pesada, que fica entre um gemido e um suspiro.

— Bem, ser usurpado pode perturbar uma pessoa.

Ele ecoa meu gemido.

— Verdade. E qual é a sua desculpa?

— Falta de sono — respondo banalmente, depois desvio o olhar para o céu azul sombrio. As tempestades já passaram, mas a cor escura das nuvens promete que elas voltarão. — Tem mais coisa que sono — confesso, minha voz mais sóbria agora. — Também fui usurpada. — Mordo o lábio. — Foi pior do que eu esperava. Suponho que não estava pronta para outro golpe logo depois de perder minha irmã.

Quando encontro os olhos de Cas novamente, seu sorriso não está mais lá. Ele franze a testa enquanto me estuda.

— Você perdeu Ailesse? Como assim?

Não sei por onde começar. Quanto ele sabe sobre as Leurress?

— Você se lembra de como minha mãe pulou através daquela poeira preta e rodopiante no final da ponte da caverna? — Ele assente. — Esses eram os Portões do Submundo, e Ailesse... — Engulo em seco. — Ela está lá agora. Minha mãe a enganou para que trocassem de lugar.

Cas se senta, agitado.

— Mas ela pode voltar, certo? Sua mãe voltou.

— Espero que sim. — Eu me sento também. — Mas não tenho muita certeza de como minha mãe conseguiu. — De qualquer forma, não tenho intenção de sacrificar almas, se esse foi o método de Odiva.

Ele fica pensativo, olhando ao nosso redor para o riacho cintilante e para as libélulas saltando na superfície da água.

— Encontraremos um jeito, Sabine. Ailesse está mais perto do que imaginamos. — Ele olha para mim e fecha um olho contra o brilho do sol. — Ela me ajudou a escapar de Beau Palais.

Franzo a testa.

— O quê?

— Ela me disse como sair, e que eu deveria procurar você depois.

Meu pulso acelera.

— Não entendo. Você ouviu a voz dela?

— Não, era a voz de outra garota, mas ela disse que Ailesse a enviou.

Estou prestes a responder, quando as botas dos soldados batem acima, chapinhando na lama. Coloco um dedo nos lábios e aponto para o topo da ravina. Cas rapidamente se levanta e oferece a mão. Não preciso da força dele para me ajudar, mas agarro seus dedos mesmo assim. Eles estão quentes, e o aperto de sua mão é confiante. Meu estômago se agita. *É esperança*, digo a mim mesma. Se Ailesse encontrou uma maneira de se comunicar com ele, então há motivos para acreditar que ela realmente está por perto e ainda pode ser recuperada. *Vou trazer Ailesse de volta.*

Cas e eu nos encostamos na parede lamacenta do barranco. Não há tempo para correr sem ser visto. Um momento depois, ouço um soldado dizer:

— Entraram no riacho para esconder seus rastros.

— Estão se movendo em direção ao rio — responde outro.

Eles partem nessa direção, seus passos diminuindo à medida que, lá de cima, seguem o caminho do riacho. Esperamos até que eles tenham ido embora para então sairmos de onde estávamos. Seguro minha coroa de chifres no lugar para que a parede lamacenta não a sugue da minha cabeça. Eu me sinto ridícula. Realmente preciso reorganizar logo meus ossos da graça em um colar.

Cas atravessa o riacho e pega o pacote de pano que trouxe. Deve ter derrubado quando caímos.

— O que é isso? — pergunto.

— A coroa do meu pai. — Ele a desembrulha, vai até onde corre o riacho com água limpa e se ajoelha, lavando um pouco da lama no ouro. — O que ele pensaria de mim se pudesse me ver agora?

— suspira Cas. — Eu não consegui governar o reino dele nem por um dia.

Eu me aproximo e me sento ao lado dele no riacho. Começo a enxaguar a barra do meu vestido.

— Se isso faz você se sentir melhor, nenhum rei teria sido capaz de evitar o que aconteceu hoje, não importa quanto tempo ele tivesse governado. — Esfrego uma mancha desbotada, o sangue do veado-vermelho. — Suponho que minha mãe estava com Godart?

Cas assente.

— Ela tem cinco ossos da graça. — Faço uma pausa. — Os ossos da graça são o que dá a uma Leurress...

— Eu sei o que são ossos da graça. — Ele mergulha sua coroa na água. — Ailesse explicou um pouco, e aprendi muito mais depois que ela e seus amigos me fizeram prisioneiro.

Dou a ele um sorriso dolorido. Eles não facilitaram a vida dele, e entre ameaçar matá-lo na ponte da caverna e soltar víboras-dos-prados em Beau Palais, eu também não o fiz.

— O que não entendo é como Godart pode ser tão poderoso quanto sua mãe — diz.

Penso a respeito.

— Ela deve estar compartilhando suas graças com ele. Não tenho certeza de como isso é feito, mas de alguma forma também compartilhei as minhas com Bastien na ponte da caverna.

Cas ergue as sobrancelhas lentamente.

— Hum. — É uma reação sutil, considerando quão bizarros todos os mistérios da minha vida devem ser para ele. — Bem, talvez você possa descobrir como fazer isso de novo.

— Talvez — respondo, embora duvide muito. Provavelmente, foi a magia sombria da minha mãe que penetrou em nós através da corrente de nossas mãos unidas.

Cas volta a limpar a coroa de seu pai. Eu o observo em silêncio por um momento, fascinada pela forma como a luz do sol brilha em seus cílios.

— Você acha que...? — Torço meu vestido na água, sem saber por que meu coração está batendo mais rápido. — Acha que você e eu podemos começar de novo?

Ele para de esfregar e levanta os olhos para mim. Mesmo com lama espalhada pelos cachos louro-avermelhados soltos, pelo rosto e pelo pescoço, ele é tão bonito quanto era quando o conheci em Castelpont, quando me perguntei se ele poderia ser meu *amouré* em vez do de Ailesse.

O calor inunda meu rosto, e meus nervos explodem, como fazem quando estou em perigo. *É perigo isso que estou sentindo?* Eu odiei Cas por sequestrar Ailesse. Não me importei que ele pensasse que a estava salvando. Mas agora... bem, eu não o odeio mais.

— Temos mais em comum do que você pensa — continuo, nervosa por ele não ter dito nada. — Você nasceu para governar Galle do Sul, embora ela tenha pertencido primeiro ao rei Godart. E eu estou destinada a governar minha *famille*, embora Ailesse tenha sido a primeira herdeira. — Assim que as palavras saem da minha boca, eu me contenho. Realmente acredito que estou destinada a ser *matrone*? — Nós também estamos determinados a derrubar minha mãe e meu pai.

Cas pisca, e então seus olhos se arregalam.

— Espere, o rei Godart é seu *pai*?

Dou de ombros.

— Só descobri ontem. Minha mãe meio que o ressuscitou.

Ele balança a cabeça lentamente e dá uma risada divertida.

— É estranho que eu ache isso reconfortante? Faz muito mais sentido do que a história que ele me contou. Godart alegou que meu pai falsificou a morte dele para tomar seu trono.

— Ah, Cas... — A vergonha cresce dentro de mim, mesmo que eu não tenha culpa de quem é meu pai. — Sinto muito.

— Você percebe o que isso significa, não é? — Ele arqueia uma sobrancelha. — Você e eu somos rivais.

Franzo a testa.

— Por quê?

— Você deveria governar mais do que sua *famille*, Sabine. Por todos os direitos, você também é herdeira de Galle do Sul.

Bufo e reviro os olhos.

— Acho que teremos que duelar agora — acrescenta ele.

Sorrio, sarcástica.

— Você sabe que eu mataria você, não sabe?

— Sei. — Ele ri.

Sorrimos um para o outro por um longo momento. O calor penetra em meu peito e se instala ali, apesar de eu estar consciente de minha aparência encharcada de lama.

Cas lava sua mão na água e depois a oferece para mim. Acho que as minhas mãos nunca mais ficarão limpas, mas retribuo o gesto mesmo assim. Apertamos as mãos, e a covinha em sua bochecha direita aparece.

— Este é nosso recomeço, Sabine.

— Então somos amigos agora? — Sorrio.

Seu polegar roça as costas da minha mão, e eu me vejo prendendo a respiração.

— Sim, nós somos.

28
Ailesse

Fico na margem do riacho, observando Sabine e Cas lavarem a lama das roupas. Sabine já lavou o rosto. Suas bochechas estão bastante coradas por causa da água fria — e talvez pela maneira como Cas continua olhando e sorrindo suavemente para ela. Não me importo que ele esteja, percebo.

O distanciamento que tenho experimentado da vida que levei já está lançando mais compreensão sobre isso. Quando olho para Cas, não fico em conflito com o que deveria ou não sentir por ele. Eu o vejo de forma mais objetiva agora, não como meu *amouré*, mas como um rapaz doce e sábio que parece ter um interesse hesitante por minha irmã.

Um sorriso melancólico aparece nos cantos da minha boca. O que eu não daria para esquecer todos os meus problemas e passar um momento a sós com Sabine. Eu a provocaria dizendo que ela está começando a gostar de Cas. Ela negaria até que eu a provocasse mais e a fizesse confessar. Seria como nos velhos tempos, quando nos escondíamos fora da estrada e observávamos os viajantes indo e vindo da cidade, sufocando nossas risadas enquanto imaginávamos como seriam suas vidas... imaginando como seriam *nossas* vidas se fôssemos tão magicamente comuns.

O devaneio desaparece quando olho para a algema no meu punho esquerdo. Puxo, tentando tirá-la pela minha mão, mas ela é larga, bem ajustada e dura como ferro. Sua cor não é *chazoure*, como as correntes das almas que transportei; em vez disso, é a cor nova e estranha com a qual o resto de mim brilha. Achei que os chacais viriam atrás de mim depois que o ferreiro me marcasse, mas não ouvi nem mesmo um uivo distante. Ainda assim, um elo de corrente não pode ser uma coisa boa.

Meu sexto sentido arrepia meu braço direito, e me viro nessa direção. O ferreiro reapareceu, e está com uma linda mulher que parece tão atemporal quanto ele, nem jovem nem velha. Estão a vários metros de distância e na mesma margem rio abaixo. Se o ferreiro estivesse sozinho, eu ficaria mais nervosa, mas a presença da mulher é calmante e, de certa forma, familiar. Seu cabelo longo e ondulado está preso em uma trança frouxa sobre o ombro. É da mesma cor que eu, e ela tem essa mesma cor nos olhos, na pele e em todo o resto de si.

O ferreiro e a mulher ficam próximos um do outro, mas sem se tocarem. Ele sussurra algo para ela, e ela se inclina para mais perto dele. Ele se afasta um pouco quando uma mecha de cabelo dela escorrega da trança e cai em direção ao rosto dele. Eles devem estar falando de mim, porque ambos encontram meus olhos ao mesmo tempo, mesmo que eu não tenha me movido ou feito qualquer som.

A mulher acena para o ferreiro, e ouço suas palavras quando ela murmura:

— Cuidarei disso. — Eles compartilham um olhar de despedida que perdura, carregado de um desejo que parece antigo e quase tangível. O ferreiro me lança um olhar severo e se afasta, enquanto a mulher caminha em minha direção. Eu me aproximo dela também. Ela tem respostas sobre este lugar; posso sentir a sabedoria por trás de seus lindos olhos.

A margem é estreita onde nos encontramos, por isso ficamos no riacho. A água corre sobre meus sapatos e seus pés descalços, mas não se espalha ao nosso redor como faria com uma pedra. Não temos nenhum efeito sobre a corrente. A mulher olha para mim. Ela não sorri, mas sua expressão também não julga. Mechas macias de cabelo flutuam ao redor de seu rosto na brisa ilusória que também agita meu cabelo e vestido, e sua postura é ao mesmo tempo elegante e relaxada.

— Forgeron me disse que tínhamos outra Leurress entre nós — diz ela.

— Outra? — Franzo a testa. — Ah... você deve ter conhecido minha mãe quando ela estava aqui.

Ela assente, procurando meus olhos.

— Não sou igual minha mãe — acrescento, mexendo os dedos atrás de mim.

— Talvez não em tudo. — Ela inclina a cabeça. — Sua mãe foi, pelo menos, esperta o suficiente para não ganhar uma dessas. — Ela aponta para a algema em volta do meu punho, e eu a cubro com a mão. Um pequeno sorriso surge em sua boca e curva as bordas de seu lábio superior carnudo. — Eu tenho duas — confessa ela, e levanta os braços. As mangas compridas do vestido caem para trás e revelam uma algema em cada punho. As dela são do mesmo tamanho e cor que as minhas, mas também estão lindamente gravadas com flores e arabescos. — Parecem parte de mim agora. Estão aqui há séculos.

Séculos? Meu peito aperta.

Seu sorriso se aprofunda.

— Meu nome é Estelle, e também sou uma Leurress, a primeira de nossa espécie.

Sinto meus olhos se arregalarem.

— Você quer dizer que a primeira Leurress *que já existiu*, a Leurress nascida em um raio de luar prateado entre os Céus Noturnos e o Submundo, era você?

— Na verdade, caí *dos* Céus Noturnos *no* raio de luar prateado. — Seus ombros tremem com uma risada silenciosa. — Mas, sim, era eu.

Olho abertamente para ela.

— Como você...? Por que...? Este não é lugar para... — Tento me recompor. — Você deveria estar no Paraíso, não aqui. — Eu me remexo. — Onde é aqui?

Estelle serpenteia rio abaixo.

— Caminhe comigo, Ailesse.

Ela sabe meu nome? Olho para trás, para Sabine e Cas. Estão conversando profundamente e, mais importante, seguros por enquanto. Inspiro uma respiração de que não preciso e sigo Estelle.

Assim que a alcanço, a paisagem muda. Não estamos mais na ravina, mas caminhando ao longo da costa do mar Nivous. Altos penhascos de calcário se erguem atrás de nós, e a água bate na areia brilhante.

— Você conhece este lugar? — pergunta Estelle.

Olho mais atenta ao meu redor. As falésias nos cercam por todos os lados, menos por um. Além das ondas distantes, avisto estacas e rochas irregulares. Tudo ainda tem aquela aparência nebulosa e borrada com a qual estou me acostumando, mas, fora isso, onde estou é o mesmo lugar de que me lembro.

— Esta é a enseada onde a ponte de terra surge na maré baixa — respondo. Nunca a vi à luz do dia. Ainda é linda, mas muito menos mística do que era quando estive nos penhascos daqui, na noite de lua nova.

— Você está certa — diz Estelle. — Estamos no Miroir, o limiar do Submundo, e tudo o que nos rodeia é igual ao mundo mortal, só que não fazemos parte dele.

Tento absorver isso.

— É por isso que estou dessa cor? — Eu toco meu rosto.

Ela assente.

— *Orvande* é a cor daqueles que estão presos aqui, mesmo não tendo correntes. Ou, no nosso caso, aqueles que não experimentaram a morte.

Ergo as sobrancelhas.

— Você também não morreu?

Ela balança a cabeça em negativa, chutando suavemente a areia com o dedão do pé, embora os grãos não se movam.

— Vim para cá quando Forgeron veio.

— O ferreiro? Esse é o nome dele?

— É o título dele. Temo que ele tenha esquecido o próprio nome. Ele proíbe qualquer um de usá-lo.

— Por quê? — Não consigo evitar que minhas perguntas saiam.

— Os nomes são a canção da alma. Eles sustentam a Luz de Elara e nos ajudam a canalizá-la. — Estelle inclina a cabeça para trás, como se quisesse aproveitar a luz do sol, mas o sol está atrás de uma nuvem no momento. A lua minguante, que não está mais tão cheia, é uma imagem desbotada no céu, e, quando me concentro, também sinto sua energia silenciosa sendo sugada para dentro de mim. — A Luz é escassa e preciosa no Miroir — diz Estelle —, por isso tomamos muito cuidado com ela. Se a usarmos para ajudar uma pessoa viva, somos punidas.

Observo a algema *orvande* no meu punho novamente.

— Mas eu não usei Luz para salvar Casimir. Eu nem sei como usar a Luz. É apenas uma parte de mim.

— Você usou Luz no mês passado, na ponte da caverna — rebate Estelle, e penso na primeira vez que descobri aquele lugar. — Seus ossos da graça tinham sido tirados, mas você ainda encontrou forças para lutar contra sua mãe. Eu estava lá — acrescenta ela, notando o olhar surpreso que lhe dou. — Assisto todas as noites de travessia da *famille* fundadora. Vocês são minhas descendentes.

Cada vez mais impressionada com tudo o que ela me diz, não sei como responder. Eu a sigo quando ela entra no mar até as coxas e passa os dedos pela água, que não se mexe com seu toque. Seu vestido também não balança com a corrente, mas ela sorri mesmo assim, como se imaginar lhe desse satisfação suficiente.

Finalmente sei o que dizer.

— Se usei Luz para lutar contra minha mãe, fiz isso por acidente, assim como fiz com Casimir hoje. Eu não deveria ter sido punida. — Faço o meu melhor para não parecer petulante. Só não quero que Estelle fique decepcionada comigo. Ela é a primeira Leurress, a mãe de todas nós.

— As leis são rígidas no Miroir — diz ela. — Lembre-se: aqui faz parte do Submundo. Fui punida por muito menos do que você, Ailesse. Qualquer interferência no mundo mortal é proibida, quer você use Luz ou não. Como você ainda encontrou uma maneira de ajudar Casimir, Forgeron foi obrigado a lhe dar seu primeiro elo de corrente.

Imagino o ferreiro taciturno com quem sempre me cruzo.

— Você faz parecer que ele não teve escolha.

Ela dá de ombro.

— Ele acredita que não, e talvez isso seja verdade. O dever dele é também sua maldição, entende? Ele é o homem que acorrenta todos os pecadores. Tem sido assim há incontáveis eras, desde que a mãe e o pai dele o baniram para cá por me amar.

Paro, instintivamente me preparando contra uma onda grande, mas é óbvio que ela apenas me atravessa, sem me empurrar ou mesmo molhar meu cabelo.

— Forgeron é seu *amouré*?

Estelle suspira, como se essa palavra fosse perturbadora, e faz que não.

— *Amourés* não existiam no meu tempo. Os quatro deuses resolveram introduzir a tradição depois do que aconteceu comigo e com Forgeron. Fomos os primeiros amantes infelizes. Ele era filho de Belin e Gaëlle, e eu era filha de Tyrus e Elara.

— Era?

Estelle se aproxima.

— Suponho que eles ainda sejam nossos pais. — Vou acompanhando seus passos enquanto ela volta para a costa. — Faz muito tempo que não os vejo, por isso é difícil pensar neles como família.

Lembro-me do que sei sobre os quatro deuses. No início dos tempos, Tyrus e Elara se casaram em segredo contra a vontade do deus supremo, Belin, e como punição ele separou seus reinos. Ele lançou o Paraíso no céu noturno, e Gaëlle abriu sua terra para engolir o Inferno.

— Então, como Belin ainda estava zangado com seus pais, ele condenou o próprio filho a viver aqui para sempre e a ser o homem que forja correntes... tudo porque Forgeron amava você?

— A ira de um deus não é pouca coisa.

— Bem, não é justo.

Uma risada suave escapa dela.

— Parei de me preocupar com o que é justo e o que não é.

Fico maravilhada com a serenidade em seu lindo rosto.

— Foi assim que você encontrou contentamento aqui? Por pelo menos poder estar com Forgeron?

— É mesmo contentamento? — Ela franze os lábios. — Não tenho certeza. Eu *imagino* a alegria neste lugar com o único homem que já amei. É isso o que me sustenta.

A compaixão agita em meu peito, do tipo que apertaria meu coração, se meu coração pudesse sofrer aqui.

— Lamento que tudo o que você possa fazer seja imaginar. — Estou no Miroir há pouquíssimo tempo, e a impossibilidade de falar com Sabine e Bastien já é insuportável. — Não sei como outras almas toleram isso.

— Não é para elas tolerarem. Tyrus projetou este limiar para ser o primeiro estágio do sofrimento eterno. O Miroir é uma zombaria da vida, sabe, um lugar onde você pode olhar para o mundo que deixou para trás, mas não pode agir de acordo com ele, como os abençoados podem fazer no Paraíso.

Uma dúzia de perguntas me vêm à mente, mas antes que eu possa fazer alguma, Estelle muda de direção na areia. Assim que me viro com ela, nosso ambiente muda. Agora estamos na frágil ponte de madeira na floresta, com vista para o rio onde vi a coruja-das-torres.

— Foi aqui que Bastien perguntou o que você escolheria para sua vida se não tivesse nascido para ser a *matrone* da sua *famille*. — Ela se inclina sobre a grade para olhar a água brilhante.

Olho para o buraco na ponte por onde caí, e a lembrança do frescor do rio volta para mim, embora não consiga captar a sensação novamente.

— Eu me lembro — murmuro, e fecho os olhos, tentando recapturar a sensação de beijar Bastien uma última vez antes de lhe dizer que deveríamos ser apenas amigos. Estava com medo de me afastar dele daquele jeito, mas me sentia mais desesperada para me libertar... de *algo* na minha vida. E eu não sabia como me libertar de quem nasci para ser.

— Sua bisavó Abella estava com você.

Abro os olhos.

— Não entendi.

— Aqui na ponte — explica Estelle. — Ela também foi *matrone*, então entendia seu fardo. Eu a observei acariciar seu cabelo e dizer que tudo ficaria bem se você sonhasse com uma vida maior do que as limitações de seu direito de nascença. "Sabine seria uma governante digna", Abella sussurrou, "se você escolhesse outro caminho".

— Nunca ouvi a voz dela — digo baixinho, lutando contra uma pontada de mágoa. Por que todo mundo está me dizendo que não preciso ser *matrone*? Não fiz o suficiente na minha vida para provar meu valor?

— Não, mas você sentiu a verdade dela tocar seu coração. As almas no Paraíso têm esse privilégio. Podem se comunicar com seus entes queridos no mundo mortal, enquanto as almas no Submundo não têm permissão para fazê-lo. O Miroir é o único lugar onde podemos ver os vivos, mas a nossa interferência é proibida, especialmente em questões de *salvar* vidas. — Os olhos *orvande* de Estelle ficam sombrios e sérios. — É isso o que Forgeron deseja que eu deixe explícito para você, Ailesse; é por isso que ganhou seu primeiro elo de corrente. Se ganhar três, será considerada uma Acorrentada por completo, e ele será forçado a chamar os chacais contra você. Eles vão arrastá-la para os verdadeiros terrores do Submundo.

Estremeço o corpo quando as implicações irreversíveis se abatem sobre mim. Eu não teria esperança de voltar pelos Portões se isso acontecesse.

Nunca mais estaria com Sabine ou Bastien ou qualquer pessoa da minha *famille* de novo.

— Entendo.

— Espero que sim. Os chacais acabam vindo atrás de cada Acorrentado depois de eles serem transportados para cá. Forgeron só chama os chacais quando uma alma os evita pela primeira vez. As feras são muito mais ferozes quando ele precisa bater com o martelo. Não desejo que sofra esse horror.

— Vou tomar cuidado.

— Será difícil — avisa Estelle. — Você terá que cultivar a restrição que poderia ter desenvolvido se tivesse completado seu rito de passagem.

Reprimo uma pontada de defesa.

— Posso aprender autocontrole sem assassinar alguém.

Ela sorri suavemente, ao mesmo tempo divertida e triste.

— Eu gostaria que mais descendentes minhas tivessem sido como você. — Ela sai da ponte, e seus dedos envolvem uma de suas algemas. Ela já tem duas, e me disse que as usa há séculos. Mais um deslize a teria enviado para o Submundo mais profundo. Ainda pode acontecer.

— Como *você* aprendeu a se controlar? — pergunto, indo atrás dela como um patinho novamente. Se *amourés* não existiam em sua época, então os ritos de passagem também não.

— Devagar — diz Estelle, sem olhar para trás. — Dolorosamente. — Ela tira do rosto uma mecha solta de cabelo. — Não são os vivos que me tentam no Miroir. É Forgeron. — Seus ombros se alargam quando ela inspira com força, mesmo que não seja capaz de sentir como seus pulmões se esticam ao máximo. — Duas vezes não conseguimos resistir um ao outro aqui, e duas vezes nossa fraqueza me acorrentou. — Ela solta a respiração, e seus ombros murcham. — Quando nos tocamos, ele cria correntes ao meu redor. Não tem jeito. É a maldição dele.

Fico olhando para ela, sem palavras diante da injustiça de sua existência.

Ela olha para mim novamente, e, se havia alguma tristeza em seu rosto, desapareceu agora, substituída por seu sorriso sereno.

— Não tenha pena de mim, filha das minhas filhas. Prefiro estar perto do meu amor, incapaz de abraçá-lo, a estar longe dele no Paraíso. Foi minha escolha vir para cá, e não me arrependo.

Meus pensamentos se voltam para Bastien e como ele dançou comigo sob as ruínas de uma cúpula de vidro em Dovré quando a lua estava cheia. Eu soube ali que o amava.

— Eu escolheria o mesmo — digo, e então me contenho. Será que eu realmente faria isso, ou deixaria Bastien e escolheria ser *matrone* da minha *famille*?

O sorriso de Estelle se aprofunda e, apesar de me sentir em conflito, a Luz de Elara enche meu peito de calor. Absorvo tudo, lembrando que a Luz é escassa no Miroir.

— Adeus, por enquanto — diz ela.

Paro na margem do rio por onde começamos a caminhar.

— Aonde está indo?

Ela se dirige para um matagal de árvores.

— O Miroir está transbordando de almas Libertadas, roubadas injustamente do Paraíso. Devo alertar a quem puder sobre os perigos daqui, para que também não fiquem presos em correntes.

Baixo os olhos, furiosa com minha mãe pelo que ela fez para os trazer aqui. Simplesmente não consigo entender por que ela fez isso. *Eu* era o sacrifício necessário para Tyrus ressuscitar Godart, não os Libertados. Por que ela pegou mais deles, quando já me tinha em suas mãos na Ponte das Almas? Se ela ainda está servindo a Tyrus, trabalhando para ajudá-lo a unir reinos com Elara, isso também deve beneficiá-la de alguma forma.

— Por favor, me diga que eles ainda podem ser salvos. Não apenas das correntes, mas daqui.

Estelle olha para mim uma última vez antes de entrar no matagal.

— Talvez... se *você* aprender como salvar e também como ser salva deste lugar.

Eu não tenho certeza se entendi.

— Você vai me ensinar?

— Não posso dizer mais do que já disse. Você não está morta, apenas presa. Eu ganharia minha terceira corrente.

Perco a esperança.

— Não se desespere, Ailesse. Você é mais que filha de sua mãe; você é também minha filha. Eu acredito em você.

Ela me oferece um último sorriso apaziguador, então se vira e desaparece.

29
Bastien

— Jules, Marcel — chamo, descendo o andaime. — Vocês nunca vão adivinhar o que aconteceu. Toda Dovré está falando sobre isso. O rei Godart usurpou Casimir. — Pulo da escada e entro no meu esconderijo na pedreira. Encontro o rei usurpado olhando para mim, junto com Sabine, Jules e Marcel. Estão todos sentados confortavelmente em vários lugares do chão, como bons amigos em um piquenique.

Cas faz um aceno, uma tentativa estranha de ofertar paz.

— Pensei em me esconder aqui até poder recuperar meu título... se estiver tudo bem.

Sabine me lança um olhar aguçado.

— Cas voltou como nosso amigo e aliado. — Ela está sentada ao lado dele no colchão de palha, ao lado da bola e corrente que *não* está presa em seu tornozelo. — Ele não será mais seu prisioneiro — acrescenta. — Precisamos da ajuda dele, e ele precisa da nossa se quiser o trono de volta.

— E se quiser continuar vivo — interrompe Marcel, a alguns metros de distância, com uma pilha de livros abertos diante de si. — Um trono não vale muito se você vai morrer em dez meses por causa de um vínculo de alma, esteja sua alma gêmea presa ou não no Submundo.

Eu mudo de um pé para o outro, tentando processar todos esses novos acontecimentos.

— Então, estamos de volta à tentativa de quebrar o vínculo da alma? — Evito contato visual com Cas. Vou demorar um pouco para engolir a ideia de ele morar aqui novamente. Meu dorso ainda está doendo de quando ele me bateu com minha estátua de golfinho.

— Sim — responde Jules com um suspiro cansado, tossindo uma vez em um lenço. — E estamos nos deparando com becos sem saída, como sempre.

— Você está se esquecendo dos livros de Cas — diz Marcel.

Os livros de Cas? Do que estão falando?

— Eu não me esqueci deles. — Jules revira os olhos. — Apenas não sabemos ainda se eles serão úteis.

— Quando foi que os livros falharam conosco?

— Quando fui possuída por um Acorrentado, quando Bastien foi esfaqueado, quando Ailesse foi enganada pela mãe... — Ela lista os motivos nos dedos.

— Bem, além de toda essa coisa de vida ou morte.

Jules joga as mãos para o alto.

— Por que você acha que precisamos desses livros, Marcel?

— Você trouxe livros com você? — falo por cima deles e me viro para Cas, finalmente lançando um olhar duro para ele. Dou alguns passos para dentro da sala. — Como você conseguiu isso? O boato nas ruas é que uma briga estourou no castelo e você escapou com vida por pouco.

— O que você ouviu era verdade — diz ele. — Godart e Odiva mataram muitos dos meus guardas quando invadiram o castelo. Eles teriam me matado também, se... — Cas coça a nuca. — Bem, acho que Sabine pode explicar melhor.

Ela dá a ele um sorriso pequeno, mas amigável. Desde quando eles estão assim, acostumados um com o outro?

— Uma alma Libertada disse a Cas como escapar — responde ela —, e essa alma disse que estava transmitindo uma mensagem de Ailesse.

Meu peito aperta.

— O quê?

Sabine acena com a cabeça, os olhos brilhando.

— Ela está perto, Bastien. Nós realmente *vamos* salvá-la. E temos um plano sólido. Os livros de Cas são apenas uma parte disso.

Minha mão desliza para meu bolso, para o pedaço da camisola de Ailesse. Começo a andar pela sala.

— Me contem tudo. O que há nesses livros?

— Histórias de Belin e Gaëlle — responde Marcel. — Escrituras, poemas, alguns contos populares. — Ele se recosta na parede lateral e cruza um tornozelo sobre o outro, com um largo sorriso no rosto. — Cas ressaltou que só estivemos estudando sobre as Leurress, Tyrus e Elara. Talvez esteja faltando parte do quebra-cabeça e os outros deuses também estejam envolvidos.

— Belin e Gaëlle separaram os reinos de Tyrus e Elara em primeiro lugar — explica Sabine. — Talvez aprender mais sobre como eles fizeram isso seja a chave para quebrar o vínculo da alma.

— Mas primeiro temos que voltar para dentro de Beau Palais — diz Cas. — Ainda não tenho os livros comigo. Eles estão em uma biblioteca particular perto dos aposentos reais.

Ando na outra direção.

— E quanto a confrontar Odiva? — Dirijo minha pergunta a Sabine. — Faz parte do seu plano sólido, certo? — Salvar Ailesse deve incluir ameaçar a própria mãe para que ela reverta o que fez.

— Consegui! — chama Birdine, sua voz abafada vindo de cima até nós. Viro-me enquanto ela desce a escada do andaime e entra na câmara. Seus olhos estão vermelhos, como se tivesse chorado. Ela tira o lenço enrolado nos ombros e enfia a mão sob o decote do vestido. Tira dois frascos de vidro do meio dos seios, embora tenha uma bolsa, e os passa para mim.

Minhas orelhas ficam vermelhas e quentes. *Por que tenho que tocá-los?* Entrego rapidamente os frascos a Marcel, e Jules reprime uma risada.

— O que são? — pergunto, e enfio as mãos nos bolsos novamente.

— Veneno e antídoto — responde Marcel, radiante. — Birdie os conseguiu na perfumaria do tio.

Levanto as sobrancelhas, impressionado. Não é nenhum segredo que os perfumistas utilizam ingredientes perigosos para fazer fragrâncias. Porém, fabricar veneno é ilegal, e os perfumistas precisam ser membros de uma guilda em Dovré que regulamenta o uso de ervas e tinturas potentes.

— Agradeça ao seu tio na próxima vez que você o vir.

Birdine começa a chorar. Lanço um olhar preocupado para Marcel. O que eu fiz?

— Ah, Birdie. — Ele se levanta. — Vem cá.

Ela corre até ele e chora em seu peito. Olho para Jules, me perguntando o que perdi, mas ela apenas dá de ombros.

Birdine finalmente se afasta e enxuga as lágrimas com o lenço.

— Meu tio foi atacado por um dos Acorrentados, tenho certeza disso. Ele pensa que está ouvindo vozes porque está com febre, mas é mais do que isso. — Ela funga. — Ele não conseguia nem se levantar da cadeira. Tive que misturar todos esses ingredientes para ele.

Sabine se levanta e corre até ela.

— Sinto muito. — Ela conhece Birdine um pouco, devido ao tempo que passamos planejando libertar Ailesse de Beau Palais. — Vou fazer a travessia de todos os Acorrentados assim que puder, eu prometo.

— Obrigada. — Birdine força um pequeno sorriso. — Só rezo para que meu tio não esteja morto até lá.

Mordo o lábio e penso no que Sabine disse. Não pergunto como ela acha que vai fazer a travessia das almas sem o apoio de sua *famille*. Não quero destruir a esperança de Birdine — ou a minha — de que Galle do Sul possa finalmente se livrar desses monstros... antes que seja tarde demais para aqueles que sofrem com a Luz roubada. Meus olhos deslizam para Jules. De repente, ela está decidida a costurar um rasgo em sua calça e agir como se não pudesse nos ouvir.

Cas limpa a garganta.

— O veneno é para Godart — diz ele, quebrando suavemente o silêncio com um tom calmo e concentrado. Sem dúvida ele aprendeu tais habilidades diplomáticas com sua educação real. Ele se levanta para se juntar a nós que estamos de pé. — Visto que Godart está de posse do crânio da salamandra de Sabine, pedimos a Birdine que preparasse a tintura mais forte possível.

— Godart precisará tomar um gole completo para fazer efeito — acrescenta Birdine —, mas uma gota é suficiente para derrubar uma pessoa normal.

Noto a maneira como os dois se esquivam de dizer "matar", uma palavra que Jules, Marcel e eu aceitamos anos atrás em nossa busca por vingança.

— O plano é colocar o veneno na bebida de Godart — continua Cas —, e então dar um ultimato a Odiva: não administraremos o antídoto a menos que ela nos diga como libertar Ailesse.

— E soltar os Libertados — estipulo, cruzando os braços. — Não podemos vencer uma guerra sem influência. Se conseguirmos recuperar os Libertados, Tyrus perceberá que somos uma ameaça para ele. Estaremos em condições de fazer mais exigências. Podemos pedir-lhe que acabe com a necessidade de sacrifício de sangue. — Faço uma pausa, me perguntando se Cas sabe que mais Libertados foram roubados. — Alguém lhe contou o que aconteceu na Ponte das Almas?

Ele assente, sombrio.

— Sabine me informou sobre a transferência de almas, se é isso o que você quer dizer.

Eu me esforço para manter a voz firme.

— Meu pai estava entre eles.

Ele franze as sobrancelhas e me estuda por um longo momento. Então engole em seco e respira fundo.

— Se eu fosse você... isto é, se meu pai ainda tivesse alma... — Cas olha para baixo para se recompor. — Eu faria qualquer coisa para vê-lo de volta ao destino que merece. — Ele encontra meu olhar novamente, e sua voz diminui de tom e fica dura como aço. — Nós o levaremos de volta para onde ele deve estar, Bastien. Dou-lhe minha palavra de que não descansarei até conseguirmos.

Sinto um nó na garganta quando olho em seus olhos determinados. Pela primeira vez, vejo-o como um rei que eu seguiria.

— E eu prometo que tiraremos Godart do trono de seu pai.

Marcel levanta um dedo e pigarreia.

— Este parece ser o momento apropriado para lhe devolver a faca de seu pai, Bastien. Encontrei no chão da pedreira, onde você disse que caiu.

Meu coração bate forte quando ele me passa a lâmina simples e pesada que mantive comigo por oito anos, a lâmina com a qual jurei cumprir minha vingança. Uma vez que está de volta em minha mão, parece uma extensão natural do meu braço. Fecho brevemente os olhos e solto um longo suspiro.

— Obrigado, Marcel.

Ele sorri.

— Se isso fosse um conto popular, um raio de luz brilharia sobre você agora mesmo, e todos nós começaríamos a cantar uma balada de herói.

Jules geme.

— Se você começar a cantar, Marcel, juro que vou cortar sua língua.

Ele levanta as mãos e recua para ficar ao lado de Birdine, que sussurra:

— Não me importaria em ouvir uma canção.

Embainho a faca e estalo os dedos, pensando no plano de envenenamento. É desesperador, na melhor das hipóteses, porém, quanto mais esperarmos para encontrar algo mais inteligente, mais forte será a posição de Odiva e Godart em Dovré. Isso colocará Cas em mais perigo, o que por sua vez ameaçará Ailesse. Meu estômago fica tenso, e flexiono os músculos da mandíbula. Farei o que for preciso para protegê-la.

— Tudo bem, então. Quem vai invadir Beau Palais comigo? — Eu não devia ter perguntado, porque Jules levanta os olhos, esperançosa. — Deveríamos ficar em grupos pequenos — acrescento, rapidamente — para manter a discrição. — Ela me encara e se recosta na parede, tossindo novamente no lenço.

— Eu concordo — responde Sabine. — Minha mãe tem a graça de uma arraia-chicote, que lhe dá um sexto sentido. Ela nos distinguirá dos criados e guardas se nos movermos em um grupo grande.

Odiva também tem um sexto sentido para rastrear suas filhas, embora eu suponha que possamos usar isso a nosso favor.

— Eu irei, é óbvio. — Cas se empertiga. — Conheço as rotas mais rápidas pelo castelo, e também alternativas, se necessário.

— E precisaremos da força das minhas graças — diz Sabine.

Olho para sua coroa de chifres, tentando adivinhar qual das pontas é aquela imbuída de poder.

— Alguma chance de você amarrar seus ossos da graça em um colar? Não tenho certeza de quão secretos podemos ser com você parecendo a rainha dos mortos.

Ela arqueia uma sobrancelha, séria, mas assente.

— Também precisaremos de disfarces.

— Certo. Os uniformes dos guardas seriam os melhores.

Cas coça o queixo.

— E onde vamos comprar os uniformes dos guardas?

Sorrio, sarcástico.

— Quem disse algo sobre comprar?

30
Sabine

Esperamos até o anoitecer para nos aproximarmos de Beau Palais. Nuvens escuras mascaram a luz da lua minguante enquanto nosso barco a remo avança pelas corredeiras do rio Mirvois. A força do meu chacal e do meu veado-vermelho me ajuda a lutar com os remos e evitar que o barco tombe.

Eu nos guio até um banco rochoso. Bastien salta em um local de águas mais calmas e nos atraca. Casimir salta em seguida e arrasta um grande feixe de corda. Entraremos em Beau Palais pela falésia da colina onde ele está situado, e depois subiremos a muralha do castelo para chegar ao quartel dos guardas. Uma empreitada arriscada, mas já usamos a entrada pelo poço seco muitas vezes. Certamente foi comprometida.

Largo os remos e saio do barco por último. Até que possamos roubar novos disfarces, estou vestida com uma calça de couro de Jules e uma das blusas largas de Birdine. São muito melhores para me movimentar do que o vestido de travessia esfarrapado que uso há semanas.

Alguns Acorrentados curiosos nos observam a distância, mas não se aventuram muito perto. Meus ossos da graça estão pendurados à vista, em um cordão logo abaixo da minha fúrcula. Uma vez que os Acorrentados cravam os olhos *chazoure* no meu pingente de lua crescente, param de avançar.

Bastien, Cas e eu caminhamos vários metros ao redor da base do penhasco, procurando um bom lugar para escalarmos. Eu vou primeiro. Minha visão de falcão noturno tornará mais fácil ver cada saliência na rocha. Bastien e Cas terão de confiar na corda que jogarei depois.

Paro assim que avisto uma rota com pontos de apoio decentes para as mãos e os pés. Cas me passa a corda enrolada, e eu a passo sobre minha cabeça e ombro. Ele esfrega meu braço e sussurra:

— Tome cuidado. — Suas pupilas estão dilatadas na escuridão, mas meus olhos aguçados ainda captam o fino anel azul ao redor delas. Isso acalma meu coração acelerado. Nenhuma de minhas graças me dá grande habilidade para escalar, como o íbex alpino de Ailesse, e não tenho mais meu crânio de salamandra-de-fogo para me dar agilidade agraciada, ou para me curar se eu cair. Terei de depender da minha força para me manter ancorada na rocha.

— Obrigada — digo, e enxugo nas mangas as mãos molhadas pelo rio.

Começo a subida.

Exceto por uma rocha saliente no meio do caminho, navegar pelo penhasco não é muito difícil. Talvez minha graça de víbora-dos-prados esteja ajudando, afinal. As cobras são conhecidas por escalarem superfícies ásperas. Mas quando olho para o imponente castelo além do penhasco, meu pulso acelera em dobro. As paredes lisas de calcário serão meu maior desafio.

Encontro uma fenda profunda no topo do penhasco e prendo o gancho que está na ponta da corda. Jogo a corda para Cas e Bastien, e ela se desenrola.

Minha audição de chacal capta algumas de suas palavras. Eles estão discutindo sobre quem terá o privilégio de subir em seguida. Reviro os olhos.

Enquanto eles debatem, eu me esgueiro pela muralha do castelo até chegar mais perto do canto norte, onde fica o quartel. Eu estudo a arquitetura. Além das ranhuras de argamassa entre os grandes tijolos de calcário, há pouco em que se segurar, exceto algumas fendas para flechas e bordas de molduras com ameias.

Bastien e Cas me alcançam após alguns minutos, depois de terminarem a primeira etapa da subida. Bastien caminha na frente de Cas, então deve ter vencido a disputa.

— Orgulhoso de si mesmo? — eu o provoco.

Ele dá de ombros com um sorriso.

— Por ora.

Cas entrega a corda a Bastien, que a passa para mim. Respiro fundo. *Aqui vamos nós outra vez.*

Estou a apenas quatro metros de altura quando meus músculos começam a tremer. Canalizo toda a força agraciada em meus membros, dedos dos pés e pontas dos dedos. Subo lentamente em direção à janela em arco no segundo andar, agradecendo por cada tijolo um tanto saliente e bordas estreitas, qualquer coisa em que possa apoiar meu peso para aliviar a tensão extenuante em meus músculos. Felizmente, minhas calças de couro proporcionam um pouco de tração. Já lamento o fato de ter de devolvê-las a Jules.

Pego uma borda da moldura com as duas mãos e começo a deslizar as pernas para cima. A moldura sob minha mão direita se rompe. Eu grito e me abaixo, mal me segurando pela mão esquerda. Adrenalina passa por mim. Cas suspira meu nome. Bastien prageja. Procuro um ponto de apoio, mas não consigo encontrar nada. A tontura atrapalha minha visão. *Acalme-se e concentre-se*, ordeno. Cerro os dentes e estendo a mão, agarrando um lugar mais seguro. Enfim, meus dedos dos pés se ancoram na argamassa entre dois tijolos. Pressiono minha testa contra as pedras e ofego, esforçando-me para estabilizar meu batimento cardíaco acelerado.

Está quase lá, Sabine. Você consegue.

Não, você não consegue, a metade mais fraca de mim sussurra em minha cabeça. *Ailesse já teria chegado à janela. Pare enquanto pode. Esta é uma missão tola. Você não pode ser mais esperta que sua mãe. Você está levando Cas e Bastien à morte.*

Meus músculos tremem com mais força. A transpiração escorre pela minha espinha. Não aguento mais. Vou cair. Choramingo, e então me repreendo por duvidar de minhas habilidades. É a graça do chacal brincando com minhas inseguranças. Se Ailesse estivesse aqui, ela seria a primeira a dizer que consigo. Talvez ela esteja aqui, como esteve com Cas quando lhe mostrou como escapar. Eu a imagino sorrindo e estendendo a mão para me ajudar. Cerro a mandíbula e subo.

O parapeito da janela finalmente fica ao meu alcance. Olho para dentro e, como disse Cas, este quarto está vazio. Programamos nossa invasão para coincidir com a mudança de turno dos guardas. Subo na borda, prendo o gancho e jogo a corda novamente.

Cas sobe atrás de mim primeiro desta vez, e meus olhos afiados se concentram em seu meio sorriso enquanto Bastien espera relutantemente sua vez. Depois que os dois rapazes chegam à janela, puxamos a corda silenciosamente, a escondemos debaixo de um beliche e vamos na ponta dos pés para o corredor. Cas conhece o lugar, e nos leva até um armário. Nós nos fechamos e ouvimos o retorno dos guardas. Estou perfeitamente ciente de quão perto Cas está de mim. O calor de sua pele irradia da manga dele para a minha.

Vários minutos se passam até que meus ouvidos agraciados ouvem o som de roncos leves e respiração rítmica vindo dos beliches mais próximos. Alcanço a mão de Cas e a aperto, sinalizando que podemos ir agora. Ele aperta de volta e segura minha mão por mais tempo do que o necessário. Os nervos ao longo da minha palma formigam. Tento reprimir o rubor que sobe pelo meu corpo. Ele está apaixonado por Ailesse. Se seus dedos permanecem conectados aos meus, provavelmente porque está distraído e tentando ouvir os guardas.

Ele finalmente me solta e abre a porta do armário. Sou grata pelo corredor mal iluminado. Minhas bochechas devem estar vermelhas.

Chegamos à primeira sala, e Bastien entra furtivamente. Posso ser agraciada com leveza nos pés, mas ele é o ladrão. Esta tarefa é dele. Evito cuidadosamente o olhar de Cas enquanto esperamos Bastien retornar com nossos uniformes.

— Você se saiu bem — murmura ele, quebrando o silêncio.

Meus olhos se elevam para os dele, e meu interior derrete quando vejo o suave orgulho em sua expressão. Alguma outra emoção também está lá. Eu a vislumbro quando ele morde o canto do lábio ao examinar meu rosto. Nervosismo? Outro sentimento mais profundo? Não sei dizer.

— Obrigada.

— Eu queria te dizer, você tem uma voz adorável.

Demoro um momento para entender por que ele tocou no assunto, e então estremeço.

— Ah, não. Eu estava cantando enquanto subia?

— Aqui e ali. — Ele sorri. — Não é a primeira vez que pego você murmurando baixinho uma música.

Eu me encolho novamente, balançando a cabeça para mim mesma.

— Eu nem percebo que estou fazendo isso.

— Não é nada para se envergonhar. Como eu disse, sua voz é linda.

Uma sensação de formigamento percorre meus membros, e olho para minhas mãos, mexendo no punho da manga. Ficamos em silêncio, e esse silêncio faz meu coração bater mais rápido.

Desde que fizemos as pazes no barranco da floresta, tenho me sentido mais estranha perto de Cas, o que não faz sentido, embora eu sinta essa nova timidez vindo dele também. Muitas vezes nos aproximamos um do outro, mas não temos muito a dizer.

Continuo tentando fingir normalidade — seja lá o que isso signifique —, e não consigo me lembrar de nenhuma lição da minha *famille* que seja útil a respeito disso. Ailesse e eu aprendemos que um *amouré* seria escolhido para nós e nos pertenceria. Nunca pensei que teria de me esforçar para conhecer um garoto... ou então o que fazer se realmente começasse a gostar de um que não precisasse matar.

— Como está se sentindo? — pergunto a Cas. — Sobre esta noite — acrescento, quando sua testa se enruga.

— Ah. — Ele ri baixinho e puxa a gola da camisa. Cas tirou o belo gibão que usava antes, e agora está com uma camisa preta e calças de montaria. — Estou, hum, tentando concentrar em uma tarefa de cada vez. Quando paro e penso em Godart no castelo de meu pai, ou em Odiva tocando os pertences de minha mãe... — Suas narinas se dilatam e ele balança a cabeça. — Digamos apenas que isso não me deixa com disposição para ser bondoso.

Ofereço-lhe um sorriso trêmulo.

— Você tem sorte de ter pais que admirava... embora eu lamente que os tenha perdido daquele jeito.

Ele olha para baixo e esfrega suavemente a ponta da bota no chão.

— Estou começando a me perguntar se minha mãe pode ter perdido a alma, do mesmo jeito que meu pai perdeu. Ela morreu durante a grande praga. E se não foi a doença que a matou, mas, sim, os Acorrentados?

Meu peito dói por ele.

— Gostaria de ser capaz de descobrir, se isso lhe trouxesse conforto.

— Está tudo bem. — Sua covinha aparece quando ele dá um sorriso. — Eu a imaginei cuidando de mim por tanto tempo. — Cas suspira. — Suponho que fui mais corajoso, gentil e, no geral, uma pessoa melhor porque busquei a aprovação dela, mesmo do Paraíso.

— Então você ainda honrou a memória dela, e ela ficaria orgulhosa de ver quem se tornou.

Cas sustenta meu olhar por um longo momento. Ele engole em seco.

— Obrigado, Sabine.

Assinto com a cabeça, ficando cada vez mais calorosa com a maneira gentil, mas fervorosa, com que ele diz meu nome.

— O mais incrível é você ser quem é, considerando seus próprios pais — diz ele.

— Outra mulher me criou — confesso, e encosto um dos ombros na parede. — Acreditei que ela era minha mãe durante a maior parte da minha vida, embora provavelmente deva algumas das minhas melhores qualidades à Ailesse. Éramos melhores amigas muito antes de descobrirmos que éramos irmãs.

Ele inclina a cabeça, me estudando por mais um longo momento. Eu me repreendo por mencionar Ailesse, e me pergunto por que Bastien está demorando tanto.

— Sabe o que eu acho? — pergunta Cas finalmente, e eu arqueio uma sobrancelha. — Você se valoriza muito pouco. O mundo pode ser um lugar amargo e cruel. No final, cada um de nós deve decidir quem somos e o que faremos com o que nos é dado. E pelo que vi, você tem uma ferocidade e uma lealdade que não podem ser herdadas ou imitadas. São conquistadas pela verdadeira devoção e sacrifício altruísta. *Você*, Sabine, você é a razão de ser notável.

Fico sem palavras, piscando contra o calor que transborda em meus olhos, lutando para enxergar a pessoa que ele vê em mim... e ainda assim me sentindo vista de uma forma que nunca experimentei antes, apesar das minhas falhas e fraquezas — porque Cas também me viu no meu pior momento.

— Se você falar assim com todos os seus súditos, seu povo o seguirá para qualquer lugar. — Rio, um pouco sem fôlego.

Ele ri, e coça a nuca timidamente.

— Não costumo ser tão inspirado.

Bastien emerge do quarto, quieto como um gato selvagem, mas ele poderia muito bem estar pisoteando, pelo quão rude a intrusão parece depois do feitiço sob o qual Cas me colocou. Seus braços estão repletos de uniformes e botas.

— Peguei — diz ele, caso não tenhamos notado. Com uma inclinação da cabeça, ele aponta para o armário.

Nós nos revezamos ao trocar de roupa. Eu vou primeiro, me atrapalhando na escuridão com as fivelas da couraça de couro mal ajustada. Coloco uma túnica por cima e depois um capuz. As calças são justas nos quadris e largas em todo o resto. Desisto delas e das botas, que também não servem, e fico com minhas próprias calças e com os sapatos de couro que Jules me emprestou. Por último, prendo meu próprio cinto em volta da túnica e o ajusto na cintura.

Saio do armário e dou de ombros.

— Vai ter que servir.

Bastien zomba, mas Cas sorri.

— Fica bem em você — diz, e passa por mim para se trocar.

Depois que nós três estamos vestidos, saímos furtivamente do quartel e atravessamos o pátio, adotando a atitude confiante dos guardas reais. Cada um de nós usa sua arma preferida: eu com minha faca de osso, Bastien com a faca do pai e Cas com a adaga cravejada dos Trencavel.

Cas nos leva até o que parece ser uma entrada de serviço escondida atrás de uma grande torre, e entramos em um depósito cheio de barris arrolhados e sacos de grãos. A partir daí, seguimos por alguns corredores ramificados até chegarmos a uma escada em caracol dentro de uma torre estreita. No meio da subida, encontramos um Acorrentado. Rapidamente passo na frente de Cas e retiro meu colar de ossos da graça de baixo da minha túnica. O homem sibila e corre na outra direção.

As únicas outras almas pelas quais passamos no caminho para o terceiro andar, onde estão localizados os aposentos reais e a biblioteca particular, são Libertadas. Talvez as almas Acorrentadas tenham tanto medo de Odiva quanto têm de mim.

Bastien e eu esperamos do lado de fora da biblioteca enquanto Cas pega os livros sobre Belin e Gaëlle. Alguns dos Libertados começam a se reunir a distância, nos observando e sussurrando entre si. Muitos deles são guardas do castelo mortos. Estou prestes a dizer a eles que deveriam ir embora quando Bastien diz:

— Você e Cas... — Ele se remexe, coçando o queixo enquanto me estuda. — Você... hum... gosta dele?

Quase bufo.

— *Gostar* dele?

Ele sorri e empurra meu ombro, como eu o vi fazer com Marcel.

— Deixa pra lá.

Cas retorna com um saco irregular. Deve haver pelo menos três livros dentro. Ele também está segurando duas taças cravejadas e uma garrafa de vinho.

Bastien dá um assobio baixo.

— Boa biblioteca, essa que você tem aqui.

Cas passa o vinho e as taças.

— Se você me ajudar a recuperar meu trono, será bem-vindo a qualquer momento.

Bastien sorri.

— Combinado.

Deixamos as almas Libertadas para trás e continuamos pelo corredor, aproximando-nos do que devem ser os antigos aposentos do rei Durand. Cas explicou a planta do castelo antes de partirmos para cá. Diminuímos a velocidade à medida que nos aproximamos da porta. Ouço atentamente com meus ouvidos agraciados, mas não escuto nada. A porta está entreaberta, então me aproximo e espio lá dentro. Minha visão de calor de víbora também não capta nenhum ser vivo. O quarto está vazio.

Aceno para Cas e Bastien, e entramos. Se Godart e Odiva estivessem aqui, tínhamos um plano alternativo para plantar o veneno na sala do conselho — Cas suspeitava que eles poderiam ir para lá em seguida —, mas até agora tudo está dando certo. *Por favor, Elara, continue abençoando nossa sorte.*

Cas nos guia até uma sala de estar privativa ao lado do quarto. Duas poltronas estão colocadas perto de uma lareira, com uma pequena mesa envernizada entre elas. Cas faz um gesto apressado para Bastien. Precisamos correr. Temos pouco tempo antes que minha mãe sinta minha presença e venha — o que esperamos que aconteça, mas temos de estar prontos primeiro.

Bastien coloca as taças sobre a mesa envernizada e as enche com vinho carmesim. De acordo com Cas, qualquer criado que valesse seu salário ofereceria duas bebidas, sabendo que a prometida rainha do novo rei o acompanharia até aqui.

Cas dá a Bastien o saco de livros e tira um lenço do bolso. Ele o desembrulha parcialmente, até expor o primeiro frasco de vidro, aquele com o veneno. É de uma cor escura e salobra que faz meu estômago revirar.

Ele luta para tirar a rolha.

— Me deixe tentar — diz Bastien.

Cas balança a cabeça.

— Estou quase conseguindo.

Minhas orelhas de chacal captam passos vindos do corredor.

— Alguém está se aproximando — sussurro. — Podem ser eles.

Cas continua a lutar com o frasco. Bastien começa a andar. Mordo o lábio. Nosso plano parece mais imprudente a cada minuto. O que nos fez acreditar que poderíamos conseguir?

Os passos já estão na porta do quarto. A porta *desta* sala fica a apenas poucos metros daquela, e ambas as portas estão abertas.

Não me atrevo a dar outro aviso. Minha mãe também tem ouvidos agraciados, bem como instintos estranhos quando se trata de suas filhas. Estendo a mão para pegar o frasco e abri-lo sozinha.

Cas me interpreta mal e rapidamente me empurra o lenço para liberar as mãos. Não era o que eu esperava. Mal agarro uma ponta do pano, e o antídoto embrulhado escapa. Ele cai no chão de pedras. Estilhaça.

Meu coração para. Compartilho um olhar de pânico com Cas. Ele acabou de abrir o frasco de veneno. Eu o arranco dele e mexo os lábios, *esconda-se!*

Ele salta para as cortinas da janela em frente à lareira. Bastien mergulha atrás de um grande baú no canto atrás da porta. Derramo o veneno em ambas as taças com as mãos trêmulas. Isso não vai funcionar. Minha mãe sentirá a presença de Cas e Bastien com seu sexto sentido. Eles não deveriam estar na sala quando ela e Godart voltassem. Eu também não deveria, mas, pelo menos, tenho uma chance de lutar para me defender.

Enfio o frasco vazio no bolso e piso no vidro amassado para esconder o antídoto inútil. Isso é tudo que posso fazer antes de uma grande figura aparecer na soleira entre os dois quartos, fazer uma pausa e entrar lentamente.

— Olá, filha — diz Godart.

31
Ailesse

Fico entre Sabine e seu pai, minhas mãos estendidas em uma tentativa inútil de afastá-los um do outro. Vi o que Godart pode fazer com as graças da minha mãe. Não duvido que ele ainda consiga usá-las, mesmo tendo vindo sozinho.

Sabine permanece congelada com o pé sobre o frasco de antídoto quebrado, sem ousar se mover. Estou surpresa que Godart a tenha reconhecido tão rapidamente com o uniforme que ela está vestindo e com o cabelo preso em um capuz. Ele só a viu uma vez antes, na Ponte das Almas.

— Você não vai cumprimentar seu pai? — Ele dá dois passos na sala de estar, com um andar solto e excessivamente confiante.

— Fique longe dela! — digo, mas ele não pode me ouvir.

Sabine abre lentamente os punhos.

— Me perdoe. Boa noite, pai.

Seus olhos a percorrem com leve interesse.

— O que traz você ao meu castelo, e disfarçada, ainda por cima?

Da janela onde Casimir está escondido, a cortina farfalha quando Godart diz "meu castelo". Eu imploro internamente para que Cas fique quieto. Se Godart entrar em sintonia com o sexto sentido ao qual tem acesso, ele sentirá a presença de Cas na sala. Felizmente, Bastien permanece imóvel atrás do baú. Sabine precisa enganar Godart para que beba o veneno, com antídoto ou sem. Acompanhei cada passo da jornada dos meus amigos até aqui, e conheço a profundidade do plano deles.

— Tive que vir disfarçada — responde Sabine. — Já invadi Beau Palais uma vez; os guardas sabem quem eu sou. Se eles me capturassem, me matariam antes que eu tivesse a chance de vê-lo, e eu precisava ver você. Estou desesperada. Ailesse sumiu. E não tenho mais ninguém a quem recorrer.

Meus ombros relaxam um pouco. Sabine realmente parece convincente. Subestimei sua capacidade de enganar. Talvez sua graça de chacal-dourado esteja ajudando.

Godart se aproxima.

Saio do caminho, mesmo sabendo que ele não me sentiria se me atravessasse.

— Você não pode recorrer à sua *famille?* — Seus olhos se estreitam sobre ela.

Sabine abaixa a cabeça.

— Elas me baniram.

— Minha filha, banida? — Ele franze a testa, seu orgulho cortado. — Odiva disse que a nomeou sua herdeira.

A boca de Sabine se abre em um sorriso piedoso.

— Ela nomeou, mas não disse a elas que também era minha mãe. Escondi isso também. — Ela suspira. — Guardei muitos segredos. E por causa disso, perdi a confiança delas. Não há nada que eu possa fazer para recuperá-la agora.

— Mulheres — zomba Godart. — No final das contas, são criaturas de matilha. Traia uma, e você trai todas elas.

Ah, como o odeio.

Os olhos de Sabine brilham de raiva, mas ela desvia o olhar antes que ele possa ver sua reação.

— Há apenas uma mulher excepcional — diz Godart —, e ela envergonha todas as outras. Você tem sorte de compartilhar o sangue dela.

Sabine levanta o queixo.

— Espero que um dia possa dizer que tenho a sorte de compartilhar seu sangue também.

Ele levanta uma sobrancelha.

— Um dia?

— Vou ter que perdoá-lo primeiro. — Ela não se esforça para mascarar a raiva desta vez, mas é rápida em canalizá-la para uma tristeza que embarga sua voz quando acrescenta:

— Você está aqui porque Ailesse se foi para sempre.

— Ah, Sabine — sussurro, e coloco a mão em seu ombro.

Seus lábios se abrem, e seus olhos percorrem a sala. Endureço. Ela me ouviu?

Outra pessoa passa pela porta. Imagino que seja minha mãe, mas é outro homem, o que carrega um martelo de ferreiro. Ninguém o vê além de mim.

Afasto-me de Sabine e levanto as mãos.

— Eu não a salvei, Forgeron. Apenas disse o nome dela.

Seu rosto está tão duro quanto o elo de corrente que ele me deu quando ajudei Cas a escapar.

— Você não se lembra de nada que Estelle lhe contou?

A princípio, não entendo o que ele quer dizer, mas então minha respiração fica presa. *Os nomes são a canção da alma*, Estelle disse. *Eles sustentam a Luz de Elara*.

Foi assim que Sabine me ouviu quando eu disse o nome dela? Através da Luz?

Não faz sentido. Já disse o nome dela antes no Miroir. O de Cas e Bastien também. Nenhum deles me ouviu até agora.

Godart fica quieto ao contemplar Sabine, a filha que ele nunca teve a oportunidade de criar. Nenhum pai de Leurress jamais o fez.

— Você é minha herdeira tanto quanto de sua mãe — diz ele, por fim. — Tal união só poderia ter criado uma criança com um potencial maravilhoso. Se estiver disposta, Sabine, se mostrar a força de sua linhagem e deixar o passado ser esquecido, vou ensiná-la a ser indomável. Você não vai lamentar sua vida ou quem conheceu no Château Creux. Certamente é por isso que você veio para cá. — Seus olhos, tão parecidos com os de Sabine, caem para o colar de ossos da graça, e ele dá mais um passo à frente. — Você será bem-vinda em uma *nova* família.

Sabine morde o lábio, considerando a oferta dele.

Dou uma olhada rápida em Forgeron. Ainda não foi embora. Ele caminha lentamente pela extremidade da sala.

— Como posso saber que você é confiável? — pergunta Sabine.

— A promessa de um grande rei não é honrosa?

— Talvez. — Ela levanta um ombro. — Mas quando uma Leurress faz um pacto, ela o sela com sangue.

Godart dá a ela um sorriso frio.

— Você já tem meu sangue, filha.

— Verdade. — Ela franze os lábios, e seu olhar pousa nas taças. A transpiração brilha em sua testa quando ela pega uma e oferece ao pai. — Bebe comigo para me dar sua palavra?

Eu sorrio ante sua inteligência.

Godart ri, ao mesmo tempo irônico e astuto. Ele não pega a taça de Sabine. Ele alcança a outra na mesa. Ao fazer isso, seu colarinho solto cai e revela uma pequena caveira amarrada em um cordão de couro, em volta do pescoço.

Arregalo os olhos. O crânio da salamandra-de-fogo de Sabine.

Só o vejo por um breve momento antes de ele se endireitar novamente, mas minha visão aguçada não deixa passar suas manchas vermelho-escuras. O sangue de Sabine.

Olho para Forgeron novamente, e a ansiedade toma conta de mim. Não era para ele estar aqui, a menos que pense que eu ainda posso intervir.

A menos que ele pense que Sabine precisa ser salva.

Passo os olhos ao redor da sala. Nenhuma alma Libertada está aqui. Ninguém além de mim pode avisar Sabine de qualquer perigo. Mas *que* perigo? O que Godart pretende fazer?

Ele levanta sua taça para Sabine. Ela levanta a dela. Fico ao seu lado, observando cada movimento com a acuidade da minha visão de falcão. *Ela não vai beber o veneno*, digo a mim mesma. Ela só levará a borda da taça aos lábios. Ela vai esperar que ele beba primeiro.

Meu sexto sentido lança um arrepio em minha espinha. Forgeron se aproxima.

— Fique para trás — digo a ele. — Não fiz nada.

Godart aproxima a taça da boca e faz uma pausa. Sabine faz o mesmo, protelando.

Não movo um músculo. *Beba o veneno, Godart!*

Forgeron olha para a parte inferior das costas do rei e franze a testa. Contorno Godart bem a tempo de vê-lo sacar uma faca do cinto. Arquejo.

— Corra, Sabine!

Ela pressiona a taça contra os lábios. Ela não me ouve.

— Nós a avisamos, garota — rosna Forgeron para mim.

Eu o ignoro. Ele não pode me acorrentar. Não ainda.

— Sabine, me escute — digo, desesperada. — É Ailesse. Seu pai está tentando matar você.

A taça de Godart paira no canto de sua boca. Ele vai trazendo a faca das costas.

— Sabine! — Meu grito ecoa pelo Miroir.

Ela inclina mais a taça. O vinho roça em seus lábios pressionados.

— Cuidado! — Agarro seu braço, mas ela não me sente. Cas a avisou sobre quão potente é esse veneno.

Godart deixa cair a taça. Ele brande a faca com a velocidade de um bufo-real.

— Sabine!

Seus olhos se arregalam. Ela vê a faca, que vai na direção de sua garganta, e puxa o ar com força. O vinho entra em sua boca.

— Não! — grito, enquanto ela repele a faca com a taça. Ela é quase tão rápida quanto ele.

Ele ataca o pescoço dela novamente, desta vez com as próprias mãos. Ela se engasga com o vinho e luta para afastar o pai. Godart a empurra contra uma das poltronas. Sabine tosse. Engasga. É forçada a engolir.

Merde, merde, merde. Não sobrou nenhum antídoto.

Os dedos de Godart se enroscam em seu colar de ossos da graça. Ele puxa o osso do chacal-dourado.

Meu sexto sentido está alerta. Bastien surge de trás do baú com a faca levantada. Cas emerge das cortinas com a adaga na mão. Eles convergem para Godart.

Godart solta o osso da graça, desvia do golpe de Bastien e o chuta com força no estômago. Bastien é jogado para trás enquanto Godart avança sobre Cas, mas não antes que a adaga de Cas acerte o flanco de Godart. Ele sibila, segurando o ferimento, mas depois sorri lentamente, olhando para Cas. Ele vai se curar, eu percebo. Ele tem o crânio de salamandra de Sabine.

Fico rígida quando entendo: Sabine não precisa de antídoto. Ela só precisa do crânio de volta.

Ela cai no chão. Seu corpo começa a se contrair.

Os olhos de Cas se enchem de preocupação. Ele não pode chegar até ela. Godart está rondando ao seu redor, incitando-o a atacar novamente.

Corro até Bastien. Ele está ofegante e curvado.

— Preciso de sua ajuda, Bastien! — Ajoelho-me ao lado dele. Forgeron franze a testa quando uso seu nome, mas não me importo se ele me acorrentar uma segunda vez. Não posso deixar Sabine morrer.

Bastien não faz nenhum sinal de me ouvir. Sabine se contorce. Cas golpeia Godart com sua adaga, mas Godart o evita. Ele ri.

— Você veio aqui para morrer, garoto?

— Bastien! — Agarro seu braço, mas não consigo movê-lo. *Pense, Ailesse.* Como Sabine me ouviu quando eu disse o nome dela? Eu não estava em pânico ou em desespero. Estava calma e concentrada. Pensei nela com amor, como uma verdadeira irmã.

Fecho os olhos e bloqueio o barulho de Godart provocando Cas e de Sabine lutando para respirar. Penso em Bastien quando me convidou para dançar sob a cúpula enluarada, quando me olhou pela primeira vez com perdão, quando falou de seu pai, quando me deu o espaço de que precisei. Tenho de preencher esse espaço agora para o alcançar.

Relaxe, digo a mim mesma. Imagino, por um momento, o fardo que carrego por ser a filha primogênita de minha mãe caindo de mim, como meu vestido pesado caiu e afundou nas profundezas do rio. Imagino-me fazendo uma escolha diferente do que ser *matrone* — escolhas infinitas, na verdade —, e Bastien é uma delas.

Abro os olhos. Trago minha boca para mais perto. Meus lábios roçam sua orelha.

— Bastien — sussurro, usando seu nome para alcançar sua alma, sua Luz.

As sobrancelhas dele se juntam.

— Ailesse?

Forgeron se aproxima.

Engulo e me concentro novamente, falando rápido.

— Godart está usando a caveira de salamandra de Sabine em um colar. Ela precisa disso para se curar.

Bastien pisca. Volta-se para o rei.

— Pegue — digo. — Rápido!

Ele se levanta, ainda sem fôlego, e aperta ainda mais a faca. Seus olhos se viram em minha direção, embora ele não possa me ver, e ele apruma o queixo.

Como um gato, ele se esgueira em direção a Godart enquanto o rei está de costas.

Eu me levanto para segui-lo, mas Forgeron me bloqueia. Seu rosto *orvande* está severo e implacável.

— Isso foi tolice.

Eu levanto o queixo.

— Talvez tenha sido corajoso. — Eu me assusto quando ele agarra meu punho direito. — O que você está fazendo? Sabine ainda não está a salvo.

— Não importa. Você usou Luz. Você perfurou a barreira do Miroir e fez isso com a intenção de salvar. A punição é a mesma.

Ele me solta, deixando-me com outra algema *orvande*, depois se vira, com um olhar dolorido.

Engulo em seco e corro até Sabine. Não posso pensar nas minhas correntes agora. Sabine está se debatendo no chão, ofegante. Seu capuz caiu para trás. Tento em vão tirar seus cachos úmidos de suor da testa.

— Força — digo, e olho para Bastien. — Rápido!

Ele está se aproximando de Godart por trás e procurando o cordão do colar, mas o colarinho na nuca de Godart está muito alto. Cas não faz contato visual com Bastien, mas os dois garotos se aproximam do rei ao mesmo tempo. Estão coordenando o ataque.

— Você realmente voltou dos mortos para governar um reino tão pequeno? — pergunta Cas a Godart, esforçando-se para mantê-lo distraído. As contorções de Sabine devem ser a única razão pela qual Godart não consegue sentir Bastien, como eu faço com meu sexto sentido. — Com Odiva ao seu lado, você poderia conquistar terras maiores que Galle do Sul.

— O domínio universal deve começar em algum lugar. — Godart dá de ombros. — Outros reinos podem ser conquistados com o tempo. E tempo é o luxo dos deuses.

Finalmente compreendo o interesse duradouro da minha mãe em ser rainha de Godart. Sim, ela o ama, porém é mais do que isso. Ela acredita que eles podem governar o mundo conhecido juntos. Isso deve ser mais atraente para ela do que governar o pequeno número de Leurress na nossa *famille*.

Cas se aproxima com sua adaga, balançando o corpo.

— Você acabou de se comparar aos deuses? — pergunta ele a Godart. — Você pode ter ressuscitado, mas ainda pode sangrar. — Ele acena para o corte escorrendo de um dos lados do rei.

Godart sorri.

— Por enquanto. Quando o Paraíso estiver vazio, será outra história.

Paraíso, vazio? Do que ele está falando?

Meu sexto sentido bate mais forte. Alguém mais está vindo.

Cas golpeia Godart. Quando o rei se move para se esquivar da adaga, Bastien o envolve em um estrangulamento e rasga a frente de sua camisa com a faca.

— Godart! — Minha mãe entra furiosa no quarto. — O que está acon...? — Ela congela. A lâmina de Bastien está sob o cordão que segura o crânio da salamandra-de-fogo. Godart permanece perfeitamente imóvel, sem nenhuma arrogância em sua expressão. O sangue escorre por sua garganta.

Por que ele não usa sua força agraciada para derrubar Bastien? Ele só perderia a capacidade de se curar.

— Bastien... — minha mãe fala, devagar e com uma calma forçada. — Afaste-se do seu rei.

— Ele não é meu rei — cospe Bastien.

Os olhos pretos dela se estreitam. Uma faca de osso desliza da manga para sua mão.

— Se você deseja viver, faça o que eu digo.

— Você não está em posição de me ameaçar.

As costas de Sabine arqueiam. Veias ficam visíveis em suas têmporas. Ela chuta e choraminga.

Odiva a percebe tardiamente. Seus lábios vermelho-sangue ficam pálidos.

— O que há de errado com minha filha?

Cas é o único que ousa se mover. Ele corre até Sabine e se ajoelha ao lado dela.

Estou de frente para ele, do outro lado dela.

— Ela bebeu o veneno destinado a Godart — responde Cas. A testa de Godart se contrai. — O antídoto foi destruído — acrescenta ele, com a voz trêmula. Cas se vira para Bastien. — Temos que levá-la de volta para Birdine — diz ele baixinho.

Odiva dá um passo hesitante para a frente. Ela está estranhamente rígida, e os tendões de seu pescoço estão esticados.

— Me dê o osso da graça de chacal de Sabine, e permitirei que você vá embora.

Godart não estava tentando matar Sabine antes, percebo. Ele estava querendo o pingente de lua crescente dela. Por que eles estão tão desesperados para ter ambos os ossos?

— Serei eu quem fará as barganhas aqui — responde Bastien. — Diga-nos como recuperar Ailesse e os Libertados do Submundo, e não cortarei o pescoço de Godart.

Os olhos da minha mãe se estreitam. Ela aperta os lábios.

— Diga! — exige ele.

O rosto de Sabine fica roxo. Seus olhos começam a rolar enquanto ela convulsiona.

Cas segura a mão dela com força.

— Malditos sejam todos vocês! — diz ele, e lança um olhar frenético para Bastien. — Temos que ir. *Agora*. — Ele se vira para Odiva. — Você vai nos deixar ir embora se quiser que sua filha viva.

Minha mãe encara Sabine. Não consigo ler o que ela está pensando ou sentindo. Rezo para que, em algum lugar de seu coração endurecido, ela ainda tenha afeição pela filha que um dia favoreceu. Pela primeira vez na minha vida, não me importo que ela tenha feito isso. Eu só quero que Sabine sobreviva.

Minha mãe fica mais ereta, fingindo um olhar de indiferença. Ela abre a boca para dizer algo, quando meu sexto sentido começa a martelar. Ela se vira para encarar a porta, sentindo também.

Várias almas invadem a sala — soldados do castelo Libertados, os homens que ela e Godart mataram. Pelo menos quinze deles. Eles estão segurando armas sólidas, que não brilham em *chazoure*.

Eles atacam minha mãe. Ela contra-ataca rapidamente. Bastien aproveita a distração e tenta pegar o crânio da salamandra de Godart. Mas a faca dele nunca corta o cordão. Ele é derrubado por seis almas convergindo para o rei.

— Bastien, venha agora! — grita Cas, e coloca Sabine em pé. Sua cabeça oscila enquanto ela perde a consciência. Ele a levanta nos braços, como me levantou na Ponte das Almas.

— Está tudo bem, Bastien — digo, sabendo que obter o crânio é muito arriscado agora. Quero que ele viva também. As almas Libertadas não vão atrasar minha mãe e Godart por muito tempo. — Vá embora!

Forgeron me encara, mas não se aproxima. Bastien não me ouviu desta vez. Eu não usei nenhuma Luz.

Bastien agarra o saco de livros de Cas e corre atrás dele.

Minha mãe ferve de raiva ao vê-los passar por ela e pelas almas com as quais está lutando.

Eles alcançam a porta e correm.

32
Sabine

Não consigo respirar. Alguém está me segurando sob a superfície da água, mas está insuportavelmente quente, não frio como o mar. Eu me debato, puxando minhas roupas. Eu chuto e bato para que a pessoa me solte.

Sabine... Sabine... Sabine...

Cas? Não, é Ailesse. Por que eles estão me machucando?

Meus músculos ficam tensos e com cãibras. Grito, minha voz embargada.

Um gosto amargo enche minha boca. Tento cuspir, mas alguém fecha minha mandíbula e tapa meu nariz. Engasgo e engulo. Estou sendo envenenada novamente.

O rosto bonito de Cas aparece, pairando na minha visão turva.

— Vai dar tudo certo. — Sua mão aquece minha face. Choramingo, e minha cabeça cai contra ele. Estou tão cansada, mas não consigo descansar. Tenho de fazer a travessia das almas dos mortos. A lua nova é esta noite. Ou é lua cheia? De qualquer forma, devo ir e abrir os Portões, mesmo que vá falhar novamente. A coruja-das-torres não vai me ajudar. Ela há muito me abandonou.

— Eu não sou o suficiente, não sou o suficiente... — Eu me esforço para formar palavras apesar das emoções que estrangulam minha garganta. — Ailesse tem que voltar. — Lágrimas quentes escorrem dos meus olhos. — Temos que trazê-la de volta.

— *Shh, shh...* — sussurra Cas, mas eu me afasto de sua mão gentil. Não quero sua piedade ou seu conforto. Quero ser forte como Ailesse e as anciãs, até mesmo como minha mãe e meu pai.

Minhas pálpebras começam a se fechar.

— Eu não posso... fazer a diferença... se estiver fraca.

A escuridão me envolve.

As catacumbas? Não, o fosso abaixo da ponte da caverna. Flutuo, sem peso, sustentada pela poeira preta e brilhante das profundezas. O canto da sereia soa angustiante lá de cima, soando como só acontece quando tocado em uma flauta de osso.

A poeira preta me eleva mais alto, chamada pela música, me transportando para o Submundo.

Vislumbres da minha vida passam diante de mim. Sou uma menina de cinco anos quando vejo meu primeiro cadáver; era muito jovem para me lembrar daquelas que faleceram antes, durante a grande praga. Pertence a Liliane, que tinha a voz mais linda, mas que agora não pode mais cantar. Seus olhos estão vidrados e fixos. Sua boca está rigidamente aberta. Quando tenho oito anos, o corpo de Emelisse é arrastado para a caverna abaixo do Château Creux. Tenho dez anos quando Ashena, que amava o pai de Jules e Marcel, também foi trazida sem vida até a *Matrone* Odiva. As três morreram por não terem matado seus *amourés*. Até eu fazer treze anos, mais três na minha *famille* encontraram suas mortes em uma travessia. Tenho catorze anos quando perco Ciana, que eu acreditava ser minha mãe. Ela beija minha testa, e o olhar sombrio de Odiva paira sobre nós, fazendo meu sangue gelar. Na próxima vez que vejo Ciana, seu corpo está mole e molhado do mar Nivous. Ela também morreu na ponte de terra.

Ano após ano, cada morte me afeta mais profundamente. Paro de comer carne. Meu treinamento para a travessia se torna ineficiente. Fico mais próxima de Ailesse, que se destaca em tudo. Sua confiança e aceitação são um escudo contra aquelas que me desprezam ou balançam a cabeça para mim.

Uma salamandra-de-fogo dispara no ar pela minha visão, deixando um rastro brilhante enquanto a poeira preta continua a me puxar para cima. Também vejo uma imagem de mim mesma em movimento. Eu persigo a salamandra e a capturo. Soluço quando a apunhalo com minha faca de osso. Ailesse me abraça, e eu enterro a cabeça em seu ombro.

O falcão noturno sobrevoa. O chacal-dourado salta em minha direção. A víbora-dos-prados desliza para fora de um saco. Cada morte com minha lâmina ritual ocorre de forma mais impensada que a anterior. Finalmente, o majestoso veado-vermelho, com chifres de dezesseis pontas, surge pela floresta. Eu ansiei por sua morte. Pareço monstruosa quando o mato de forma cruel e impiedosa. Não importa que eu achasse que estava sonhando.

Os animais desaparecem. Olho para mim mesma. Por que não estou com correntes *chazoure*? Devo estar morta, se estou sendo forçada a assistir meus pecados. Nem vi todos ainda. Onde estão as pessoas que morreram em Beau Palais porque soltei víboras venenosas sobre elas? Onde estão aqueles que perderam a alma porque não consegui fazer a travessia dos Acorrentados?

Chego à margem do fosso. A Ponte das Almas está refeita. O Portão de poeira está em uma extremidade, mas faltam os Portões translúcidos para o Paraíso. Acorrentada ou não, parece que o Submundo é o único lugar que me espera.

O brilho preto me aponta para o reino de Tyrus e me coloca de pé. Avanço em direção ao Portão. Nenhum canto de sereia chama para me atrair para lá. Não é necessário. Ando por vontade própria, sabendo que é inútil fugir do meu destino. Minha mãe me avisou o que aconteceria se eu carregasse sozinha a graça do chacal: *ele vai te enterrar, filha.*

Eu sou o chacal. Eu mesma vou me enterrar.

— Sabine — murmura alguém quando chego ao Portão de partículas pretas rodopiantes.

Olho pela porta e arquejo.

— Ailesse.

Seu cabelo ruivo flutua sobre os ombros como se ela estivesse debaixo d'água. Seus olhos castanhos brilham com uma Luz que não deveria existir onde ela está.

— Não diga que você não é suficiente — me diz ela. — Eu não seria quem sou sem você. Nunca tive um amor de mãe, mas tive o seu. Sua força me sustentou.

Minha respiração fica presa em um soluço. Sinto desesperadamente a falta dela. Eu a vi há alguns dias, mas já se passaram meses desde que estivemos juntas por mais do que alguns momentos roubados.

— Nada faz sentido sem você — digo. — Não consigo ser quem deveria ser sem você.

Seu sorriso treme enquanto ela me observa chorar.

— Sim, você consegue. Nós sempre estaremos juntas. Você é minha irmã. Você é uma parte de mim.

Estendo a mão para ela, mas ela se afasta. Solto o ar, cansada.

— Apenas deixe-me ir até você.

— Não — responde ela. — Eu irei até você. Descanse agora. Cure-se. Você não precisa do seu crânio de salamandra, Sabine. Você tem Luz. Sempre foi seu dom mais forte. Agarre-se à Luz.

Uma fadiga poderosa toma conta de mim. Desço até a ponte e encosto o rosto na pedra fria. Ailesse canta para mim uma canção de ninar sobre a primeira filha dos deuses e a chama de Estelle. *Estrela.*

Deixo a música se infiltrar em mim. Fraca, quase incoerente, canto o refrão com Ailesse. Minha voz é um grasnido fino, mas continuo cantando. Mesmo quando não me ouço mais, a canção sobre Estelle reverbera dentro de mim e floresce com Luz.

Agarro-me à imagem do nome dela, uma estrela, um pontinho de esperança contra a escuridão, e fecho os olhos.

33
Ailesse

Estou cantando uma música que nunca cantei antes. Eu a invento, palavra por palavra, nota por nota, desejando ter o poder de atravessar o Portão de poeira e acariciar o cabelo de Sabine enquanto ela dorme na Ponte das Almas. Mas então minha mão *está* em seu cabelo, e seus cachos pretos não estão mais perfeitamente arrumados e brilhantes, como estavam há pouco; eles estão úmidos de suor e turvos em minha visão, cada cacho borrado e manchado nas bordas.

— Cuidado com as visões — diz Forgeron. Eu me assusto ao descobrir que ele está bem atrás de mim, onde me sento ao lado de Sabine. Mas não estou mais na Ponte das Almas na caverna subterrânea; estou na câmara abaixo da Chapelle du Pauvre. Sabine está deitada no colchão de palha ao lado do relevo do Château Creux e dos quatro deuses, o rosto pálido enquanto dorme intermitentemente.

— Eu... não sabia que tinha entrado em uma visão. — A última coisa de que me lembro, antes de falar com Sabine, foi tentar em vão ajudar Cas a mantê-la imóvel enquanto Birdine administrava uma nova tintura de antídoto. A próxima coisa que percebi foi que estava do outro lado do Portão de poeira. Não achei que a mudança repentina fosse tão incomum. No Miroir, viajo para diferentes lugares em um piscar de olhos.

Olho ao redor da câmara, ainda lutando para me orientar. Bastien e Jules estão dormindo. Deve ser o meio da noite. Birdine se foi. Tenho uma vaga lembrança dela saindo para cuidar do tio doente. As únicas pessoas acordadas são Marcel, que está lendo um dos livros que Cas trouxe, e Cas, que está sentado próximo a mim, perto de Sabine. Ele ajusta o cobertor sobre ela, os olhos pesados de cansaço.

— Você adormeceu — explica Forgeron.

Pisco para ele.

— Preciso *dormir* aqui?

— Não, mas isso não impede você de dormir quando deseja esquecer seus problemas. — Ele se inclina contra a parede, como se quisesse ele mesmo cochilar. — Eu aconselharia você a ficar acordada, no entanto. O véu entre o Miroir e o mundo mortal é tênue. Os sonhos tendem a se transformar em visões aqui, e a comunicação com os vivos nesse estado pode ser considerada uma interferência.

Olho para as correntes em meus punhos. Se eu ganhar mais um elo, serei totalmente uma Acorrentada. Forgeron terá de bater seu martelo e chamar os chacais para me atacarem.

— Por que você não acorrentou minha mãe? — pergunto, lembrando o que Estelle me disse: Odiva foi esperta o suficiente para evitar as punições de Forgeron. — A visão que ela me enviou foi calculada — digo. — Ela me enganou para libertá-la do Submundo sem receber um único elo.

— Sua mãe não usou Luz. — Forgeron esfrega uma mancha teimosa de fuligem *orvande* em seu antebraço. — Tyrus não me pede para punir aqueles que exercem sua escuridão aqui.

— Eu não sabia que a escuridão poderia ser exercida.

— Tudo tem seu oposto.

Eu o estudo. Seus modos não são tão abrasivos como de costume. Talvez ele não tenha tido que forjar tantas correntes ultimamente, ou talvez ele nem sempre esteja de mau humor... não que eu pudesse chamar seu humor atual de agradável. Pelo menos parece que todo o mundo dos vivos e dos mortos está pressionando seus ombros.

— O que acontece se você desafiar Tyrus? — pergunto, lembrando-me do que Estelle disse. Forgeron não acredita que tenha escolha. Seu dever é sua maldição.

Ele fica quieto e cutuca o cabo do martelo.

— Permanecerei no Miroir, mas Tyrus ocultará minha visão do mundo mortal para sempre. Não será nada mais do que uma névoa de listras e borrões intermináveis. Ele fará o mesmo com Estelle; ele entrelaçou nossos destinos quando ela me seguiu até aqui. — Sua boca treme, até que ele flexiona o músculo da mandíbula. — Eu poderia suportar a punição, se ela não tivesse que sofrer também.

Imagino Estelle passando os dedos pelo mar que ela não consegue sentir, inclinando a cabeça para trás, em direção ao sol que não a aquece, me dizendo que observa suas descendentes a cada noite de travessia. Apesar de sua natureza contente, fica nítido que ela quer o que não tem, embora o que ela mais queira seja a felicidade com Forgeron. *Eu imagino a alegria neste lugar com o único homem que já amei*, ela disse. *É isso o que me sustenta.*

— Acho que ela preferiria uma vida real aqui com você a apenas fingir que está vivendo.

— Uma vida real? — A voz profunda de Forgeron quase falha. Ele a encobre com um grunhido. — Eu não posso nem mesmo tocá-la sem lhe dar correntes.

— Mesmo se você desafiar Tyrus com isso também?

— Não me atrevo a tentar para descobrir.

Olho para Bastien, dormindo com minha camisola dobrada como travesseiro. Ele está enrolado como uma criança. A estátua do golfinho que seu pai esculpiu para ele está ao lado, no chão.

— Algumas pessoas escolheriam ser Acorrentadas, se isso significasse estar com a pessoa que amam para sempre.

Forgeron zomba.

— Mesmo que isso significasse chamar os chacais para eles?

— Você tem livre-arbítrio. Bater o martelo é uma escolha sua. Você deveria confiar na escolha que Estelle já fez. Ela estava pronta para desistir da vida entre os vivos quando se juntou a você aqui há muito tempo. Está o esperando para que você aceite as razões dela.

Ele fica nervoso. Afasta-se da parede e olha para mim, seus olhos *orvande* duros como pedra.

— Estou preso no Miroir há milênios. Não preciso de uma criança que mal pôs os pés aqui me dizendo o que fazer.

Forgeron levanta o martelo. Estremeço, com medo de que o jogue no chão só por tê-lo deixado com raiva. Em vez disso, o martelo cai para trás e repousa sobre seu ombro com um pesado baque. Ele se afasta e desaparece antes de chegar à extremidade da câmara da pedreira.

Suspiro. Não fazendo nenhum favor a mim mesma ao ficar inimiga do ferreiro do Submundo.

Bastien sussurra, murmurando algo ininteligível durante o sono. Eu me aproximo e me sento ao lado dele. Está com as sobrancelhas franzidas, e suas pálpebras tremem, como se estivesse tendo um pesadelo. Tenho vontade de cantar para ele, como cantei para Sabine, mas mantenho os lábios fechados. Eu poderia usar a Luz — anseio por usá-la —, mas se o fizesse desta vez, não seria em uma visão involuntária. Forgeron voltaria até mim.

Bastien volta a dormir tranquilamente. Sua testa se suaviza, e seu punho direito relaxa. Um pedaço de pano branco aparece entre seus dedos. Curiosa, eu o toco, mas não consigo sentir sua textura, e não tenho como empurrar a mão de Bastien para abri-la um pouco mais.

Estudo a borda do pano com minha visão de falcão. Os fios são finos como linho macio, e a trama do tecido tem um sutil padrão rendado. É um pequeno pedaço da minha camisola.

Descanso minha mão sobre a de Bastien e me deito para que nossos rostos fiquem próximos um do outro. Queria que houvesse algo que eu também pudesse segurar e que pertencesse a ele, algo que me ajudasse a me agarrar à memória de seu toque.

Eu me inclino e beijo seus lábios suavemente, mas não consigo sentir o calor de sua boca ou sua respiração agitando a minha. Meu peito afunda. Eu odeio não poder experimentar a dor física de sentir falta dele. A dor está presa dentro do meu corpo inútil.

— Me desculpe, eu estava com tanto medo de compartilhar meu coração com você... — sussurro. — Achei que não tinha espaço suficiente dentro de mim para manter tanto meus sonhos quanto meu dever. Se você puder me dar outra chance, quero provar que minha alma é grande o suficiente.

E se não for possível? E se eu nunca escapar deste lugar?

Fecho os olhos com força. Não devo pensar assim. Eu *vou* escapar. E quando o fizer, ajudarei Bastien e meus amigos a soltar os Libertados. Estelle me deu esperança de que eu poderia fazer isso se descobrisse como salvar outras pessoas do Submundo, assim como a mim mesma. Então *vou* descobrir. Sairei do Miroir com o conhecimento que meus amigos precisam para derrotar minha mãe e Godart, e juntos impediremos a crescente tirania de Tyrus.

Marcel boceja. Sua cabeça balança quando ele começa a adormecer. O livro pesado apoiado nos joelhos dobrados desliza para o chão. *Bam!*

Bastien acorda de repente e saca sua faca. Marcel se assusta com um ronco. Eles se olham por um momento, e então Bastien expira e embainha sua lâmina. Está presa em seu cinto, no chão ao lado dele. Ele pega o pedaço da minha camisola, que havia deixado cair, e passa o polegar sobre ele com ternura. Depois se levanta e enfia o pedaço no bolso.

— Como está Sabine? — pergunta a Cas.

Cas dá de ombros e esfrega os olhos cansados.

— Não está se contorcendo tanto, mas ainda está um pouco febril.

Bastien encara Sabine com as sobrancelhas franzidas antes de acenar e se virar para Marcel.

— E você? Leu algo útil nesses novos livros?

— Fiquem quietos, sim? — Jules se vira e tosse na manga da camisa. — Estamos no meio da maldita noite.

— Da manhã, na verdade — responde Marcel. — Já deve fazer uma hora que amanheceu.

Jules geme.

— Odeio este lugar.

Marcel não se incomoda com a irmã.

— Nada útil ainda — responde ele a Bastien. — Acho que devemos dar uma chance para minha teoria do elemento faltante. — Me lembro do que ele me disse há alguns dias: os Portões do Além são compostos por quatro dos cinco elementos: água, vento, terra e espírito. — Tem que haver uma maneira de usar o fogo como arma contra Tyrus.

— Como faríamos isso? — Cas franze a testa. — O único lugar que resta para a travessia é a ponte de terra, certo?

— E o Portão de água apenas extinguiria o fogo — acrescenta Bastien.

— De que outra forma podemos ameaçar Tyrus? — Marcel parece um pouco chateado por ninguém aceitar sua teoria. — Nós precisamos de *alguma* vantagem se quisermos salvar Ailesse e todas aquelas almas.

Jules se levanta e fica sentada.

— E se salvar Ailesse for tão simples quanto tirá-la do Submundo — ela tosse duas vezes —, assim como ela tirou Odiva?

— Eu não tirei minha mãe de lá — digo, embora ninguém me ouça. — Peguei a mão dela e ela me puxou, apesar de toda a minha luta. — E de Bastien e Sabine.

— Isso só funcionou porque Ailesse tomou o lugar dela — responde Bastien.

— Sim — acrescenta Marcel. — Tem que haver uma troca.

— Então por que Odiva não pode ser essa troca? — Jules vasculha debaixo do cobertor e tira um lenço. Seus ombros finos se agitam enquanto ela tosse. — Nós a empurramos e tiramos Ailesse. — Os três garotos olham para ela, pensativos. — Não estou dizendo que será fácil — continua ela. — Odiva é poderosa, mas...

— Sabine poderia nos ajudar quando estiver se sentindo melhor. — O rosto de Bastien se ilumina. — Pode funcionar.

Um pouco de esperança toma conta de mim.

— E Godart? — pergunta Cas.

— Odiva foi quem o ressuscitou — responde Marcel. — Se ela for levada de volta ao Submundo, talvez ele morra outra vez. A ressurreição será revertida.

Cas reflete sobre isso.

— Mesmo que não fosse, ele não poderia mais compartilhar das graças de Odiva. Seria uma luta justa quando eu o confrontasse.

Bastien começa a andar.

— Este plano ainda não nos ajuda a soltar os Libertados.

— Não necessariamente — diz Marcel. — Libertar Ailesse pode abrir novamente o canal entre os Portões.

— E se Ailesse estiver livre — acrescenta Jules —, ela pode ajudar Sabine a unir os dois Portões, como fizeram antes. Os Libertados terão uma chance de escapar enquanto o canal estiver aberto.

Ergo as sobrancelhas para Jules. Marcel não é o único brilhante na família.

— Espere. — O semblante de Marcel muda. — O canal também poderia fazer o oposto. Poderia tirar o resto dos Libertados do Paraíso e levá-los para o Submundo. Isso pode ser o que Tyrus precisa para forçar o reino de Elara a se juntar ao dele.

Ah. Eu não tinha pensado nisso.

Bastien solta um suspiro pesado.

— Tenho certeza de que é exatamente o que Tyrus quer, e Odiva e Godart tentarão ajudá-lo. Seja qual for o pacto que fez, ela vai querer terminá-lo.

— Bom — diz Cas, com um tom sombrio e desafiador em sua voz. — Isso significa que eles chegarão à ponte de terra por conta própria. Não teremos que induzi-los a isso.

Uma voz rouca se junta à conversa.

— Eles virão buscar meu pingente de chacal-dourado também.

Arquejo. Os olhos de Sabine estão finalmente abertos. Cas se vira e segura a mão dela. Corro e me ajoelho ao seu lado. Ela está inerte, o corpo sem forças, mas há uma centelha de luta em seus olhos. Seu olhar trava com o de Cas. Algo quase tangível passa entre eles. A força dessa Luz é tão pura que penetra o Miroir e chega até mim. Não sentia esse tipo de Luz desde que Bastien me beijou pela primeira vez, no túnel acima da ponte da caverna. Este não é um flerte passageiro, quer Sabine e Cas percebam ou não.

— Que graças especiais um chacal-dourado tem? — pergunta Marcel a Sabine, como sempre sem perceber o mau momento.

— Não vamos pressioná-la com perguntas ainda — diz Cas.

— Está tudo bem — responde ela, limpando a garganta. — O chacal não me dá nenhuma graça extraordinária — explica. — Não sei por que minha mãe e meu pai precisam dele, exceto... — Ela respira com dificuldade, e Cas esfrega as costas da mão dela. — ... exceto que é o animal sagrado de Tyrus. — Bastien traz para ela um copo d'água. Sabine toma um gole. — Tudo que sei é que Godart queria o pingente quando me atacou.

Não consigo determinar por que o pingente é tão importante. Se alguém tem um palpite, eles não o compartilham.

Bastien volta a andar de um lado para o outro, com os dedos entrelaçados na nuca.

— Certo — diz ele. — Vamos voltar ao nosso plano. Vamos supor que a gente *consiga* forçar Odiva a trocar de lugar com Ailesse, e que a troca reverta a ressurreição de Godart. Nada disso nos dá uma vantagem para negociar com Tyrus. Ainda precisamos descobrir como impedi-lo de exigir sacrifício de sangue, do contrário, o ciclo continuará. Ailesse e Cas morrerão em dez meses. — Bastien engole em seco. — Mais pais morrem. Mais irmãos. Mais amigos.

— Mais Leurress que não matam seus *amourés* — murmura Sabine.

Jules suspira.

— Olha, não temos que resolver tudo hoje. Ainda temos tempo para planejar uma maneira de derrotar Tyrus.

— Tempo? — Bastien dá uma risada triste.

— Sim — responde ela. — Não podemos fazer nada disso até a noite da travessia, lembra? A lua nova ainda vai demorar...

— Mais doze dias — completa Marcel.

— De qualquer forma, Sabine precisa desse tempo para se recuperar — diz Cas, ainda segurando a mão dela.

Bastien dá outra volta na câmara. Os olhos de todos estão voltados para ele, esperando que dê a palavra final — até mesmo Cas, que passou a respeitar a autoridade de Bastien no pequeno reino de sua pedreira.

— Este plano é a melhor chance — diz Jules.

— Ela tem razão. — Levanto-me e caminho em direção a ele. Talvez seja apenas uma esperança imprudente ou uma fé obstinada em meus amigos, mas sinto uma certeza quase tangível de que nossos esforços serão bem-sucedidos. O que quer que eu tenha de fazer para escapar do Miroir e ajudá-los a derrotar Tyrus, e minha mãe, eu farei.

Bastien finalmente olha para todos e cruza os braços. Eu também me viro para encará-los, ao lado dele.

— Então, estamos todos de acordo? — Cada um deles afirma com a cabeça. Ele exala um suspiro reprimido. — Tudo bem, então. Preparem-se. Não deixaremos nada ao acaso.

— Nada — reitero. — Não há espaço para o fracasso.

— Temos doze dias para bolar um plano para enviar Odiva para Submundo.

— Realizamos tarefas mais difíceis em menos — digo em meio à conversa deles.

— Vou começar me aprofundando nesses livros. — Marcel abre um dos volumes trazidos de Beau Palais. — Deve haver algo útil neles.

— Ótimo — Bastien e eu dizemos juntos. — Quero ter certeza de que Sabine e Ailesse possam mesmo reconectar os Portões — acrescenta ele. — Veja o que pode descobrir sobre como vinculá-los.

Marcel o saúda e se coloca em uma posição confortável.

— Vou praticar com a faca e fazer treinamento de força de novo — continua Bastien. — Minha mente funciona melhor quando mantenho o corpo em movimento.

— Farei o mesmo — responde Cas. — Tenho meu trono para reconquistar, e não posso fazer isso sem desafiar Godart.

— Talvez eu possa aprender como compartilhar minhas graças com todos vocês — sugere Sabine. — Se minha mãe consegue, então é possível. Teremos uma chance muito maior de sucesso.

— Acredito em você. — Sorrio para ela.

— Excelente. — Bastien bate palmas. — Todo mundo, ao trabalho.

— Espera. — Jules se levanta e coloca os punhos cerrados nos quadris. — Você não quer saber o que *eu* vou fazer?

— Ah. — Bastien observa o modo como as pernas dela balançam de fraqueza. — Bem, imaginei que você ajudaria Marcel. São livros grandes que ele tem.

Ela o fixa com um olhar gelado.

— Você esqueceu que sou sua melhor parceira de treino e que também tenho um pai que gostaria de vingar?

Ele balança para trás nos calcanhares.

— Definitivamente não esqueci.

— Bom, então... — Um súbito ataque de tosse toma conta dela. Seu lenço voa até a boca, e ela se curva, parando por um longo momento.

— Você está bem? — Bastien se aproxima.

Ela se vira e tosse algumas vezes antes de limpar a boca.

— Óbvio que estou bem. — Ela olha para o lenço. — Pegue sua faca. Vamos praticar na igreja.

— Tem certeza de que não quer...?

Jules se vira para ele.

— Pegue. Sua. Faca.

Ele levanta as mãos e se vira para fazer o que ela diz. Depois de uma pausa estranha, todos os outros voltam ao que estavam fazendo. Todos menos eu.

Flutuo até Jules e olho pelas suas costas, para o lenço que ela está escondendo na mão, tensa.

Está encharcado com um círculo brilhante de sangue no meio.

34
Bastien

Sento-me em um banco na ala central da Chapelle du Pauvre, afiando a faca do meu pai em uma pedra de amolar. Trovões ressoam lá fora, e a chuva escorre pelas rachaduras no teto abobadado. A luz do crepúsculo, que penetra pelas janelas fechadas com tábuas, está rapidamente diminuindo. Não acendo uma lanterna. As lanternas que se apaguem todas. Preciso que meus olhos se adaptem à escuridão.

A lua nova chegou. É noite de travessia. Doze dias se passaram desde que meus amigos e eu elaboramos nosso plano, e ele é tão imprudente e incompleto quanto era então. Não tivemos avanços sobre como derrotar Tyrus. Nossa única esperança é que, se recuperarmos as almas roubadas do Paraíso, ele se sinta ameaçado e esteja disposto a negociar conosco.

Enfio a mão no bolso e sinto o pedaço da camisola de Ailesse.

— Esteja lá esta noite — sussurro, esperando que ela esteja pronta no Portão quando Sabine e eu empurrarmos Odiva através dele. Talvez, com todas as graças das Barqueiras, elas não precisem da minha ajuda, mas é óbvio que estarei lá para trazer Ailesse.

O alçapão atrás do altar é aberta. Sabine sai do porão com uma lanterna. Suspiro. Perdi tempo ajustando meus olhos ao escuro.

Cas, que estava praticando movimentos de defesa na capela, embainha sua espada e se aproxima como se ela tivesse acabado de tocar um canto de sereia.

Sabine colocou um novo vestido branco que roubei para ela. Mas não contei que é o vestido de noiva de uma futura duquesa. Isso pode perturbá-la, e preciso que ela esteja concentrada. O ponto crucial do nosso plano depende dela esta noite. É Sabine quem terá de abrir os Portões e os interligar. Talvez isso signifique forçar Odiva a ajudá-la. Ou talvez signifique trocar Odiva e Ailesse primeiro, para que Ailesse possa ajudar Sabine a conectar os dois reinos do Além.

Merde, odeio que não saibamos o que estamos fazendo.

Jules sai do alçapão em seguida, com sua própria lanterna. Fico de pé enquanto ela caminha até mim, e observo seu cabelo bem trançado, sua blusa lavada e as duas facas finas no cinto em volta de seus quadris. Era assim que ela se vestia toda lua cheia quando procurávamos pontes em busca de Feiticeiras de Ossos.

— Você não vem esta noite. — Cruzo os braços.

Ela dá de ombros.

— Não significa que eu não possa lutar com facas pela última vez com meu melhor amigo. — Jules coloca um pé no banco e aperta os cadarços das botas de cano alto. Suas calças de couro, enfiadas por dentro, ficaram um pouco folgadas nos últimos dias. Seu rosto também está mais encovado. Enquanto Sabine foi revivendo, Jules foi murchando. Isso me assusta muito. — Sua técnica foi desleixada da última vez — acrescenta ela. — Não vou mandar você enfrentar a rainha das Feiticeiras de Ossos se você não consegue nem mesmo me vencer em uma rodada de treino.

— Ei, ei, ganhei a maioria dessas partidas.

— Não as últimas três.

— Essas não contaram. — Rio. — Você me acordou no meio da noite.

— Tinha que pegar você desprevenido de alguma forma. Acha que Odiva vai pegar leve com você?

Forço outra risada. A verdade é que *eu* peguei leve com Jules. Eu poderia ter derrubado a faca dela sem esforço cada vez que ela me pegou de surpresa, mas continuo agradando-a. Seu orgulho é sua maior força, e não vou tirar isso dela.

Ela saca uma de suas facas e me ataca. Demoro meio segundo antes de evitá-la. Ela mira na minha cabeça, e eu também me esquivo.

— Poxa, Bastien. — Ela tosse em seu lenço. — Você pode fazer mais do que me esquivar. Pegue sua faca.

Eu a pego do banco e vou para o corredor. Como devo a atacar? Como fazer parecer que estou lutando a sério?

Estou prestes a atacar sua coxa esquerda quando Marcel irrompe na capela pelo alçapão. Ele está segurando um dos livros grossos de Beau Palais.

— Escutem! — Ele tropeça em um tapete comido por traças. — Nunca vão adivinhar o que descobri!

— Como conectar os Portões? — Embainho minha lâmina. Graças aos deuses tenho uma desculpa para não lutar mais com Jules.

— Ou o segredo para compartilhar graças? — Sabine se aproxima. Ela não teve sorte em encontrar uma maneira de fazer isso. Cada um de nós cortou as mãos e os braços diversas vezes, testando o sangue nos ossos dela.

— Vocês dois estão errados — responde Marcel, alegremente. Ele salta para se sentar no altar empoeirado e abre o livro. — Embora isso *tenha* a ver com suas graças, Sabine, especificamente aquelas do seu chacal-dourado. Já descobri por que Odiva e Godart querem tanto esse osso da graça.

Ela troca um olhar tenso com Cas.

— Continue.

Marcel acena para todos, e nos reunimos em torno dele. Jules dá um passo para trás, irritada porque seu irmão está interrompendo nosso treino.

— Escutem isso. — Ele vira as páginas até chegar ao que procura. — "Gaëlle cultivou uma pereira majestosa, a primeira em seu pomar e a primeira a sair do solo de sua terra virgem. Todos os animais queriam provar o seu fruto, mas foi o chacal-dourado que entrou no pomar enquanto Gaëlle dormia e mordeu a fruta. Tyrus o elogiou por sua astúcia e reivindicou o chacal para si."

Marcel se inclina para trás e cruza os tornozelos um sobre o outro.

— Adivinhem o que uma pera representa.

Ninguém responde.

— A renovação da vida. Imortalidade.

Sabine arregala os olhos. Cas aperta a ponte do nariz. Olho pra Jules que está atrás de mim, cuja boca está aberta. Sou o único que ainda não entendeu.

— E como isso é importante?

Cas abaixa a cabeça.

— Godart quer o pingente de chacal para poder governar para sempre.

— E Odiva também, se puderem compartilhar a graça — acrescenta Jules sobriamente.

— Mas... Sabine não tem imortalidade. — Olho para todos ao redor. Eles parecem estar se esquecendo disso.

— Talvez ela tenha. — Marcel fecha o livro. — Birdine disse que o veneno que ela bebeu deveria tê-la matado muito antes de lhe darmos o antídoto.

— Então deixe-me ver se entendi. — Levanto a mão. Meu cérebro está girando. — Você está dizendo que Sabine não pode morrer?

O sorriso de Marcel se abre.

— Sim.

Sobrecarregada pelas informações, Sabine se senta na beira da plataforma ao redor do altar. Jules dá um assobio baixo. Cas fica congelado. Tropeço para trás e esfrego a testa.

— *Merde*.

Os dedos de Sabine tremem quando ela toca o osso da graça do chacal pendurado em seu pescoço.

— Esta é uma boa notícia, certo? — Marcel desce do altar e dá um tapinha no ombro dela. — Deve lhe dar uma vantagem para confrontar sua mãe.

— Não se ela roubar o pingente de chacal. — Sabine esconde o colar bem na frente do vestido.

Começo a andar. Uma parte da teoria de Marcel ainda não bate certo.

— Como pode a imortalidade ser uma graça? Os chacais-dourados não são imortais. Se fossem, Sabine não teria sido capaz de matar um.

— Mas *Tyrus* é imortal — diz Marcel. — E o chacal-dourado o representa. O sangue de Sabine no osso de chacal foi o que primeiro invocou as graças nela, as graças de Tyrus, incluindo a imortalidade.

Cas suspira amargamente.

— Agora entendo o que Godart quis dizer quando se comparou a um deus. Ele disse que não sangraria mais quando o Paraíso estivesse vazio. Ele não precisará do crânio de salamandra de Sabine se Tyrus puder torná-lo indestrutível. — Cas se senta ao lado dela, colocando uma mão gentil em suas costas.

Penso no que aconteceu na última lua cheia.

— Não tenho tanta certeza disso. Na ponte da caverna, Odiva espalhou o sangue de Sabine no crânio da salamandra e pediu a Tyrus que "devolvesse carne, ossos e sangue ao pai de sua filha".

Sabine assente, meio entorpecida.

— A caveira selou a ressurreição dele.

— E se eles conseguirem o pingente de chacal — acrescento —, então Godart permanecerá vivo para sempre, junto com ela.

Cas aperta os dentes.

— Eles precisam de ambos os ossos da graça.

Jules dá um passo à frente.

— Bem, não vamos deixá-los viver para sempre, vamos?

Franzo a testa para ela.

— Não "vamos"?

Ela coloca a mão no quadril.

— É melhor você me dar algum crédito por ajudar a salvar o mundo, mesmo que eu não possa estar com vocês esta noite.

Antes que eu possa responder, a pesada porta da igreja é aberta, e Birdine entra. Sua capa está úmida de chuva. Não me lembro de um verão tão chuvoso. As tempestades continuam caindo, uma após a outra.

— Más notícias. — A voz suave de Birdine atravessa a capela até nós.

Sabine e Cas se levantam. Praguejo baixinho. O que será agora?

Marcel corre até ela, encontrando-a no meio do corredor. Se fosse em qualquer outro momento, eu poderia fazer uma piada sobre como eles parecem estar prestes a se casar. Eles vão acabar fazendo isso, mesmo jovens, se Jules lhes der sua bênção. Marcel está pronto para ganhar a vida trabalhando como escriba, e Birdine quer ajudá-lo. Eles têm suas vidas planejadas, o que é mais do que o resto de nós pode dizer.

Marcel esfrega os braços dela.

— É o seu tio?

— Ele está bem. — A luz da lanterna brilha em seus olhos vermelhos e inchados. Ela está antecipando a morte dele há dias, e chora facilmente. — O problema são as marés. — Birdine se vira para o resto de nós. — Ouvi alguns pescadores na cidade. Eles estavam reclamando do alto nível do mar. Galle do Sul teve muitas tempestades. As praias estão inundadas. — Ela engole em seco. — E se a ponte de terra não surgir até meia-noite?

Coço a nuca e volto meu olhar pesado para Sabine.

— Os Portões podem abrir se estiverem debaixo d'água?

Ela puxa o lábio entre os dentes.

— Acho que sim. A ponte raramente inunda, mas já ouvi falar que isso aconteceu uma ou duas vezes, e não impediu a travessia. No entanto, será muito mais difícil. Algumas Leurress têm graças para ajudá-las a nadar ou prender a respiração, mas você...? — Ela balança a cabeça.

— Vou ficar bem.

Cas cruza os braços.

— Posso ajudar Bastien a puxar um barco a remo até a enseada.

— Bom. Então o plano permanece o mesmo. — Não podemos esperar mais um mês até a próxima lua nova. Odiva e Godart estarão esta noite na ponte de terra, inundada ou não, para fazerem a sua última tentativa de drenar as almas do Paraíso. — Temos que nos mexer — digo a Cas e Sabine. — Arrastar um barco a remo por mais de onze quilômetros vai nos atrasar, sem falar que nos deixará exaustos.

Sabine ergue a sobrancelha.

— Não se eu arrastar.

Cas ri, e eu dou de ombros.

— Justo.

Birdine começa a chorar. Ela nos abraça em despedida, como se estivéssemos sendo enviados para a morte. Ela e Marcel vão ficar com Jules. Eles não são lutadores como nós, e Jules não conseguiria fazer a viagem até a enseada sem ter um ataque de tosse. Não os quero perto de Odiva, Godart e das hordas de Acorrentados.

Enquanto Sabine conforta Birdine, Jules dá um abraço longo e afetuoso em Marcel. Ele sorri, de cenho franzido.

— Para que foi isso?

— Por todas as vezes que eu deveria ter abraçado mais você. — Eu a ouço sussurrar. — Agora parecia um momento tão bom quanto qualquer outro.

Ele dá um tapinha nas costas dela.

— Ah. Bem... obrigado.

Ela se afasta e tosse várias vezes no lenço. Percebo um lampejo vermelho no pano quando ela se endireita. Meu coração dispara.

— Isso era sangue? — sibilo quando ela vem se despedir.

Jules enrijece e esconde o lenço atrás das costas.

— Não há nada com que se preocupar.

— Nada com que se preocupar? — Ergo a voz. Ela bate no meu braço para eu ficar quieto. — *Merde*, Jules, por que você não me contou?

— Que diferença teria feito?

— Você não deveria estar me ajudando a treinar, para começo de conversa.

Ela revira os olhos.

— É melhor irmos — me chama Cas. Ele e Sabine já estão indo para a porta. Ela tem seu cajado nas mãos.

Forço uma respiração profunda e tento não entrar em pânico. O resto dos Acorrentados serão transportados em breve, e então Jules estará a salvo da ameaça de mais ataques. Ela vai se curar. Eu vou dar um jeito.

— Prometa que vai descansar enquanto eu estiver fora.

Ela espera um pouco demais para responder.

— Prometo.

Reprimo um resmungo e visto minha capa. Antes de sair da igreja, vou até Marcel e sussurro em seu ouvido:

— Não perca sua irmã de vista.

35
Sabine

Nuvens escuras pairam sobre o planalto que leva às falésias acima da enseada. A tempestade crescente ofusca a luz das estrelas de Elara. Se não fosse por meus olhos agraciados, a noite seria quase preta. Sinto aquela escuridão se aproximando de mim, anulando minha Luz. Quanto mais nos aproximamos da ponte de terra, mais sufocante ela se torna.

Seja confiante, Sabine. Você tem o osso de chacal. Contanto que o mantenha, você estará segura.

Fico desalentada. Se ao menos eu tivesse aprendido a compartilhar essa graça com Cas e Bastien.

Puxo o cordão do meu colar.

Meus ossos da graça não se movem; eu os coloquei sob o decote apertado do meu vestido.

— Você ainda sente sua *famille*? — pergunta Cas, andando ao meu lado.

Ele está carregando meu cajado, enquanto eu arrasto o barco a remo por uma corda. Ele e Bastien me ajudaram a carregá-lo durante os primeiros cinco quilômetros, mas depois os forcei a me deixarem fazer isso sozinha. Eles estavam se esgotando, e para mim não é um grande esforço.

— Não. — Meu estômago dá um nó. — Tenho certeza de que sentirei em breve. — É difícil imaginar que Roxane e as anciãs me permitirão liderá-las novamente... ou até mesmo me deixarão estar na presença delas. Se não o fizerem, não terei chance de libertar Ailesse esta noite, ou de derrotar minha mãe, Godart e Tyrus, e de soltar milhares de almas Libertadas.

Meu peito se contrai. Percebo que parei de respirar, então forço uma inspiração. *Relaxe, Sabine. Concentre-se em uma tarefa de cada vez.*

Sintonizo meus sentidos com minha graça de chacal, verificando mais uma vez se consigo captar alguma conversa das Leurress. É quase meia-noite, e não tenho certeza se as Barqueiras já chegaram à praia. Só estou fora do alcance para poder ouvi-las. Conto com elas para estarem lá, tentando desesperadamente abrir os Portões, mesmo que não saibam como fazer isso sem mim. Meus amigos e eu precisamos da ajuda delas. Não posso derrotar minha mãe sozinha.

Cas morde o lábio e lança um olhar para Bastien, vários metros à nossa frente. Ele começa a andar mais devagar.

— Posso falar com você por um momento?

O tom tímido de sua voz desperta um pouco da Luz enterrada dentro de mim. Aproximo-me enquanto caminhamos lado a lado, e nossos ombros se tocam.

— Você já está falando comigo. — Sorrio, deixando-me cair sob o feitiço caloroso que ele sempre é capaz de lançar sobre mim. Talvez isso me dê coragem. Esta noite preciso cumprir meus deveres como *matrone*, mesmo que minha *famille* não me devolva esse título.

— Você sabe o que quero dizer — diz ele.

Sei? Seus olhos ficam suaves, e meu coração dá um pulo. Se não fosse pela corda em minhas mãos, puxando o barco atrás de mim, será que Cas tentaria segurar uma delas? Minhas terminações nervosas formigam com o pensamento. Eu quero que ele segure, do jeito que fez quando acordei depois de ter sido envenenada. Jamais esquecerei aquela sensação de ser o centro vital de sua atenção.

Ele larga meu cajado e se aproxima de mim. Paro de respirar outra vez. Ele toca meu rosto, colocando uma mecha de cabelo atrás da minha orelha. Seus dedos estão frios e ligeiramente molhados por causa da umidade do ar.

— Largue a corda, Sabine — sussurra ele.

— Por quê? — pergunto, mas acho que sei por quê. Cas quer fazer mais do que segurar minha mão.

Ele ri baixinho, sua respiração batendo em meu rosto.

— Confie em mim.

Agarro a corda com mais força. Não sei nada sobre beijar. E se eu for péssima nisso?

— Confie em mim — murmura ele novamente. Seu polegar acaricia minha face.

Meus joelhos batem um no outro quando solto a corda. De repente, não sei o que fazer com minhas mãos. Cas sabe. Ele pega as duas e entrelaça nossos dedos. Ele me puxa para mais perto. Uma onda de calor sobe da minha barriga para o peito, pescoço e orelhas. *Me ajude, Elara.*

As mãos dele se deslocam para minha cintura. Estou hiperconsciente de seus polegares enquanto eles deslizam de um ponto logo acima do meu umbigo para a parte inferior da minha caixa torácica. Mil borboletas voam dentro de mim.

Ele aproxima a cabeça, parando quando nossos rostos estão prestes a se tocar, como se estivesse olhando para mim. Quão bem ele consegue me ver na escuridão?

Sua boca abaixa lentamente... a minha levanta...

Seria tão fácil para Cas fingir que eu sou minha irmã agora.

A parte mais larga de seu lábio encosta na ponta do meu nariz por acidente. Ele errou minha boca.

Não posso fazer isso.

Eu me afasto dele.

Ele fica atordoado, com a face corada.

— O que foi?

— Este... não é o momento certo. — Cruzo os braços contra o peito e mantenho os músculos rígidos como uma armadura. — Se tivermos sucesso esta noite... — Suspiro, tensa. *Vamos ter sucesso.* — Ailesse estará de volta e, bem, ela é sua *amouré*.

É mais do que isso. Ela é a filha que deveria ser *matrone*.

— Suas vidas ainda estão interligadas — digo.

— Ailesse não me ama.

— Você a ama.

Ele balança a cabeça. Um cacho louro-avermelhado cai em sua testa. Luto contra a vontade de tocar seu cabelo como ele tocou o meu.

— Sabine... — suspira ele.

— Os deuses a criaram especialmente para você — continuo, antes que minhas defesas falhem. — Não posso competir com isso. Não quero ser aquela a quem você recorre porque não pode ter o que deseja.

— Não é isso que... — Ele estende a mão para mim, mas dou outro passo para trás.

— Estou falando sério — digo. — Estou cansada de ser a segunda melhor. — *Mesmo que eu seja*. Os músculos se contraem ao longo do meu queixo. De repente, percebo o que tenho de fazer depois que Ailesse estiver livre: aceitar meu lugar dentro da *famille* e deixar a filha mais forte e corajosa ser *matrone*.

Bastien caminha de volta em nossa direção.

— Perdi vocês dois? — chama ele.

— Não, estamos bem atrás de você. — Pego a corda e começo a puxar o barco a remo novamente. — Precisamos nos apressar — digo a Cas, sem encará-lo. — Vamos.

Bastien chega até nós e olha para mim na escuridão.

— Você vai ter que assumir a liderança a partir daqui, Sabine. Não sei onde fica a entrada da escada escondida.

Concordo com a cabeça e passo por ele, mordendo o lábio trêmulo enquanto arrasto o barco. *Não diga que você não é suficiente*. Repito as palavras de Ailesse a partir da minha visão, mas ainda é meu primeiro instinto, ainda é minha realidade. Talvez a graça do chacal-dourado esteja se aproveitando das minhas dúvidas, tentando me esmagar, ao mesmo tempo em que me concede vida perpétua. Mas não consigo imaginar se me sentiria diferente ao me desfazer do osso — o que, de qualquer forma, nunca faria. Preciso de cada pedaço de seu poder e proteção esta noite.

Logo chego às duas pedras que escondem as escadas e paro, olhando para elas. Estou um pouco ofegante, finalmente sentindo o preço de caminhar mais de onze quilômetros com este barco. Minha mãe não estará cansada como eu quando ficarmos cara a cara.

Eu nunca vou derrotá-la. Vou falhar em libertar minha irmã e em salvar os Libertados.

— Por que paramos? — pergunta Bastien.

Engulo em seco e aponto para o espaço estreito entre as duas pedras.

— O caminho não é largo o suficiente para o barco. Não tinha pensado nisso.

Não pensei em nada. Sabemos o que queremos que aconteça na ponte de terra, mas não temos uma estratégia real. Devíamos fugir enquanto podemos e voltar no próximo mês, mais bem preparados. Se não o fizermos, Bastien e Cas morrerão esta noite, e será minha culpa.

E então eu ouço... uma linda melodia ecoando na costa: o canto da sereia para abrir os Portões. Exceto que algumas notas estão erradas e não duram o suficiente.

Ouço passos escada acima. Adrenalina bombeia em minhas veias. As Barqueiras sentiram a nossa chegada.

Largo o barco a remo e o viro de lado. Arranco a faca de osso de uma bainha na minha coxa.

— Protejam-se — digo a Bastien e Cas. Eles se abaixam atrás do barco no instante em que Dolssa e Vivienne surgem entre as duas pedras. Mantenho minha posição.

Dolssa arremessa uma adaga em mim. Eu reajo rápido e a derrubo com minha lâmina. Vivienne levanta seu cajado, pronta para atacar, mas depois congela.

— Sabine?

— Sim. — Minha voz fica rouca de repente, mas limpo a garganta. — Eu vim para ajudar. Sou a única que consegue abrir os Portões. Sabe disso. — *Fique calma. Seja forte e siga em frente esta noite. Você não terá que atuar como* matrone *por muito tempo.*

Vivienne olha para Dolssa, uma das anciãs. Dolssa suspira.

— Roxane baniu você, Sabine, e por um bom motivo.

— Eu sei, mas estou aqui para provar meu valor. Me deem esta última chance. Se não ficarem satisfeitas, renunciarei ao meu título e ensinarei o canto da sereia a Roxane antes da próxima noite de travessia.

Dolssa esfrega seu colar de costela de cobra.

— Quem está atrás do barco a remo?

Engulo em seco, me preparando para a reação delas.

— Bastien Colbert e o rei usurpado de Galle do Sul.

Os dois rapazes lentamente se levantam e erguem as mãos para mostrar que não são uma ameaça.

Os olhos de Dolssa se arregalam. Vivienne arqueja.

— Eles são proibidos de vir aqui.

— Preciso da ajuda deles — digo. — E da de vocês também. Ailesse está viva. Sabemos como trazê-la de volta do Submundo e soltar os Libertados, mas apenas se as Barqueiras se unirem contra minha mãe. — Eu respiro, buscando forças. — Porque Odiva e o rei Godart também virão esta noite.

As duas trocam olhares pensativos. Finalmente, Dolssa diz:

— Sigam-me!

— E o barco? — pergunta Bastien.

Cas pega meu cajado e acena educadamente para as duas Leurress.

— O barco a remo é essencial para o nosso plano.

Vivienne o estuda, intrigada com o filho do rei Durand.

— Vou encontrar uma maneira de levá-lo até a praia — responde ela.

Deixamos que ela administre o barco enquanto Dolssa nos escolta entre as pedras e pelas escadas escondidas até a enseada lá embaixo.

Quando saímos da caverna e chegamos à praia, vejo Roxane parada na parte rasa, com água até os tornozelos, e tocando a flauta de osso que deixei para trás no Château Creux. Pernelle segura um cobertor de lã sobre a cabeça de Roxane, como fez comigo, para proteger o instrumento da chuva.

Roxane ainda luta com o canto da sereia. Atrás dela, vejo que Birdine estava certa sobre a maré. Seria necessário baixar, pelo menos, mais dois metros para que a ponte de terra chegasse à superfície, mas este é o nível mais baixo a que irá recuar esta noite.

Dez das Barqueiras, as nadadoras mais fortes, já estão no mar. Estão espalhadas em uma linha que leva ao local onde os Portões devem subir. As outras vinte Barqueiras, sem contar Dolssa e Vivienne, estão esperando na praia. O plano deve ser reunir as almas lá e depois enviá-las em números controlados para as Barqueiras que estão na água. Não será fácil. Muitos dos Acorrentados ganharam poder com o roubo de Luz no último mês. Mas ainda não há almas aqui. A música não está funcionando para atraí-las.

Nossa chegada é notada imediatamente. Várias Barqueiras ficam boquiabertas. Nenhum menino ou homem — pelo menos nenhum vivo — jamais esteve neste lugar. Bastien e Marcel foram os que chegaram mais perto, dois meses atrás, mas só conseguiram chegar até os penhascos acima. Agora Cas e Bastien estão no meio da praia, bem no coração do lugar mais sagrado para minha *famille*.

Mantenho minha postura, mesmo com toda a pressão crescente, e canalizo o chacal dentro de mim. Tenho o osso da graça mais forte de todas as Leurress. Mais forte até que os de Ailesse. Até que os de minha mãe. Eu me agarro à sua ferocidade, e sinto meu sangue acelerar. Usarei essa força para conquistar a confiança da minha *famille*. Não vou deixar que me subestimem novamente.

Dolssa levanta a mão, evitando que a Barqueira mais próxima ataque Cas. Roxane se vira e tira a flauta da boca. Além de seus três ossos da graça — uma coroa de chifres, brincos feitos de ossos da asa de uma águia-gritadeira, e uma pulseira feita de presas de um lobo-cinzento —, ela está usando mais dois novos pingentes em um colar. Os cinco ossos a declaram oficialmente a nova *matrone*.

Sufoco uma onda de ressentimento.

Dolssa nos aproxima da costa, depois faz um gesto para que fiquemos para trás enquanto ela entra na água para chegar a

Roxane. Ela conta tudo o que eu disse a ela. Roxane estreita os olhos para mim.

— Por que Odiva e o rei Godart viriam aqui?

Eu me endireito, desejando ter tido tempo para amarrar meus ossos da graça de volta à minha própria coroa de chifres.

— Minha mãe ainda serve a Tyrus, mas não a Elara. Ela quer roubar o resto das almas do Paraíso e forçar a deusa a unir seu reino ao Submundo. Tyrus está tomando medidas extremas para se reunir com sua noiva.

As Barqueiras começam a murmurar.

— Unir os reinos? — pergunta Élodie.

— Mas todas as almas seriam Acorrentadas — diz Maïa.

Roxane levanta a mão para silenciá-las.

— Talvez você não devesse levantar os Portões então, Sabine.

Você, ela acabou de dizer. Ela está reconhecendo que não pode fazer isso sozinha.

— Os Portões *serão* erguidos esta noite — respondo —, seja por mim ou por minha mãe. Odiva tem a flauta de osso original. — Ela a levou consigo quando entrou no Submundo, e deve tê-la trazido de volta.

— Esses assuntos dizem respeito apenas à nossa *famille*. — O olhar de Roxane recai sobre Cas. — O rei usurpado deveria desafiar Godart em outro lugar e levar aquele plebeu com ele. — Ela lança um olhar para Bastien.

Cas dá um passo à frente, dirigindo-se a Roxane com uma reverência diplomática.

— Se a senhora me permitir falar, direi que um Acorrentado matou meu pai, o rei Durand, de corpo e alma. Hordas de mortos também devastaram meu povo. Quanto ao meu amigo — Cas gesticula para Bastien, que está de pé com os braços cruzados e as pernas bem abertas —, ele também tem um grande interesse em garantir que os Acorrentados enfrentem a justiça. O pai dele, um dos seus falecidos *amourés*, está agora no Submundo, junto com os outros Libertados cativos.

— E junto com Ailesse. — Bastien olha para Roxane como se todo esse problema fosse culpa dela. — Eu também tenho um grande interesse nela, e não preciso de nenhum vínculo de alma para provar isso.

Eu me apresso a ficar na frente dele, para que se segure.

— Planejamos jogar Odiva pelo Portão de Tyrus e trazer Ailesse de volta — explico. — Foi assim que Odiva trocou de lugar com ela antes — acrescento, olhando para todas as Leurress. — Preciso de ajuda. Não posso dominar minha mãe sem a força de várias Barqueiras trabalhando ao meu lado.

Roxane franze a testa.

— E esse comando vem dele? — Ela vira seu olhar endurecido para Cas. — Não estamos acostumadas a receber ordens de homens, especialmente de meros garotos.

— Não são ordens minhas — responde Cas.

— São minhas — digo, minha voz dura como aço. — Eu sou a *matrone* desta *famille*. Não serei banida ou ignorada. Salvaremos Ailesse. Também faremos a travessia das almas. E quando Ailesse estiver livre, ela me ajudará a conectar os Portões e devolver os Libertados ao Paraíso. — Tento não pensar em como uma reviravolta pode acontecer inadvertidamente, ou nos milhares de outras coisas que podem dar errado. — Somos filhas de Elara. Deveríamos honrá-la protegendo seu reino e devolvendo suas almas.

Roxane gira a flauta de osso nas mãos, deliberando. Ao lado dela, Pernelle fala:

— Sabine está certa. Não seremos Barqueiras de verdade se não dermos aos mortos justos uma passagem segura para casa.

Roxane franze as sobrancelhas enquanto vira a flauta mais uma vez. Finalmente sai da parte rasa e vai para a areia. Ela me passa a flauta de osso.

O calor estremece em meu peito quando a seguro. Olho nos olhos de Roxane. Não vejo mais minha rival; vejo a anciã que sempre admirei, alguém que fez o possível para ajudar as Leurress, como eu.

— Obrigada.

Bastien sorri.

— Precisamos nos apressar. — Ele se vira para examinar a praia e murmura: — Onde está aquela Leurress com meu barco a remo?

— Aqui em cima! — grita Vivienne; suas orelhas agraciadas são muito aguçadas. Ela está parada no penhasco que circunda a enseada. Empurra o barco a remo até a beira do calcário. — Peguem! — grita ela para as Barqueiras logo abaixo.

Bastien enrijece, observando o barco descer trinta metros até a praia.

Não estou preocupada. Conheço a força das minhas irmãs. Quatro delas convergem, e o barco pousa em segurança em seus braços. Vivienne joga os remos em seguida. As Barqueiras os colocam no barco e o levam até a beira da água. Bastien entra e se acomoda no assento de tábua. Duas Leurress dão um forte empurrão no barco e o ajudam a lançá-lo contra a maré.

Cas toca meu braço, e eu tremo de calor.

— Preparada? — pergunta ele.

Encontro seu olhar. Algumas nuvens de tempestade se separaram, e a suave luz das estrelas brilha sobre nós. Ele deve conseguir me ver um pouco melhor, porque agora está olhando diretamente para mim. A chuva torrencial cobre seu rosto e gruda em seus cachos soltos. Meu peito aperta com a dor familiar de querer algo que não posso ter.

Gostaria de tê-lo deixado me beijar no planalto. Gostaria de ter acreditado que eu era alguém que ele poderia amar sem comparação.

— Preparada. — Engulo em seco.

Ele aperta meu ombro e dá alguns passos para trás, me dando espaço. Pernelle traz o cobertor de lã e o segura sobre mim. Sacudo as mãos, limpo a garganta e levo a flauta aos lábios.

Agora é o seu momento, Sabine. Agora eu mostro à minha *famille* que posso ser *matrone*, sem fugir.

Agora finalmente salvarei a minha irmã.

Concentrada, sopro no bocal da flauta e toco o canto da sereia.

36
Ailesse

Sabine é iluminada pela tênue luz prateada das estrelas enquanto toca a flauta de osso, mas nuvens de tempestade pulsantes acima da enseada se juntam e lançam uma sombra escura sobre ela, afastando aquela bela Luz.

Fico ao lado de minha irmã, esfregando seu braço e sussurrando palavras de incentivo, inquieta, enquanto fico de olho no mar e espero que os Portões subam. Não estou nervosa com a possibilidade de ela conseguir abrir os Portões — ela já fez isso duas vezes antes. Estou ansiosa com as imensas tarefas que meus amigos e eu esperamos realizar depois que ela o fizer. E não poderei ajudá-los se eu não conseguir escapar do Miroir.

O canto da sereia reverbera no ar e flutua pelas ondas do mar. Quando Sabine toca a última inquietante nota, a água na extremidade da ponte de terra submersa se agita e borbulha. O Portão se eleva em uma onda um metro acima da água e escurece até um preto sedoso. Paira naquela altura, incapaz de subir mais alto. A parte inferior do Portão deve estar escondida abaixo da superfície. Não importa. Está aberto.

À direita da onda suspensa, os quase invisíveis Portões do Paraíso mal aparecem acima da água, mas a escada em espiral para o reino de Elara pode ser vista estendendo-se até os Céus Noturnos.

Expiro um ar que não sinto sair dos pulmões, mas ainda imagino que isso me dê alívio.

— Muito bem — digo a Sabine. Um sorriso fugaz cruza seu rosto. Ela rapidamente embrulha a flauta na lã de cordeiro que Pernelle fornece e a coloca em uma bolsa em seu próprio cinto. Cas devolve seu cajado, e ela olha para os penhascos e para a caverna na costa, esperando a chegada dos mortos.

Também dou uma olhada rápida, depois olho para o mar para checar Bastien. Ele está a quinze metros da praia, remando contra a maré e em direção ao Portão de Tyrus, que fica a outros vinte e cinco metros de distância. Nenhuma das Leurress se juntou a ele no barco, mas várias o vigiam. Confio que o ajudarão caso seja atacado por algum Acorrentado.

Não tenho pressa para encontrá-lo no final da ponte de terra. Ele não tem como me libertar até que minha mãe tome meu lugar. Volto-me para os penhascos e para a entrada da caverna.

— Não venha ainda — murmuro. Sabine precisa se posicionar perto do Portão de Tyrus primeiro.

Vibrações profundas de música pulsam em meus ouvidos, das profundezas do Miroir e do Submundo abaixo dele. Enrijeço o corpo e firmo os pés, me preparando contra o desejo poderoso de vagar em busca dos reinos mais profundos do Submundo. O canto da sereia de Tyrus sempre me arrebata pelo meu desejo de aventura, e faz com que eu me aproxime dele.

Mas em vez de anseio, sinto repulsa e amargura. Não me dá náuseas, mas me sinto enjoada mesmo assim. O feitiço de Tyrus não funciona comigo, não quando ele já me prendeu aqui. Em vez disso, agarro-me à bela melodia de Elara, e isso me infunde de coragem. Ela está torcendo para que meus amigos e eu tenhamos sucesso e salvemos seu reino.

Forgeron e Estelle aparecem em lados opostos da praia. Olham para os penhascos enquanto a paisagem se ilumina com um brilho sobrenatural, esmagadoramente *orvande*, não *chazoure*. Um grande número de almas aprisionadas se aglomera na beira dos penhascos que envolvem a enseada.

Não são os Acorrentados. Forgeron e os chacais devem ter enviado todos eles aos reinos mais profundos do Submundo. Estes são os Libertados que estão no Miroir. Não consigo ver nenhum lugar onde eles não estejam amontoados, ombro a ombro. Estavam espalhados até agora, talvez observando seus entes queridos, como eu. Agora estão se reunindo desesperadamente ao som do canto da sereia de Sabine, frenéticos para escapar do Submundo e retornar ao Paraíso.

Arquejo quando eles começam a mergulhar dos penhascos. Não perdem tempo rastejando de cabeça para baixo, como vi os Acorrentados fazerem. Em vez disso, dezenas deles caem no mar. Dezenas de outros despencam logo depois. Alguns caem na costa de uma altura de trinta metros. Eu estremeço. Sei que não podem morrer de novo, mas sentirão a dor. *Ou não?* Talvez não, já que eu não sinto, e estou *orvande* como eles.

Eles avançam em direção ao Portão de água, mas Sabine e as Barqueiras não os notam. Elas só podem ver as almas *chazoure*, que também começam a convergir.

Para uma noite de travessia, a quantidade é significativa — algumas estão soltas no mundo mortal há mais de um mês —, mas elas aparentam ser meros relâmpagos se comparadas à tempestade estrondosa dos Libertados do Miroir.

As Leurress de minha *famille* começam a fazer a travessia dos mortos. A maioria delas fica organizando almas na praia. Elas os enviam em pequenos grupos ao longo da linha de dez Barqueiras que têm as melhores graças para nadar no mar. Nenhuma tem barcos a remo como Bastien. Mesmo que as Leurress mantivessem um estoque deles para raras noites como esta, duvido que as Barqueiras os usassem. São mais capazes de lutar sem a necessidade de manobrar um barco contra as ondas ao mesmo tempo.

Multidões de almas *orvande* passam pelos Acorrentados, também em direção ao fim da ponte, mas não são tangíveis para as Leurress ou mesmo para as almas *chazoure* cuja travessia elas fazem. As almas *orvande* não podem perturbá-las ou penetrar no Portão de água. Qualquer que seja o poder que tenha contido minha mãe quando estava no Miroir, ele também mantém as almas *orvande* afastadas, apesar de seu número crescente. Há, pelo menos, dois mil Libertados na enseada tentando escapar do Submundo. Talvez o pai de Bastien esteja entre eles. Ainda não o vi neste reino.

Enquanto Forgeron fica de olho em mim, Estelle corre pela praia e chama as almas em pânico. Está tentando acalmá-las, mas elas a ignoram e continuam a inundar o mar. Não balançam ou se movimentam com as ondas. Nem estão flutuando. Elas afundam no mar, enquanto as únicas que chegam à superfície são as que ficam empilhadas em cima das outras.

É uma loucura. Como chegarei ao Portão de Tyrus quando chegar a hora? As almas *orvande* não atrapalham as Barqueiras, mas podem me bloquear.

Balanço para a frente quando alguém bate em mim por trás. Ele quase me derruba em sua corrida desesperada até os Portões. Outra me acerta de lado quando tropeço em seu caminho. Sigo em direção ao penhasco que fica ao fundo da costa, esperando poder ficar fora do caos até minha mãe chegar. Mas então meus olhos aguçados vislumbram Bastien.

Ele avançou apenas mais cinco metros no mar. Dois Acorrentados *chazoure* estão na água, ao lado do barco, inevitavelmente atraídos para o Submundo, mas a atração os irrita, e estão descontando sua frustração em Bastien. Nenhuma Barqueira vai ajudá-lo. Elas estão sobrecarregadas com outras almas.

Um dos Acorrentados — um homem barbudo e de braços grossos — agarra a borda direita do barco. Bastien quase cai para o lado. Grito seu nome enquanto ele luta para se firmar no casco. Reequilibrado, ele pega um remo e ataca às cegas o Acorrentado, depois o empurra para a água. Mas o segundo Acorrentado entra no barco sem que Bastien perceba.

Corro em direção ao mar, fazendo o possível para não atropelar as almas *orvande* em meu caminho, mas há muitas delas, e minha força agraciada é muito maior. Derrubo três acidentalmente e quase bato em Forgeron. Ele me encara, seus olhos sombrios.

— Tome cuidado, Leurress. — Sua voz profunda ressoa acima dos lamentos estridentes dos mortos. — Você só tem mais uma chance antes de se tornar Acorrentada. Não me force a fazê-lo.

Aperto os lábios e olho para Bastien. Ainda incapaz de ver seus oponentes, ele está em combate com o segundo homem *chazoure*. Estão lutando pelo controle do remo, enquanto o primeiro Acorrentado nada de volta para o barco. Se os dois jogarem Bastien na água, eles o afogarão. As Barqueiras mais próximas não percebem seu problema. Estão lutando contra outros dos Acorrentados mais poderosos.

Encontro os olhos de Forgeron novamente e cerro a mandíbula.

— Não o estou forçando a nada. Você tem uma escolha, lembra? — Antes que possa responder, passo por ele e corro em direção a Bastien.

Meu progresso é difícil entre as almas *orvande* em pânico, mas canalizo minha agilidade íbex e velocidade de falcão. Avanço e atravesso as almas. Mas ainda não sou rápida o suficiente. Ambos os Acorrentados estão agora no barco a remo de Bastien. Ele está a vinte metros de distância, flutuando com a maré em direção à costa, e estou com água apenas até os joelhos. Uma garota com uma trança dourada passa por mim e mergulha no mar. Meus olhos se arregalam. *Jules?*

Ela nada em direção ao barco. Suas braçadas são trêmulas, mas determinadas. Corro atrás dela — atrás de Bastien —, abrindo caminho através de enxames de mortos *orvande* que não a impedem.

Bastien está com a faca na mão quando a vê. Ele está esfaqueando cegamente homens que não sangram, e então seu rosto empalidece na escuridão.

— Jules? — Ele fica boquiaberto. — O que, diabos, está fazendo aqui?

Ela está sem fôlego para responder. Continua nadando até ele. Ela mergulha para evitar as ondas quando atingem o pico, mas algumas das correntes mais fortes a mantêm debaixo d'água. Ela tosse quando emerge, agitando os braços descontroladamente.

Praguejo enquanto luto para seguir em frente, agora com água até a cintura. Por que Jules veio? Ela está muito fraca para ajudar Bastien. Eu a vi tossir sangue por dias. Só vai distraí-lo.

Outra onda desaba sobre ela e a empurra para baixo da água novamente. Bastien a observa por tempo demais. O Acorrentado barbudo dá um soco na sua mandíbula. Bastien se agarra ao casco do barco e pisca com força.

Grito seu nome mais uma vez. Estou no mar até o pescoço agora. Uma onda passa pela minha cabeça. Tento nadar, mas não tenho influência sobre a água. Eu mexo os braços e as pernas, mas não consigo me impulsionar para a superfície. Eu só apareço acima da água quando uma onda passa por mim.

O barco a remo continua à deriva em direção à costa. Jules está agora a dois metros dele. Eu estou a seis metros. O segundo Acorrentado abandona Bastien e salta atrás dela. Ele a agarra nos ombros e a puxa para baixo.

Dou mais um passo, e o fundo do mar desce abruptamente. Estou debaixo d'água por completo agora. Por instinto, prendo a respiração, mas então me contenho. Eu não preciso respirar. Determinada, continuo mergulhando cada vez mais fundo.

Luto para passar pelos Libertados. Seus membros e seus rostos *orvande* brilham diante de mim enquanto avanço. Quatro metros à frente, encontro Jules. Ela está afundando lentamente com o peso do Acorrentado. Bolhas flutuam de sua boca enquanto se debate. Ela esfaqueia o homem com uma de suas facas finas. Ele a solta. Jules bate as pernas até a superfície e inspira ar.

Avanço mais um metro e meio antes de ser barricada por uma parede de almas *orvande*, empilhadas umas sobre as outras. Mais pessoas sobem em cima delas, frenéticas para chegarem ao Portão de Tyrus. Faço o mesmo, rápida e ágil com minha graça de íbex. Quando alcanço o topo de seus corpos contorcidos, saio da água.

O barco a remo está mais perto, agora a dois metros de distância. Não consigo ver Jules em lugar nenhum. Bastien e o Acorrentado barbudo estão de joelhos no casco, em uma luta tensa pela faca. O homem a está dirigindo para a garganta de Bastien.

Eu salto das almas empilhadas com minha graça de falcão, odiando ter de usá-las como alavanca para alcançar Bastien. Assim que salto, elas se movem embaixo de mim. Eu caio e deslizo debaixo d'água.

Jules e o Acorrentado estão novamente abaixo da superfície, seis metros abaixo. Ele a está prendendo contra o fundo do mar. Meu sexto sentido vibra em minha espinha enquanto luto para chegar até ela.

Tento agarrar o Acorrentado, mas não consigo movê-lo como faço com as almas *orvande*. Sou tão intangível para ele quanto sou para Jules quando tento segurá-la, também em vão. Somente Bastien pode salvá-la. Mas como posso chegar até ele?

Minha mente dispara, pensando nas leis naturais do Miroir. Imagino Estelle chutando a areia sem perturbá-la; de alguma forma, aquela areia ainda nos mantinha de pé, mesmo estando em um reino separado. Não, a areia não nos segurava. Permanecemos em pé porque nossas mentes nos disseram que deveríamos.

Eu *consigo* nadar. Na verdade, nem preciso.

Eu me imagino no barco a remo e, de repente, estou ao lado de Bastien.

Eu me esforço para manter a calma, apesar da lâmina sobre ele, quase cortando seu pescoço, e apesar de Jules, que está a segundos de se afogar.

— Bastien — digo, e busco a Luz em sua alma.

Suas sobrancelhas tremem. Ele me ouve.

— Grite por Isla — digo a ele. — Peça por ajuda. — Nunca gostei de Isla, ela é minha rival desde a infância, mas é a Barqueira mais próxima na água, e sua audição tem as graças de um lobo.

— Isla! — grita Bastien de imediato. — Me ajude! — Sua voz está meio estrangulada, mas, a sete metros de distância, Isla se afasta da Libertada *chazoure* que está guiando. Seus olhos se arregalam.

Eu a perdoo por cada palavra ou olhar desdenhoso que já me deu quando ela imediatamente se lança para o barco a remo. A mandíbula do peixe-espada em seu colar lhe dá uma velocidade poderosa na água. Ela chega ao barco em poucos segundos. Salta para dentro, arranca o Acorrentado de cima de Bastien, agarra a faca de sua mão e o arremessa na direção das Barqueiras acima da ponte de terra.

— A faca. — Bastien abre a mão, sem tempo para agradecer. Isla a entrega. Ele mergulha na água para salvar Jules. Isla mergulha atrás dele. Dirijo minha mente de volta ao fundo do mar e, em um piscar de olhos, estou lá.

Isla chega a Jules antes de Bastien e a liberta do Acorrentado. Jules está quase inconsciente. Bastien a agarra, salta do fundo do mar e nada até a superfície. Isla se aproxima para ajudá-los. Ela agarra o outro braço flácido de Jules e os leva para cima em busca de ar.

Estou prestes a segui-los, quando vejo Forgeron debaixo d'água. O martelo de ferreiro está pendurado em seu cinto. Ele caminha sobre um leito de coral que não o corta, e avança em minha direção, esquivando-se habilmente das almas *orvande* em seu caminho.

Merde.

Penso que estou de volta à superfície. Ele não pode me acorrentar se não puder me pegar.

Meu ambiente muda em um piscar de olhos. Estou sentada no barco a remo, mas Bastien e Jules não estão nele. Pelo menos estão na superfície. Isla ainda os está ajudando a chegar ao barco.

Examino as profundezas abaixo e procuro por Forgeron. Um brilho *orvande* passa por mim. Eu me viro. O ferreiro está em cima da água – *de pé* na água. A quatro metros de distância, ele avança em direção a mim.

— Você não precisa fazer isso. — Eu me contorço para ficar de pé. — Pode escolher quem você acorrenta.

Suas sobrancelhas se fundem em uma linha rígida.

— Não, não posso, e você sabe por quê.

Ele se aproxima de mim. Eu me afasto antes que sua mão grande agarre meu braço.

Agora estou perto do fim da ponte de terra inundada — e *estou de pé* sobre a água. O pânico se instala. Eu me atrapalho para agarrar alguma coisa, mas não há nada sólido por perto. Começo a afundar, mas então cerro as mãos e aperto a mandíbula. *Pare*, digo a mim mesma. *Isso não é realmente água, não no Miroir. Estou em um lugar separado do mar Nivous, da enseada e da tempestade. Eles não podem me dominar.*

Eu me levanto. Meus pés se equilibram na superfície. Olho ao redor, esperando ver Sabine nadando perto dos dois Portões. Ela é a *matrone*. Ela deveria estar realizando a travessia final. Em vez disso, Pernelle e Roxane estão na posição dela.

Olho para a praia, e meu corpo fica rígido. Entre as milhares de almas *orvande* e *chazoure*, vejo uma coroa de vértebras de víbora e caveira de morcego, uma cortina de cabelo preto e dragonas de penas e garras de bufo-real.

Minha mãe. Ela já está aqui.

Ela enfrenta Sabine. A alguns metros de distância, o rei Godart estabelece contato visual com Cas, do outro lado da praia. Ambos os homens empunham suas armas. *Não, não, não.* Este não era o plano. Minha *famille* deveria estar ajudando Sabine. Ela não pode arrastar minha mãe sozinha para o Portão de Tyrus. Mas as Barqueiras estão sobrecarregadas lutando contra os Acorrentados, que estão mais poderosos.

Estou correndo pela água em direção à minha irmã quando Forgeron me encontra novamente. Ele se coloca na minha frente.

— Você escolheu seu destino. Não pode escapar agora.

Eu me afasto dele três metros. Uma fração de segundo depois, ele está diante de mim novamente. Tento mais duas vezes. Não adianta. Agora estou do outro lado do Portão de água, a centímetros da ondulação de um metro que paira acima da superfície. Forgeron me encurralou contra ela.

— Espere, por favor! — Levanto as mãos, então percebo o que estou fazendo e rapidamente as escondo atrás de mim. Mas ele não precisa agarrar minhas mãos. Ele vem em direção a meu pescoço.

— Forgeron, não toque nela!

Estelle.

Ela aparece ao lado dele, e ele congela.

— Ailesse é filha das minhas filhas — diz. — Ela é sua filha também.

Apesar do meu pânico, o espanto me enche. É óbvio que Forgeron é meu pai, várias gerações atrás. Estelle me disse que nunca amou outro alguém.

— Devemos nossa lealdade à nossa *famille*, não a Tyrus — diz ela.

Forgeron enruga a testa. Ele não olha para Estelle. Seus olhos se fixam em mim.

— Se eu o desobedecer — responde ele —, você nunca mais verá sua posteridade.

— Eu fiz essa escolha quando cheguei aqui. Escolhi você acima de tudo. — Ela dá um passo para mais perto dele. — Não é hora de deixar o passado para trás e abraçar o presente?

Ele cerra os dentes.

— Nossas filhas são fortes, Forgeron. Elas não precisam de mim. Mas você, sim.

Seu queixo treme, mas ele não se intimida. Lentamente, ele se aproxima de mim.

— Aurélien. — A voz de Estelle é apenas um sussurro, mas carrega o peso de incontáveis eras.

A angústia se espalha pelo rosto de Forgeron.

— Não me chame disso.

— É o seu nome.

— Não mais. Sou um ferreiro, uma arma, um forjador de correntes.

— Você é a canção da minha alma. Meu único amor. Minha vida eterna.

— Você é meu pai — também sussurro.

Estelle se aproxima ainda mais dele, seus pés ágeis deslizando na água.

— Dê-me suas correntes, Aurélien. Dê a Ailesse a vida dela.

Ele cuidadosamente se vira para Estelle.

— Mas os chacais...

— Você não vai bater com o martelo — diz ela, de um jeito calmo. — Tyrus pode nos separar dos vivos, mas não pode obrigar você a agir.

A tensão que marca seus ombros largos diminui.

— Estelle — murmura ele, e hesitantemente se aproxima dela. Seus rostos estão quase se tocando. — Tem certeza?

Ela se inclina para ele e beija sua boca. As mãos dele envolvem o rosto dela. Um anel *orvande* delicado se forma ao redor da testa dela, gravado com lindos arabescos. Não é um terceiro elo de corrente. É a coroa de uma rainha.

O barco a remo de Bastien chega ao Portão de Tyrus. Ele e Jules procuram Sabine, mas ela não está ali com Odiva. Minha irmã e minha mãe estão lutando na praia. Cas e Godart também estão lá, tentando atravessar as almas com a intenção de duelar entre si. As Barqueiras lutam contra os Acorrentados *chazoure* no mar e na costa, enquanto os Libertados que estão no Miroir se movem em direção ao Portão de Tyrus. Seus corpos caem uns sobre os outros como ondas *orvande*.

A urgência toma conta de mim.

— Preciso de ajuda — digo a Estelle e Aurélien, desejando não ter de interrompê-los, especialmente depois do quanto esperaram por esse momento.

Eles se separam e olham para mim e para os arredores, um pouco desorientados. Imagino o que devem estar vendo: apenas eu e os Libertados presos no árido Miroir, sem a visão das Barqueiras, da enseada e das almas *chazoure* no mundo mortal.

— Vocês podem conter os Libertados enquanto tento escapar? — *Por favor, Elara, deixe-me sair deste lugar para que eu possa ajudar meus amigos.* — Então poderei libertar todas essas almas e mandá-las de volta ao Paraíso.

Vou precisar da flauta de Sabine e de um milagre para que isso aconteça, mas estou apostando minha fé no poder da música ritualística. Existem vários cantos de sereia: um para o rito de passagem, um para abrir os Portões, um para atrair almas para o Submundo e um para atrair almas para o Paraíso. Quem garante que mais canções de sereia não podem ser escritas? E se eu tocasse uma nova hoje à noite e usasse a Luz de Elara para me guiar? Uma nova música pode ser capaz de quebrar a barreira do reino de Tyrus e chamar as almas presas injustamente.

Estelle se vira para Aurélien e arqueia a sobrancelha. Ele sorri, deslizando sua mão grande em torno da dela.

— Juntos, somos fortes o suficiente.

Eu estudo os Libertados mais uma vez. Mesmo que seu número tenha crescido incontavelmente, deve haver tantos quanto ou mesmo mais Acorrentados devidamente presos nos reinos mais profundos do Submundo.

— Bom — respondo. — Então preparem-se.

Posso fazer mais do que libertar almas inocentes esta noite. Acabei de perceber como meus amigos e eu podemos derrotar Tyrus.

37
Bastien

Aguente firme, Ailesse. Estou indo buscar você. Meu pulso permanece acelerado desde que ouvi a voz dela. Ela está realmente aqui. E está contando comigo.

Enfio os remos na água e mantenho o barco firme contra a maré.

— Vamos, Barqueiras. — Semicerro os olhos para enxergar melhor a praia escura. Ailesse também precisa da ajuda delas.

Tenho um vislumbre do vestido branco de Sabine enquanto ela se esquiva de um golpe do cajado de Odiva. Sua *famille* deveria estar ajudando-a, mas elas estão ocupadas lutando contra um exército invisível de Acorrentados. Não deve ser fácil, mas não tenho paciência. Forçar Odiva a chegar ao Portão de Tyrus é mais importante. Enquanto isso, na praia, as armas de Cas e Godart colidem. Começaram o duelo.

— Sabine e as Barqueiras não chegarão a tempo — diz Jules. Ela está sentada à minha frente, o cabelo solto da trança grudado na testa e no pescoço. Estamos ambos encharcados até os ossos. — O Portão não ficará aberto para sempre.

A ondulação preta paira quase dois metros à minha esquerda. Roxane e uma Barqueira que não conheço estão na água em frente a ela. Não consigo ver a alma cuja travessia estão tentando fazer, mas deve ser poderosa, já que duas o Barqueiras estão lutando contra ela.

— Você tem razão. — Viro o barco com os remos.

— O que você está fazendo?

— Temos que ajudar Sabine. *Eu* tenho que ajudá-la — me corrijo. — Você vai descer do outro lado da praia. — Aperto os dentes. — Não sei o que estava pensando ao vir aqui. Você quase se matou.

— Não volte para a costa.

— Você tem uma ideia melhor?

— Sim. — Ela respira fundo. O som parece papel rasgando em seu peito. — Nós mesmos vamos pegar Ailesse.

Aperto os remos com tanta força que minhas mãos latejam. Meus músculos queimam com a raiva crescente. Finalmente percebo por que Jules tem estado agitada nos últimos dias, apesar de tão doente. Ela descobriu uma maneira de realmente ajudar: ela quer trocar a própria vida pela de Ailesse.

— Se acha que vou deixar você passar pelo Portão do Submundo, você endoidou.

Seu sorriso pequeno e resignado me dá vontade de estrangulá-la.

— Estou morrendo, Bastien.

— Não. Você está melhorando. E assim que os Acorrentados forem embora...

— Eu não estou melhorando! O estrago já está feito. — Ela tosse forte na manga, e o sangue se espalha pelo pano molhado. — Minha alma está por um fio, e sinto esse fio se desfazendo. Deixe-me morrer da maneira que escolhi.

— Morte no Submundo? — tento zombar, mas minha garganta está muito sufocada. — Seria uma tortura.

— Seria *temporário*. Você me libertará quando soltar os outros Libertados. Encontrarei seu pai entre eles, e irei com ele para o Paraíso. — Seus olhos brilham com lágrimas. — Pense nisso. Estarei lá com o *meu* pai também.

Solto o peso da cabeça. Largo um dos remos e belisco a ponte do meu nariz.

— Você e eu fizemos um pacto há oito anos para nos vingarmos — continua ela. — Este é meu último desejo, a última coisa que posso fazer para lutar por aquilo pelo qual trabalhamos tanto.

— Pare, Jules! — Minha voz falha. — Não vou ouvir isso.

— Você precisa me ouvir. — Ela agarra minha mão. — Ailesse precisa estar liberta para ajudar Sabine a derrotar Odiva e conectar os dois Portões.

— Encontraremos outra maneira.

— Deixe-me ir, Bastien. — Ela se aproxima, ajoelhando-se no casco do barco a remo. — Eu confio em você para salvar minha alma.

Eu a vejo através de olhos quentes e embaçados. Não posso... não vou deixar minha melhor amiga morrer.

Aperto a mandíbula, afasto a mão dela e agarro os remos, dando um forte puxão.

— Tudo bem, então — diz Jules, e se levanta rapidamente. — Faremos isso do meu jeito.

Ela salta do barco.

Fico boquiaberto de horror. A água escura perto do Portão a engole, e ela desaparece de vista.

— Jules! — A adrenalina me sacode. Solto os remos e mergulho atrás dela.

Minha visão se inunda de preto. Tateio às cegas, procurando um braço, uma perna, qualquer coisa que eu possa me agarrar para poder puxá-la.

Meus olhos se ajustam um pouco. Vejo os vestidos brancos das duas Barqueiras mais próximas. Ainda estão lutando contra os Acorrentados. Então vejo a trança de Jules, que flutua enquanto ela nada em direção ao Portão. O veloz véu preto é ainda mais escuro que a água. Não consigo resistir a olhar para ele. Por um breve momento, todos os meus músculos relaxam. Eu flutuo sem peso na corrente. *Ailesse.*

Do outro lado do Portão, seus olhos encontram os meus, e meu peito aperta. Ela está iluminada por um brilho estranho, e seu cabelo ruivo balança na água como se fosse fogo.

Ela olha para Jules, que está indo direto em sua direção, e seus olhos se arregalam.

— Não! — A água abafa sua voz.

Nado com força novamente. Jules está a um metro do Portão. Agarro sua bota quando ela chuta para se mover mais rápido. Ela sacode a perna, e seu calcanhar bate no meu braço.

— Jules, não! — Ailesse levanta as mãos, tentando impedi-la. Ela não pode, presa dentro do Portão. Jules estende a mão e agarra seu punho. Agarro o outro braço de Jules.

— Por favor! — grito, mas minha voz se perde em um monte de bolhas.

Eu a puxo, mas ela não solta Ailesse. Jules se debate por um momento antes de seu corpo ficar imóvel. Eu me preocupo que ela esteja prestes a se afogar, mas sua expressão é alerta... e pacífica. A raiva que a alimentou — que a manteve viva desde que tínhamos doze anos — desapareceu. Um leve sorriso toca sua boca. Ela olha entre Ailesse e eu, como se estivesse pedindo permissão.

Permissão para morrer.

Meu coração vem parar na minha garganta. Tudo o que posso fazer é segurar um soluço entrecortado para não perder mais ar. Não era para Jules ter esse fim. Mas o mínimo que posso fazer é ajudá-la a manter sua alma — antes que o resto da sua Luz seja drenado.

Meu coração já não bate tão rápido quando afrouxo a pegada em seu braço, que desliza até eu estar com a mão dela na minha. Apenas por um momento. *Vou te salvar*, eu faço com os lábios. Farei o que ela pediu. Vou trazê-la de volta ao Paraíso com meu pai, mesmo que isso me mate.

Eu te amo, murmura ela de volta.

Vejo a garota que corria comigo pelas ruas dos bairros pobres, que praticou luta com facas até que os meninos de Dovré a respeitassem, que me acompanhou toda lua cheia enquanto caçávamos Feiticeira de Ossos.

Meus dedos se abrem... e eu a deixo escapar.

Jules passa pelo Portão, ainda segurando Ailesse. Um momento depois, Ailesse é empurrada para fora, o choque estampado em seu rosto. Damos as mãos e nadamos para a superfície.

Nossas cabeças emergem. Ofego, e minha respiração começa a falhar.

— Ailesse...

Seus braços deslizam sob os meus. Enterro minha cabeça em seu pescoço, soluçando abertamente agora. Sua força agraciada me sustenta para que eu não afunde. Perder Jules... abraçar Ailesse de novo... é demais para mim.

Há caos ao nosso redor: os uivos sobrenaturais dos Acorrentados, os gritos de guerra das Barqueiras, o céu estrondoso conforme a tempestade fica cada vez mais pesada. Mas Ailesse é uma força calma contra tudo. Ela não me repreende por desmoronar. Também não me anima. Apenas me carrega na água, seus lábios pressionando repetidamente o lado do meu rosto, até que eu me controle.

Não demora muito para que eu reúna minhas forças e respire com mais firmeza. Uma determinação feroz cresce dentro de mim. Não posso permitir que o sacrifício de Jules seja em vão.

Descanso minha testa na de Ailesse, absorvendo seu calor por mais um momento antes de dizer:

— Estou pronto.

Ela beija minha boca com ternura. Não sei o que isso significa para nós, mas fecho os olhos e me permito ter esperança. Quando ela se afasta para olhar para mim, vejo a guerreira destemida que conheci em Castelpont três meses atrás.

— Sei como derrotar Tyrus — diz ela.

Ergo as sobrancelhas.

— Teremos que derrotar sua mãe primeiro.

A mão dela desce até a bolsa de ossos da graça amarrada em seu pescoço.

— Acho que posso nos dar uma chance de vencer.

38
Sabine

Avanço com meu cajado e golpeio o abdômen de minha mãe, outra tentativa desesperada de empurrá-la para o mar e em direção ao Portão de Tyrus.

Seu cajado balança com velocidade impressionante. Ela bloqueia o golpe. Seu bufo-real é mais rápido que meu falcão noturno, mas meu veado-vermelho é mais ágil que seu morcego-arborícola. Exceto por sua maior experiência com as graças, nossas habilidades são equivalentes.

Ela salta sobre mim e dá um soco no meu braço. Sibilo, embora ela pudesse ter batido na minha cabeça. Odiva não quer me matar. Pelo menos não por enquanto. Ela me atinge de novo enquanto ainda estou me recuperando. Cambaleio em direção à praia. Ela também pretende me levar em direção aos Portões. Precisa de mim para formar outro canal entre o Paraíso e o Submundo? Tudo o que sei é que Tyrus quer o resto das almas de Elara, e minha mãe se tornou sua serva voluntária.

Eu me esquivo de seu próximo ataque. Nossos cajados colidem. Agarro o dela com uma mão, e ela agarra o meu. Lutamos uma contra a outra em uma disputa de quem empurra com mais força.

— Por que você me pediu para ser sua herdeira? — Estou ofegante. A chuva escorre pelo meu rosto. — Nossa *famille* nem é mais sagrada para você.

— O mundo sempre precisará de Barqueiras. — Minha mãe cerra os dentes, seus olhos pretos a poucos centímetros dos meus. — O que vai acontecer com o Paraíso não muda isso.

— Você realmente quer que todas as almas sejam Acorrentadas?

— É o destino de todos os mortais. Os reinos do Além nunca foram feitos para ficarem divididos.

— Pense no que você está dizendo, mãe! — Meus pés afundam na areia enquanto a empurro com mais força. — As Leurress também são mortais. Se os reinos se unirem, então também seremos Acorrentadas quando morrermos. Isso significaria tortura eterna. Você não pode querer isso para nós.

Seu rosto endurece com a teimosia.

— Tyrus honrará as almas das Leurress.

— Não há lugar para honra no Submundo.

— Tyrus prometeu...

— Tyrus é um mentiroso! — Eu me afasto e recuo para ter mais espaço para lutar. — Ele vai dizer qualquer coisa para conseguir o que deseja. Eu deveria saber; a graça do chacal-dourado me inunda com dúvidas e confusão tanto quanto com falso orgulho. Se isso é imortalidade, então não vale a pena.

O olhar da minha mãe se volta para a protuberância sob o decote do meu vestido, onde está meu pingente de lua crescente. Ela umedece os lábios.

— Então entregue o osso para mim, filha. — Ela transfere o peso de uma perna para a outra, segurando o cajado atrás de si. O vestido encharcado de chuva não impede sua agilidade impecável. — Estou preparada para lidar com isso.

O pânico dispara em minhas veias.

— Nunca vou o entregar para você.

Golpeio em direção a seu pescoço. Ela balança o cajado para a frente do corpo e derruba minha arma. Em seguida, gira para acertar meu ombro. Estou lutando para bloquear o golpe quando ouço um barulho alto, como madeira quebrando. Uma menina grita:

— Bastien!

Ailesse?

Sou atingida pelo cajado da minha mãe e jogada na areia. Faço uma careta, mas me viro em um instante, lançando-me propositalmente no caos do confronto entre Barqueiras e almas. Passo correndo por elas e rastejo para o outro lado de uma pedra de um metro e meio para me esconder.

Examino o mar, e meu coração dá um pulo. Não estou imaginando coisas. Ailesse realmente está aqui. Ela está na água, a quinze metros de distância. Ela e Bastien nadam ao lado dos restos quebrados do barco a remo. Um Acorrentado está tentando afogá-lo, mas Ailesse ataca a alma e a empurra em direção a outra Barqueira.

Não entendo. Como Bastien a libertou? E onde está Jules? Eu a vi com ele depois que abri os Portões.

Um grito estridente chama minha atenção acima dos sons calamitosos da batalha. Arquejo. Uma onda de esperança percorre meu corpo. A coruja-das-torres veio. Ela bate as asas e paira sobre onde Cas está lutando contra o rei Godart.

Ela mergulha entre eles assim que Godart se lança para atravessar Cas com sua espada. A distração dá a Cas a oportunidade de se desviar do ataque. Antes que Godart possa atacá-lo novamente, a coruja-das-torres voa e finca as garras em seu rosto. Ele grita, mas é um barulho de fúria, não de dor.

— Sabine! — Ailesse novamente. Se ela consegue me ver a esta distância, e no escuro, então ainda tem seus ossos da graça.

Eu me viro para ela, mas não ouso gritar de volta. Isso revelaria meu esconderijo. Apesar da minha resistência de chacal, não estou pronta para lutar contra minha mãe novamente. Não pensei que teria de fazer isso sozinha.

— Jogue a flauta! — Ailesse está a dez metros da praia. Bastien está logo atrás dela, a água na altura do peito. — Eu sei como soltar os Libertados!

Sinto meus olhos se arregalarem. A *flauta pode libertá-los?* Tiro o instrumento da bolsa em meu cinto. *Jogue*, ordeno a mim mesma, mas meus músculos travam, e seguro a flauta com mais força. Se eu entregar para minha irmã, posso muito bem estar entregando o título de *matrone*.

Foi o que já decidi fazer. Então por que não consigo? Tento arremessar novamente, mas não consigo me mexer. Estou paralisada, com o coração martelando. O sangue corre para minha cabeça. *Qual é o problema comigo?* Matei o chacal e esculpi a flauta a partir de seu fêmur, mas este instrumento nunca foi feito para ser meu. Preciso desistir dele.

Estreito meu olhar para Ailesse. Não deveria me surpreender que ela fosse a única a reivindicar a vitória esta noite. Ela sempre foi a melhor líder, a melhor lutadora, a melhor Leurress. Meu estômago queima. Eu nem tive a chance de ajudar a salvá-la.

— Rápido! — Seus olhos disparam para o outro lado da pedra.

Respiro fundo com os dentes cerrados. *Mexa-se, Sabine. Solte a flauta. Esta não será a última vez que você poderá salvar alguém.*

A tensão em meu corpo diminui. Fico de pé e arqueio o braço para trás. Assim que me movo para lançar a flauta, algo duro e fino pressiona minha traqueia. Sou puxada para trás pelo cajado da minha mãe. Ela está bem atrás de mim, me sufocando com ele.

— Largue a flauta. — Sua respiração está quente em meu ouvido.

Pisco por causa da dor e da pressão crescente em meus pulmões, mas não solto. Não é minha, e não posso deixar que seja dela.

Com um movimento rápido, ela tira o cajado do meu pescoço e bate no meu punho. Solto a flauta, que cai na areia.

Eu me esforço para pegá-la de volta, mas já é tarde demais. Minha mãe a pega e a parte em dois pedaços.

Congelo, cambaleando, em estado de choque.

O céu troveja. Meu coração bate em compasso com o trovão.

Está tudo bem, está tudo bem. Minha mãe tem a flauta de osso original e...

Ela tira a outra flauta do bolso do vestido e também a quebra em duas.

— Os Libertados ficam com Tyrus — diz ela, em voz alta e ousada.

A cinco metros da praia, Ailesse também está atordoada, o olhar horrorizado.

Além dela, no mar distante onde termina a ponte de terra inundada, os salientes Portões pretos do Submundo desmoronam, e os Portões cintilantes e a escada em espiral para o Paraíso também desaparecem.

39
Ailesse

Fico rígida.
— O que acabou de acontecer? — pergunta Bastien. Seus olhos não são agraciados. Ele não consegue ver minha mãe na praia, na escuridão. Não sabe o que ela fez.
— Ela... ela quebrou. — A maré bate nas minhas costas. Bastien é empurrado um passo para a frente, mas fico imóvel contra sua força. — Precisávamos delas para... — Balanço a cabeça. Luto para recuperar o fôlego. Não estou acostumada com o esforço dos meus pulmões ou com a maneira como meu coração bate contra as costelas. Não consigo organizar meus pensamentos. — Como vamos libertá-los agora?
— Não entendo. — A chuva cai em seu rosto. — O que quebrou? Quem quebrou?
— As flautas. Minha mãe... ela destruiu as duas.
O queixo de Bastien cai.
— *Merde*.
Exatamente.
Por um momento de choque e espanto, os combates no mar e na praia cessam. As almas *chazoure* não sentem mais a atração dos Portões. Não há Portões. Os Libertados param de avançar. Os Acorrentados param de resistir. Não consigo ver mais as almas *orvande* no Miroir, mas imagino que elas também tenham parado.

As Barqueiras rapidamente procuram descobrir o que mudou. Então uma alma — um Libertado macilento — se arrasta para trás na areia. Esse pequeno movimento provoca uma onda de comoção entre os mortos. Outros começam a recuar. Alguns se viram no mar.

O primeiro homem começa a correr. Ouvem-se gritos de pânico. Toda essa comoção cria uma corrente. Todas as almas começam a fugir da enseada.

De novo não. Muitas almas já foram transportadas esta noite, mas pelo menos uma centena ainda está à solta.

As Barqueiras entram em ação, tentando reuni-las. Uma Acorrentada passa correndo por mim. Instintivamente, tento alcançá-la, quando um grito estridente chama minha atenção.

A coruja-das-torres está aqui. Ela está voando sobre Cas, e se lança em Godart. O rosto dele já está cortado por suas garras. Ela as passa pelo olho direito dele. Ele uiva, cobrindo-o com a mão. Minha mãe se sobressalta e corre em direção a ele, deixando Sabine.

— Godart!

— Vamos, Ailesse. — Bastien agarra meu braço. — Se Cas morrer, você morre.

Estou suando frio. Corremos para a praia.

Meu joelho nem sequer dói quando saio da água. Pensei que minha lesão voltaria assim que eu passasse pelo Portão de Tyrus, mas minha perna está forte. Inteira.

Inspiro profundamente. Consigo derrotar minha mãe. Vou derrotá-la. *Nós vamos.*

Ganho velocidade. Ela acabou de chegar a Godart. O branco dos olhos dele está vermelho de sangue, e a coruja-das-torres está se aproximando para outro ataque. Minha mãe agarra a perna da coruja e a joga longe. A coruja atravessa o ar e cai na maré rasa.

Arquejo. Esse é a ave sagrada de Elara. Minha mãe está totalmente revoltada com a deusa.

Corro mais rápido. Ela e Godart atacarão Cas em breve.

Sabine corre em minha direção. Seus olhos estão arregalados. Ela está encharcada de chuva e tremendo.

— Me desculpe, Ailesse. Sinto muito. A culpa é minha que Odiva quebrou as flautas. Não agi rápido o suficiente. Eu...

Meus braços voam ao redor dela.

— *Shh, shh.* — Somos crianças de novo. Ela está acordando de outro pesadelo. Sonhou que outra Leurress havia morrido por não conseguir matar seu *amouré*. Ela jura que nunca fará o que for preciso para se tornar uma Barqueira. — Estou aqui. Está tudo bem agora. — Mas não está. E nunca esteve. Só Sabine teve a sensibilidade de reconhecer isso. Foi ela quem realmente entendeu a Luz de Elara, muito antes de eu aprender a invocar seu poder.

Minha pele se arrepia. *Luz.* Ainda é a resposta.

Eu me afasto de Sabine e seguro seus ombros com força.

— Você não precisa da flauta. Você tem voz. Abra os Portões novamente. Você já conhece o canto da sereia.

Ela pisca duas vezes, as sobrancelhas franzidas.

— Não é assim que funciona. Eu não posso simplesmente cantar a música.

— Sim, você pode. A Luz de Elara tem o poder de penetrar no reino de Tyrus. Foi assim que falei com você na visão. Foi assim que falei com Bastien. A Luz tem mais poder do que qualquer pessoa em nossa *famille* percebeu. Odiva não queria que soubéssemos disso. Ela nos queria dependentes de Tyrus. — Esfrego seus braços para encorajá-la. — Use a Luz que há dentro de você. *Cante*, Sabine.

Ela agarra o colar sob o decote do vestido, onde seus ossos da graça estão escondidos. Seu rosto se enche de dúvida.

— Você consegue. — Dou um beijo rápido em sua bochecha. Tenho de me apressar e ajudar Cas. A coruja-das-torres ainda está se debatendo na água, e minha mãe sacou uma faca de osso. Ela está caminhando em direção ao meu *amouré*. — Ninguém mais em nossa *famille* reconhece a Luz como você. Você estava destinada a ser *matrone*.

Ela engole em seco.

— Você realmente quis dizer isso?

— Sim. — Eu realmente quis. Espero que meu sorriso fugaz seja o suficiente para convencê-la. Canalizo nele todo o amor e confiança que posso antes de pegar seu cajado caído e sair correndo. Bastien me alcança, e eu agarro a mão dele.

— Espere! — grita Sabine. — Mesmo que eu *consiga* abrir os Portões, como irei soltar os Libertados sem você? Temos que conectar os Portões.

Não paro de correr. Grito por cima do ombro:

— Cante uma música nova se precisar, e use as Barqueiras. Elas também são filhas de Elara. A Luz delas é poderosa. — Unidas, preciso acreditar que somos mais fortes que Tyrus. — Venho me juntar a vocês quando conseguir.

Quando eu fizer isso, atacarei o deus do Submundo, assim como ele atacou sua noiva ao roubar os Libertados de seu reino. Exigirei o fim desta guerra e de todo sacrifício de sangue.

Bastien olha para mim enquanto avançamos.

— Sabe aquela chance de vencer que você disse que tínhamos contra sua mãe? Estou pronto quando você estiver.

Concordo com a cabeça e respiro fundo para me concentrar. Procuro a Luz dentro de Bastien, a canção de sua alma, sabendo que nós dois estamos dispostos a dar e receber amor.

Franzo a testa, lutando para formar uma conexão. Meu estômago está tenso, e minhas pernas, inquietas. Estou prestes a enfrentar minha mãe. Mas, uma vez que murmuro o nome de Bastien, me concentro nas brasas que brilham dentro dele. Eu as abano, dando mais brilho com minha própria Luz, e compartilho o que tenho, sem necessidade de sangue, ossos ou sacrifício.

Expiro, encontrando seu olhar.

— Consegue sentir?

Ele sorri e aperta minha mão, forte como um tubarão-tigre. Somos um time formidável agora. Estamos compartilhando minhas graças.

40
Sabine

Corro até a beira da praia com vista para a ponte de terra inundada e cruzo os braços sobre meu estômago revirado. A maré bate em meus pés, mas estou insensível ao frio. *Cantar para abrir os Portões?* Eu poderia rir se a situação não fosse tão urgente.

Pernelle percebe meu sofrimento.

— Vi Odiva quebrar as flautas. — Ela se apressa. — Não foi sua culpa, Sabine. Não deixe isso incomodar você. Precisamos da sua ajuda com os Acorrentados. Eles estão escapando de novo.

Finjo uma confiança que não tenho e levanto o queixo.

— Sei como chamá-los de volta.

Ela franze as sobrancelhas.

— Mas é impossível.

— Ailesse aprendeu como fazer isso quando estava no Submundo. — Não é exatamente verdade. — Ela me ensinou.

O olhar de Pernelle viaja pela praia até minha irmã e Bastien, que se aproximam de Odiva. Ela franze os lábios por um momento, depois balança a cabeça e levanta a voz para as outras Barqueiras.

— Está tudo bem! Sabine sabe como chamar as almas de volta.

— Não, não! — Agarro o braço de Pernelle. — Não estou pronta para... — *Eu queria tentar sem que todas estivessem olhando.*

É tarde demais. As Barqueiras próximas olham com expectativa. Algumas, como Roxane, estão na água. Ela se aproxima.

— Como você pode chamá-las de volta? — Ela franze a testa.

Quero uma concha para me esconder, uma caverna escura, o túnel mais profundo das catacumbas.

— Vou abrir os Portões novamente... cantando o canto da sereia.

A sobrancelha delgada de Roxane se arqueia.

— Cantando?

Concordo com a cabeça, em silêncio, meu rosto em chamas.

A notícia se espalha rapidamente entre as Leurress. Todas as trinta e duas Barqueiras se reúnem ao meu redor. Algumas, como Pernelle, têm uma esperança desesperada nos olhos. A maioria parece duvidar tanto quanto eu, mas continuam convergindo. Nenhuma vai ajudar Ailesse, Bastien ou Cas. Elas têm muito medo da nossa antiga *matrone* e do rei Godart, que está compartilhando de suas graças.

Meu coração acelera enquanto olho para todas. Suponho que devo começar agora.

Limpo a garganta... e começo a cantarolar. Não sei o que fazer. A música não tem palavras. Era para ser tocada em uma flauta de osso, e não profanada pela mais jovem Barqueira da *famille* fundadora.

Pernelle esfrega minhas costas, o que faz eu me sentir uma criança.

— Acho que terá que cantar mais alto, querida.

Concordo com a cabeça, tremendo sob a chuva torrencial. Não há lugar seguro para olhar — para onde quer que eu olhe, encontro olhos céticos me observando —, então olho para meus pés.

É impossível cantarolar mais alto. Tenho de abrir minha boca. Dou voz à melodia sem nenhuma outra letra além de um hesitante "ahhhh" para cada frase.

A música nunca pareceu tão longa e trêmula, tão ofegante e dissonante. Estou nervosa demais para cantar com afinação. Não captei a essência assustadoramente bela do canto da sereia. Se os Acorrentados ou Libertados conseguem me ouvir, devem estar se encolhendo de vergonha.

Quando a música termina, arrisco dar uma espiada no mar escuro. A maré baixou. Quase nenhuma onda atinge a superfície. Nada se agita na água de onde os Portões deveriam subir, exceto as ondulações da chuva.

Eu me repreendo: *você realmente acreditou que poderia invocar o poder divino com sua voz?*

Seja lá o que Ailesse tenha aprendido no Submundo está além da minha compreensão. Eu me viro e a observo. Ela e Bastien estão cercando Odiva, afastando-a de Cas e Godart, mas a expressão altiva de minha mãe diz que ela não está preocupada. Meu estômago se aperta. Eu deveria ir ajudar meus amigos. O braço direito de Cas está sangrando, e ele está mancando. É inútil tentar abrir os Portões.

Mas se eu não o fizer, os Acorrentados ficarão soltos por mais duas semanas, e mais mortes cairão sobre minha cabeça. Quantos dos mortos já me culpam por terem perdido suas vidas? Quantos mais não conseguem nem mesmo apontar o dedo para mim porque não têm mais alma?

— Tente novamente — diz Pernelle. Ela dá um sorriso, mas contrai a sobrancelha. Ela realmente acredita em mim ou apenas represento seus últimos resquícios de fé? Ela viu em primeira mão o sacrilégio de minha mãe quando Odiva ressuscitou Godart, quando matou Maurille e quando quebrou as duas flautas. Pernelle também viu os Acorrentados escaparem das Barqueiras repetidas vezes. Resta pouca esperança para salvar aquilo pelo qual minha *famille* sacrificou tanto... eu sou a última opção.

— Sim, Sabine. — Vivienne dá um passo à frente. Seu cabelo castanho gruda no rosto devido à chuva. — Tente novamente.

As palavras são ecoadas, de uma Barqueira a outra, suas orações desesperadas para que eu possa fazer algo que as ajude a cumprir seu dever de proteger os vivos dos mortos.

Roxane é a última a dizer alguma coisa. Ela inclina a cabeça, as pontas da coroa de chifres cedendo antes de ela se erguer e me olhar diretamente nos olhos.

— Tente novamente, Sabine.

Meu coração bate mais rápido. A pressão aumenta em meus ombros.

Todas estão contando comigo.

Fecho os olhos com força. Obrigo meus pulmões comprimidos a se abrirem. *Use a Luz que há dentro de você*, Ailesse me disse.

Onde está essa Luz? Tudo o que sinto são minhas dúvidas esmagadoras, a graça do chacal-dourado me enterrando cada vez mais fundo ao lado do riacho no vale.

Minhas palavras para minha mãe ecoam de volta para mim. *Por que você me pediu para ser sua herdeira?* Agora sei a resposta: porque sou a filha mais fraca. Ela sabia que eu não seria capaz de liderar nossa *famille* em uma rebelião contra ela.

Canto novamente a primeira frase do canto da sereia. Não consigo nem segurar a última nota. Minha boca fica seca, minha garganta fecha, meus olhos ardem. Lágrimas quentes escorrem pelo meu rosto. Eu o esfrego furiosamente.

Ao longe, um canto da minha mente grita: *é por causa do chacal-dourado, não de você! Destrua-o!*

O pânico me agita. *Não!* Não posso destruir o pingente de lua crescente. Sua força é a única coisa que me mantém contra todas as minhas inseguranças, que me protege dos mortos e canaliza o poder do Submundo. Imortalidade. Só um tolo destruiria esse dom.

Você não precisa de imortalidade. O veado-vermelho lhe dá força suficiente.

Pare! Digo a mim mesma. Sou a *matrone*. Deveria ter cinco ossos da graça. Já perdi meu crânio de salamandra; não posso perder outro.

Três metros e meio à minha direita, algo aparece na maré. Parece um pacote cinza-escuro. Não, é prateado.

Arquejo e corro até a coruja, puxando-a para meu colo. As asas dela estão encharcadas, suas pálpebras quase fechando de exaustão. Meus ouvidos agraciados captam o leve e áspero som de sua respiração. Mais lágrimas escaldam meu rosto ao ver uma criatura tão linda e orgulhosa, agora tão murcha e frágil.

Isto é Luz, eu percebo, nomeando minha dor. É a mesma angústia que me fez chorar por todo o sangue e morte que vi na minha vida. É minha raiva e vergonha por ter nascido como sou: uma garota destinada a sacrificar animais majestosos como este, uma garota destinada a massacrar o garoto que ela acabará amando. Eu ansiava por um caminho melhor. Lamentei que não houvesse um.

Mas e se... e se o melhor caminho começar comigo?

— Sinto muito — digo para a coruja-das-torres. Ela não me orienta nem me dá visões há semanas. — Quero fazer melhor. Você me ajuda? — Não acredito que estou pedindo isso a ela, mas sigo em frente antes de perder a coragem, ou, mais importante, a frágil compreensão que tenho da minha Luz. — Você compartilharia suas graças comigo?

Seus lindos olhos se abrem ainda mais.

— Não quero que você morra. Não quero seus ossos. Não quero roubar nada de você. Quero que trabalhemos juntas. — Acaricio suas penas molhadas. — Você tem as graças de Elara. Esta é sua chance de recuperar de Tyrus o que é seu por direito.

Ela grita tão baixinho que parece um ronronar, mas sinto sua Luz pulsar mais forte. Espero que sua dignidade e poder fluam para dentro de mim, mas nada acontece. Ela abaixa a cabeça. Seus olhos olham diretamente para o colar sob a frente do meu vestido, onde meu pingente de lua crescente está escondido. Eu entendo o problema agora. A graça de chacal está bloqueando minha Luz — e bloqueando o poder dela.

Pego meu colar e agarro o pingente. Meus músculos endurecem, me deixando paralisada outra vez. Não posso desistir desse osso. O chacal me deu coragem para atravessar um vitral. Deu-me a coragem de enviar víboras a Beau Palais e a crueldade para matar o veado-vermelho, para que eu tivesse os cinco ossos da graça de uma *matrone*. Sem ele, eu não seria ninguém além da irmã fraca de Ailesse.

Não diga que você não é suficiente.

Mas e se eu não for?

Você tem Luz. As palavras de Ailesse novamente. *Agarre-se à Luz.*

Hesito. A Luz pode realmente ser mais forte que a força de Tyrus?

A coruja-das-torres grita novamente, um grito suave, mas valente. Sinto o som reverberar em mim, como se fosse minha própria voz, minha própria música.

Solto o ar lentamente. Desamarro o pingente do meu colar com dedos trêmulos.

— Pernelle — digo. A anciã Leurress vem até mim. — Pode me emprestar seu cajado? — Coloco delicadamente a coruja-das-torres na areia.

Ela o passa para mim. Engulo em seco e coloco meu pingente em uma pedra próxima. Eu o mantenho ali por um longo momento, sem soltá-lo. Transpiro, quente e fria ao mesmo tempo. *Elara, me ajude.*

Concentro toda a minha energia. Minha cabeça lateja, meu coração acelera. Finalmente meus músculos ficam flexíveis. Com muito cuidado, afasto minha mão do pingente.

No momento em que o solto, não sinto mais seu poder. Mas isso não é bom o suficiente. Não posso permitir que minha mãe ou meu pai recebam a imortalidade.

Eu me levanto, endireito os ombros e inspiro profundamente.

Bato com a ponta do cajado em meu osso da graça do chacal-dourado.

41
Bastien

Minha visão de tubarão-tigre atravessa a escuridão e a chuva. Com as graças de Ailesse, o céu sem lua parece mais um amanhecer cinzento, mesmo com todas as nuvens de tempestade. Meus olhos se fixam em cada detalhe da faca de Odiva quando ela me ataca: a cor envelhecida do osso, os dentes irregulares na ponta da lâmina, um bando de chacais esculpidos no punho.

Salto para trás e prendo a respiração. Meus reflexos são surpreendentemente rápidos. A faca corta minha camisa, mas não minha pele. Odiva continua me conduzindo em direção à parede do penhasco atrás de mim. Estou quase encostando nele.

— Pule, Bastien! — grita Ailesse. Ela cambaleia para se levantar. Odiva a jogou a vários metros de distância.

Pule. Isso mesmo, quase posso voar.

Tensiono meus músculos e chuto o calcário com força. Meu corpo é atirado para o ar. Faço o possível para não gritar de tanta adrenalina. Giro sobre a cabeça de Odiva e caio no chão, todo errado. Rolo e deslizo na areia molhada, mas me levanto rapidamente, com um sorriso atordoado no rosto. Meu coração acelera, pronto para mais. Com tanta energia pulsando em mim, tudo é possível. A *vingança* é possível.

Estalo os nós dos dedos. Cerro os punhos. Encontro os olhos pretos de Odiva nos três metros e meio que nos separam. *Esta é a noite em que você finalmente morre.*

Seus lábios vermelho-sangue se curvam.

— O garoto que você ama é confiante demais — diz ela a Ailesse, que assume uma posição tática à sua direita. — É por isso que você o deseja mais do que o seu próprio *amouré*? — Odiva inclina a cabeça para mim como um falcão. — Não a culpo. Bastien pode ser arrogante, mas pelo menos tem um forte instinto de sobrevivência, independente das graças que recebe de você. Não posso dizer o mesmo do pobre Casimir.

Olho quinze metros além de Ailesse, para onde Cas está lutando contra Godart. Ele está se esforçando bastante, mas Godart tem a vantagem, com cinco graças em seu arsenal. Chuva e uma boa quantidade de sangue escorrem de Cas. Ele está com um braço e uma perna feridos. Gravemente.

Godart o encurrala contra uma pedra e se aproxima, usando sua espada como em um jogo. Ele o provoca com pequenos cortes. Atinge seus braços e pernas com a parte plana da lâmina para machucá-lo.

— Vá ajudar! — digo a Ailesse. Ela não está mais fraca, o que significa que Cas não perdeu Luz. Mas suas vidas ainda estão ligadas pela alma. Ele morre, ela morre. Isso seria o mesmo que me matar também. — Dou conta da sua mãe.

O olhar penetrante dela me diz que Odiva ainda nem começou a nos desafiar. Ela se mexe, olha de mim para Cas, depois respira fundo, como se tivesse se lembrado de algo.

— O crânio de salamandra! — grita ela para Cas. — Arranque-o! Godart não pode viver sem ele.

O sorriso de Odiva desaparece. Cas franze o cenho. Ele dá uma investida em Godart, depois pega o cordão de seu colar e o corta com a própria lâmina. O crânio cai na areia. Godart estende a mão para pegá-lo, mas Cas a corta e agarra o osso da graça primeiro, esmagando-o na pedra com o punho da espada. O crânio se quebra em pequenos pedaços.

Observo, prendendo a respiração. Não tenho certeza do que esperar — talvez que a carne de Godart derreta e seus ossos se transformem em cinzas —, mas nada acontece. Ele rosna e ataca Cas novamente. Suas espadas se chocam.

Vibrações percorrem minha coluna e meu ombro esquerdo. Meu sexto sentido. Foi assim que Ailesse o descreveu. Olho nessa direção. Odiva caminha lentamente até a filha.

— Menina tola.

Ailesse lança outro olhar para Godart, franzindo a testa. Ela está tão confusa quanto eu.

— Pelo menos eles estão mais perto de ter uma luta justa agora — diz ela. — Godart não será capaz de se curar.

— Curar? — As narinas de Odiva se dilatam. — Seu *amouré* roubou todas as graças dele.

Ailesse estreita os olhos.

— O crânio da salamandra... estava ligando suas graças a ele — diz ela ao perceber. — Mas como? Era o osso da graça de Sabine, não o seu.

Odiva fica mais ereta.

— Você esquece que o osso tinha o sangue de Sabine e, através do sangue dela, o meu?

Não sei dos detalhes da magia sombria de Odiva, mas uma coisa é óbvia: agora *é* uma luta justa. Para Cas, pelo menos.

Odiva ataca Ailesse com sua faca de osso. Uma raiva renovada toma conta dela. A brincadeira acabou.

Ailesse usa o cajado para bloquear o ataque da mãe. Odiva salta sobre ele e corta o braço de Ailesse. Ela geme e larga a arma. Corro até ela. O sangue jorra da ferida. *Merde*, o corte é profundo.

Odiva tira uma mecha de cabelo preto do rosto.

— Isso não é o que eu queria para você.

— Não. — Ailesse agarra o braço ensanguentado. — Você queria que eu passasse a eternidade no Submundo.

Odiva levanta um ombro.

— Você teria uma vida quase real no Miroir.

— Pare de dar desculpas! Você me sacrificou a sangue-frio, sabendo muito bem que eu me tornaria uma Acorrentada lá.

— E ainda assim você está aqui. — Odiva franze o nariz enquanto olha para Ailesse. Se alguma vez sentiu amor pela filha, esse amor já foi destruído. Nada além de puro ódio flui dela agora. — O que significa, filha primogênita, que, apesar de tudo, devo matá-la com minhas próprias mãos.

Ailesse não consegue pegar seu cajado. Está lenta com o braço machucado. Tento agarrá-lo para ela, mas Odiva chega antes de mim, rápida como um morcego-arborícola. Ela bate o cajado na lateral do corpo de Ailesse — e suas costelas quebram com um estalo nauseante. Ailesse é jogada na areia, se contorcendo.

— Ailesse! — Meu sangue pega fogo. Viro os olhos furiosos para Odiva. Agora ela morre. Eu vou me certificar disso.

Voo para ela, cortando e apunhalando descontroladamente com a faca do meu pai. Ela bloqueia cada movimento meu com o cajado.

— Vou matar você também, garoto. — Seus olhos pretos estão inexpressivos, sem vida ou Luz, apenas escuridão. — Da mesma forma que minha *famille* matou seu pai desprezível.

Meu coração ruge em meus ouvidos.

— Não se atreva a falar sobre a morte dele.

O lado de sua boca se curva.

— Muito bem. — Ela me golpeia para trás até eu cair no chão. Ela finca o cajado na areia, saca a faca de osso e me prende com um joelho. — Então falarei de *sua* morte, Bastien. Ou, melhor ainda, vou me encarregar dela.

Ela aponta sua lâmina para meu coração. A chuva desliza pela ponta afiada.

— E desta vez, vou garantir que você morra.

42
Sabine

A Luz dentro de mim se fortalece com as graças da coruja-das-torres. O céu noturno fica mais claro — vejo ainda melhor no escuro —, e minha audição também fica mais nítida. Mas são as mudanças em meu comportamento e estado de espírito o que mais noto.

Caminho pela areia com pés silenciosos de caçadora, não mais sentindo o peso das mentiras ou dúvidas. Minhas novas graças não me obrigam a me sentir diferente; elas, gentilmente, me convencem a reconhecer quem sou e no que acredito. E cantarei sobre essa confiança agora.

O canto da sereia derrama de mim, cada nota articulada e inabalável. Empresto-lhe a força dos meus pulmões e o poder das minhas convicções. Dou-lhe a raiva de Elara por um casamento milenar com um deus tirano.

Dou as costas para o mar. Algum instinto dentro de mim diz que os Portões não precisam de uma ponte de terra afundada para se sustentarem. Eu sou a ponte. As Barqueiras da minha *famille* são os pilares da sua fundação. Carregamos a tocha da Luz de Elara. Ela brilha mais forte em nós. Somos as filhas da deusa.

Ao nos reunirmos, duas brilhantes colunas de chamas brotam da areia. Elas se curvam no topo e se unem para formar um arco imponente de quatro metros e meio.

Um formigamento de espanto toma conta de mim. É um Portão de fogo — o elemento que falta, como disse Marcel. Ou, mais precisamente, o último elemento que poderia criar uma entrada para o Submundo.

A chuva açoita o arco em chamas, mas o fogo não sibila nem se apaga. É inexplicavelmente estável, como o vento que soprava do poço da caverna e mantinha unida a poeira brilhante, ou como a onda preta e sedosa que permaneceu de pé quando deveria ter quebrado. Olho para a minha direita e vejo que o Portão translúcido de Elara também subiu. O brilho prateado de sua escada em espiral se estende até os Céus Noturnos.

— Cantem comigo — digo a Pernelle e a Roxane.

— Não conhecemos o canto da sereia — responde Pernelle.

— Os Portões já estão abertos — acrescenta Roxane.

A coruja-das-torres salta perto do Portão de fogo. Suas penas secam com o calor ondulante. Ela encara o Submundo de Tyrus, abre toda a envergadura de suas asas e aponta as pontas emplumadas para a areia. É uma postura de batalha. Ela está declarando guerra. Está pronta para que suas almas Libertadas voltem para casa.

— Ela ainda precisa que cantemos — digo a Pernelle e Roxane. Dirijo-me ao resto das Barqueiras. — Ela precisa de toda a nossa Luz e força.

As Leurress se aproximam, posicionando-se atrás de mim. Estão feridas, sangrando e encharcadas pela tempestade, mas também são fortes e nobres, minha *famille* unida.

Começo a cantar novamente. Sigo uma nova melodia, uma canção de minha própria autoria. É sem palavras, um grito no meio da noite com uma melodia fervorosa. Infundo-lhe aquilo em que mais acredito: dignidade humana, respeito à vida, irmandade, devoção.

As Barqueiras se juntam uma a uma, entrando no ritmo e repetindo as frases musicais. Mas então suas vozes ficam mais ousadas. Elas adicionam suas próprias harmonias e melodias crescentes. Nosso cântico cresce, mais bonito do que qualquer canto de sereia tocado nos ossos, mais poderoso do que o canto profundo e raivoso que pulsa do Submundo, resistindo a nós.

Pego a mão de Pernelle. Ela aperta a de Roxane. Logo todas as trinta e duas Barqueiras e eu estamos unidas em um caminho sinuoso. Chantae e eu estamos em cada extremidade. Estou mais próxima do Portão de fogo, e ela está mais próxima do Paraíso. Ela parece entender o que fazer a seguir, porque pega uma barra do Portão decorado de Elara. Viro-me para o arco ondulante de fogo e hesito, sentindo o calor queimar meu rosto.

A coruja-das-torres levanta voo e bate as asas para mim. Ela está me incentivando, me dizendo que é seguro.

Cerro os dentes. *Nossa Luz é mais forte que suas chamas, Tyrus.* Agarro a coluna de fogo.

Queima e arde, mas posso suportar. Continuo cantando com minhas irmãs, e cada uma de nós se transforma, incandescente com *chazoure*. A coruja-das-torres voa acima e grita triunfante. O canal entre o Submundo e o Paraíso está aberto.

Almas Libertadas atravessam o Portão de fogo com toda a força. Vêm como uma inundação, onda após onda, gritando com a explosão de liberdade.

Mais almas se aproximam dos penhascos e da caverna na costa, os Acorrentados e Libertados ainda presos no mundo mortal. Os Portões abertos os estão chamando de volta.

— Algumas de vocês precisam ir fazer a travessia — grito para as Leurress. — O resto de nós manterá os Portões interligados.

Roxane, Nadine, Dolssa e onze outras Barqueiras se afastam do canal, mas não antes que as Leurress de cada lado delas se juntem e deem as mãos. As catorze Barqueiras pegam seus cajados e começam a guiar as almas que se aproximam.

Vejo uma linda mulher *chazoure* com uma pulseira de dentes de golfinho vagar pela praia com os outros Libertados. Suspiro ao ver a Leurress que morreu na ponte da caverna. *Maurille.*

Damiana a abraça e a conduz gentilmente ao Paraíso. Meus olhos ardem. Eu gostaria de poder fazer a travessia dela eu mesma, mas estou mais grata por ela poder estar em paz agora. Ela sorri para mim antes de passar pelo Portão prateado.

— Permaneça firme, criança — diz ela, e brilha ao seguir adiante.

Respiro fundo e continuo cantando com minhas irmãs. A música cresce, vibrando mais rápido, com acordes nítidos e furiosos. É nossa exigência para que Tyrus devolva cada um dos Libertados de Elara que está em seu reino. Suas almas presas continuam saindo do Portão de fogo, chorando lágrimas de alívio.

A esperança cresce dentro do meu peito. Maurille fazendo a travessia parece um sinal. Nós vamos vencer. A vitória está quase ao nosso alcance.

Relâmpagos brilham e atraem meu olhar para a praia distante onde meus amigos lutam. Mas a única que vejo de pé é Ailesse. Bastien está caído aos pés dela. E Cas...

Meu coração bate forte.

Cas está deitado na areia encharcada de sangue.

43
Ailesse

Quinze metros atrás de mim, Cas rasteja para fora da poça de seu próprio sangue. Ele se levanta para enfrentar Godart novamente. Não sei onde encontrou resistência para continuar lutando por tanto tempo. Godart não consegue mais acessar as graças de minha mãe, mas Cas ainda é o mais fraco dos dois. Já estava gravemente ferido quando esmagou o crânio da salamandra, então não foi bem uma luta de iguais.

Queria poder ajudar, mas não posso deixar Bastien lutando sozinho com minha mãe. Aos meus pés, ele está inconsciente há mais de um minuto.

Acorde, acorde. Sua têmpora esquerda está machucada por causa do golpe de cajado da minha mãe. Ela esteve perto de esfaqueá-lo — eu mal a empurrei a tempo —, mas ela ainda tem a intenção de matá-lo. A única coisa que a impede é um grupo de oito Libertados. Eles correram em meu auxílio quando pedi ajuda, mas não conseguirão segurar minha mãe por muito tempo. Ela está se livrando deles rapidamente, e a atração implacável do Além também os afasta, um por um.

Na praia, o resto dos Libertados está inundando o Paraíso através do canal aberto entre os Portões. Quando o arco de fogo brilhou na areia, minha mãe arquejou audivelmente. Quase comecei a chorar. Nunca estive tão orgulhosa da minha irmã.

Os olhos de Bastien finalmente se abrem. Solto um suspiro enorme. *Obrigada, Elara.*

Estendo a mão para puxá-lo, minhas costelas quebradas doem, e minha mãe sorri sarcástica enquanto se defende dos últimos três

Libertados. Ela quer Bastien morto antes de me matar, tenho certeza. Assim sofrerei mais. Ela se tornou um monstro, nada parecida com a mulher que eu admirava quando criança. Mas cansei de sofrer nas mãos dela. Posso canalizar Luz como minha irmã, como fiz no Miroir e quando lutei com minha mãe na ponte da caverna.

Invoco minha própria alma, meu próprio nome. Foi minha mãe quem me deu, mas seu poder é mais profundo do que a palavra pronunciada no meu nascimento. Meu nome está separado dela agora. Brilha com a Luz que me foi transmitida por Estelle e, antes dela, pela deusa Elara. E sou eu, não minha mãe, quem escolhe manter acesa essa glória dentro de mim.

A força flui para meus membros, mais agraciada do que meu tubarão-tigre, íbex alpino ou falcão-peregrino. Mas me agarro ao poder deles também. Lutarei com tudo o que puder. O reinado sombrio da minha mãe termina esta noite.

Ela caminha em direção a Bastien, com o cajado levantado. Ele está de joelhos, ainda disperso. Não está pronto para ela.

Eu estou.

Esqueço a dor das minhas costelas quebradas e do braço sangrando. Ataco antes que ela possa alcançá-lo. Somos duas forças furiosas prestes a colidir.

Ela ergue o cajado como se fosse uma lança. Eu agarro a extremidade e me esquivo. Chuto sua mão e em seguida empurro o cajado para baixo. A outra extremidade bate em seu queixo com um estalo alto.

Chocada, ela cambaleia para trás. Antes que possa se recuperar, arranco seu colar de três camadas e sua faixa de dentes, garras e pingentes; suas dragonas de penas e garras; seu crânio e coroa de vértebras. Lanço-os para fora de seu alcance, para além de um aglomerado de pedras. Os ossos da graça de sua arraia-chicote, urso albino, bufo-real, morcego-arborícola e víbora-áspide se foram.

Seus olhos pretos são poços de raiva fervente.

— Sua garota miserável e abominável. — É uma violação remover os ossos da graça de uma Leurress sem consentimento, mas não fiz nada diferente do que minha mãe fez quando roubou o crânio da salamandra de Sabine.

Ela puxa sua faca de osso, mas perdeu velocidade e força. Agarro seu punho e tomo a lâmina. Coloco a ponta afiada na base do pescoço dela. Seu punho vibra loucamente. Ela inspira com calma pelo nariz.

— Eu trouxe você a este mundo, Ailesse. É assim que me honra. Rio.

— Não aprendi honra nenhuma com você. Você é a hipócrita que me expulsou deste mundo. Você é uma ameaça para sua própria *famille* e um perigo para todos os Libertados que já andaram nesta terra. Isto não pode continuar, mãe. Você... *você* não pode continuar.

Minha faca treme. Nunca matei outra pessoa, mas preciso fazê-lo agora. Certamente, foi isso que Elara me autorizou a fazer. Mas parece errado, premeditado. Minha mãe está indefesa. Ela é pequena e magra sem seus formidáveis ossos da graça. Parece mais jovem também. É fácil imaginá-la como uma noviça, uma garota que nunca tocou uma flauta de osso, ou atraiu um homem para uma ponte na floresta, ou concebeu uma filha antes de matar o pai, ou conheceu e se apaixonou por outro homem, ou o perdeu antes que pudesse construir uma vida com ele.

— Não se contamine com a minha morte — diz minha mãe, sua voz um grasnado vergonhoso. — Seja melhor do que eu, Ailesse. Você não pode querer suportar o que eu suportei.

Examino suas lágrimas cintilantes. Está me manipulando, eu sei. Então por que meu peito dói, minha garganta aperta, meus próprios olhos ficam turvos de emoção?

— Eu quis tanto amar você — sussurro.

Uma lágrima escorre por seu rosto, mas é rapidamente varrida pela chuva.

— Eu sei.

Meus ombros se curvam para dentro. Suspiro, e puxo a faca, que cai pendurada na minha mão flácida.

— Vá. Leve Godart com você. Deixe Galle do Sul e as Leurress para sempre. Pelo menos você poderá estar com o seu amor.

Começo a me virar. Ela não pode mais machucar a mim ou aos meus amigos.

— Ailesse! — grita Bastien como uma advertência.

Meu sexto sentido lateja. Olho para trás. Odiva saca outra faca de uma bainha escondida atrás de suas costas. Suas lágrimas ainda caem, mas são lágrimas de fúria.

Ela golpeia em minha direção. Sou mais rápida. Pouco antes que ela possa me matar, eu a apunhalo na base da garganta.

Seus olhos se arregalam. Sua força diminui. Sua própria faca vai ao chão. Ela cai de joelhos e tenta falar. Nenhuma palavra sai, apenas um som horrível e irregular. Atravessei sua traqueia e cortei uma artéria.

Sangue carmesim escorre por seu pescoço. Odiva se engasga com ele, se afoga nele. Seu olhar enfurecido e surpreso me perfura. Ela cai na areia.

Fico boquiaberta, minhas mãos espalmadas. Não tenho certeza do que fazer. Não consigo desviar os olhos de minha mãe enquanto ela se contorce e engasga, minha faca ainda enfiada em seu pescoço. Dei a ela um ferimento fatal, mas pode levar mais alguns minutos até que finalmente morra.

Bastien corre até mim. Sufoco soluços ardentes enquanto minha mãe gorgoleja mais sangue. Não suporto vê-la assim.

— Faça parar — digo, minha voz é um sussurro frágil.

Ele lentamente se afasta de mim e se ajoelha ao lado da minha mãe. Aponta a faca afiada do pai diretamente para o coração dela. O punho simples treme em sua mão. Ela olha freneticamente para ele, convulsionando com mais força. Bastien olha para mim em busca de permissão. Lágrimas quentes escorrem pelo meu rosto. Assinto.

A faca atinge o peito da minha mãe, de forma decidida e rápida. Ela se curva com uma última convulsão. Então sua expressão fica vaga. Seu corpo para. Sua cabeça cai para o lado.

Coloco a mão na boca e balanço a cabeça repetidas vezes.

— Ailesse... — Os olhos de Bastien se enchem de dor. Ele vem até mim e me envolve em seus braços, beijando o topo da minha cabeça.

A angústia sacode minhas costelas quebradas e transforma todos os meus músculos em água. É Bastien quem me segura agora, como eu o segurei no mar. Ele acaricia meu cabelo encharcado de chuva e sussurra palavras de conforto. Não deve ter sido assim que ele imaginou sua vingança, mas isso torna seu abraço gentil ainda mais significativo.

Meus ouvidos agraciados captam o som de outra pessoa respirando, ofegante. Meu sexto sentido percorre minha espinha com os movimentos fracos da pessoa. Então uma sensação mais forte atinge a parte inferior das minhas costas. Olho para trás, para onde Cas e Godart estão lutando. Ambos estão gravemente feridos e sangrando.

Cas se inclina contra uma pedra. Ele pressiona um ferimento na lateral do corpo. Godart manca em sua direção, arrastando a espada na areia. Cas se desprende da pedra, mas mal consegue ficar de pé sem apoio.

— Vá — digo a Bastien, e rapidamente enxugo minhas lágrimas.

Ele assente, deixando a faca no peito da minha mãe. Ele pega a lâmina caída e eu pego o cajado dela. Corremos até Cas, mas ele está a quinze metros de distância, com Godart a menos de três metros dele.

Godart flexiona o músculo da mandíbula e levanta sua espada. Os olhos de Cas estão semicerrados. Minha visão aguçada se concentra na leve contração de seus dedos sobre o punho. Ele nem tem força para levantar a lâmina.

— Cas! — grita Bastien, instando-o a não desistir. Minha vida ainda está em jogo esta noite, ligada à dele.

Agora a um metro do meu *amouré*, Godart ergue a espada acima da cabeça com as duas mãos. O sangue escorre da linha do cabelo até o olho direito mutilado.

— Agora você morre, príncipe bastardo.

— Cas! — grito, e a espada de Godart desce.

A expressão de Cas é dura como aço. Ele se afasta da pedra, gira para se esquivar do ataque de Godart e enfia a própria espada nas costas dele. A lâmina prateada o atravessa e se projeta em seu peito. O rosto de Godart se contorce em um choque terrível. Cas puxa a espada de volta.

— Não sou bastardo — diz ele. — Nem príncipe. Sou *rei*. Filho de Durand Trencavel. Governante de Galle do Sul.

Sangue borbulha da boca de Godart. Ele cai com o rosto na areia.

Bastien e eu finalmente alcançamos Cas. Bastien o puxa para um abraço forte.

— Muito bem.

Cas sorri, mas então seus joelhos começam a ceder. Ele aperta o lado sangrento novamente.

— Já está bom de afeto fraternal, certo?

Bastien ri.

— Sim, Majestade.

Passo meu braço em volta de Cas para ajudá-lo a se levantar.

— Vamos. Ainda não terminamos.

Bastien e eu o ajudamos a atravessar a praia até onde Sabine e as Leurress ainda mantêm aberto o canal entre os Portões. Apenas um lento fio de almas passa agora do arco flamejante para o delicado brilho do Paraíso. Nenhum Acorrentado ou Libertado *chazoure* vaga pela enseada. O trabalho das Barqueiras está quase concluído. O meu, não.

Sabine se concentra, fechando os olhos. Sua mão treme, segurando o Portão em chamas. Chamo seu nome, e ela olha para mim. Ela logo percebe que nós três nos aproximamos — e quem deixamos para trás. Nossa mãe. O pai dela. Suas almas ainda não saíram dos corpos, mas isso acontecerá em breve.

— Ah, Ailesse. — Ela franze as sobrancelhas.

Ela diz algo para Pernelle, e a coruja-das-torres se aproxima, pairando perto da anciã Leurress. Pernelle acena com a cabeça, respirando profundamente, e toma o lugar de Sabine segurando o Portão de fogo.

Sabine corre pela areia em minha direção, e eu começo a soluçar outra vez ao ouvi-la chorar. Lamento causar mais dor, mas também estou cheia de um alívio avassalador. Nós duas sobrevivemos.

Ela se joga sobre mim com um abraço poderoso. Eu a abraço de volta com toda a minha força agraciada.

— Vamos ficar bem. — Acaricio seu cabelo. — Você é toda a família de que preciso.

— Você também. — Ela balança a cabeça contra meu pescoço. — Obrigada por acreditar em mim esta noite.

— Eu sempre vou acreditar em você. Você é minha irmã, minha *matrone*.

Cas vem até nós, e Sabine se vira para ele, ainda chorando. Deixo que ele a conforte também. Enquanto se abraçam, compartilho um olhar com Bastien. Ele assente. Ainda não conquistamos tudo. Restauramos o equilíbrio entre os reinos do Além e removemos os mortos da terra dos vivos, mas ainda estou ligada à alma de Casimir. Minha *famille* ainda é escravizada por Tyrus também.

Espero até que o último Libertado escape do Submundo e então coloco meus pés na frente do Portão de Tyrus. As chamas lambem meu vestido e meu cabelo, mas eles não pegam fogo. Estou brilhando com muita Luz. A coruja-das-torres se aproxima e pousa em meu ombro, e eu acaricio suas asas.

— Acho que sua noiva tem uma mensagem para você, Tyrus — digo diante da agitada tempestade de brasas. — Ela não permitirá mais que as almas que pertencem a ela sejam maltratadas por você. — A coruja-das-torres grita.

Tyrus nos ignora. Seu canto de sereia exala a música sombria sem qualquer perturbação na melodia. Sinto a atração mais uma vez, mas a tentação de ir até ele é apenas um desejo fraco agora. Estou consciente demais da sua corrupção para ser enganada e passar pelo Portão.

Eu me empertigo.

— Você ameaçou Elara e atormentou as Leurress, suas próprias filhas, durante séculos. Você lançou sua própria miséria sobre nós e transformou nosso dever sagrado em zombaria. Somos guardiãs das almas e defensoras dos vivos, e não seremos mais obrigadas a matar. E agora, ameaçamos você.

Atrás de mim, sinto a Luz de todas as minhas irmãs me incentivando. Cada uma delas está aqui porque mataram os seus *amourés*, porque foi dito que precisavam fazer isso.

— Vamos manter este canal aberto! — grito para as brasas. — Ainda há almas em seu reino para serem acolhidas. Nós drenaremos o Submundo de todos os Acorrentados ao seu alcance e o deixaremos abandonado, sozinho pelo resto da eternidade e com nada além de seu próprio desespero para lhe fazer companhia, a menos que acabe com sua exigência de sacrifício de sangue. Não haverá mais ritos de passagem, nem vínculos de alma que terminam em morte, nem o massacre de qualquer vida pelo poder.

O canto da sereia de Tyrus se intensifica, como se ele estivesse rindo de mim.

Finco os pés na areia.

— Você não acredita em mim? Elara receberá com prazer suas almas. O Paraíso não tem limites. Ela certamente pode encontrar um lugar para mantê-las. — A coruja-das-torres solta um grito explosivo, apoiando minha afirmação. — Talvez muitos não mereçam suas correntes, para começar. — Quanta misericórdia Tyrus estendeu aos mortais pelos erros que cometeram enquanto viviam? Não muita, se o seu rigor no Miroir servir de indicação. — E a deusa fará ainda mais. Depois de tomarmos todas as suas almas, ela deixará seu reino separado do dela. Você governará um reino vazio e desolado, e Elara se regozijará.

As chamas do arco se retraem ligeiramente, um fervilhar mortal. Agora irritei Tyrus. É um começo.

Eu me viro para Sabine.

— Faça isso. Cante para libertar os Acorrentados.

Ela arregala os olhos. Não tive tempo de explicar meu plano, mas Tyrus precisa ver que esta não é uma ameaça inútil. Temos o poder de tirar tudo dele.

Sabine rapidamente se recompõe, e endurece a expressão. Ela inspira profundamente e canta uma música que nunca ouvi. Ninguém ouviu. São todos acordes menores e um staccato violento. Fala sem palavras do pior dos Acorrentados, dos mais miseráveis, assassinos e gananciosos. As Barqueiras se juntam a ela, harmonias discordantes e fora de ritmo. É exatamente o que a música precisa. A coruja-das-torres sai do meu ombro e voa em torno delas, dando seus próprios gritos estridentes.

Do outro lado das brasas cintilantes do Portão, os mais vis Acorrentados *chazoure* começam a convergir. Estão uivando, furiosos. Também querem escapar do Submundo.

O arco flamejante aumenta de tamanho, queimando mais alto, mais quente e mais cruel. O calor queima meu rosto e meus olhos, mas não recuo. Não vou deixar Tyrus me intimidar.

A canção das Barqueiras se torna um mantra de gritos e lamentos, a linguagem dos Acorrentados. É horrível, cacofônica e terrivelmente perfeita.

Duas almas cambaleiam pela praia, minha mãe e Godart. Correntes recém-forjadas sobrecarregam seus membros e gargantas. Nenhuma Barqueira luta contra eles. Não precisam. Odiva e Godart não resistem ao canto da sereia de Tyrus. É furioso, estridente e amargo. Força seus servos a enfrentarem seu destino.

Encontro o olhar desesperado de minha mãe, e meu coração se aperta. Ela teria feito as mesmas escolhas terríveis na vida se tivesse sido autorizada a amar quem ela queria desde o início?

Ela passa por mim e é sugada para perto do Portão de Tyrus. No último momento, agarro a mão dela. Ela se sobressalta, e agarra a de Godart. Seus olhos não estão mais pretos; estão *chazoure*, e brilham com lágrimas.

— Me perdoe, Ailesse.

Hesito, meu pulso acelerado.

— Eu quero perdoar. — Apegar-me à amargura do passado não me trará paz. Se eu posso perdoar a minha mãe, Elara pode fazer o mesmo? Será que seu reino pode realmente acolher uma alma Acorrentada e oferecer um caminho para a redenção?

Só há uma maneira de descobrir.

Recuo lentamente na areia, usando toda a minha Luz e força agraciada. Arrasto minha mãe e Godart para longe do arco de fogo, depois giro e os lanço na outra direção — na direção do Portão cintilante do Paraíso.

Eles cambaleiam para dentro do reino da deusa. Nenhuma explosão de energia os joga para fora. Seus corpos relaxam. Suas expressões tensas diminuem. Minha mãe suspira e me oferece um aceno elegante e um sorriso frágil. De mãos dadas com Godart, eles se viram e sobem a escada do Paraíso.

Meu peito se enche de esperança. Talvez ela e eu passemos a nos amar um dia.

As chamas do Portão de Tyrus rugem com mais força e se alargam. Os gritos no Submundo se intensificam. Corro de volta para o arco de fogo, e ele quase me engole. Meu cabelo chicoteia em volta dos meus ombros. Meus pés ficam com bolhas na areia. Aperto a mandíbula e me apego ao brilho mais forte da Luz de Elara dentro de mim.

Rostos deformados e desfigurados se aproximam do outro lado do Portão — os mais cruéis dos Acorrentados, que Tyrus torturou nas esferas mais profundas de seu reino. Em algum lugar, além de seus corpos *chazoure*, estão duas almas *orvande* que não consigo mais ver, assim como elas também não me veem. Mas Estelle e Aurélien são antigos e sábios. Devem saber o que está acontecendo. Posso imaginar Aurélien agora, com o martelo erguido e pronto.

A alma mais próxima do Portão — um homem com olhos arrancados e lábios costurados — cambaleia cegamente para a frente. Ele me agarra do outro lado das brasas. Em sua mão, faltam dois dedos.

As chamas do Portão atacam loucamente. O canto da sereia de Tyrus se choca e bate em uma turbulência frenética e furiosa. Se o Portão for totalmente violado — se Sabine e as Barqueiras permitirem que a barreira caia —, não haverá como conter os Acorrentados violentos. Sim, Tyrus terá perdido, mas certamente seremos mortas.

— Você quer que isso acabe? — grito a plenos pulmões. Uma unha na mão mutilada prende minha blusa. Não me esquivo. — É simples, Tyrus. Pare de coagir sua noiva a se juntar a você. Se você a ama, mostre a ela. Deixe sua raiva e ódio irem embora. Quebre o vínculo de alma. Acabe com esse reinado de sacrifício e sangue.

O Portão de fogo pulsa. As chamas aumentam e se contraem, como se ele estivesse indeciso.

A mão atrofiada sobe até minha garganta. Pode ter apenas três dedos, mas são longos e esticados. Podem facilmente me estrangular. Os dedos agarram meu pescoço. Apertam como um torno.

Mantenho minha posição. Meu coração rufa. Minha visão cintila com estrelas pretas. *Por favor, por favor, Elara. Não me deixe morrer assim.*

O arco ondulante atinge uma altura imponente. Sobe quase cinquenta metros no céu noturno. O canto da sereia de Tyrus cresce, um som ensurdecedor em meus tímpanos.

As Barqueiras cantam mais alto, suas vozes estridentes. No centro de sua resistência, sinto a Luz delas poderosa e unificada. O Portão de Elara e a escadaria translúcida brilham com rajadas opacas de prata. As estrelas nos Céus Noturnos penetram nas nuvens de tempestade. A deusa também está nos enviando toda a sua força.

Não consigo falar com Tyrus em voz alta, então falo mentalmente, esperando que minhas palavras ainda cheguem até ele. *Elara poderia lhe dar uma segunda chance se você aprendesse a demonstrar afeto e longanimidade*, digo. *Talvez, então, seus reinos possam se unir novamente e vocês possam conceder perdão aos Acorrentados penitentes. O Além pode se tornar um lugar onde a redenção é possível para todos.*

A mão atrofiada aperta com mais força. A escuridão turva minha visão. Estou prestes a perder a consciência. Prestes a morrer. Tyrus não me ouviu. Ou isso, ou ele não se importa. Ele nunca mudará.

De repente, as chamas explodem. O canto da sereia termina. O arco volta ao tamanho anterior. A mão que agarra meu pescoço se retrai.

Meus músculos afrouxam. Solto uma expiração trêmula, e inspiro com força.

Tyrus se decidiu. Ele se rendeu.

Eu me endireito e pareço mais alta. O calor irradia dentro de mim. Olho para as brasas e chamo Aurélien por seu nome de ferreiro:

— Bata o martelo, Forgeron. Está feito.

Não consigo ver sua arma, mas ouço a batida estremecedora contra o chão. Os uivos e latidos dos chacais aumentam. Eles vêm para devolver os Acorrentados às profundezas do Submundo.

Eu me agarro à esperança de que Tyrus prove seu valor e conceda mais misericórdia às suas almas.

Talvez então elas avancem mais uma vez para o Miroir. Imagino Forgeron em um novo papel: o quebrador de correntes. Imagino Estelle conduzindo almas perdoadas para fora do Submundo e de volta para suas filhas, as Barqueiras vivas. Minha *famille* e eu poderíamos guiá-las para o Paraíso.

Sabine e as Barqueiras param de cantar. Pernelle solta a coluna em chamas. As outras Leurress soltam as mãos. O canal se fecha. O Portão de fogo desaparece. Nada além de fumaça carbonizada que sobe da areia.

Minhas pernas oscilam. Pressiono a palma da mão no peito. Não acredito que conseguimos.

Bastien corre para mim e me pega em seus braços. Ele ri, beijando minha boca, minhas bochechas, minha testa. Minhas costelas quebradas doem. Não me importo.

— Você foi incrível! — diz ele.

Sorrio, tonta. Ainda estou tremendo de choque.

— Nós simplesmente... *vencemos*, certo?

Ele ri de novo e segura meu rosto em suas mãos.

— Nós mais do que vencemos. Deixamos o Inferno de joelhos. — Ele me beija uma segunda vez, um beijo profundo, terno e lindamente estonteante. Eu me apoio nele e finalmente, *finalmente*, o resto da minha tensão, que vem se acumulando há meses, se dissipa.

Eu me afasto e olho com serenidade em seus olhos.

— Nunca mais quero ser sua amiga. — Ele franze a testa. — Não, não foi isso o que quis dizer. — Franzo a testa para mim mesma. Minha cabeça ainda está atordoada. — Quis dizer que não gosto de sermos apenas amigos... mas gosto de *você*. Na verdade, eu te amo. — Como foi que Estelle falou para Forgeron? — Você é a canção da minha alma. — Pisco. — A canção da minha alma.

Bastien ri e me envolve em outro abraço.

— Por favor, continue falando. Nunca me diverti tanto. — Bato em seu braço, e ele ri ainda mais, beijando minha bochecha. — Eu também te amo — diz.

Sorrio e olho para Sabine, mas ela não está onde a vi pela última vez. Procuro entre as Barqueiras, e o zumbido em meus ouvidos desaparece. É substituído pela suave e adorável melodia do Paraíso. A poucos metros de distância, o Portão cintilante de Elara ainda está de pé. A coruja-das-torres está empoleirada diante dele como uma sentinela, seu rosto em formato de coração inclinado para mim.

Ela o está mantendo aberto? Por quê?

Procuro pela praia mais uma vez e finalmente encontro minha irmã. Ela e Cas estão a vários metros de distância, na beira do mar agitado. Eles também não estão sozinhos, embora Cas não consiga ver as duas almas *chazoure* que estão com eles. Uma delas eu conheço. A outra eu reconheço, apesar de nunca termos nos conhecido, porque ele tem o queixo esculpido de Bastien e o mesmo cabelo despenteado.

Olho nos olhos de Bastien, azuis como o mar, beijo-o suavemente e sorrio.

— Você gostaria de compartilhar de minhas graças novamente?

Ele arqueia a sobrancelha.

— Por quê?

Respiro fundo e aperto suas mãos.

— Seu pai e Jules ainda estão aqui, e acho que você gostaria de vê-los uma última vez.

44
Bastien

Esqueci como respirar. Ou pensar. Ou caminhar. De alguma forma, minhas pernas me carregam até a praia.

Ele está aqui. Ela está de volta.

Meu pai. Jules.

A visão de falcão de Ailesse é a minha visão agora. Vejo o mundo com uma tonalidade violeta novamente e, dentro dela, a cor das almas.

Sabine e Cas se afastam para me dar espaço. Olho para as duas pessoas que amei por mais tempo na minha vida. Meu coração não para de bater forte. Minha garganta fica seca apesar da chuva torrencial. Eu não sei o que fazer. Não sei quem abraçar primeiro. *Posso* abraçá-los?

Jules finalmente revira os olhos.

— Ainda sou eu, Bastien.

Rio e limpo as lágrimas do rosto.

— Certo.

Ela me envolve em um abraço apertado. É bom sentir sua força novamente. Ela estava tão fraca.

— Vê? — diz ela. — Eu sabia que poderia confiar em você. Você nem me deixou no Submundo por tempo suficiente para eu contar boas histórias.

Bufo.

— De nada, eu acho.

Ela balança a mão para cima e para baixo, apontando para si mesma.

— Então, fico bem em *chazoure*?

Olho para seu cabelo trançado, calças justas, blusa decotada e botas de cano alto, tudo brilhando em diferentes tons.

— Acho que você está pronta para enfrentar o Paraíso e desafiar qualquer garoto que se atreva a chamá-la de Julienne.

Ela sorri.

— Pode apostar. — Mas então sua expressão fica sóbria, e ela mexe na manga. — Você pode passar uma mensagem para Marcel por mim?

Respiro fundo. Não sei como vou dar a notícia a ele.

— Sim.

— Diga a ele... — A voz de Jules fica rouca. Ela não consegue falar por um longo momento. Ela abaixa a cabeça e muda de um pé para o outro. Quando seu queixo para de tremer, ela encontra meus olhos novamente. — Diga que ele será um ótimo escriba. Diga que quero que ele e Birdine tenham doze filhos e que envelheçam e engordem juntos.

Assinto, sorrindo. Esse futuro é fácil de imaginar: Marcel e Birdine morando em Dovré, a casa transbordando de livros e cheirando a água de rosas, muitas crianças enlouquecidas.

— E você? — Engasgo novamente. — Você vai ser feliz?

Seus olhos brilham.

— Não duvide nem por um minuto. Vou comer bolo e dormir numa cama macia, e nunca mais terei que roubar. Estarei com meu pai, Bastien. — Ela morde o lábio e olha por cima do ombro para meu pai. — Vou deixar você ter esse momento com o seu.

Ela dá alguns passos para trás, e eu me viro para ele, passando a mão pelo cabelo encharcado de chuva. Estou com os nervos à flor da pele. Não tenho ideia de como iniciar uma conversa. Durante oito longos anos, preparei-me para me vingar, mas nunca passei um momento sequer me preparando para isso. Em nenhuma parte da minha mente imaginei que teria esse tempo roubado com ele.

Nós dois damos um passo tímido um em direção ao outro, apoiamos o peso na perna esquerda e enfiamos as mãos nos bolsos. Rio de nervoso. Tal pai, tal filho.

Ainda estou lutando para encontrar as palavras, então me pego olhando para ele, tentando desesperadamente memorizar os pequenos detalhes que de alguma forma esqueci ao longo dos anos. O dorso do nariz é um pouco torto. Ele tem uma longa cicatriz nas costas da mão, talvez causada por um descuido com o cinzel e o martelo. Seu cabelo não é tão grosso quanto eu me lembrava, e a pele sob os olhos é fina e um pouco flácida. Ele estava começando a envelhecer quando morreu, e eu nem percebi. Tinha uma imagem dele mais jovem em minha mente, o pai que conseguia correr pelo campo comigo nas costas, o homem que esculpia o dia todo e ainda tinha energia para me contar histórias ao lado de nossa lareira todas as noites.

— Você sofreu muito? — De repente, deixo escapar.

Ele inclina a cabeça.

— Não entendi.

— Quer dizer, quando você foi morto. — Minha boca treme. Tento continuar, mas não sei bem como. — Você sofreu muito...? — Minha garganta se fecha. *Merde*, aí vêm as lágrimas novamente. Não consigo evitar. Mais do que tudo, foi a agonia que ele sentiu ao ser esfaqueado que me assombrou todo esse tempo.

Seus olhos transbordam de dor.

— Bastien... — Ele suspira e balança a cabeça. — Esse foi apenas um pequeno momento dentre *milhões* deles. Quando penso na minha vida, não penso na minha morte. Também não quero que você fique pensando nisso. — Ele franze as sobrancelhas. — Espero ter lhe dado mais do que isso.

Limpo o nariz.

— Você deu. Eu não poderia ter pedido uma infância mais feliz.

Seu sorriso é pesado, até um pouco cansado. Ele não acredita em mim? Ele se aproxima e coloca suas grandes mãos de escultor em cada lado do meu rosto.

— Estou grato pelo tempo que passamos juntos, e estou muito orgulhoso de você. Você passou os anos mais difíceis que um menino deve viver criando a si mesmo, e cuidando de seus amigos também.

Mas quero mais para você do que apenas sobrevivência. — Ele abaixa um pouco a cabeça para ficarmos olho no olho. — Obrigado por fazer o seu melhor para honrar minha vida, filho. Agora eu quero que você honre a *sua*.

Eu inspiro e aceno solenemente.

— Entendo. Prometo que vou honrar. — Olho para Ailesse atrás de mim. Ela está a poucos metros de distância e nos observa. O calor corre pelo meu peito com seu sorriso suave. — Pai, quero que você conheça alguém.

Ela aperta os lábios, alisa a saia e se aproxima.

— Olá.

Pego a mão dela e entrelaço seus dedos nos meus.

— Pai, esta é Ailesse.

Ele dá um sorriso malicioso.

— Ela não me é estranha.

— Não?

— Ainda faço parte da sua vida, Bastien. — Ele cruza os braços. — E estive de olho em vocês dois.

— Ah. — Alguns momentos acalorados vêm à mente, e meus ouvidos queimam. — Mas não o tempo *todo*, certo?

Ele ri e me abraça com força. Esqueci que ele me abraçava assim, seus braços fortes quase me esmagando. Não quero que ele me solte.

— Estava esperando você levá-la para ver os golfinhos — diz ele. Então se afasta e dá um tapinha caloroso no meu rosto.

Coço a parte de trás do pescoço.

— Bem, ela não tem estado exatamente disponível nos últimos tempos.

Ailesse levanta uma sobrancelha.

Meu pai ri e estende a mão para ela. Em vez de estender a mão de volta, ela o abraça. Antes que ele possa apertar demais, eu digo:

— Cuidado com as costelas quebradas.

Ele é gentil com ela. Até beija a mão dela depois, como um bom cavalheiro.

— Cuidem um do outro — diz, devolvendo Ailesse para mim. Passo meu braço em volta de sua cintura, e ela inclina a cabeça para apoiar no meu ombro.

Justamente quando tudo parece confortável e certo, a coruja-das-torres passa voando por nós e grita. Ailesse se vira para mim e sussurra:

— É hora de dizer adeus.

Respiro fundo, me preparando. Abraço meu pai e Jules uma última vez. Ailesse também abraça Jules e diz:

— Obrigada pela minha vida.

Nós os levamos até o Portão de Elara e os observamos entrar lado a lado.

Muito depois de as outras Barqueiras partirem, Ailesse e eu ficamos parados sob a chuva torrencial. Olhamos para o céu noturno até que os últimos vislumbres prateados de meu pai e Jules possam ser vistos enquanto eles sobem a escada em espiral para o Paraíso.

A paz deles é a minha paz, e satisfaz muito mais do que a vingança.

45
Sabine

— Você pode descer daí? — pergunto a Ailesse, tentando não entrar em pânico enquanto ela caminha pelo fino parapeito de Castelpont. As pedras da ponte estão secas por causa do sol da manhã, as tempestades de verão finalmente passaram, mas não consigo parar de imaginá-la escorregando e caindo doze metros no leito árido do rio. É bom ver Ailesse tão livre e sendo ela mesma outra vez, mas... — Não consigo curar uma cabeça rachada, entende?

— Talvez consiga, sim. — Ela gira em um dedo do pé e caminha na outra direção. As paredes de pedra calcária de Beau Palais brilham atrás dela, do topo do castelo, além da muralha da cidade. — Eu não duvidaria disso. De qualquer forma, estou contando com você para curar minhas costelas quebradas. — Por baixo do corpete rendado, seu torso está envolto em uma bandagem de linho apertada. Eu mesma amarrei.

— Bem, primeiro preciso pegar essa salamandra-de-fogo. — Estou agachada na margem, à sombra de um salgueiro. Fico rígida quando uma cauda preta com manchas amarelas aparece da cobertura morta perto do tronco da árvore. Meu crânio de salamandra foi esmagado na luta de Cas com Godart, e estou ansiosa para recuperar meu poder de cura.

A coruja-das-torres estabeleceu um alto padrão por me permitir compartilhar de suas graças sem derramamento de sangue, mas estou determinada a alcançá-lo mais uma vez. Muitas pessoas em Dovré ainda sofrem com a Luz que perderam. Se eu puder obter novamente as graças de uma salamandra-de-fogo — se puder compartilhá-las com outros —, poderei restaurar sua Luz. Pelos sonhos visionários que tenho tido nos últimos cinco dias, acredito verdadeiramente que é possível.

Ailesse ri do jeito que sempre fez comigo. Não é um riso cortante ou condescendente, mas carinhosamente divertido.

— Ah, Sabine. Você não precisa pegá-la.

— De que outra forma eu deveria fazer isso? Ela não vai ficar parada.

Eu me aproximo novamente, mas assim que estou a um metro dela, a salamandra sai correndo da cobertura morta, desliza pela margem e se esconde sob um galho caído.

Suspiro. Como vou mostrar à minha *famille* que elas não precisam mais sacrificar animais se eu não puder provar que minha experiência com a coruja-das-torres não foi um caso isolado? Nenhuma das Leurress perdeu suas graças quando Tyrus se rendeu, mas as aspirantes a Barqueiras precisarão obter novas graças no futuro, e quero mostrar a elas que há um caminho melhor.

Rastejo em direção ao galho caído, quando Ailesse pergunta:

— Você já beijou?

— A salamandra?

— Não. — Ela ri e caminha por mais um trecho do parapeito, com os pés elegantes e ágeis como os de um íbex. — Cas, é lógico. Não posso mais espionar vocês dois, então você tem que me contar tudo.

Balanço a cabeça, mas não consigo conter um sorriso que me faz sentir com doze anos de novo.

— Quando eu o teria beijado? Ele está trancado em Beau Palais, tendo reuniões com os conselheiros... ou o que quer que um rei faça para restaurar a ordem em seu castelo. Não o vejo desde a lua nova. — Os cinco dias que se passaram parecem uma eternidade.

Ailesse arqueia as sobrancelhas.

— Nenhum encontro secreto na floresta, então, depois que todos estão dormindo?

— Não! — Bufo. — O que nossa *famille* pensaria se me vissem saindo escondida à noite?

— Achariam revigorante ter uma *matrone* tão jovem e apaixonada.

Rio e esfrego minhas bochechas, que devem estar vermelhas. Ailesse faz caretas de beijo para mim, e eu rio ainda mais.

— Pare!

Há alguns dias, eu não poderia imaginar um momento tão alegre entre nós. A Sabine que usava o pingente de chacal não teria deixado Ailesse convencê-la a continuar sendo *matrone*, muito menos permitiria que ela me provocasse sobre quão apaixonada estou por seu antigo *amouré*. Seu vínculo de alma com Cas foi rompido quando Tyrus se rendeu a nós, e Ailesse está praticamente dançando desde então.

A salamandra-de-fogo salta de baixo do galho caído. Praguejo e começo a correr.

— Pegue ela! — chamo Ailesse quando a salamandra corre para a ponte.

— Mas ela vai deixar cair o rabo.

— Então não a pegue pelo rabo!

Ela desce do parapeito, tomando cuidado com as costelas. Quando termina de descer, rapidamente tenta pegar a salamandra, que se esquiva e corre pela meia-parede até onde ela estava parada um segundo atrás. Corro no momento em que a salamandra desliza por uma fenda profunda nas pedras.

— Tem certeza de que é realmente uma salamandra-de-fogo, e não a cria de um Acorrentado? — pergunta Ailesse.

Zombo e cutuco seu ombro. Nós duas caímos na gargalhada.

Alguém caminha em nossa direção. Ouço passos distantes, enquanto Ailesse estremece com seu sexto sentido. Nós duas nos voltamos para o caminho que contorna a muralha da cidade. Ela se sobressalta, e meu coração dá uma cambalhota no peito. *Cas.*

Ailesse solta um grito e aperta minhas mãos.

— Promete que me conta tudo?

Antes que eu possa responder, ela beija minha bochecha e sai correndo da ponte, na outra direção. Reviro os olhos, mas reprimo uma risadinha.

À medida que Cas se aproxima, solto um suspiro para me acalmar e enfio alguns cachos soltos no nó que prende metade do meu cabelo. Espero não estar muito suada. O dia já está quente, e estou perseguindo a salamandra-de-fogo há mais de uma hora.

Ele chega ao pé da ponte e sorri timidamente para mim, sua covinha aparecendo bem. Outra onda de calor percorre meu corpo.

Cas ainda está com a aparência um pouco pálida e manca quando seu lado esquerdo reclama — vou ajudá-lo a se recuperar dos ferimentos em breve —, mas fora isso, ele parece bem. Está usando um belo gibão escarlate e calças de montaria macias enfiadas nas botas engraxadas.

Gostaria de estar vestida com algo mais bonito do que meu simples vestido de caça marrom, mas Cas não parece se importar. Seus olhos azuis estão grudados em mim enquanto caminha em direção ao topo da ponte onde estou.

— Vi você de Beau Palais — comenta ele, passando o dedo pelo parapeito. — Este será nosso novo local de encontro?

— Talvez. — Sorrio. Talvez seja por isso que vim aqui, dentre todos os lugares, para pegar uma salamandra-de-fogo.

Ele se junta a mim, e nos encaramos por um longo momento. Seus cachos louro-avermelhados soltos perecem mais claros ao sol, e uma brisa suave faz uma mecha cair em sua testa. Meu estômago se agita.

— Como vão as coisas com sua *famille*? — pergunta ele.

— Elas estão bem. — Eu me viro e apoio os braços cruzados no parapeito. — Embora algumas estejam um pouco nervosas porque o rei de Galle do Sul agora sabe onde elas fazem a travessia.

Cas balança a cabeça e também se apoia do mesmo jeito que eu faço. Nossos cotovelos estão quase se tocando.

— Espero que, com o tempo, passem a confiar em mim. Imagino as Leurress e eu como aliados. Prometo a você que nunca exporei seu modo de vida.

Nunca duvidei disso. Bem, talvez há um mês duvidasse, mas não agora.

— Obrigada. — Compartilhamos outro olhar que me deixa um pouco sem fôlego. — E você? Está tudo bem em Dovré? — Eu rapidamente corrijo: — Ou melhor, tão bem quanto possível. — Ainda estou determinada a curar as pessoas.

Ele balança a cabeça novamente, piscando contra a luz do sol.

— O movimento dissidente enfraqueceu. Acontece que a maioria não gostava muito do rei Godart. — Ele fica quieto por um momento e depois limpa a garganta. — Minha, hum, coroação será em três dias. — Ele chuta preguiçosamente a ponta da bota contra a parede. — Você gostaria...?

Meu estômago revira. Meu coração bate mais rápido.

— Você gostaria de se juntar a mim como convidada especial?

Ergo as sobrancelhas e franzo os lábios.

— Defina especial. — Seguro um sorriso. — *Quão* especial?

Cas faz um barulho entre um gemido e uma risada, e sua cabeça cai entre as mãos. Suas orelhas têm o tom de vermelho mais cativante.

— Sabine... — Ele suspira. — Quero que saiba que eu pensei muito sobre o que disse outra noite. — Cas encontra meus olhos novamente. — Sobre você pensar que é a segunda melhor. Não é assim que eu...

Interrompo-o com um beijo. Ele enrijece, surpreso, mas então suas mãos deslizam até meu queixo e embalam meu rosto. Cas se funde comigo, me beijando com tanta ternura e fascínio que me pergunto se ele tem sua própria magia, muito mais forte do que o canto de uma sereia.

Quando ele finalmente se afasta para olhar para mim, algo preto e amarelo aparece no canto da minha visão. Fico tensa.

— Não se mova, Cas.

Ele olha cautelosamente para onde estou olhando. A pequena salamandra-de-fogo voltou. Está nos espiando pela fenda no parapeito.

— Olá — sussurro suavemente, e busco a Luz dentro da pequena criatura. — Você tem um momento para falar sobre suas graças?

46
Ailesse

Encontro Bastien ao pôr do sol em um campo de flores azuis. Marcel e Birdine também estão lá. Nós quatro trabalhamos juntos para erguer um pesado pilar de calcário com um metro de comprimento de uma carroça de madeira, e o colocamos de pé no chão, à sombra de uma aveleira.

Bastien se ajoelha e tira um pouco de poeira da escultura que ele cinzelou recentemente com as ferramentas de seu pai. É uma imagem dos Portões do Paraíso, com uma escada subindo em espiral até as nuvens.

Bastien diz que o trabalho é falho e simples, mas se estivessem aqui conosco, sei que seu pai ficaria orgulhoso e Jules estaria radiante.

Provavelmente estão.

Sete dias depois, no porto próximo ao estaleiro real, o sol ainda brilha. Não me canso disso, depois de tantas semanas passadas no subsolo, em ambientes fechados ou na chuva. Meu nariz e bochechas têm algumas sardas e até mesmo uma leve queimadura. É glorioso.

Bastien e eu estamos no cais perto do *La Petite Rose*, aguardando a última chamada de embarque do navio. Novas aventuras nos aguardam. Veremos o vulcão nas Ilhas Ember e as cachoeiras colossais junto à costa da floresta tropical de Dagulu. A partir daí, quem sabe?

Sabine e Cas vieram se despedir de nós, mas agora ela está sentada em um banco com um marinheiro de aparência frágil. Não consigo ouvir o que eles dizem em meio à comoção de passageiros reunidos e de alguns mercadores assistindo seus últimos barris serem carregados no navio. Mas pela expressão séria de Sabine e pela mão gentil colocada no braço do marinheiro, é fácil adivinhar o que está acontecendo, embora eu duvide que o marinheiro saiba disso. Ela o está curando, restaurando sua Luz.

Ela tem feito isso silenciosamente nos últimos dias, em momentos simples e discretos como este. Seus pacientes não têm ideia de que a garota gentil e bonita que ouve seus problemas é uma Feiticeira de Ossos dos mitos e contos de fadas da Galle Antiga. Ela não iria querer que eles tivessem. Fica satisfeita em saber que vão acordar na manhã seguinte, e em todas as outras, sentindo-se mais fortes. Sou a prova disso. Ela já me curou da pequena quantidade de Luz que perdi, e Cas também, sem mencionar minhas costelas quebradas, o ferimento de espada dele, a cabeça machucada de Bastien e todas as outras dores que sofremos desde a lua nova. Ela até conseguiu reviver o tio de Birdine em seu leito de morte. Birdine chorou por um dia inteiro.

Cas dá a Sabine e ao marinheiro mais alguns momentos a sós, e caminha até mim e Bastien. O rei coroado de Galle do Sul está usando roupas discretas hoje, bem como um gorro de lã para esconder o cabelo. Até agora ninguém o reconheceu.

Ele passa para Bastien um saco de tecido rústico com dois pães apontando da abertura, e meu nariz agraciado sente o cheiro de carne salgada e queijo duro.

— Um pouco de comida para sua jornada.

O braço de Bastien cede quando ele segura o pacote, despreparado para seu peso. Ele franze a testa e espia para dentro. Olho com ele, curiosa. Uma pilha considerável de moedas de ouro está no fundo do saco.

— Cas, isso é exagero. — Bastien faz que não. — Você já garantiu nossa passagem.

— Considere isso um ressarcimento por ter trancado você em minhas masmorras.

— Acho que estamos quites, já que você também foi nosso prisioneiro.

— Bem, então considere um presente de um amigo. Pode ajudá-los a começar uma vida honesta.

Bastien sorri.

— Então não posso dizer que roubei um rei?

Cas dá de ombros.

— Se ajudar com a sua reputação... Nunca se sabe. Seu navio pode ser atacado por piratas.

Bastien ri e sacode um pouco o saco, fazendo as moedas tilintarem.

— Obrigado, Cas.

Sabine se junta a nós e puxa Bastien de lado para se despedir dele primeiro. Cas e eu ficamos olhando um para o outro, sem jeito. Limpo minha garganta.

— Então... ainda somos amigos, certo? — Não tenho ilusões de que ele ainda sinta algum apego a mim, mas não quero que ele pense que sua ternura por mim não era significativa, ou que eu era insensível em relação ao seu afeto.

— Certo. — Ele sorri. — Com certeza não somos inimigos, então devemos ser amigos. Não há meio-termo depois de sequestro mútuo, forjamento e rompimento de vínculos de alma, e de todas as nossas outras experiências que desafiaram a morte.

Uma pequena risada me escapa.

— Isso é verdade. — Dou uma olhada rápida em Sabine e depois mordo o lábio. — Escute, eu nunca conheci sua mãe, Cas — digo, lembrando o motivo de ele ter se sentido atraído por mim depois que o poder do meu canto de sereia desapareceu. — Não sei o quanto sou realmente parecida com ela, mas sei que não há ninguém no mundo melhor que Sabine. Sua mãe, se ela realmente fosse como eu, não teria dúvidas disso. Ela ficaria muito feliz por você.

Seu sorriso suaviza, e ele olha para os pés por um momento antes de balançar a cabeça e sussurrar:

— Obrigado.

Sabine vem até mim e funga.

— Prometa que isso não é um adeus para sempre.

Pego as duas mãos dela nas minhas.

— Prometo. Posso até voltar com histórias de outras Leurress que eu encontrar. Posso contar a elas tudo o que a *famille* fundadora realizou, para que possam compartilhar de nossas bênçãos. Quero que o resto do nosso povo saiba que pode viver como nós, sem o fardo do sacrifício de sangue.

Sabine e eu nos abraçamos. Eu a seguro com força enquanto uma onda de carinho faz meus olhos ficarem quentes.

— Obrigada por ser minha melhor amiga... e a melhor irmã que eu poderia ter pedido.

Ela soluça suavemente.

— Eu te amo, Ailesse.

— Eu também te amo.

Alguém do navio pede que os últimos passageiros embarquem. Respiro fundo, me afasto de Sabine e limpo o nariz.

— Preparado? — pergunto a Bastien.

Ele já está com nossas sacolas penduradas no ombro, mas então dá uma olhada pelas docas movimentadas e franze a testa.

— Marcel disse que... ah, olha ele ali.

Não consigo identificar Marcel na multidão com meu sexto sentido; tem muitas pessoas, sinto todo mundo. Mas logo vejo uma cabeça com cabelos desgrenhados e uma atitude descontraída. Marcel não tem pressa, alheio ao leve pânico de todos no porto. Ele nos vê e abre um sorriso, agitando em nossa direção o que parece ser um pergaminho.

— Fiz para vocês. — Ele nos alcança enquanto caminhamos em direção à prancha de embarque. — Copiei de *Baladas da Galle Antiga*.

Bastien sorri.

— Exatamente como um escriba faria.

Marcel assente, balançando na ponta dos pés.

— Vocês se lembram de quando estávamos todos isolados nas catacumbas? — diz ele, como se os dias em que fui mantida em cativeiro fossem suas melhores lembranças. Ele desenrola o pergaminho. — Essa é aquela música sobre as Leurress que mostrei para vocês dois. Foi nesse momento que descobrimos o quão terrível era o vínculo de alma, apesar de que você acabou não sendo o *amouré* de Ailesse — acrescenta ele a Bastien. Com uma risada, Marcel tira o cabelo do rosto antes de ler:

> *A bela donzela na ponte, o homem condenado ela deve matar,*
> *Suas almas costuradas juntas, nunca um ponto a desfiar,*
> *A morte dele é dela como nenhuma outra no vale, no mar ou na costa,*
> *Para que a respiração dela jamais pegue a sombra dele nesta proposta.*

Ele sorri largo, enrola o pergaminho de volta e o passa para Bastien.

— De qualquer forma, pensei que isso poderia servir como uma espécie de amuleto de boa sorte... sabe, para lembrá-los, se estiverem tendo um dia difícil, que nada pode ser tão ruim quanto o que vocês já passaram.

Sem palavras, eu me viro para Bastien, cuja expressão confusa e divertida combina perfeitamente com a minha reação interior. Mas sua voz é sincera quando ele responde:

— Bem, obrigado, Marcel.

— Disponha. — Ele chega à prancha de embarque antes de nós e sobe distraidamente.

— Você vai também? — provoco.

— Ops... — Ele desce.

Dou uma risada e um abraço nele. Quando Bastien o abraça em seguida, seus olhos ficam um pouco turvos.

— Cuide-se, certo?

Marcel fecha os olhos, o queixo apoiado no ombro de Bastien.

— Pode deixar.

Bastien e eu embarcamos no navio e encontramos um lugar na lateral para acenarmos para nossos amigos. Sabine está aninhada em Cas, os braços dele cruzados em volta da cintura dela. Ela me joga um beijo.

Quando o *La Petite Rose* sai do porto, olho de canto para Bastien, me recostando na amurada.

— Você ainda tem, não tem?

— Tenho o quê?

Agarro o bolso da calça dele, puxo-o para a frente e enfio a mão lá dentro.

Ele dá um pulo.

— Ailesse, o que...?

Tiro o pedaço da minha camisola e agito na frente dele.

— Você realmente precisa disso ainda?

Ele abre a boca e cora.

— Como você sabia...? — Ele ri e balança a cabeça para mim. — Quanto você viu enquanto estava no Submundo, afinal?

Dou de ombros, fingindo timidez.

— Digamos apenas que eu contei seus banhos.

— Ah, sério?

Assinto.

— E, infelizmente, você não tomou nenhum.

Ele bufa e me puxa para mais perto pela cintura. Coloca meu cabelo atrás das orelhas e me beija, sorrindo contra meus lábios.

— Vamos. — Ele puxa minha mão, e corro com ele até o convés do castelo de proa, onde é menos movimentado. — Talvez vejamos alguns golfinhos.

São duas horas de espera, mas o tempo passa rápido entre mais beijos roubados, histórias do pai de Bastien e minhas histórias sobre Sabine. E então, como esperávamos, os golfinhos começam a saltar aos pares ao longo do navio.

Quando a noite cai, Bastien e eu permanecemos no convés, envoltos um no outro e animados demais com a nossa jornada para pegarmos no sono. A lua crescente nos aquece com sua luz prateada, e nosso navio navega sob as constelações dos Céus Noturnos de Elara.

As garras estreladas do Chacal continuam estendidas para a Caçadora. Talvez a distância entre eles diminua com o tempo. Independentemente disso, ela não está dissuadida. Ela define seu próprio caminho, é seu próprio norte, e a estrela-guia repousa em sua testa.

Agradecimentos

Escrever a conclusão da história de Ailesse, Sabine e Bastien foi um grande desafio, mas que me trouxe imensa alegria. Muito obrigada a quem deu uma mãozinha:

Meu agente, Josh Adams, que está ao meu lado há mais de sete anos. Você é mais que meu agente; é meu amigo. Obrigada por continuar tornando meus sonhos realidade.

Minha editora, Maria Barbo, com quem tive o prazer de aprender desde nosso primeiro livro juntas, *Burning Glass*. Quatro livros depois, você ainda é minha incrível editora imperatriz.

Minha editora, Katherine Tegen, e sua incrível equipe na Katherine Tegen Books HarperCollins, especialmente a editora assistente Sara Schonfeld. Obrigada por todos os seus talentos e apoio generoso.

A fantástica equipe de design: os diretores de arte Joel Tippie e Amy Ryan; e Charlie Bowater, que ilustrou mais uma linda capa. Sou muito grata a cada um de vocês.

Os incríveis autores que ajudaram a lançar esta série com seus *blurbs* maravilhosos: Stephanie Garber, Mary E. Pearson, A. G. Howard, Evelyn Skye, Jodi Meadows e Sara B. Larson.

Os clubes de assinatura de livros que apresentaram esta duologia a vários novos leitores. Agradecimentos extraespeciais vão para OwlCrate, FairyLoot, LitJoy Crate e The Bookish Box.

Meu marido, Jason, que continua a me dar apoio e é meu leitor mais apaixonado. Sua superproteção a meus personagens principais é adorável. Minhas crianças: Isabelle, por me inspirar com sua música; Aidan, por me ajudar a coreografar movimentos complicados em cenas de luta; e Ivy, por me lembrar o que é mais importante na vida.

Minhas amigas escritoras, especialmente Jodi Meadows, Erin Summerill, Lindsey Leavitt Brown, Kerry Kletter, Ilima Todd, Robin Hall e Emily Prusso. Aqui está um agradecimento às minhas melhores amigas, Sara B. Larson e Emily R. King, que merecem o lugar mais doce no Paraíso de Elara por todo o tempo e amor que me deram no ano passado.

Minhas amigas francesas, Sylvie, Karine e Agnés. Esta série não existiria sem o impacto que cada uma de vocês teve em mim quando eu era adolescente. Obrigada por sua irmandade genuína.

Meu pai, Larry. Senti você comigo quando escrevi a cena em que Bastien fala com seu falecido pai no final do livro. As palavras dele para Bastien se tornaram suas palavras para mim.

Minha mãe, Elizabeth (Buffie). Você é uma deusa, por completo. Obrigada por me fazer acreditar que sou capaz de fazer maravilhas. Ainda dependo da sua crença inabalável em mim.

E a Deus. Não consigo imaginar viver um único dia sem saber que o Senhor é real e infinitamente misericordioso, e que torce por mim com amor e paciência perfeitos. Obrigada pela verdadeira Graça.

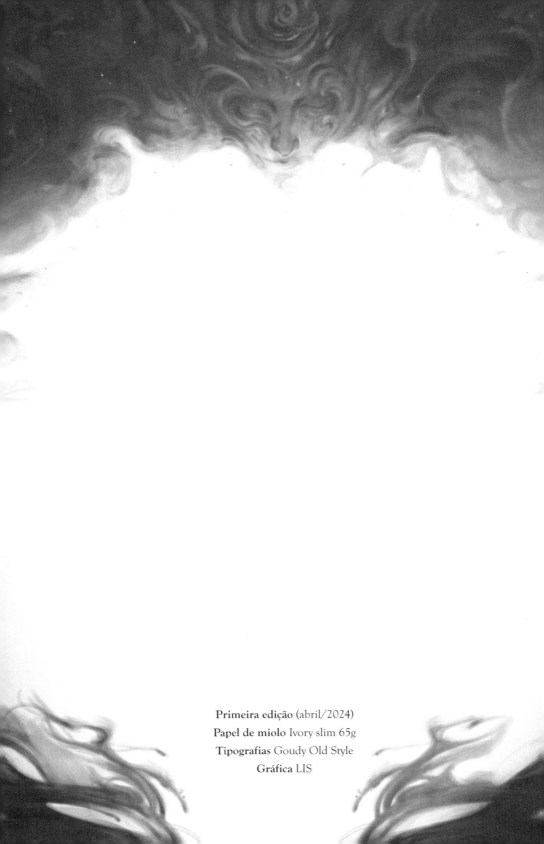

Primeira edição (abril/2024)
Papel de miolo Ivory slim 65g
Tipografias Goudy Old Style
Gráfica LIS